Wenn Lesen zur Mutprobe wird ...
www.Festa-Verlag.de

KATE ALICE MARSHALL

Der Geist von Lucy Gallows

Aus dem Amerikanischen von Heiner Eden

FESTA

Die amerikanische Originalausgabe *Rules of Vanishing*
erschien 2019 im Verlag Viking Books for Young Readers.
Copyright © 2019 by Kathleen Marshall

1. Auflage September 2020
Copyright © dieser Ausgabe 2020 by Festa Verlag, Leipzig
Titelbild: Stefanie Saw – www.seventhstarart.com
Alle Rechte vorbehalten

ISBN 978-3-86552-859-9
eBook 978-3-86552-860-5

Für die No Name Writing Group,
die den Weg mit mir gegangen ist.

Wie gewünscht, haben wir uns Zugang zu den Akten von Dr. Andrew Ashford verschafft, besonders zu denen, die sich mit dem Vorfall in Briar Glen, Massachusetts, befassen.

Es war uns nicht möglich, die eigentlichen Dokumente und Unterlagen unbemerkt aus Dr. Ashfords Akten zu entnehmen, doch wir konnten Transkripte und Zusammenfassungen der Dateiinhalte erstellen und zusätzliches Material beschaffen, das sich als hilfreich erweisen könnte, um den Kontext zu verstehen.

Soweit wir wissen, hat Dr. Ashford nach wie vor keine Kenntnis von Ihrem Interesse.

DIE
ASHFORD
AKTEN

Dokument #74
»Die Geisterstraße von Massachusetts«

Briar Glen, Massachusetts
April/Mai 2017

ERSTER TEIL

DAS SPIEL

INTERVIEW

SARA DONOGHUE

9. Mai 2017

ASHFORD: Ich beginne nun mit der Aufnahme. Dies ist das erste Gespräch mit Sara Donoghue über die Vermissten in Briar Glen, Massachusetts. Heute ist der 9. Mai 2017. Anwesend sind Sara Donoghue und ich, Dr. Andrew Ashford. Vielen Dank für Ihr Kommen, Miss Donoghue.
SARA: Keine Ursache. Schätze ich. Keine Ahnung, was Sie von mir hören wollen.
ASHFORD: Die Wahrheit, Miss Donoghue. Ich denke, Sie werden schnell feststellen, dass wir zu den wenigen gehören, die ein offenes Ohr dafür haben.
SARA: Dann glauben Sie mir also?
ASHFORD: Gibt es einen Grund, Ihnen nicht zu glauben?
Sara beginnt zu lachen, ein leises Geräusch, das ihr in der Kehle stecken bleibt.
ASHFORD: Miss Donoghue ...
Sara hört nicht auf zu lachen.

Ihre Schultern erzittern. Ihre Hände bedecken ihr Gesicht.
??: Passen Sie auf.*
<Ende der Aufnahme.>

---

* Anmerkung des Transkriptionisten: Die dritte Stimme konnte nicht identifiziert werden. Sie ist stark verrauscht und auf der Aufnahme von einem dumpfen Brummen unterlegt.

ANLAGE A

*Textnachrichten, die am Montag,
dem 17. April 2017, von allen Schülern der
Briar Glen High School empfangen wurden.*

WEISST DU, WOHIN LUCY GEGANGEN IST?

SIE GING LOS, UM DAS SPIEL ZU SPIELEN.

DU KANNST ES AUCH SPIELEN.

FINDE EINEN PARTNER.

FINDE EINEN SCHLÜSSEL.

FINDE DIE STRASSE.

DU HAST ZWEI TAGE.

SARA DONOGHUE

SCHRIFTLICHE AUSSAGE

1

Die Nachrichten kommen während der Nacht, und am Montagmorgen sprechen alle über nichts anderes. Die Leute scharen sich um ihre Handys, als würden sie vielleicht einen neuen Hinweis auf den Absender finden, wenn sie die identischen Worte miteinander vergleichen und noch einmal lesen.

»Hey, Sara! Hast du Lust, das Spiel zu spielen?«, fragt Tyler Martinez. Er stürzt sich förmlich auf mich, als ich beim ersten Klingeln das Gebäude betrete, wackelt mit den Augenbrauen und macht einen Schlenker zur Seite, während er über seinen Witz lacht. Ich verschränke die Arme und lehne mich vor, als würde ich mich gegen eine Strömung stemmen.

Geflüster an jeder Ecke, über Lucy. Und über *das Spiel*. Menschentrauben, zusammengesteckte Köpfe.

Ich habe es so hingebogen, dass ich erst kurz vor dem Klingeln eintreffe. Die Flure leeren sich bereits, denn die Angst vor Verweisen übertrifft den Hunger auf

Klatsch und Tratsch. Ein paar Nachzügler werfen mir schräge Blicke zu. Schräger als üblich. Ich stelle mir vor, wie sie sich zuflüstern: *Jede Wette, dass sie sie verschickt hat. Sie ist wie besessen.*

Das Spiel. Lucy Gallows. Und Mittwoch ist der Jahrestag. Dafür muss man kein Genie sein. Wahrscheinlich würde ich mir auch die Schuld geben.

Ich schlüpfe für die erste Schulstunde in das Klassenzimmer und setze mich auf meinen Platz, ganz hinten in der Ecke.

»Hey. Sara.« Trina sitzt an dem Gruppentisch vor mir, und sie muss sich auf ihrem Stuhl herumdrehen und sich vorlehnen, um mit mir zu sprechen. Ihre blauen Augen stechen vor erlesener Besorgnis, und ihre blonden Haare sind zu einem zwanglosen Pferdeschwanz zusammengebunden, der prächtiger aussieht als alles, was ich hinbekomme, seit der Zeit, als sie sich hinter mich setzte, stundenlang, um meine mattbraunen Haare in die Form eines französischen Zopfes oder einer Fischgrätenfrisur zu zwingen. »Wie geht es dir?«

»Gut«, murmele ich. Ich schaffe es nicht, ihr ins Gesicht zu schauen. Ihr Blick ist auf schmerzhafte Weise mitfühlend, was ich verkraften könnte, wenn ihre Anteilnahme nur vorgetäuscht wäre. Doch sie ist echt. Und sie ist immer da, wenn sie mich ansieht, als fürchtete sie, dass ich jeden Augenblick unter der Last meiner persönlichen Tragödien zerbrechen könnte.

»Ich glaube nicht, dass du es warst«, sagt sie und lehnt sich noch ein bisschen weiter vor. Was bedeutet, die anderen munkeln bereits, dass ich es doch war.

»Ich war's nicht.«

Sie nickt bedächtig. »Lass dich deswegen von niemandem dumm anmachen«, sagt sie.

»Und was schlägst du vor, wie ich sie davon abhalten soll?«, frage ich.

Sie zuckt ein wenig zusammen, doch die zweite Klingel, die den Beginn des Unterrichts einläutet, erspart es ihr, eine Antwort geben zu müssen. Sie dreht sich wieder um und setzt sich aufrecht hin. Ich sinke in meinen Stuhl, als Mr. Vincent mit seiner täglichen Vorrede beginnt und uns auch heute nicht mit seinen schlechten Scherzen verschont.

»Und da sagt die andere Zapfsäule: ›Mir geht's *super*.‹« Gerade als er fertig ist, öffnet sich die Tür. Anthony Beck betritt unter allgemeinem Gemurre den Raum und schlägt sich die flache Hand vor die Stirn.

»Hab ich etwa den Witz des Tages verpasst?«, fragt er mit übertriebener Enttäuschung. Dann grinst er breit. Seine Grübchen sind tief, und seine braunen Augen strahlen halb versteckt unter seinen lockigen schwarzen Haaren. Früher, als wir noch kleiner waren, als wir noch Freunde waren, da war er dürr wie eine Bohnenstange, nur Ellbogen und Knie, und sein Lächeln war viel zu breit für sein Gesicht. In den letzten zwei Jahren hat er Muskeln bekommen, und aus dem Nerd, der über seine eigenen Füße stolpert, ist der Kapitän des Lacrosse-Teams und der Fußballmannschaft geworden. An der Northeastern University wartet ein Sportstipendium auf ihn. In den Ferien hat er sich das Ohr piercen lassen. Der silberne Stecker blinzelt.

»Ich hoffe, es gibt einen guten Grund, warum du dir meinen überschäumenden Humor entgehen lässt.«

»Hab den ganzen Morgen gebraucht, um allen Schülern SMS zu schicken. Sie können sich gar nicht vorstellen, wie sehr mir die Daumen schmerzen«, sagt Anthony und grinst dabei wie der Joker. »Tut mir leid, Mr. V. Soll nicht wieder vorkommen.« Sein Blick wandert durch den Raum, und als er mich sieht, gerät sein Grinsen einen Moment lang ins Wanken. Wir gehören derselben kleinen Gruppe für unsere aktuelle Projektarbeit an, was bedeutet, dass wir die letzten Wochen nebeneinandergesessen, aber kaum mehr als ein Dutzend Worte gewechselt haben. Elf davon kamen von ihm.

Er zwängt sich hinter das Tischchen neben meinem. Es ist viel zu klein für seinen massigen Körper, und ich ziehe mich noch ein Stück weiter in die Ecke zurück, weg von ihm. Mr. Vincent schüttelt den Kopf.

Anthony wirft mir einen kurzen Seitenblick zu. Ich gehe hinter meinem Schreibheft in Deckung und versuche, ihn zu ignorieren. Es fällt mir nicht leicht.

Anthony Beck und Trina Jeffries gehörten einmal zu meinen besten Freunden. Wir waren zu sechst – zu siebt, wenn Kyle, Trinas kleiner Bruder, mit uns abhängen durfte –, eine durchtriebene Bande von Streunern, die von der ersten Klasse bis zur High School wie Pech und Schwefel zusammenhielt. Wir hatten sogar einen ziemlich dämlichen Namen. Die Wildkatzen. Bis zur fünften Klasse waren wir die Einhorn-Wildkatzen, ein Kompromiss, der auf Trinas Mist gewachsen war, nachdem die Abstimmung keine Mehrheit gebracht hatte – wobei ich und Becca, meine Schwester, wie üblich gegensätzliche Meinungen vertraten. Natürlich war ich für die Einhörner. Damals stand mein Schönheitssinn zu 70 Prozent auf Glanz und Glitzer. Das war, bevor ich in der Mittelschule eine schwere Farballergie entwickelte. Aber Becca? Sie war von Anfang an auf der wilden Seite.

Wir reichten uns alle mit verschränkten Armen die Hände und schlugen darauf ein. *Wir sind die Einhorn-Wildkatzen. Freunde für immer. Komme, was wolle.*

Ein unzerstörbares Band, glaubten wir damals als Erstklässler. ›Für immer‹ schien möglich zu sein, sogar unausweichlich. Aber nun ist Becca nicht mehr da, und mit den anderen habe ich seit einem Jahr höchstens noch über den Kalten Krieg oder Sinus und Kosinus gesprochen.

Mr. Vincent stellt gerade den Unterrichtsplan für den Tag vor, als in der zweiten Reihe eine Hand in die Höhe schießt. Er hält inne; sein Rhythmus ist gebrochen. Seine Mundwinkel spannen sich an, doch das ist das einzige Anzeichen einer Verärgerung. »Vanessa. Falls du Hilfe für dein Projekt benötigst, können wir beim Check-in darüber sprechen.«

»Es geht nicht um mein P-Projekt«, sagt Vanessa. »Es geht um die T-T-Textnachrichten, die w-w-wir alle bekommen haben.«

»Ja. Die habe ich gesehen. Und natürlich ist das alles höchst interessant«, sagt Mr. Vincent. »Aber ich verstehe nicht so recht, was das mit der industriellen Revolution zu tun hat.«

»A-Aber es hat mit Geschichte zu tun. Heimatgeschichte«, sagt Vanessa und schiebt sich ihre Brille die Nase hoch.

Aus meiner Ecke kann ich nur ihre runde Wange und ihren Hinterkopf erkennen, aber so wie die meisten hier in diesem Raum kenne ich Vanessa Han seit dem Kindergarten, und ich kann mir den Ausdruck von lebhaftem Interesse, mit dem sie Mr. Vincent gerade fixiert, ziemlich genau ausmalen.

»Heimatgeschichte«, wiederholt Mr. Vincent. »Du meinst, weil eine Lucy erwähnt wurde. Womit Lucy Gallows gemeint sein dürfte.« Er reibt sich über das Kinn. »Na, meinetwegen. Das hat zwar nichts mit den Produktionsverfahren des 19. Jahrhunderts zu tun, oder mit ihren Auswirkungen auf die Vorstellungen der Kernfamilie, aber was soll's. Also gut, wer kann mir etwas über Lucy Gallows erzählen?«

Ein halbes Dutzend Hände heben sich. Er deutet. Jenny Stewart spricht als Erste. »War sie nicht dieses Mädchen von vor 100 Jahren? Ihr Bruder hat sie umgebracht und im Wald verscharrt, und nun spukt es dort.«

Vanessa wirft ihr einen vernichtenden Blick zu. »D-Das ist ...« Das nächste Wort verheddert sich in ihrem Mund und sie verstummt für einen Moment, bevor sie mit fester Stimme fortfährt. »Das ist nicht wahr.«

»Nun, das ist ein interessanter Gedanke«, sagt Mr. Vincent. »Was entspricht der Wahrheit und was nicht? Und wie können wir den Unterschied bestimmen? Vergessen wir einmal das Übernatürliche. Ob es nun einen Geist in den Wäldern von Briar Glen gibt oder nicht, es ist Teil der hiesigen Legende, und die hat irgendwo ihren Ursprung. Ist dieses Irgendwo nun eine reine Erfindung, die irgendeine kreative Seele ersponnen hat und die im Laufe der Jahre immer weiter ausgeschmückt wurde? Oder steckt darin ein Fünkchen Wahrheit?«

Ich schließe meine Augen. Niemand weiß, was *wirklich* mit ihr geschehen ist.

Wahrscheinlich ist das der Grund, warum sie dieser Stadt schon so lange im Gedächtnis steckt.

»Sara.«

Ich reiße die Augen auf. Mr. Vincent blickt mich an.

»Im letzten Halbjahr, bei dem Projekt zur Beurteilung ungewöhnlicher historischer Quellen, hast du damals nicht die Legende von Lucy Gallows für deinen Aufsatz verwendet?«

»Ich weiß nicht ...« Mein Mund ist trocken. Ich befeuchte meine Lippen. Ich hatte gehofft, er würde sich nicht daran erinnern. Nicht dass irgendjemand hätte vergessen können, wie ich mich monatelang in alle Geschichten vergrub, die Lucy betrafen, ohne auch nur den Versuch zu unternehmen, mein Interesse an ihr geheim zu halten. »Ja«, sage ich.

»Und was hast du herausgefunden?«

Alle Augen richten sich auf mich. Köpfe drehen sich herum. Körper winden sich in ihren beengten Sitzplätzen. Nur Anthony nicht. Er blickt demonstrativ in die andere Richtung. Trina sieht mich an und zeigt mir ein kleines, ermutigendes Lächeln. Ich räuspere mich. Falls es noch jemanden gibt, der mich nicht verdächtigt, wird er seine Meinung gleich ändern. »Es gab kein Mädchen mit dem Namen Lucy Gallows. Doch es gab ein Mädchen, das Lucy Callow hieß, und sie verschwand im Wald«, sage ich verhalten.

»Und ihr Geist hat deine Schwester entführt, stimmt's?«, sagt Jeremy Polk. Jetzt richtet sich die Aufmerksamkeit auf ihn. Anthony macht ein Geräusch, ganz hinten in seiner Kehle, das ein bisschen wie ein Knurren klingt, und wirft seinem besten Freund und Co-Kapitän finstere Blicke zu. Jeremys Grinsen erlischt wie ein Licht. »'tschuldigung«, murmelt er.

»Was soll der Scheiß, Jeremy?«, sagt Anthony.

Mr. Vincent steht von seinem Pult auf und spricht mit ruhiger Stimme. »Jeremy, ich denke, du weißt, wie unpassend deine Bemerkung war. Darüber werden wir uns nach der Stunde unterhalten. Und du, Anthony? Lasst uns versuchen, nicht ausfallend zu werden.«

Jeremy senkt den Kopf, murmelt noch eine Entschuldigung und reibt sich über den Nacken, ein Stückchen unter der Stelle, wo eines seiner Hörgeräte sitzt. Diese Angewohnheit hat er schon so lange, wie ich ihn kenne. Mein Herz pocht in meiner Brust und mein Mund ist so staubtrocken wie die Oberfläche des Mars. *Willst du wissen, wohin Lucy gegangen ist?*

Ja.

Denn dorthin ist auch Becca gegangen.

»Sara hat recht«, sagt Mr. Vincent und kehrt fast fließend zum eigentlichen Thema zurück. »Lucy Callow war 15, als sie im April des Jahres 1953 verschwand. Die Namensänderung kam erst später, zusammen mit der Geistergeschichte. In Fällen wie diesem ist es wichtig, sich so weit wie möglich auf die offiziellen Quellen der damaligen Zeit zu beziehen. Es gibt noch eine Menge, das wir nicht über Lucy Callow wissen, aber viele der verbreiteten Geschichten lassen sich leicht widerlegen.

Doch auch wenn diese Geschichten nicht den Tatsachen entsprechen, so helfen sie uns doch, die Leute zu verstehen, die sie verbreiten. Was war ihnen wichtig, wovor fürchteten sie sich? Geistergeschichten sind ein lebendiger und maßgeblicher Teil der regionalen Kultur.«

Er macht weiter und fordert die Schüler auf, von anderen Geistergeschichten und Legenden zu erzählen und Ideen zu entwickeln, wie man ihren Ursprüngen auf die Schliche kommen kann.

Ich höre kaum etwas davon. Alles, was ich höre, sind die letzten Worte meiner Schwester, die sie in ihr Telefon flüsterte. Vor einem Jahr, am 18. April.

Wir wissen, wo die Straße ist. Wir haben die Schlüssel. Mehr brauchen wir nicht, um sie zu finden. Ich werde jetzt keinen Rückzieher machen. Nicht nach allem, was wir getan haben, um ihr so nahe zu kommen.

Und dann drehte sie sich um und sah mich. Sie schlug ihre Zimmertür zu.

Am nächsten Morgen war sie weg und ist nie wieder nach Hause gekommen.

ANLAGE B

»Die Legende von Lucy Gallows«

Ein Auszug aus
Heimatsagen:
Geschichten aus Briar Glen
von Jason Sweet

Es war ein Sonntag, der 19. April 1953, und Lucy Gallows' Schwester feierte gerade ihre Hochzeit auf einem weitläufigen Stück Land am Rande des Waldes von Briar Glen. Die zwölfjährige Lucy war das Blumenmädchen. Doch nach einem Streit mit ihrer Mutter rannte sie in ihrem adretten weißen Kleid mit dem blauen Bändchen an der Taille fort in den Wald. Alle glaubten, sie würde nach ein, zwei Minuten zurückkehren, sobald sie sich beruhigt hatte, doch zehn Minuten später war sie immer noch nicht wieder da – auch nicht nach 20 Minuten und auch nicht nach einer halben Stunde.

Lucys Bruder Billy wurde losgeschickt, um seine Schwester zu holen. Er ging in den Wald. Der einzige Weg, der durch die Bäume führte, war ein schmaler Pfad, den die Hirsche benutzten. Er rief ihren Namen – *Lucy! Lucy!* –, doch die einzige Antwort, die er bekam, war das Krächzen der Krähen.

Und dann sah er sie: die Straße. Hier und dort gab es Straßen im Wald. Sie waren die Überbleibsel der ursprünglichen Siedlung von Briar Glen, die im Jahre 1863 niedergebrannt war, und nun kaum mehr als eine Reihe von Bäumen, die zu gerade verlief, um natürlichen Ursprungs zu sein. Manchmal lag noch ein Stein eng an einen anderen gepresst, doch der Rest war schon vor langer Zeit herausgeklopft worden. Zuerst sah diese Straße genau so aus – eine Mulde im Unterholz und ein paar verstreute Steine, die mit menschlichen Werkzeugen bearbeitet worden waren. Aber je weiter Billy lief, desto breiter wurde die Straße und desto zahlreicher und enger lagen die Steine, bis sie einen ebenen Pfad durch den dichten Wald bildeten.

Er war sich sicher, dass Lucy der Straße gefolgt war, auch wenn er später niemandem so recht erklären konnte, woher diese Überzeugung kam. Doch trotz seiner Gewissheit schien jeder Schritt, den er machte, anstrengender als der vorherige zu sein. Vielleicht wurde die Straße besser, doch der Weg wurde immer beschwerlicher, als würde er sich gegen eine unsichtbare Kraft abmühen müssen.

Seine Füße wurden ihm schwer. Die Luft, so schien es, lehnte sich gegen ihn auf. Es war kaum noch zu ertragen – und dann sah er Lucy. Sie lief ein gutes Stück vor ihm und durchquerte eine leichte Biegung. Sie sprach zu jemandem – einem Mann mit einem braunen, abgerissenen Anzug und einem Hut mit breiter Krempe. Billy rief ihren Namen. Sie drehte sich nicht um. Der Mann lehnte sich leicht zu ihr hinunter, sprach zu ihr und lächelte. Er reichte ihr seine Hand.

Wieder rief Billy ihren Namen, und er preschte in ihre Richtung. Aber Lucy schien ihn nicht zu hören. Sie nahm die Hand des Fremden, und zusammen liefen sie die Straße hinunter. Sie bewegten sich zügig und viel leichter als Billy. Die Straße schien ihnen zu folgen, denn sie verschwand unter Billys Füßen. Nur einen Augenblick später waren die Straße und der Mann und die kleine Lucy Gallows nicht mehr zu sehen.

Die Leute aus der Stadt durchkämmten die Wälder noch wochenlang, fanden aber nicht das kleinste Lebenszeichen von Lucy. Doch hin und wieder stößt jemand auf die Straße, die sich durch den Wald schlängelt, und sieht ein Mädchen in einem weißen Kleid mit blauem Bändchen darüber rennen. Es ist unmöglich, sie einzuholen, sagt man, und dann steht man plötzlich ganz allein in dem Wirrwarr aus Bäumen, ohne einen Hinweis auf eine Straße oder ein Mädchen oder einen erkennbaren Weg nach draußen.

Passen Sie also auf, welche Straße Sie nehmen, und seien Sie vorsichtig, wem Sie darauf folgen.

INTERVIEW

SARA DONOGHUE

9. Mai 2017

Sara Donoghue sitzt in dem Befragungsraum. Es ist schwer zu sagen, in welcher Art von Gebäude er sich befinden könnte. Die Wände sind aus Beton und in einem matten Weiß gestrichen. An einer Seite steht ein leeres Bücherregal aus Metall. Der Tisch in der Mitte ist ein billiger, aufklappbarer Campingtisch.
 Dr. Andrew Ashford betritt den Raum und nimmt wieder auf dem Stuhl gegenüber von Sara Donoghue Platz. Ashford ist farbig; dunkle Haut, silbergraues Haar. Ein dunkles Netz aus Narben überzieht die Haut auf seinem Handrücken. Er führt eine Aktentasche mit sich, die er neben sich auf dem Fußboden abstellt. Sara Donoghue dagegen ist ein schmächtiges Mädchen mit mittelbraunem Haar. Sie trägt schwarze Jeans, ein schwarzes, ärmelloses T-Shirt und einen schwarzen Pullover, der auf einer Seite heruntergerutscht ist und eine mit Sommersprossen bedeckte Schulter freilegt. Es scheint, als wäre sie in sich zusammengesunken und sehr nervös.
ASHFORD: Das tut mir leid. Eigentlich ist unser Equipment zuverlässig, doch manchmal kommt es bei

Ereignissen wie diesem zu technischen Problemen.

Sara blickt desinteressiert zur Seite.

ASHFORD: Erzählen Sie mir von Ihrer Schwester.

SARA: Becca?

ASHFORD: Haben Sie noch eine andere Schwester?

SARA: Nein, aber ... Was wollen Sie noch wissen? Es steht doch schon alles in den offiziellen Berichten.

ASHFORD: Ich möchte Ihre Schwester aus Ihrem Blickwinkel kennenlernen. Vor ihrem Verschwinden. Wie war sie so? Hatte sie viele Freunde?

SARA: Sie hatte uns. Uns fünf.

ASHFORD: Die »Wildkatzen«?

SARA: Genau. Aber irgendwann, bevor sie verschwand, verbrachten wir kaum noch Zeit miteinander. Wir kamen in die High School, und Anthony und Trina hatten ihre Sportteams, Mel hing nur noch mit den Kids von der Theatergruppe rum, und Becca ... Ehrlich gesagt weiß ich gar nicht, was mit Becca war.

ASHFORD: Hatte sie noch andere Freunde?

SARA: Sie war eigentlich mit allen befreundet. Aber richtig enge Freunde, außer uns, hatte sie nicht.

ASHFORD: Sie hat niemanden kennengelernt, mit dem sie sich besonders gut verstand?

SARA: Sie meinen ihren Freund? Schon möglich. Aber es war ihr nie ernst mit ihm.

ASHFORD: Wie kommen Sie darauf?

SARA: Sie mochte ihn, weil er ihr zuhörte. Aber sie passten einfach nicht zusammen.

Sara kaut auf ihrem Daumennagel.

SARA: Irgendwie hatte man immer den Eindruck, sie würde hier überhaupt nicht hergehören.
ASHFORD: Lag es daran, dass sie adoptiert war?
SARA: Was? Nein. Na gut, es war nicht immer leicht für sie, schätze ich. Briar Glen ist durch und durch weiß, und die Leute hier können ganz schön rassistisch sein, auch wenn sie es nicht so meinen, aber das war nie ein Problem – wenigstens bei uns zu Hause. Es ging mir nicht darum, dass sie nicht *hierher* gehörte, sondern dass sie es verdient hätte, *woanders* zu sein, an einem größeren, besseren Ort.
ASHFORD: Wo zum Beispiel?
SARA: New York. L. A. Paris. An einem Ort, der sie und ihre Kunst weitergebracht hätte.
ASHFORD: Ich habe mir ein paar ihrer Fotografien angesehen.

Ashford öffnet einen Ordner und verteilt mehrere Hochglanzfotos auf dem Tisch. Das oberste zeigt sechs vorpubertäre Kinder. Ein Etikett auf der Vorderseite ist mit den Namen der Kinder bedruckt. Becca und Sara stehen in der Mitte, Arm in Arm. Beccas Silhouette ist leicht verschwommen, so als hätte sie es nur gerade so auf das Bild geschafft. Trotz ihrer unterschiedlichen Ethnien – Sara ist weiß, Becca asiatisch – lässt etwas an ihrer Körperhaltung erkennen, dass sie ganz klar miteinander verwandt sind. Anthony Beck und Nick Dessen, beide weiß, stehen links von den Schwestern. Anthony hebt das Kinn zu einer lässigen Pose, in die er noch nicht ganz hineingewachsen ist. Nick, ein schlaksiger Junge in einem zu großen Anorak, versucht es ihm nachzumachen. Auf der rechten Seite durchbricht Trina Jeffries die Stimmung des Bildes mit einem Lächeln. Sie schiebt sich ihre Haare hinter die Ohren. Neben ihr steht Melanie Whittaker, ein farbiges Mädchen in einer Jeansjacke voller aufgebügelter Flicken. Sie zieht die Mundwinkel hoch, als würde sie sich selbst nicht allzu ernst nehmen.

Ashford schiebt das Foto beiseite und enthüllt ein anderes. Sara runzelt leicht verwirrt die Stirn. Er tippt mit dem Finger auf das neue Foto, das einen jungen Mann zeigt, dessen Gesicht von einem Schatten bedeckt ist. An seinen Schultern kräuselt sich das Licht, als würde seine Silhouette zerbrechen.

ASHFORD: Was wissen Sie über dieses Foto?

SARA: Ich sehe es zum ersten Mal.

ASHFORD: Was können Sie mir über Nick Dessen erzählen?

SARA: Wollen Sie mich nicht nach dem anderen Foto fragen?

ASHFORD: Welches meinen Sie? Dieses hier?

Er legt das Foto von Nick Dessen weg und rückt ein anderes in die Mitte des Tisches. Es zeigt Sara mit feuchten Haaren, die schlaff um ihr Gesicht hängen. Sie steht neben einer jungen Frau in einem weißen Kleid mit einem blauen Band an der Taille. Die junge Frau streckt ihre Hand aus und Sara hebt ihre eigene, als wollte sie sie nehmen.

ASHFORD: Finden Sie dieses Foto bemerkenswert?

SARA: Sie etwa nicht?

ASHFORD: Nicht besonders. Zwei Mädchen. Kurz vorm Händehalten.

SARA: Aber sie ist …

ASHFORD: Lucy Callow? Es besteht eine gewisse Ähnlichkeit mit den Aufnahmen, die wir kennen, aber die Fotos von Lucy Callow haben keine gute Qualität. Diese Person? Sie könnte sonst wer sein. *[Pause]*. Aber sie ist nicht irgendwer, richtig? Sie ist Lucy. Sie haben sie gefunden.
Sara blickt Ashford in die Augen. Sie schweigt für einen Augenblick. Dann stößt sie ein kurzes, abgehacktes Lachen aus.
SARA: Nein. Wir haben Lucy nicht gefunden.
ASHFORD: Dann ...
SARA: Sie hat *uns* gefunden.

2

Becca hat für jedes Jahrbuch Fotos gemacht, und man konnte sofort sehen, welche von ihr stammten. Die meisten der anderen Aufnahmen wirkten gestellt und unbeholfen, Kontraste gab es keine und die Schüler waren beliebig austauschbar. Beccas Fotos waren anders. Sie zeigten die Sehnsucht einer unerwiderten Liebe in der Art und Weise, wie ein Mädchen durchs Klassenzimmer blickte, während sie zusammengesunken an ihrem Tisch saß und ihr Kinn mit der Faust abstützte. In der langen, athletischen Linie von Anthonys Körper, hoch aufgerichtet auf dem Rasen, die Flugbahn des Fußballes, den er zu erwischen versuchte, selbst auf dem unbeweglichen Bild unverkennbar, fand sie Euphorie und Konzentration. Becca schaffte es, dass jeder sich *gesehen* fühlte.

So gesehen war es schon verwunderlich, wie wenig Zeit die Leute aufwendeten, um nach ihr zu suchen.

Die offizielle Darstellung lautet, dass sie mit einem Jungen durchgebrannt ist. Zachary Kent. Ein schlechter Umgang, sagen meine Eltern. Er war älter als sie. Meine Eltern haben versucht, ihr die Beziehung zu ihm zu verbieten. Sie hassten sein Lippenpiercing, seine gefärbten Haare, seine Musik, seinen Wagen. Ich habe ihn nur einmal getroffen. Ich hätte ihn und Becca fast umgerannt, als sie aus dem Half Moon Diner kamen. Er hatte seinen Arm um ihre Schulter gelegt. Becca stellte ihn mir vor, doch mehr als ein »Hey« sagte er nicht zu mir. Dann stiegen sie in sein Auto und fuhren davon. Ich sah, wie sie ihn anblickte, und ich sah das Foto, das sie von ihm gemacht hatte: ein Knöchel über dem Knie, ein Notizbuch in seinem Schoß, die Augen zusammengekniffen und in die Ferne gerichtet.

Diese Art von Fotos hatte Becca am liebsten. Solche, die die Persönlichkeit eines Menschen Schicht um Schicht freilegten und analysierten. Dieses Foto von ihm war voller Neugierde, aber ohne Liebe. Keine stürmische Hingabe. Vielleicht war sie wirklich von zu Hause weggelaufen, aber bestimmt nicht seinetwegen.

Und doch waren sie verschwunden, zusammen verschwunden, und da waren all diese Streitigkeiten mit Mom und Dad gewesen – monatelang. Becca, die unsere Eltern abwechselnd mit Schweigen bedachte oder anschrie, weil sie zu bestimmend waren, während sie an allem, was sie tat, herummäkelten: mit Zachary abhängen, den Schulchor verlassen, sich auf diese nächtlichen Ausflüge fortstehlen, ohne davon zu erzählen. Als sie dann verschwand, haben sie zwar nach ihr gesucht, aber nicht besonders gründlich. Sie glaubten wohl nicht, dass sie gefunden werden wollte.

Ich versuchte ihnen von dem Telefonat zu erzählen, das ich mitgehört hatte, und von dem, was Becca über die Straße gesagt hatte – Lucy Gallows' Straße, wie ich glaubte, aber nicht mit Bestimmtheit wusste.

Und dann erzählte meine Mutter einer Freundin davon, und die Tochter ihrer Freundin bekam es mit, und plötzlich schien die ganze Schule davon zu wissen. So entstand dieses Gerücht, eine Mischung aus Tratsch und Witz. Es war die Art von verklemmter Gemeinheit, die Kinder ohne nachzudenken herausspucken, um ihre eigene Unsicherheit zu überspielen.

Lucy Gallows brachte Becca Donoghue in den Wald und ließ sie nicht mehr raus.

Natürlich glaubte niemand wirklich daran. Es war nur ein makabrer Scherz. Aber Becca hatte nichts für Scherze oder düstere Legenden übrig. Sie glaubte es wirklich. Und das bedeutete, dass meine Schwester den Verstand verlor, oder dass ich ebenfalls daran glauben musste.

Und so begann ich meine Suche. Nach der Straße. Nach Lucy. Nach meiner Schwester. Gefunden habe ich nichts.

Bis jetzt.

Kurz vor der Mittagspause ebbt das Getratsche um die Textnachrichten langsam ab. Trotzdem vertreibt mich das Geflüster aus der Cafeteria, und ich setze mich mit meinem Lunchpaket auf die Hintertreppe und glotze über den Hinterhof zu den hochragenden Bäumen. Eine einzelne Krähe hockt irgendwo oben auf einem der Äste, die sich im Wind wiegen.

Die Tür hinter mir öffnet sich. Der Vogel fliegt davon. Ich rücke zur Seite, damit wer auch immer an mir vorbeigehen kann. Doch wer auch immer bleibt stehen. Ich drehe mich um und blinzle. Es ist Vanessa. Sie hält ihr Handy fest in einer Hand und ihr Rucksack hängt halb von ihrer Schulter. »D-Da bist du ja«, sagt sie.

»Ähm, ja. Hi«, sage ich. »Kann ich dir irgendwie helfen?«

»Vielleicht«, sagt sie. »Wirst du es tun?«

»Was tun?«, frage ich.

»Das Sp-Spiel spielen«, sagt sie. »Das ganze Ding. Die Straße, die Sch-Schlüssel, einen P-P-Partner finden ...« Ihr Stottern ist nicht zu überhören, aber sie kämpft nicht mehr dagegen an, so wie sie es getan hat, als wir noch kleiner waren, und ihr Sprechfluss hat einen ganz eigenen, entspannten Rhythmus. Sie sagt gern, dass es sich lohnt, darauf zu warten, was sie zu erzählen hat.

»Warum sollte ich?«

»Wegen Becca.«

Sie sagt ›Becca‹, nicht ›deine Schwester‹, und ich denke, das ist der einzige Grund, warum ich nicht sofort aufstehe und gehe. Kaum einer spricht ihren Namen noch aus. Als würde es Unglück bringen. »Du glaubst doch nicht etwa diesen dämlichen Quatsch, oder? Dass Lucy Gallows sich meine Schwester geschnappt hat?« Ich bin mir nicht einmal sicher, dass *ich* nicht daran glaube.

»Nein. Aber du fragst dich doch bestimmt, ob die N-Nachrichten etwas mit ihr zu tun haben. Mit Becca.«

»Natürlich«, blaffe ich. Ihre Wangen erröten, und sie schiebt ihre Brille hoch, was zur Folge hat, dass ihr Gesicht zur Hälfte hinter dem Ärmel ihres Pullovers verschwindet. »Was kümmert's dich überhaupt?«

»I-Ich glaube nicht an Gespenster«, sagt Vanessa. »Aber ich mag Geschichte. Und Rätsel. Mich interessiert, wer diese SMS geschrieben hat. Und was sie bedeuten sollen. Ich dachte, dass du wegen deiner ganzen Nachforschungen vielleicht eine Idee hast.«

»Oh.« Seit Beccas Verschwinden stimmt etwas mit mir nicht. Sobald jemand auch nur eine leise Andeutung über die Geschehnisse macht, reagiere ich, als würde man mich persönlich angreifen. Sogar bei meinen Freunden. Wahrscheinlich habe ich deswegen keine mehr. »Hier. Setz dich«, sage ich und winke sie zu mir herunter. Sie hockt sich ein kleines Stück über mir auf die oberste Stufe.

»Also. Lucy Gallows«, sage ich. »Eigentlich Lucy Callow. Verschwunden am 19. April 1953. Am Mittwoch ist der Jahrestag. Ihr Bruder wurde wegen Mordes verhaftet, doch sie konnten ihm nichts nachweisen und ließen ihn wieder laufen. Sie war 15, nicht zwölf, und sie war eine Brautjungfer, kein Blumenmädchen, aber sonst stimmt die Geschichte, wie man sie erzählt.«

»Und das Spiel ist diese dumme Sache, die alle als Kind gespielt haben«, sagt Vanessa.

»Nicht ganz«, sage ich. »Hast du es gespielt?«

»Klar. Als ich u-u-ungefähr acht war«, sagt sie.

»Ich auch«, sage ich. Mit Anthony. Wir standen am Ende der Straße, die in den Wald führt, die Mittellinie zwischen uns. *Haltet eure Hände. Schließt die Augen. Macht 13 Schritte.* Angeblich beschwört man so den Geist von Lucy Gallows herauf.

»Ist irgendetwas geschehen?«, fragt Vanessa und lehnt sich vor.

»Natürlich nicht.« Das Spiel funktioniert nur auf zwei Arten: Entweder man ist jung und so fantasievoll, dass man einen Windhauch als eine Berührung von Lucys Hand wahrnimmt, das Rascheln der Blätter als ihre Schritte, das Ächzen der Bäume als ihre geisterhaften

Rufe – oder aber man hat Freunde, die sich von hinten heranschleichen und einem einen Streich spielen. Ebenso gibt es nur zwei Sorten von Menschen, die dieses Spiel spielen: Kinder, die noch jung genug sind, um an Magie zu glauben, und Teenager, die versuchen, ihren Schwarm zu beeindrucken.

»Aber du sagtest n-nicht ganz. Was ist anders?«

»Es gibt eine ältere Variante«, sage ich. »Oder wenigstens eine andere. Man soll es noch immer mit einem Partner machen und 13 Schritte gehen, aber es hat nichts mit Lucy zu tun. Es soll die Straße heraufbeschwören – oder zeigen, wie man die Straße hinuntergelangt oder so etwas in der Art. Die Straße hat sieben Tore. Wenn man sie alle passiert, dann bekommt man … etwas. Hat einen Wunsch frei oder so. Diese Sage ist viel älter als die von Lucy Gallows. Einige Leute behaupten, dass sie die Sage kannte und darum die Straße genommen hat, als sie vor ihr auftauchte.«

»Einige Leute«, fragt Vanessa und zieht die Augenbrauen hoch.

»Miss Evans«, erkläre ich. Die Stadtbibliothekarin war im selben Alter wie Lucy, als diese verschwand, und sie war meine beste Quelle für alles, was mit dem Spiel zu tun hatte. Eine Zeit lang sprach ich mit niemandem öfter als mit dieser 78-jährigen Frau.

»Von diesem Teil des Sp-Spiels habe ich noch nie gehört«, sagt Vanessa und rückt mit dem Daumen ihre Brille zurecht.

»Ich schätze, es ist irgendwann weggelassen worden«, sage ich. »Vielleicht in den Achtzigern, als diese Kinder verschwanden.«

»War das nicht nur ein Gerücht?«, sagt Vanessa. »Angst vor S-Satanismus und so? Die Kids sind einfach nur abgehauen.«

»Darauf hat man sich schließlich geeinigt«, entgegne ich mit tonloser Stimme. Vanessa beißt sich auf die Lippe und wendet ihren Blick von mir ab. Ich schätze, ich bin nun offiziell das Trauma-Mädchen, mit den passenden schwarzen Klamotten und dem asozialen Ruf dazu. Ich habe mich an diese Reaktion schon längst gewöhnt, denn ich weigere mich, artig vorzuheucheln, dass es Becca nie gegeben hat.

Vanessa räuspert sich. »Du brauchst also einen Partner«, sagt sie. »Und einen Schlüssel?«

Das ist der Teil der Textnachrichten, der mir ein mulmiges Gefühl bereitet. Ich habe die Schlüssel nie erwähnt. Ich habe niemanden außer Becca je darüber sprechen gehört. Und ich habe nur eine Stelle gefunden, an der sie überhaupt erwähnt werden, von dem belauschten Telefongespräch einmal abgesehen: Beccas Notizbuch, das sie zurückließ, bevor sie verschwand. »Die Schlüssel öffnen die Tore. Es müssen deine Schlüssel sein. Sie verbinden dich mit den Toren – und der Straße, schätze ich.« Beccas Notizen waren zu diesem Punkt alles andere als eindeutig.

»Dann bleibt nur noch, die Straße z-zu finden«, sagt Vanessa. »Gleich hinter Cartwright, oder?«

»Dort spielen die meisten das Spiel, aber die Stelle, an der Lucys Bruder sie gesehen haben will, liegt gute fünf Meilen westlich davon«, sage ich.

»Und dort gibt es eine Straße?«

»Eben nicht«, sage ich und zucke mit den Schultern.

»Aber warum auch, wenn es eine Geistererscheinung ist, stimmt's? Außer natürlich wenn Lucy gerade herumspukt.« Ich versuche, so beiläufig wie möglich zu klingen, und nicht als ob sich mit jedem Wort eine Hand enger um meine Kehle schließt. Denn wäre ich ein normales Mädchen und hätte einfach »mein Leben weitergelebt« und diese »abstruse Bewältigungsstrategie« abgelegt, so wie es meine Mutter mir einmal eingeschärft hat, dann würde mir nichts von alledem zu Herzen gehen.

»Ich glaube nicht an Gespenster«, wiederholt Vanessa. »Und du?«

Ich stochere in der Kruste meines Sandwichs. Gern würde ich die Frage verneinen, doch das entspräche nicht der Wahrheit. Nicht mehr. Ich habe meine Gründe, daran zu glauben. Wegen Becca und wegen …

Darauf gibt es keine einfache Antwort mehr.

Sie schiebt die Hände unter ihre Oberschenkel. »Ich w-w-will's ausprobieren. Das Sp-Spiel und die Straße und alles.«

»Warum«, frage ich, »wenn du nicht daran glaubst?«

»Ich will mir nur sicher sein.«

»Willst du etwa, dass ich dein Partner bin?«, frage ich und hoffe fast, dass es stimmt.

»N-Nein. Ich habe schon einen. Tut mir leid«, sagt sie. Ihre Wangen sind mittlerweile rot wie Tomaten. »Danke für deine Hilfe.«

»Klar doch«, sage ich, während sie hastig aufsteht. »Kein Problem.«

Doch da ist sie schon wieder im Schulgebäude verschwunden.

Ich hole mein Handy aus dem Rucksack und entsperre es. Die SMS steht schon auf dem Bildschirm, als würde sie nur auf mich warten. Eine Straße, ein Partner, ein Schlüssel. Und zwei Tage Zeit, sie zu finden, wenn man spielen will.

Will ich?

Ich erinnere mich an die Tür, die vor meiner Nase zuschlägt, und an Beccas undurchdringlichen Gesichtsausdruck. Ich wusste, dass etwas nicht stimmte, aber ich schwieg. Tagelang. Bis es offensichtlich war, dass sie nicht nach Hause kommen würde.

Meine beiläufige Antwort an Vanessa entsprach der Wahrheit – es gibt an jener Stelle im Wald keine Straße. Was ich nicht erwähnte: In den Monaten nach Beccas Verschwinden war ich ein Dutzend Mal dort. Ich lief durch das Gehölz und rief ihren Namen. Ihren und Lucys. Doch mir hat nie jemand geantwortet.

Aber was, wenn ich nur den falschen Tag erwischt habe? Becca ist im April verschwunden. Jetzt ist es wieder April.

Ich glaube nicht an Gespenster. Aber ich glaube auch nicht, dass Becca tot ist. Und das bedeutet, dass sie dort draußen ist, irgendwo, und niemand sucht nach ihr. Nur ich.

3

Einige Eltern belassen das Zimmer ihres Kindes, wenn es verschwindet, genau so wie es war, und bewahren es wie einen Schrein, als würde eine mitfühlende Zauberhand das Kind deswegen zurück nach Hause beschwören, wo immer es auch stecken mag.

Meine Eltern sind nicht so. Drei Tage nach Beccas Verschwinden ging meine Mutter in ihr Zimmer, um es aufzuräumen. Sie wusch ihre Wäsche, wischte ihren Schreibtisch sauber, bezog ihr Bett neu, schuf Ordnung. Dann schloss sie die Tür und öffnete sie acht Monate lang nicht wieder.

Als sie es tat, verpackte sie alles in Kartons. 13 Kisten. Zehn davon landeten in Trödelläden oder auf dem Müll. Drei wanderten auf den Dachboden zu den Kisten mit den Projekten aus der Grundschule und zu den Makkaroni-Basteleien: Artefakte einer längst vergangenen Zeit. Das Bett und der Schreibtisch gingen auch an einen Trödelladen. Es wäre vermutlich weniger schmerzhaft gewesen, wenn meine Mutter alle Möbel entsorgt und das Haus komplett von Beccas Gegenwart befreit hätte, aber sie behielt das Bücherregal und den Stuhl und stellte sie ins Wohnzimmer. Es war, als hätte sie Becca vollständig aus ihrem Gedächtnis gestrichen und würde beim Anblick dieser Dinge keine quälenden Erinnerungen empfinden.

Ich habe nicht dagegen protestiert. Meine Eltern gaben mir keine Schuld an Beccas Verschwinden, aber sie hassten mich für meinen Beitrag zu dem, was danach kam. Die seltsamen Gerüchte, der Hohn. Meine Weigerung zuzugeben, dass meine Schwester uns für einen Jungen, den sie erst drei Monate lang kannte, verlassen hatte.

Protestiert habe ich nicht, aber ich bin in das Zimmer meiner Schwester geschlichen, als meine Mutter gerade im Badezimmer war, um mir die Schachtel zu nehmen, die unter ihrem Bett stand und in der sie ihre wertvollsten Besitztümer aufbewahrte: ein paar frühe Fotos, die zwar zu peinlich und dilettantisch waren, um sie vorzuzeigen, aber schon ihr verheißungsvolles Talent erkennen ließen; ihr Notizbuch – kein Tagebuch –, in dem sie Gedankensplitter und philosophische Überlegungen festhielt; ein paar Kinkerlitzchen von unseren sporadischen Ferienreisen und den Ehering meiner Großmutter, den Becca einmal bei ihrer eigenen Hochzeit tragen sollte.

Ich fand die Inschrift im Notizbuch, auf der Innenseite des Umschlags.

FINDE DIE STRASSE. FINDE DIE TORE. FINDE DAS MÄDCHEN.

Jetzt sitze ich auf meinem Bett, das Notizbuch auf meinem Schoß, und blättere mich durch die Seiten. Das meiste davon sind kritische Anmerkungen zu Fotos, die sie gemacht hat, oder Ideen für spätere Aufnahmen. Dazwischen finde ich Fragmente von Gedichten und abschweifende Textstücke zu Liedern. Sie hat zusammen mit Zachary ein paar Songs geschrieben, und ich erkenne seine Handschrift neben ihrer. Sein Gekritzel scheint ihres zu bedrängen, und ich verachte jedes Wort und jeden Buchstaben davon.

Ich hab's gesehen / Noch einmal / In meinem Augenwinkel / Ganz egal / Wo ich bin, wie ich versuche / Abzuhau'n.

Es wartet / Wartet auf mich.

Genau wie sie.

Danach ändern sich die Notizen. In großen Blockbuchstaben, die Linien immer und immer wieder nachgezeichnet, bis sie verschwommen und ganz grau geworden waren, steht dort: DIE STRASSE. Und gleich darunter hatte Becca geschrieben:

Wenn es dunkel ist, lass nicht los.

Es gibt dort andere Straßen. Folge ihnen nicht.

Die Seiten danach sind eng beschrieben mit Vermerken zu Lucy Gallows und dem Spiel, den Schlüsseln, dem Wald und einer Stadt, die Becca nicht benennt. Zwischen die Seiten hat sie Fotos von dem Wald gesteckt. Auf einigen davon ist Zachary zu sehen. Sogar ein Foto von Lucys Grabstein ist dabei – auch wenn darunter niemand liegt.

Schließlich verkommen die säuberlich in Listen festgehaltenen Notizen zu eigenartigem Blödsinn: zusammenhanglose Satzteile, verstörende Zeichnungen von Augen und Händen und einer Figur, deren Körper mitsamt Armen und Beinen in die Länge gezogen scheint. Sie hat den Körper eines Mannes, doch der Kopf sieht aus wie der eines wilden Tieres, fast dreieckig und mit einem Geweih versehen, das sich in die Höhe reckt und stellenweise die ganze Seite ausfüllt.

Ich lese jedes Wort.

die vögel kommen wenn es dunkel wird
sieben tore
folge den regeln
bleib nicht stehen

Und so geht es immer weiter. Viele der Satzschnipsel lesen sich wie Anweisungen, doch es gibt auch andere ohne eindeutige Aufforderungen, wie diese eine, die sich wie eine Spirale über das ganze Blatt zieht.

in dem haus in der stadt in dem wald an der straße gibt es flure die atmen. der gesang wird dich verführen der rauch wird dich überkommen die worte werden dich zerstören und die frau wird dich verachten.

Ich habe Stunden damit verbracht, die Seiten des Notizbuches immer und immer wieder durchzublättern, doch kein einziges Geheimnis wollte sich mir offenbaren. Ich bin zu der Stelle in den Wald gegangen, wo Lucy Gallows verschwunden ist, bei Tag und in der Dunkelheit, wenn der Vollmond schien, in einem weißen Kleid, wie es die Legenden sagen.

Ich glaube nicht an Gespenster. Dabei würde ich es so gern tun. Ich weiß, dass Becca nicht davongelaufen ist. Das lässt nur eine Möglichkeit und eine Unmöglichkeit offen, und ich hoffe auf das Unmögliche. Wenn sie nicht tot ist, wenn sie nur entführt wurde, dann kann sie zurückkommen.

Die Haustür öffnet sich, und ich höre die vertraute Folge von Geräuschen, die die Ankunft meiner Mutter verkünden: Schlüssel, die in der Schale neben der Tür rasseln; Schuhe, die achtlos in die Ecke plumpsen; schnelle Schritte, die zur Küche huschen; der Plopp des Korkens einer halb vollen Flasche. Sie hat bestimmt schon von den Textnachrichten gehört. Es ist eine kleine Stadt.

Ich lege das Notizbuch zurück in die Schachtel und schiebe sie unter mein Bett. Ich ziehe meine Füße hinauf auf die Decke und setze mich auf sie. Unzählige Varianten der bevorstehenden Unterhaltung schießen mir durch den Kopf, und ich überlege mir genauso viele Wege, meine Mutter zu überzeugen, dass es nichts gibt, worüber sie sich Sorgen machen muss.

Ihre Schritte kommen die Treppe hinauf, und sie klopft sacht an meine Tür, bevor sie sie öffnet. »Wie war's in der Schule?«, fragt sie.

Hört sich an, als würde sie sich langsam herantasten wollen. »Gut«, sage ich.

Sie hält inne. Anscheinend sucht sie in meinem Gesicht nach einer Antwort – doch auf welche Frage? Interessiert es sie, ob mich die SMS beunruhigen? Will sie wissen, ob ich es war, die sie verschickt hat?

»Gut«, sagt sie. Ich blinzle. »Ich glaube, ich bestelle etwas fürs Abendessen. Ist Pizza okay?« Wie es aussieht, werden wir nicht darüber sprechen.

»Ja«, sage ich.

»Oder Chinesisch.«

»Okay«, sage ich. Das einzige chinesische Restaurant in Briar Glen gehört einem Italiener namens Aurelio, was bedeutet, dass die Küche nicht gerade authentisch ist, aber das Essen schmeckt. Henry Lins Eltern betreiben die Pizzeria in einer Art gastronomischer Symmetrie, und die meisten Abende bestellen wir unser Essen bei einem der beiden Betriebe. An den anderen Abenden ernähren wir uns von den Resten.

Meine Eltern sind nicht geschieden, jedenfalls nicht offiziell. Aber schon vor der Sache mit Becca hat es zwischen ihnen gebrodelt. Drei Monate ist Dad noch geblieben. Hat einen Job in New York angenommen, und obwohl er behauptet, dass er sich mit niemandem trifft, gibt es da diese Arbeitskollegin, die ihre gemeinsamen Selfies von »geschäftlichen Veranstaltungen« mit einer fast schon psychisch gestörten Anzahl an Emojis schmückt. Er bezahlt noch immer für den Detektiv, der nach Becca sucht und alle paar Wochen Neuigkeiten vermeldet – immer sind es irgendwelche vielversprechenden Hinweise, aber nie etwas Konkretes. Auch wenn Dad die Hoffnung schon verloren hat, ist er doch nicht bereit, die Suche einzustellen. Noch nicht.

Anders als Mom. Sie wird mich nicht nach den SMS fragen, denn das würde zwangsläufig bedeuten, dass wir über Becca sprechen müssen. Und das ist eine Sache, die wir einfach nicht können. Schweigen ist das einzige Mittel, das sie gegen den Schmerz kennt. Als würde es das Leid lindern, wenn sie einfach nur so tut, als hätte sie die ganze Angelegenheit hinter sich gelassen. Eigentlich bedeutet es nur, dass wir den Schmerz allein ertragen müssen und nicht für einander da sein können.

Ich habe nicht nur meine Schwester verloren, sondern meine ganze Familie. Keine Ahnung, ob ich sie je zurückbekommen werde. Aber ich kann Becca finden.

Wenigstens kann ich es versuchen.

Ich hatte befürchtet, nicht einschlafen zu können, aber wie es scheint, fange ich an zu träumen, sobald ich die Augen schließe. Ich stehe auf einer Straße. Es ist eine normale Straße mit einer weißen Linie in der Mitte. Der Asphalt schillert vor Hitze. Ich laufe die Mittellinie entlang, und ein anderes Mädchen läuft neben mir her. Ich habe sie noch nie zuvor gesehen. Sie ist in meinem Alter, hat langes, dunkles Haar und ein Tattoo von einer Feder auf der Innenseite ihres linken Handgelenks. Über uns fliegen fünf Krähen hinweg und krächzen.

»Ist sie das?«, frage ich.

»Die Straße?«, rät sie und lächelt. Sie hat nur auf einer Wange ein Grübchen. »Nein. Nur *eine* Straße. Eine sichere, fürs Erste.«

»Ich muss die andere finden«, sage ich.

»Nicht so sicher«, bemerkt sie. Ich nicke. Die ganze Situation ist so normal, wie sie in Träumen eben ist. »Sie wird dich finden. Solange ihr alle zusammen seid und nach ihr sucht, wird sie da sein.«

»Bist du sicher?«, frage ich.

»Ich vermeide es, mir allzu sicher zu sein«, sagt sie. Dann deutet sie mit einem Nicken zum Horizont. Er verdunkelt sich. Die Finsternis wird immer größer, schwillt über die Hügel in der Ferne, über die Bäume, und zieht wie ein Tsunami auf uns zu. Sie reicht mir ihre Hand, und ich strecke meine aus, um sie zu nehmen.

Und dann erwache ich. Ich starre für einige Minuten hinauf zur Decke und warte darauf, dass sich mein pochendes Herz wieder beruhigt. Dann setze ich mich auf. Ich blicke zur Uhr. Es ist gerade einmal kurz nach zehn, aber wenn mich so etwas erwartet, dann werde ich nicht versuchen, wieder einzuschlafen.

Ich nehme Beccas Notizbuch und ihre alte Kamera und schleiche mich zur Hintertür hinaus. Besonders leise muss ich nicht sein – Mom nimmt fast jeden Abend Schlaftabletten. Seit Becca.

Ich bin mir nicht sicher, wohin ich überhaupt gehe, bis ich die Richtung schon eingeschlagen habe. Es gibt einen Park an der Galveston und Grand. Ein Bach fließt durch seine Mitte, Bäume wachsen entlang des Ufers. Dort ist man im Grünen und doch so weit weg von der Wildnis, wie es nur möglich ist, aber für die Wildkatzen war es dort wie in Narnia, in Mittelerde und dem Amazonas-Regenwald.

Wir trafen uns immer an der Brücke. Sie ist fast zwei Meter breit und aus ungestrichenen Holzbrettern gemacht. Das Geländer rammt einem Splitter in die Finger, wenn man mit der Hand drüberfährt. Becca und ich waren fast immer die Ersten, und wir schmissen Stöcke ins Wasser und sahen zu, wie sie wegtrieben. Ich lehne mich an das Geländer und versuche, ihre Gegenwart zu spüren, so wie sie immer neben mir stand, die Ellbogen auf den Handlauf gestützt, während sie mit dem Ring an ihrem Daumen spielte.

Wenn man jemanden verliert, so habe ich immer geglaubt, vergisst man zuerst die Kleinigkeiten, aber es sind die Kleinigkeiten, die mir noch geblieben sind – die Fältchen an ihren Augenwinkeln, wenn sie sich über mich lustig machte, und die Art, wie sie an ihrem Daumennagel kaute, wenn sie sich konzentrierte. Die großen Sachen dagegen gehen mir verloren. Ihr Gesicht. Ihre Stimme. Wie es sich anfühlte, in ihrer Nähe zu sein.

Becca war – ist – sechs Monate älter als ich. Unsere Eltern versuchten fünf Jahre lang, ein Kind zu bekommen. Es funktionierte nicht, und so nahmen sie den langen, mühsamen Weg einer Adoption auf sich. Eine leibliche Mutter änderte noch im Kreißsaal ihre Meinung, bevor sie Becca fanden und sie – klein und perfekt, wie sie war – als ihr Kind adoptierten.

Nicht einmal einen Monat später erfuhren sie von mir. Sie hatten sich immer zwei Kinder gewünscht, also nahmen sie es mit einem Schulterzucken, einem Lachen und dem Entschluss, uns nicht unterschiedlich zu behandeln. Das gelang ihnen auch, zumindest meistens. Doch man spürte irgendwie immer, wie sehr sie sich bemühen mussten: die ständigen Selbstzweifel, die übertriebene Wiedergutmachung, wenn sie glaubten, Becca nicht genauso zu behandeln wie mich, und ihr ein bisschen zu viel Aufmerksamkeit und Lob zukommen ließen, um noch aufrichtig zu erscheinen. Vielleicht war das der Grund, warum die Beziehung zwischen ihr und ihnen mit dem Beginn der High School zu zerbrechen begann. Vielleicht aber gab es auch einen anderen Grund für ihr Schweigen, ihre seltsamen Launen, ihr Fernbleiben von zu Hause, wann immer es ihr möglich war.

Doch ich eiferte ihr nach, schon lange vor der High School. In der Woche, als sie zum ersten Mal allein auf ihren Füßen stehen konnte, versuchte ich, es ihr nachzumachen. Ich konnte laufen, nur einen Monat später als sie. Alles, was sie berührte, musste ich haben. Das erste Wort, das mir über die Lippen kam, war der Name meiner Schwester, und ich schrie ihn in der Nacht, bis meine Eltern mich zu ihr in die Krippe legten.

Ich habe immer geglaubt, dass wir beide der Schwerpunkt wären, um den der Rest der Gruppe kreist, doch das stimmte nicht. Das war nur Becca. Sie hielt uns zusammen. Und sie war es, die sich als Erste von der Gruppe löste. Nachdem sie verschwunden war, zerbrach die Gang für immer.

Ich hebe die Kamera und schieße ein Foto. Der Blitz leuchtet auf. Ich blicke auf das Display. Das Wasser ist ein Wirrwarr aus reflektiertem Licht, die Bäume nicht mehr als verschwommene Schatten. Ich bin nicht annähernd solch eine gute Fotografin, wie es meine Schwester war. Ist.

War.

»Sara?« Ich bin nicht unbedingt überrascht, Anthonys Stimme zu hören, aber ich freue mich auch nicht. Seine Schritte knirschen zu mir herüber und klingen plötzlich dumpf, als er die Brücke betritt.

»Hey«, sagt er, lehnt sich neben mich an das Geländer und blickt hinunter in den Bach. Die Lampen im Park scheinen gerade hell genug, um auf der Wasseroberfläche zu schimmern, dort, wo ihre feinen Wellen über die Steine schlagen. »Hab mir fast gedacht, dass du hier bist. Oder im Wald.«

»Hat keinen Sinn, jetzt schon dorthin zu gehen«, sage ich. »Nicht heute Nacht.«

»Bist du sicher?«

»Erst am Jahrestag. Mittwoch, kurz nach Mitternacht. Genau zwei Tage nachdem die SMS verschickt worden sind.«

Seine Finger klammern sich fest an das Geländer, und seine Kieferknochen wölben sich, als er seine Zähne aufeinanderpresst. »Ja. Ich weiß.« Er wirft mir einen kurzen Blick zu.

»Du glaubst, dass ich es war«, sage ich. Mein Tonfall ist ausdruckslos, doch das Gefühl des Verrats schneidet tief in mich hinein. »Du glaubst, dass ich die Nachrichten verschickt habe.«

»Nein, das glaube ich nicht. Vielleicht für einen Augenblick. Aber nicht länger«, sagt er.

»Alle anderen denken, dass ich es war«, sage ich. Ich schlurfe mit dem Schuh über die Brücke und schubse einen Stein hinunter, der mit einem kaum hörbaren Plopp im Wasser landet. Anthony stupst meine Schulter mit seiner, und ich stutze kurz wegen dieser freundschaftlichen Nähe, von der ich glaubte, dass sie lange hinter uns liegt.

»Nur die Idioten«, versichert er mir.

»Du hast gerade gesagt, dass du es selbst einen Augenblick lang geglaubt hast.«

»Und da war ich einen Augenblick lang ein Idiot«, sagt Anthony, und für den Bruchteil einer Sekunde zeigt er mir dieses Grinsen, das man unmöglich nicht erwidern kann. »Trina glaubt es auch nicht.«

»Du hast mit ihr darüber gesprochen?«

Er zuckt mit den Schultern. »Sie macht sich deinetwegen Sorgen.«

»Ihr sprecht also miteinander – über *mich*«, sage ich.

Anthony seufzt frustriert. Er dreht sich zu mir um, doch ich rühre mich nicht und blicke stur hinunter ins Wasser. »Komm schon, Sara. Wir hätten ja mit dir gesprochen, aber du hast ja kaum mehr als drei Worte für einen von uns übrig.«

»Ach, dann ist das alles meine Schuld?« Jetzt wende ich meinen Kopf zu ihm und stiere ihn wütend an.

»Wir alle haben Becca geliebt«, sagt er. *Einige mehr als die anderen*, doch das sage ich ihm nicht, denn eigentlich darf ich es nicht wissen.

»Ist auch egal«, flüstere ich. »Es spielt jetzt keine Rolle mehr.«

»Nein, das tut es nicht«, sagt Anthony. »Was immer auch passiert ist, ich bin jetzt für dich da. Keine Ahnung, ob es ein Scherz oder eine Falle ist oder ob sich dort draußen in dem Wald wirklich etwas versteckt hält, aber ich werde dich nicht allein gehen lassen.«

Ich starre ihn an. Es fühlt sich an, als hätte ich das Gleichgewicht verloren, als wäre ich gestolpert und würde noch nach Halt suchen. Einen Moment lang bebt mein ganzer Körper vor Dankbarkeit und Erleichterung. Er tut es für mich, er ist noch immer mein Freund, ich bin ihm nicht egal. Doch dann weiche ich zurück, und ein tiefer Zorn zieht in mir auf.

»Du *lässt* mich nicht?«, sage ich.

»Ich wollte sagen, dass ich mit dir gehen werde«, sagt er. »Als dein Partner, so wie es in der SMS steht.«

»Ich hab dich nicht gebeten, mit mir zu gehen«, sage ich.

»Aber du gehst.«

»Selbstverständlich.«

Er nickt, als wäre die Angelegenheit damit erledigt. »Dann gehe ich mit.«

»Du unterstellst einfach, dass ich sonst niemanden habe? Dass ich nur mit dir gehen will?«

»Warum denn nicht?«

»Echt jetzt? Mal sehen.« Ich hole mein Handy hervor und öffne meine Textnachrichten. Ich scrolle nach unten, immer weiter, bis ich die Einträge mit Anthonys Namen finde.

Die neueste SMS ist schon ein paar Monate alt. Sie zeigt das Emoji einer Geburtstagstorte. Die davor liegt schon fast ein Jahr zurück. *Alles okay?*, lautet sie.

Ich zeige ihm das Handy. »Zwei Mitteilungen in einem Jahr. Meine Schwester verschwindet, und du machst dir nicht einmal die Mühe, mir zu schreiben.«

Er reißt mir das Telefon aus der Hand. Ich krächze protestierend, aber er wendet sich ab und schiebt seine Schulter zwischen sich und das Handy. Er tippt ein paar Mal auf das Display und holt die Nachrichten von Trina hervor.

Alle Nachrichten von Trina. Jetzt schickt sie mir Links zu interessanten News und lustigen Bildchen, einmal im Monat vielleicht. Davor ein paar wenige SMS, in denen sie mich wissen ließ, dass sie immer für mich da ist, wenn ich sie brauche. Und zu der Zeit von Beccas Verschwinden? Dutzende von Mitteilungen. Vielleicht sogar Hunderte. Sie ist besorgt um mich, sagt sie. Schickt mir dumme Memes, um mich abzulenken. Lädt mich zu sich ein, um zusammen abzuhängen. Beschwert sich über ihren dämlichen Stiefvater, unsere Hausaufgaben, das Wetter. Ich antworte ihr vielleicht ein halbes Dutzend Mal. Es sind nie mehr als ein paar Worte.

Er schaltet auf Mels Nachrichten um. Mel hat mir nicht so häufig geschrieben. Sie hat schon recht früh aufgegeben. Ich habe Trina nie geantwortet, weil ihre Herzlichkeit zu sehr schmerzte. Ich habe Mel nie geantwortet, weil sie für mich da sein wollte, als Freundin, und ich nicht in der Lage war, so zu tun, als ob das wirklich alles war, was *ich* wollte. Darum brach ich die Verbindung zu den beiden ab – und auch zu den anderen.

Anthony gibt mir mein Handy zurück. Ich halte es schützend in meiner Hand, schalte das Display aus und wende mich ab.

»Du hast ihnen nie geantwortet. Warum hätte ich es also weiter versuchen sollen? Stattdessen bin ich zu dir nach Hause gekommen, doch deine Mom sagte immer, du wärst krank.«

Ich war krank. Krank vor Angst und Kummer, zusammengerollt auf meinem Bett, eine Hand gegen den Bauch gepresst, weil die Übelkeit mich erzittern ließ. Die folgenden Wochen und Monate verbrachte ich wie in einem Nebelschleier. Wenn meine Mom mich nicht ermahnt hätte, zu essen und zu duschen und in die Schule zu gehen, dann wäre ich einfach im Bett geblieben und hätte darauf gewartet, dass Becca nach Hause kommt.

»Warum sollte ich auf dein ›Alles okay?‹ antworten«, blaffe ich, »wenn du dich nicht einmal dazu herablassen konntest, beim Lunch neben mir zu sitzen? Ein Jahr lang? Hör zu, ich kapier's ja. Wir waren gute Freunde, als Kinder. In der High School ist es anders. Du hast neue Freunde und brauchst keine abgedrehten Loser in deiner Nähe.«

»Du bist nicht abgedreht.«

»Mit der Meinung stehst du ziemlich allein da.«

»Ach, komm schon, Sara. Du kannst niemandem einen Vorwurf machen, so zu denken. Du redest kaum noch mit irgendjemandem. Du trägst nur noch

Schwarz. Alle wissen, dass du die ganze Zeit allein in den Wäldern herumstreunst und dass du von dieser Sache mit Lucy Gallows geradezu besessen bist.«

»Es ist mir egal, ob den Leuten meine Klamotten gefallen. Und ich interessiere mich nur deshalb für Lucy Gallows, weil Becca es tat. Sie suchte nach ihr.«

»Ich weiß«, sagt Anthony. Die Verbitterung in seiner Stimme überrascht mich. Er wendet den Blick ab. »Sie wollte, dass ich ihr helfe. Sie sagte, sie könne Lucy hören. Sie sagte, sie träume von ihr, aber ich glaubte ihr nicht. Es sind nur Träume, sagte ich.«

»Zach glaubte ihr«, sage ich und verstehe endlich, was mir vorher unbegreiflich war. Deshalb hatte sie sich für Zach entschieden, obwohl es klar war, dass sie zu Anthony gehörte. »Darum hat sie niemandem davon erzählt«, sage ich. »Darum hat sie *mir* nicht davon erzählt. Weil du ihr nicht geglaubt hast und ...«

Anthony stiert mich an. »Weißt du was, Sara? Du denkst vielleicht, dass die Leute dich meiden, weil du ein Freak bist. Schon mal darüber nachgedacht, dass sie nichts mit dir zu tun haben wollen, weil du ein *Arsch* bist?«

»Nur weil mir nicht nach Kuscheln ist, bin ich noch lange kein Arsch«, hauche ich ausdruckslos.

»Wenn du nicht einmal mehr mit deinen Freunden sprichst, ist es schwer, den Unterschied zu erkennen«, sagt er und schüttelt den Kopf. »Also gut. Wenn du schon einen anderen Partner hast, dann ist es eben so. Ich kann dich nicht dazu zwingen, mit mir zusammen zu gehen. Aber ich werde dort sein. Ich mag dich immer noch, auch wenn ich es dir in letzter Zeit vielleicht nicht gezeigt habe.«

»Du weißt nicht mal, wohin du gehen musst.«

»Das finde ich schon heraus«, sagt er und stößt sich von dem Geländer ab. Es hat zu regnen begonnen. Wassertropfen prasseln auf meine Schultern und laufen mir den Nacken hinunter. Trotzdem bleibe ich noch eine Weile stehen und sehe zu, wie Anthony, die Hände in den Taschen, zurück zur Straße läuft. Meine Finger zittern und ich balle sie zu Fäusten.

Anthony hat mich im Stich gelassen, als ich seine Freundschaft am nötigsten brauchte. Auch wenn ich ihn vielleicht zuerst im Stich gelassen habe.

Ich kann nicht so tun, als hätten die anderen nicht versucht, auf mich zuzukommen. Trina gibt noch immer ihr Bestes, obwohl ich es ihr sicherlich nicht leicht mache. Sogar Mel, die alles andere als sentimental ist, hat versucht zu helfen. Und ich? Ich habe ihnen den Rücken zugekehrt. Habe mich in meiner Trauer gesuhlt und sie auf Abstand gehalten.

Jetzt habe ich vielleicht die Chance, Becca zurückzuholen, und Anthony hat recht. Ich brauche seine Hilfe. Ich brauche einen Partner, und es gibt sonst niemanden, den ich fragen kann.

ANLAGE C

Gruppenchat – Abschrift

18. April 2017

TRINA (16:07): Hi Leute

NICK (16:08): Was geht?

MEL (16:08): Wusste nicht mal mehr dass ich diese App aufm Handy habe

TRINA (16:10): Ich finde wir sollten reden

MEL (16:11): Sei lieber vorsichtig ... das könnte dir den Ruf versauen

NICK (16:12): Du träumst doch nur davon, so edgy zu sein, Mel.

MEL (16:14): Ich meinte wenn man sie mit dir reden sieht, Nerdgang

NICK (16:14): Gibt es Gangs, die nur aus einer Person bestehen?

MEL (16:14): Du bist son riesiger Nerd dass du locker als fünf durchgehst ... reicht für ne Gang ... einfache Mathematik

TRINA (16:15): Herrschaften ...

NICK (16:15): Äh, Trina, »Herr«schaften ist ein sexistischer Begriff, den das Patriarchat erfunden hat, um zu implizieren, dass Männer in Gruppensituationen über Frauen »herr«schen.

MEL (16:15): Halt die Klappe so rede ich gar nicht

NICK (16:16): 1) tust du das und 2) weißt du doch, wie sehr ich das mag

MEL (16:17): Ach wär ich doch nur hetero mein Freund

NICK (16:17): Dann würdest du nicht die Finger von mir lassen

MEL (16:17): So siehts aus mein käsig weißer Liebeshengst

TRINA (16:17): Sosehr es mich auch freut, dass ihr noch immer Freunde seid ...

TRINA (16:18): MEL, DAS IST SOOO WÜRG

MEL (16:18): Wo steckt Anthony

MEL (16:18): Und ja tut mir aufrichtig leid

NICK (16:18): Mir nicht

ANTHONY (16:18): Ich gucke eurem Ekel-Flirt zu oder was immer es auch ist was ihr da macht. Kann nicht viel schreiben. Muss »Zeit mit der Familie« verbringen.

ANTHONY (16:19): Sorry, das war meine Antwort auf Mels Frage.

MEL (16:19): Wir wissen wie'n Chat funktioniert ... wie geht's der Pastorin

ANTHONY (16:19): Ihr geht's gut. Danke. Sie würde dich gern häufiger in der Kirche sehen.

MEL (16:20): Aber nur weil sie mich mehr liebt als dich

ANTHONY (16:20): Warum ist Sara nicht im Chat?

MEL (16:20): Ach bitte nicht ...

NICK (16:20): Moment, was?

MEL (16:20): Als ob sie uns antworten würde

ANTHONY (16:21): Sie war heute auch nicht in der Schule.

TRINA (16:21): Ich habe Sara herausgenommen, weil wir besprechen müssen, was zu tun ist, und ich wollte nicht, dass sie uns dazwischengeht.

TRINA (16:24): Also ... was tun wir?

ANTHONY (16:25): Ich werde gehen. Egal, was ihr vorhabt.

TRINA (16:25): Ich auch.

NICK (16:25): Hatte ich schon längst geplant. Vanessa will auch mit. In ein paar Minuten gibt's Abendessen, und dann jagen wir Gespenster.

MEL (16:25): Sorry aber das muss jetzt sein ... NICKY HAT NE FREEEUUUNDIN

NICK (16:26): Gibt es eigentlich ein Mittelfinger-Emoji? Wartet, habs gefunden ... [geschwärzt]

MEL (16:27): Ich weiß nicht, was das Ganze soll es wird sowieso nix passieren ... und außerdem hab ich ein Date.

NICK (16:28): MELANIE HAT NE FREEEUUUNDIN

MEL (16:28): [geschwärzt] [geschwärzt] [geschwärzt]

MEL (16:28): [geschwärzt]

TRINA (16:29): Weiß jemand, ob Sara gehen wird?

MEL (16:29): [geschwärzt]

ANTHONY (16:30): Ja, das wird sie. Hat's mir selbst gesagt.

TRINA (16:30): Du hast mit ihr gesprochen? Ist sie okay?

ANTHONY (16:31): Ja. Gestern Abend. Und nein. Keine Ahnung. Sie war so drauf, wie sie eben drauf ist.

MEL (16:32): Irgendwer sollte gehen wenn sie geht aber nicht unbedingt wir alle ... das hier ist keine Einmischung sie braucht nur jemanden falls sie sich im Wald die Pulsadern aufschneiden will oder so etwas

TRINA (16:33): Das ist primitiv und taktlos.

MEL (16:33): Primitiv und taktlos ist quasi mein Markenzeichen

PRIVATNACHRICHT: MEL/NICK

NICK (16:33): Das ist doch perfekt. Du tauchst auf und rettest Sara vor sich selbst und sie wird dir so dankbar sein, dass sie sich in deine starken und doch so geschmeidigen Arme flüchtet.

MEL (16:33) Du weißt ganz genau dass ich dir eine verpasse wenn du noch einmal das Wort geschmeidig benutzt ... und halt die Klappe.

PRIVATNACHRICHT: ANTHONY/MEL

ANTHONY (16:34): Mel, hör auf mit dem Scheiß.

MEL (16:34): War nur ein Witz

ANTHONY (16:34): Kyle hat vor ein paar Monaten versucht, sich das Leben zu nehmen.

MEL (16:35): Fuck

MEL (16:35): Echt jetzt

MEL (16:35): KYLE??? Darum war er nicht in der Schule ... ich dachte er hätte die Grippe

ANTHONY (16:34): Ihm geht's einigermaßen. Glaube ich. Hör nur mit den dummen Witzen auf.

HAUPTCHANNEL

MEL (16:35): Tut mir leid

ANTHONY (16:36): Ist natürlich möglich, dass sie gar nicht auftaucht.

TRINA (16:36): Dann liegt es an uns.

MEL (16:36): Äh ... was liegt an uns

TRINA (16:37): Das Spiel.

MEL (16:38): ES IST NICHT ECHT

ANTHONY (16:38): Ich bringe jemanden mit für den Fall, dass Sara nicht kommt. Außer wir wollen uns zusammentun, Trina.

TRINA (16:38): Ich habe schon jemanden, mit dem ich gehen werde.

PRIVATNACHRICHT: ANTHONY/TRINA

TRINA (16:39): Es gibt da noch etwas, worüber ich mit dir reden muss.

ANTHONY (16:39): Was gibt's?

HAUPTCHANNEL

NICK (16:39): Cool, dann ist die Sache beschlossen. Um Mitternacht im Wald, ja?

TRINA (16:40): Ehrlich gesagt weiß ich gar nicht, wohin ich gehen muss.

NICK (16:40): Vanessa hat die GPS-Koordinaten. Ich werde sie euch zuschicken, Herrschaften ...

NICK (16:41): Ich meinte natürlich PERSONEN UNTERSCHIEDLICHER GENDER-IDENTITÄTEN.

MEL (16:44): Lass stecken ich werde nicht kommen DENN NICHTS DAVON IST ECHT Becca ist weg ... Sie ist tot oder auf Drogen oder im Puff ABER sie ist nicht im Wald und sie ist keine Gefangene von irgendeinem dämlichen Geist aus einer uralten Legende ... Ihr habt den Verstand verloren wenn ihr auch nur einen Moment daran glaubt ... Tut euch selbst einen Gefallen und gebt es einfach zu damit ihr die Sache endlich hinter euch lassen könnt

<MEL hat den Chat verlassen>

TRINA (16:45): Dann bis heute Nacht?

ANTHONY (16:46): Ja. Bis dann.

NICK (16:46): Ich werde dort sein. Ciao, ihr Zicken.

<NICK hat den Chat verlassen>

PRIVATNACHRICHT: ANTHONY/TRINA

ANTHONY (16:47): Trina, worüber wolltest du mit mir sprechen?

TRINA (16:47): Ich

TRINA (16:47): Scheiße, ich weiß nicht, wie ich es sagen soll.

ANTHONY (16:48): Ist alles okay? Was ist los?

TRINA (16:48): Ich habe etwas herausgefunden und weiß nicht, wie ich damit umgehen soll.

ANTHONY (16:49): Wollen wir telefonieren? Oder willst du rüberkommen?

TRINA (16:49): Nein. Ich weiß nicht.

TRINA (16:50): Ich muss jetzt los.

ANTHONY (16:51): Warte

TRINA (16:52): Ich muss los. Chris* ist zu Hause.

<TRINA hat den Chat verlassen>

---

* Christopher Mauldin, Stiefvater von Kyle und Trina Jeffries.

4

Was soll man nur tragen, wenn man loszieht, um einen Geist zu treffen? Was nimmt man mit?

Bisher habe ich, wenn ich in den Wald gegangen bin, nicht mehr als eine Taschenlampe und einen Müsliriegel mitgenommen. Wirklich gehofft, einen Hinweis auf Becca zu finden, habe ich nie. Es ging eigentlich nur darum, von zu Hause wegzukommen, von der Stadt, von jeder Menschenseele. Ich habe nie darüber nachgedacht, was geschehen würde, wenn es alles wahr wäre, wenn es eine Straße gäbe, die man hinunterlaufen kann. Rational betrachtet glaube ich immer noch nicht an Geister oder Straßen, die sich in Luft auflösen. Aber mittlerweile verhalte ich mich, als wäre es wahr, und das kommt dem Glauben daran nahe genug.

Letztendlich ziehe ich mich warm an, nach dem Zwiebelprinzip, und packe meine Lunchbox ein, ein paar Flaschen Wasser und eine Handvoll Proteinriegel. Ich nehme die schwere Taschenlampe und Ersatzbatterien mit, Beccas Kamera, Ersatzklamotten und das Notizbuch. Und natürlich einen Schlüssel. Ich warte, bis Mom eingeschlafen ist, lege die Notiz, die ich geschrieben habe, auf den Küchentisch und gehe hinaus.

Wenn ich verschwinde, dann soll sie genau wissen, warum. Nicht so wie bei Becca. Vielleicht wird es ihr helfen. Vielleicht nicht. Aber wenigstens wird sie den Grund kennen, warum ich gegangen bin.

Mein Rucksack drückt mir in die Schulter, als ich geradewegs in Richtung Wald marschiere.

Die Nacht ist kalt, aber wenigstens regnet es nicht mehr. Der Gehweg schimmert im Licht der Straßenlampen und ich denke an schwarzes Eis, an Oberflächen, die fest aussehen, bis man einbricht und hinunter in die Tiefe stürzt. Durch solch ein Dunkel könnte man für immer fallen.

Mein Handy summt. Eine neue Nachricht. Ich halte es einen Moment lang mit dem Display nach unten und fürchte, es ist Anthony, der mir sagen will, dass ich zu Hause bleiben soll, was mir jede Chance verderben würde, bevor ich den Wald überhaupt erreicht habe. Ich drehe das Handy in meiner Hand um und entsperre das Display mit dem Daumen. Ich lasse es fast fallen.

Eine neue Nachricht, steht dort. Von Becca.

Ich öffne die Nachricht mit zitternden Fingern. Und ich glotze. Sie ist ein Jahr alt.

Hey. Wird spät werden heute. Mach dir keine Sorgen. Bis bald.

Das hat sie mir ein paar Tage vor ihrem Verschwinden geschickt, als sie abends mit Zachary unterwegs war. Warum bekomme ich die Nachricht jetzt?

Das Handy summt. Und noch einmal. Immer und immer wieder erscheint dieselbe Nachricht, bis mir schwindelig wird, als hätten meine Füße den Kontakt zum Boden verloren.

Ich drücke mit dem Daumen fest auf den Ausschalter. Das Handy summt und summt in einem Stakkato, das sich bis an die Knochen in meinem Finger bohrt. Endlich erlischt das Display.

Mein Herz flattert wie ein Kolibri. Eine Gänsehaut zieht sich über meine Arme und ich erzittere, während ich versuche, mich von dem einzigen, immer wiederkehrenden Gedanken in meinem Kopf zu befreien. *Das ist unmöglich, das ist unmöglich, das ist ...*

Ich atme tief durch. Wahrscheinlich nur eine Technik-Macke. Nur ein Zufall.

Ich nehme meinen Mut zusammen und schalte das Handy wieder ein. Einen Augenblick lang fürchte ich, dass das Summen wieder losgeht. Doch nichts passiert. Und dann ...

Ich bin da.

Nicht von Becca. Von Anthony. Er wartet.

Ich mache ein Geräusch, das mehr nach einem Schluchzen klingt, als ich mir eingestehen möchte, und drücke eine Hand auf meinen Mund. Er wartet auf mich. Es ist Zeit zu gehen.

Ich stopfe mein Handy so tief in den Rucksack, dass ich es nicht hören kann, falls es noch einmal summt, und mache mich mit schnellen Schritten auf den Weg.

ANLAGE D

911-Notruf – Mitschrift

18. April 2017, 16:23 Uhr, Rufnummer unbekannt.

Briar Glen, Massachusetts

NOTRUFZENTRALE: 911. Wo befinden Sie sich?
UNBEKANNT: *[undeutlich]*
NOTRUFZENTRALE: Was ist passiert?
UNBEKANNT: *[undeutlich]* ihn *[undeutlich]* bewegt sich nicht.*
NOTRUFZENTRALE: Hallo? Ma'am? Sind Sie verletzt?
UNBEKANNT: Nein. Ich nicht.
NOTRUFZENTRALE: Ist sonst jemand verletzt?
UNBEKANNT: Sie müssen jemanden schicken. Ich glaube, er ist tot. Ich glaube, ich …
NOTRUFZENTRALE: Wo befinden Sie sich, Ma'am? Wie lautet Ihre Adresse?
UNBEKANNT: Ich glaube …

<Ende des Gesprächs.>

---

* Stimme ist weiblich, jung. Die Worte sind nur schwer zu verstehen; Anruferin scheint zu weinen.

VIDEOBEWEIS

Aus dem Handy von Kyle Jeffries

Aufgenommen am 18. April 2017, 23:37 Uhr

Einige Sekunden lang ist das Bild dunkel und kaum erkennbar, nur das Geräusch von Schritten durch Buschwerk ist zu vernehmen. Dann springt das Blitzlicht des Handys an und die Kamera wird aufgerichtet und bleibt in Position. Trina Jeffries läuft voran. Immer wieder bewegt sie sich aus dem Bild und kehrt zurück. Sie blickt hinunter auf ihr Handy, während sie läuft. Das Licht des Displays verwischt ihre Konturen und hüllt sie in einen fahlen Rahmen. Sie bleibt stehen, starrt auf die Karte auf ihrem Handy und bewegt sich fast zehn Sekunden lang nicht.
KYLE: Hey. Trina.
Sie antwortet nicht.
KYLE: Trina. Alles okay?
Sie wendet sich abrupt herum, blickt ihn an.
TRINA: Was? Tut mir leid, ich … Wir sind fast da.
Sie reibt sich mit dem Handballen in einer unbewussten Geste über die Jeans.
KYLE: Sind wir die Ersten?
NICK: Hier oben!

TRINA: Ich schätze, nicht.
Sie lächelt Kyle verkrampft und nervös zu.
TRINA: Na, komm.
Ihre Stimme ist zu laut, zu aufgekratzt, und ihr Bruder antwortet ihr nicht. Er folgt ihr, während sie in die Richtung von Nicks Stimme läuft. Kurz darauf erscheinen Nick Dessen und Vanessa Han in dem schwachen Licht des Handys. Nick ist ein schlaksiger Typ. Seine Sneakers werden an den Sohlen von Isolierband zusammengehalten und sein T-Shirt ist viel zu dünn für dieses Wetter, aber das scheint ihm nichts auszumachen. Sein struppiges braunes Haar hängt bis zu seinem Kiefer herunter, was jemand anderem vielleicht ein spitzbübisches Aussehen verliehen hätte, doch er sieht einfach nur jung aus. Vanessa hat sich ihre Strickmütze so tief ins Gesicht gezogen, dass sie die oberen Ränder ihrer runden Brille berührt.
NICK: Hey, Kyle.
Er sieht Trina fragend an. Sie zuckt in einer kurzen Bewegung mit den Schultern.
KYLE: Ich hatte Becca auch gern. Und außerdem ist's besser, als zu Hause zu bleiben.
NICK: O nein, ist schon in Ordnung, dass du hier bist. Ich hatte nur geglaubt, dass Trina einen Lover mitbringen würde.
Trina reagiert nicht. Sie scheint abgelenkt zu sein.
NICK: Also kein Lover ... Hallo? Erde an Trina?
Trina blinzelt, schüttelt den Kopf.
TRINA: Ich, äh, Paul und ich haben uns getrennt.
NICK: Hab davon gehört. Die ganze Schule weiß es.
KYLE: Seine Stimme war plötzlich verdammt hoch.
Sie lachen kurz zusammen und stehen betreten herum,

als Trina immer noch nichts sagt. Der kurze Augenblick einer aufgefrischten Freundschaft verfliegt wieder. Vanessa blickt auf ihre Hände. Kyle schwenkt sein Handy langsam über die Lichtung.

KYLE: Und hier ist es passiert?

VANESSA: S-So ungefähr. W-W-Wir wissen nicht genau, w-wo.

Ein Lichtstrahl durchdringt die Bäume und Kyle richtet seine Kamera darauf. Zwei Personen nähern sich. Es sind Anthony Beck und Jeremy Polk, die den schwach beleuchteten Bereich betreten.

TRINA: *[murmelnd]* Na, toll.

ANTHONY: Sind wir die Letzten hier?

Er versucht, Augenkontakt mit Trina aufzunehmen, doch sie verschränkt ihre Arme und blickt zu Boden.

NICK: Abgesehen von Sara. Du hast Jeremy mitgebracht.

Seine Stimme ist zu neutral, um sie als etwas anderes als unfreundlich zu deuten.

JEREMY: Was, glaubt ihr, soll das alles? Ich tippe auf einen Streich oder ein Alternate Reality Game mit Geocaching oder so etwas. Gut, du filmst alles. Wir könnten Internet-Berühmtheiten werden.

NICK: *Warum* filmst du alles?

KYLE: Falls hier echt was passiert, dann wollen wir es beweisen können.

JEREMY: Ihr glaubt aber nicht, dass hier wirklich, nun ja, ein Gespenst aufkreuzt. Oder etwa doch?

TRINA: Warum hast du ihn mitgebracht?

ANTHONY: Weil er mein Freund ist und es angeboten hat.

JEREMY: »Er« steht außerdem genau hier.
Er gibt Anthony Handzeichen und blickt verärgert drein.
JEREMY: Warum hast du es ihr nicht erzählt?
ANTHONY: Keine Ahnung. Ich dachte nicht, dass es ein Problem sein würde.
TRINA: Ich beherrsche die Zeichensprache auch, schon vergessen?
JEREMY: Wir müssen Spanisch lernen.
TRINA: Ich spreche Spanisch. Versucht es mit Arabisch.
JEREMY: Njet.
TRINA: Das ist Russisch.
ANTHONY: Wollt ihr zwei euch die ganze Zeit nur streiten? Jeremy ist hier, um uns zu helfen.
TRINA: Er kannte Becca nicht einmal.
Die anderen scheinen von der Schärfe in ihrer Stimme überrascht zu sein.
VANESSA: I-Ich auch nicht.
Trina schüttelt den Kopf. Jeremy zuckt die Schultern, aber die Situation ist ihm augenscheinlich unangenehm.
ANTHONY: Trina, sollten wir reden? Unter vier Augen?
TRINA: Nein.
ANTHONY: Bist du …?
TRINA: Es gibt nichts zu reden. Wo zum Teufel steckt Mel? Kommt sie wirklich nicht?
Anthony wirft Trina einen besorgten und mutmaßenden Blick zu, doch sie ignoriert ihn.
NICK: Hab versucht, ihr zu simsen, aber sie antwortet nicht.
TRINA: Ich habe echt geglaubt, sie würde ihre Meinung ändern. Schon klar, sie ist gerade nicht gut auf mich zu sprechen, warum auch immer, aber …

NICK: Es ist nicht deine Schuld. Es ist nur so, dass du all das verkörperst, was ihre Eltern gern hätten, sie ihnen aber nicht geben kann.
TRINA: Wie bitte?
KYLE: Ja, du bist zu perfekt. Ist echt nervig.
Trina erbleicht sichtlich. Sie ballt ihre Hände einen Moment lang zu Fäusten, bevor sie sie unter erkennbarer Anstrengung wieder löst, Finger für Finger.
TRINA: Ich bin nicht perfekt.
KYLE: Captain der Mädchen-Fußballmannschaft, todsicher wieder Jahrgangsbeste, immer im Unterricht anwesend, perfekte Zähne, perfekte Manieren ...
NICK: Und du willst Ärztin werden, und das wünschen sich Mels Eltern von ihr und ...
Trina hebt ihre Hand.
TRINA: Genug jetzt! Herr im Himmel. Ich kapier's ja. Aber auch wenn sie mich hasst, sollte sie hier sein. Wegen Sara.
NICK: Nicht wegen Becca?
TRINA: Wir wissen doch alle, dass es nicht um Becca geht. Sie ist weg.
JEREMY: Verdammt, jetzt wird's aber heftig. Soll ich mich dort drüben an den Kein-Freund-von-Becca-Baum stellen?
ANTHONY: Welcher ist das?
JEREMY: Ich nehme den, der am meisten nach Selbsthass aussieht. Um Trinas willen.
VANESSA: H-Habt ihr das auch g-gehört?
Alle bleiben wie angewurzelt stehen und schweigen. Und dann durchbrechen stampfende Schritte und Gelächter die Stille.

Trina zuckt zusammen und dreht sich nach den Geräuschen um, was Kyle erschrocken kichern lässt.
ANTHONY: Sieht aus, als hätte Mel sich entschlossen, doch zu kommen.

VIDEOBEWEIS

Aus dem Handy von Sophia Henry

Aufgenommen am 18. April 2017, 23:41 Uhr

Die Kamera des Handys fokussiert sich auf das schwach beleuchtete Gesicht von Sophia Henry. Der Hintergrund ist verschwommen.
SOPHIA: Okay. Wir sind da. Mitten im Nirgendwo. Im Dunkeln.
Das Licht einer Taschenlampe trifft Sophia im Gesicht. Sie zuckt zusammen.
SOPHIA: Hey! Pass doch auf!
MELANIE: *[lacht]* 'tschuldigung! War keine Absicht. Also, das ist es jetzt?
Sophia schaltet auf die Rückkamera um und schwenkt sie auf eine kleine Lichtung in dem dunklen Wald. Zwei junge Frauen stehen in der Nähe. Melanie »Mel« Whittaker ist groß und schlank, ihre dunklen Locken stecken unter einer lilafarbenen Strickmütze – der einzige Farbklecks in ihrer düsteren Gesamterscheinung. Sie hat braune Haut, die mit dunklen Sommersprossen überzogen ist, und ihre Gesichtszüge sind streng und doch elegant, wie es bei einem Fotomodel geschätzt wird. Miranda, ein weißes Mädchen mit langen Haaren,

die dunkel genug sind, um in dem schwachen Licht als schwarz zu erscheinen, steht neben ihr. Sie trägt einen blauen Anorak und richtet ihren Blick in den Wald. Mel hält eine schwere Taschenlampe und lässt ihr Licht über die Bäume schweifen.
SOPHIA: Welch Überraschung! Ein ganzer Haufen Bäume. Ich zittere vor Angst. Todesangst!
MEL: Ach, komm schon. Du musst zugeben, dass es schon ziemlich gruselig ist. Der dunkle Wald um Mitternacht ...
Mels Augen strahlen ein bisschen zu hell, ihr Gang ist lässig und ihre Stimme klingt übermäßig laut in dieser ruhigen Umgebung.
SOPHIA: Dir ist schon klar, dass die SMS nichts von Mitternacht gesagt haben, oder?
MEL: Aber das versteht sich doch von selbst. Komm schon, Sophia. Zeig mal ein bisschen Weihnachtsstimmung.
SOPHIA: Es ist April und das hier pure Zeitverschwendung. Hier ist nichts.
MIRANDA: Wir sind an der falschen Stelle.
Miranda läuft weiter in den Wald, ohne auf die anderen Mädchen oder das Licht der Taschenlampe zu warten. Die anderen beiden staksen hinter ihr her. Sophia murmelt etwas Unverständliches, während die Kamera unscharf herumschwenkt und nur sporadisch Silhouetten aufnimmt.
MEL: Hey, wer ist das?
Ein anderes Licht taucht zwischen den Bäumen auf.
MEL: Hey! Wer ist da oben?
NICK: Wir sind's nur.

Das Bild stabilisiert sich, als die beiden Gruppen aufeinandertreffen. Trinas Mund formt eine schmale, gerade Linie. Ihre Lippen sind fest aufeinandergepresst. Anthony schüttelt den Kopf, als er sieht, wie Mel leicht wankend die Lichtung betritt.

MEL: Nicky! Die ganze Gang ist hier. Plus Verstärkung. Was geht, Jer?

JEREMY: Mel.

TRINA: Bist du betrunken?

MEL: Neeeiiin. Vielleicht.

SOPHIA: Jup.

TRINA: Und du bist …?

Trina verschränkt die Arme und fixiert Sophia mit einem starren Blick. Kyle filmt immer noch.

MEL: Das ist Sophia. Sie gehört zu mir.

TRINA: Sie ist dein Date?

MEL: Ja, sie ist mein Date. Das hier ist ein Date. Hast du ein Problem damit?

Trina schüttelt den Kopf und verzieht angewidert das Gesicht. Ihre Stimme zittert beim Sprechen.

TRINA: Nur du bringst es fertig, betrunken aufzutauchen und dein Date mitzubringen …

NICK: Können wir bitte nicht streiten? Wenigstens heute Nacht? Konzentrieren wir uns lieber darauf, was hier vor sich geht.

SOPHIA: Jemand spielt uns einen Streich. Das geht hier vor sich. Jemand lockt ein paar Idioten mitten in der Nacht in den Wald und lacht sich schlapp darüber.

Mel rollt die Augen.

JEREMY: Dumme Frage, aber … warum seid ihr zu dritt?

MEL: Was geht's dich an?

JEREMY: Nun, du sagtest gerade, ihr hättet ein Date. Das ist eigentlich eine Zwei-Personen-Sache.

VANESSA: W-Wir sollten in Zweiergruppen sein. Mit einem Partner. Erinnert ihr euch?

MIRANDA: Das wird kein Problem sein.

VANESSA: Bist du sicher?

TRINA: Echt jetzt, Mel. Du hast ein *Date* mitgebracht.

MEL: Nick doch auch.

TRINA: Nick hat seine Freundin mitgebracht. Das ist etwas anderes. Du bist hier mit deinem *Date*, um nach Becca zu suchen.

SOPHIA: Einen Moment mal. Becca? Das Mädchen, das verschwunden ist? Du kanntest sie?

TRINA: Mel. Echt jetzt?

SOPHIA: Du sagtest, du kennst sie nicht. Du sagtest, das hier wäre nur ein Spaß.

MEL: So ist es auch. Denn es ist nur ein dämlicher Streich.

NICK: Dann bist du also nicht wegen Becca hier?

Mel antwortet nicht. Sie schiebt sich die Haare aus dem Gesicht und atmet langsam aus.

MEL: Hört zu, ich … Ich glaube weder an Gespenster noch an Lucy Gallows. Mit anderen Worten: Ich glaube nicht, dass Becca irgendwo hier draußen ist. Ich wünschte, sie wäre es. Aber sie ist es nicht.

NICK: Warum bist du dann hier?

MEL: Darum.

Sie verzieht das Gesicht zu einem manischen Grinsen und ihre Augen funkeln vor aufgestauten Emotionen.

MEL: Nur. Ein. Spaß.

Sie legt das Lächeln ab und kratzt sich in einer schnellen, nervösen Bewegung im Nacken.
MEL: Wo steckt Sara überhaupt? Ich dachte, sie wäre die Erste hier.
SOPHIA: Außer wenn sie diese SMS verschickt hat.
ANTHONY: Das hat sie nicht.
SOPHIA: Ich weiß nicht. Sie ist ziemlich daneben.
VANESSA: Sie ist nicht d-daneben, s-s-sie ist nur ...
SOPHIA: S-S-Sie ist ein v-v-verdammter Freak. Komplett g-g-gestört, wenn du m-m-mich fragst.
Mel dreht sich abrupt um und zieht ungläubig die Augenbrauen hoch.
MEL: Wow. Okay. Sophia, das ist kein Date mehr.
SOPHIA: Wie bitte?
MEL: Ich gehe nicht mit Arschgeigen aus. Eine ganz strenge Regel.
SOPHIA: Stell dich nicht so an. Es war nur ein Witz.
MEL: Und die Pointe war, dass du eine Arschgeige bist. Vielen Dank für den Hinweis.
SOPHIA: Leck mich. Und scheiß auf das hier. Ich wollte sowieso nicht mitkommen. Habt noch viel Spaß mit eurer dämlichen Geisterjagd.
Das Handy senkt sich und baumelt neben Sophias Bein, nimmt aber noch einige Sekunden auf, während Sophia wütend davonläuft.
MIRANDA: Hab doch gesagt, dass es kein Problem sein wird.

5

Die Lichter und die Stimme ziehen mich weiter durch den dunklen Wald. Ich verspüre einen üblen Geschmack in meinem Mund, als würde ein Penny unter meiner Zunge stecken. Das ist Trinas Stimme. Und Mels. Und Anthonys. Sie sind hier. Sie sind gekommen.

Sie alle.

Ich betrete die Lichtung, auf der sie sich versammelt haben, halte mich aber noch im Schatten versteckt. Sie sind nicht zusammen gekommen. Aber sie sind gekommen. Was mir wie ein Beweis erscheint, ein Beleg dafür, dass unsere Gruppe zwar auseinandergebrochen war, aber wieder ganz gemacht werden kann. Dass wir wieder eine Einheit sein können.

Anthony sieht mich zuerst. Das erscheint mir richtig. Erleichterung macht sich auf seinem Gesicht breit. Er nickt mir zu. Die Geste lenkt auch die Aufmerksamkeit der anderen in meine Richtung und sie glotzen mich alle schweigend an.

»Ihr seid gekommen«, sage ich.

»Natürlich sind wir gekommen«, sagt Trina. Niemand scheint so recht zu wissen, welcher Gesichtsausdruck passend ist.

Trinas Lippen zittern. Ihr Lächeln ist seltsam zerbrechlich. Mel starrt auf ihre Füße und Anthony nickt immer noch ein wenig, als würde er es nicht übers Herz bringen, damit aufzuhören.

Mels Weigerung, mir in die Augen zu sehen, tut mehr weh, als ich zugeben mag. Ich zwinge mich, meinen Blick von ihr abzuwenden und so zu tun, als würde es mir keinen Stich versetzen. Sie ist hier. Das bedeutet etwas, oder?

Nicht das, was ich mir wünsche. Aber etwas.

Kyle winkt mir verlegen zu. Seit Becca habe ich ihn kaum noch gesehen, denn wir sind nicht im selben Jahrgang, und ich bin überrascht, wie viel älter er jetzt aussieht. Er ist 15, aber ich werde ihn wohl immer als wesentlich jünger im Gedächtnis behalten. Seine Gesichtszüge sind immer noch weich wie die einer Puppe und sein fast weißes Haar verleiht seinem Äußeren etwas, das nicht von dieser Welt zu sein scheint. Aber diese Zerbrechlichkeit hat Ecken und Kanten bekommen. In den Schatten seiner Augen und an seinem Kiefer finden sich die ersten Hinweise auf den Mann, der er einmal sein wird. Ich erinnere mich, dass er einmal fast von der Schule geflogen ist, weil er eine Schlägerei angezettelt hat, aber mein Bild von ihm ist noch immer das des kleinen, verlegenen Jungen, der seine ältere Schwester anbetet und sich nichts sehnlicher wünscht, als cool genug zu sein, um mit ihr und ihren Freunden abzuhängen.

Die Einzige hier, die völlig entspannt aussieht, ist das Mädchen, das neben Mel steht. Ich habe sie noch nie zuvor gesehen. Ihre Haut ist hell, und ihre kräftigen braunen Haare hängen locker und gerade über ihren Schultern. Auf der Innenseite ihres Handgelenks hat sie ein Tattoo von einer Krähenfeder. Jetzt fällt es mir ein. Sie ist das Mädchen aus meinem Traum.

»Dann sind jetzt alle da, wie?«, sagt Mel. »Das ist übrigens Miranda. Sie ist, äh, eine Freundin.« Ein kurzes Zögern vor dem vorletzten Wort. Also, *meine* Freundin? Ich versuche, die Flamme der Eifersucht, die dieser Gedanke entfacht, zu ignorieren. Ich habe geglaubt, darüber hinweg zu sein. Und es sollte das Letzte sein, das mir gerade durch den Kopf geht.

Wahrscheinlich habe ich Miranda doch schon einmal gesehen. Aber ich habe keine Ahnung, warum gerade sie in meinem Traum aufgetaucht ist.

»Wir sind wieder ungerade«, bemerkt Trina.

Ich zähle die anwesenden Köpfe. Sie hat recht. Ein Panikschauer jagt mir über den Rücken. Schon jetzt läuft alles falsch.

Aber ich weiß auch nicht, wie »alles läuft richtig« aussehen würde.

»Das wird schon«, sagt Anthony. »Wir finden eine Lösung.«

»Was genau soll hier eigentlich passieren?«, fragt Jeremy. Anthony scheint sich nicht sicher gewesen zu sein, ob ich überhaupt komme. Und so hat er seinen besten Freund mitgebracht – seinen *neuen* besten Freund. Ich wurde aus dieser Position entlassen. Vielleicht habe ich, je nach Sichtweise, auch gekündigt.

Jeremy ist kein übler Kerl. Nur ziemlich blauäugig. Und für meinen Geschmack hat er zu viel von einem typischen Muskelprotz. Er redet gern dreimal so schnell, wie er denken kann, aber andererseits ist es nicht so, dass ich nicht oft genug selbst vorlaut gewesen bin.

»Die Straße erscheint, wir laufen sie hinunter. Das ist wenigstens der Plan«, sage ich. »Hat jeder einen Schlüssel dabei?«

Die Gruppe bejaht und nickt einmütig.

»Reicht es, wenn wir 13 Schritte gehen?«, fragt Trina. Ihre Stimme wird höher, wenn sie nervös ist. Sie ist verdammt nervös und zittert fast. Wahrscheinlich wie wir alle. Sogar Jeremy. Er spannt die Finger, als würde er sich wünschen, einen Lacrosse-Schläger dabeizuhaben, um sich daran festhalten zu können. Sogar Sportskanonen wie er brauchen so etwas wie eine Schmusedecke, schätze ich.

Vanessa schüttelt den Kopf. »I-I-Ich glaube, dass es e-etwas komplizierter ist«, sagt sie und sieht mich an. »Wenn es wirklich um M-M-Mitternacht passiert, auch w-w-wenn es keinen Grund für diese Annahme g-g-gibt, dann werden w-wir es schon bald erf-f-f...«

»Erfahren«, beendet Jeremy den Satz für sie.

»Mach das nicht«, ermahnt Anthony ihn.

»Schon okay«, entgegnet Vanessa und zuckt die Schultern, als wollte sie sagen, dass es ganz und gar nicht okay ist, aber so oft passiert, dass es müßig ist, jedes Mal darauf hinzuweisen.

Jeremys Miene nach zu urteilen, kennt er das Gefühl, und er errötet. Er kann mit seinen Hörgeräten fast jeder Unterhaltung folgen – auch wenn es ihm hilft, Gesichtsausdrücke und Lippenbewegungen zu beobachten –, aber das hält die Leute nicht davon ab, ihn lauter und langsamer anzusprechen, als wäre er geistig beschränkt. Dabei macht das die Sache nur schwerer für ihn, weil es die Töne und die Lippenbewegungen verzerrt – und obendrein ziemlich herablassend und arschlochhaft ist.

»Stimmt. 'tschuldigung«, sagt Jeremy. »Mein Fehler.«

»Zwei Minuten noch«, sagt Kyle. »Ich schätze mal, dass sonst niemand mehr aufkreuzen wird.«

»Zwei Minuten noch, bis wir uns alle ziemlich dämlich vorkommen«, murmelt Mel. Sie passt auf, dass sich unsere Blicke nicht treffen, und ich bemerke erst jetzt, wie wacklig sie auf ihren Beinen steht. Fragen schießen mir durch den Kopf, aber ich behalte sie für mich. Es zählt nur, dass wir da sind. Wir alle. Für Becca.

Ganz egal was passiert.

»Leute?« Kyles Stimme zittert. »Ich glaube, es passiert etwas.«

Gemeinsam drehen wir uns um. Und die Straße erscheint.

VIDEOBEWEIS

Aus dem Handy von Kyle Jeffries

Aufgenommen am 19. April 2017, 0:01 Uhr

Das Handy schwenkt herum. Das Bild ist unscharf und körnig, und es zeigt einen dunkelblauen Schleier, mit schwarzen und grauen Streifen durchsetzt, der sich weigert, sich zu etwas Eindeutigem zu fokussieren. Es gibt ein Geräusch, das klingt, als würde der Wind über das Mikrofon des Handys streichen. Vielleicht ist es Kyles Finger, der an der Handyhülle kratzt.

Das Bild stabilisiert sich, als sich ein Wirrwarr aus überraschten Stimmen erhebt. Zwischen den Bäumen führt ein schmaler Pfad tief in die Dunkelheit. Vor den Füßen der Teenager liegen ein paar Steine verstreut, die ein bisschen zu groß und zu rechteckig sind, um natürlichen Ursprungs zu sein. Aber sie formieren sich schnell wie ein zerrissenes Stück Stoff, das hastig zusammengeflickt wird. Trotz der Finsternis des Waldes ziehen die Steine, so scheint es, das Mondlicht an.
NICK: Heilige Scheiße. Es ist echt. Es ist wirklich echt.
TRINA: O mein Gott. Was machen wir denn jetzt?
Die Kamera wackelt. Sara schiebt sich an Kyle vorbei und läuft mit schnellen Schritten auf die Straße zu, so als hätte

sie Angst, dass sich die Steine in der Dunkelheit wieder auflösen würden. Als sie eine Stelle erreicht, an der sie auf festen Steinen steht, blickt sie über ihre Schulter zurück.
SARA: Also gut. Wer kommt mit?

INTERVIEW

SARA DONOGHUE

9. Mai 2017

Sara klopft mit dem Mittelfinger auf den Tisch. Zuerst scheint es zufällig, doch eine genaue Untersuchung ergibt, dass es sich um ein Muster handelt – eine schnelle Abfolge mit eingeschobenen Pausen. 1-5-1, 1-4-3, 2-5-2. Und dann wieder von vorn.

Die Deckenlampe flackert ein wenig. Sie ist nicht im Bild zu sehen, aber so schäbig, wie der Raum aussieht, überrascht es nicht, dass die elektrischen Leitungen veraltet sind. Sara schaut mit leerem Blick hinauf.

ASHFORD: Miss Donoghue?

SARA: Mit wem sprechen Sie sonst noch?

ASHFORD: Mit einer Reihe von Leuten. Allerdings haben die Jeffries einen Anwalt eingeschaltet. Bis jetzt ist es nicht zu einem Gespräch gekommen. Haben Sie mit den anderen Familien …?

SARA: Nein, ich habe mit niemandem von ihnen gesprochen.

ASHFORD: Warum nicht?

Sie beißt sich auf die Lippe. Wieder klopft sie. 1-5-1, 1-4-3, 2-5-2. Dann scheint ihr plötzlich aufzufallen, was sie

macht, und sie hört abrupt auf und ballt ihre Finger zu einer Faust.
SARA: Es ist meine Schuld.
ASHFORD: Was meinen Sie?
SARA: Alles. Sie sind nur meinetwegen dort gewesen.
ASHFORD: Und Sie sind nur wegen Ihrer Schwester dort gewesen. Könnte man nach dieser Logik nicht sagen, dass es Beccas Schuld war?
SARA: Nichts davon ist Beccas Schuld.
ASHFORD: Das behaupte ich auch nicht. Ich sage nur, dass es auch nicht Ihre ist.
SARA: Haben Sie das Spiel je gespielt, Dr. Ashford?
ASHFORD: *Das* Spiel? Nein, habe ich nicht.
SARA: Aber Sie haben schon andere Spiele gespielt, stimmt's?
ASHFORD: Natürlich.
SARA: Wissen Sie, was alle Spiele gemeinsam haben?
ASHFORD: Alle Spiele haben Regeln.
SARA: Ganz genau. Und was passiert, wenn man die Regeln bricht?
ASHFORD: Ich nehme an, das hängt vom Spiel ab. Haben Sie die Regeln gebrochen?
Sara antwortet nicht. Sie öffnet ihre Faust, und nach ein paar Sekunden klopft sie wieder mit dem Finger auf den Tisch. 1-5-1, 1-4-3, 2-5-2.
ASHFORD: Miss Donoghue? Haben Sie die Regeln gebrochen?
SARA: Ja. Wir alle.

ZWEITER TEIL

DIE STRASSE

ANLAGE E

*Abzählreim für Kinder, nach örtlichem Brauch in
Briar Glen, Massachusetts*

Die kleine Lucy trug ein weißes Kleid.
Machte ihrer Mama so viel Leid.
Lief einfach in den Wald hinein.
Kein Mensch hörte sie je schrei'n.
Eine Straße, die kein Mensch gefunden.
Oder ist sie in 'nem Loch verschwunden?
Wie viele Schritte machte Lucy noch?
Eins, zwei, drei, vier …

6

»Also gut. Wer kommt mit?«, frage ich mit ruhiger Stimme, obwohl mein Herz so laut pocht, dass ich es hören kann. Niemand sagt etwas. Sie glotzen alle auf die Straße – oder auf mich. Als ob ich eine Erklärung hätte.

In solch einem Moment, sollte man meinen, wäre Ungläubigkeit oder der Wunsch nach einer rationalen Erklärung angebracht. Und vielleicht geht es den anderen so. Vielleicht wollen sie es nicht wahrhaben oder suchen nach Anzeichen, dass sie träumen oder halluzinieren oder dass ihnen jemand einen Streich spielen will. Aber für mich ist es wie ein Puzzleteil, das endlich seinen Platz gefunden hat, und ich spüre, dass alles so ist, wie es sein sollte.

Die Straße ist da und Becca wartet.

»Keine Chance!«, sagt Jeremy und verlagert sein Gewicht weg von der Straße. »Guckt ihr denn keine Filme? Wenn wir auf diese Straße gehen, dann reißt uns spätestens in 30 Sekunden irgendein Irrer mit Hakenhand die Eingeweide raus und trägt sie wie einen Schal.«

Trinas Blick klebt an der Straße und ihre Lippen bewegen sich. Sie betet. Schließlich nickt sie. Und lächelt. Es ist ein schräges, verstörendes Lächeln. Ihre Augen leuchten förmlich und sind wässrig. »Okay«, sagt sie.

Mel macht ein ungläubiges Geräusch, eine Mischung aus Lachen und Husten. »Was ist daran okay?« Sie klingt eher beleidigt als ängstlich, als wäre sie sauer, dass die Welt es gewagt hat, sie vor solch eine bizarre Wahl zu stellen. Jetzt weiß ich, dass sie an meiner Seite ist. Sie wird sich nicht einschüchtern und die Straße einfach gewinnen lassen. Ein zartes Gefühl der Erleichterung durchströmt mich. Wenn Mel dabei ist, wird alles gut.

»Es ist echt«, sagt Trina. »Es ist echt, und das bedeutet, dass Becca ... oder?« Sie sieht mich an. Sie weint jetzt, und ihre Tränen leuchten silbern im Mondlicht. Ich mache einen Schritt auf sie zu, ohne dabei die Straße zu verlassen, für den Fall, dass ich es bin, die sie an Ort und Stelle hält. Trina reibt sich mit den Handballen über die Wangen. »Mir geht's gut«, sagt sie in demselben Tonfall, den ich schon hundertfach benutzt habe.

Wir stehen zusammen, wir fünf, in einem losen Kreis. Vanessa und Kyle und Jeremy und Miranda stehen etwas abseits von uns, den Wildkatzen.

»Es ist echt«, sagt Anthony. »Ich meine, wir sind uns einig, oder? Das hier passiert wirklich, stimmt's?«

»Es passiert«, sagt Mel mit rauer Stimme. »Becca hatte recht. Die Straße ist echt.«

Ich kann nicht sagen, wer zuerst die Hand ausstreckt, aber wir machen einen Schritt, kommen enger zusammen und nehmen uns bei den Händen. Ich greife Mels Hand, warm und trocken, auf der einen Seite und Anthonys – seine Haut ist kühl – auf der anderen.

»Ist nicht schlimm, wenn jemand nicht mitkommen will«, sage ich.

»Ich mache keinen Rückzieher«, sagt Trina mit Nachdruck.

»Wir kommen mit«, sagt Anthony. »Wir alle.« Seine Hand drückt meine. Und dann lässt er sie los. Wir drehen uns um und widmen uns wieder den anderen.

»Wer nicht mitkommen will, sollte jetzt gehen«, sage ich und bemerke, dass ich so etwas wie die Anführerin bin und dass niemand mich infrage stellt.

»Ich bin dabei«, sagt Kyle. »Ich hätte schon längst zu Hause sein müssen, was heißt, dass Chris sowieso stinksauer sein wird. Dann kommt's jetzt auch nicht mehr drauf an, oder?« Er grinst Trina schief an. Sie öffnet den Mund, als würde sie etwas sagen wollen, aber sie schüttelt nur den Kopf und schluckt ein Lachen herunter.

»Ich auch«, sagt Vanessa und nickt entschlossen.

»Das ist verrückt«, sagt Jeremy. Aber auch er bleibt.

Niemand fragt Miranda. Das erscheint mir nicht seltsam. Noch nicht.

»Ich schätze, dann gehen wir«, sage ich und weiß, dass sich niemand von der Stelle bewegt, bevor ich es tue. Ich drehe mich um. Packe den Riemen meines Rucksacks. Und mache den ersten Schritt.

Keine Ahnung, ob ich irgendeinen mystischen Vorgang erwartet habe, aber es passiert nichts. Ich atme durch und mache noch einen Schritt. Und noch einen. Nun, da die Straße da ist, erscheint sie mir völlig in der Wirklichkeit verankert zu sein. Die Bäume, die sie säumen, stehen aufrecht, die Steine, aus denen sie gemacht ist, liegen säuberlich und fest nebeneinander. Über der Straße liegt eine undurchdringliche Stille, und ich bin froh, sie nicht allein hinunterzugehen.

»›Sogar Lerchen und Heuschrecken‹«, murmelt Anthony ein paar Schritte hinter mir, und ich werfe ihm einen Blick zu.

»Was?«

»Nichts. Ist aus einem Buch«, sagt er.

»Du liest Bücher?«, frage ich mit gespielter Überraschung. Wie früher mache ich Scherze, um meine angespannten Nerven zu beruhigen. »Nun seht euch Anthony an. Zerstört das Klischee vom beschränkten Muskelprotz.«

»Hey, vorsichtig«, sagt er, »oder ich hole mir all die Gänsehaut-Bücher zurück, die du dir von mir ›geliehen‹ hast.«

»Deine Mami wollte nicht, dass ich sie zurückgebe, weil du davon Albträume bekommst. Sie hat dich ein ›sensibles Kind‹ genannt«, erinnere ich ihn, und er lacht und schüttelt sich bei dem Gedanken. Wie es aussieht, müssen schon die Regeln der Wirklichkeit durchbrochen werden, damit sich alles wenigstens für einen Moment wieder normal anfühlt.

Die anderen latschen hinter ihm in einer ungleichmäßigen Reihe her. Jeremy ist der Letzte. Er steht noch immer auf dem Waldboden und hat die Straße nicht betreten. Er sieht aus, als wäre er kurz davor zu verduften, zurück zu den Autos, in denen sie gekommen sind, und dies alles als einen Traum oder einen Fehler abzutun, um sich wieder seinem Leben widmen zu können, in dem die Dinge einen Sinn ergeben und Straßen sich nicht wie von selbst aus dem Mondlicht zusammensetzen.

Ich wünsche mir mehr als alles andere, dass er es getan hätte.

Doch dann treffen sich unsere Blicke, und trotz der Schatten erkenne ich einen Anflug von Scham auf seinem Gesicht. Und dann macht er einen Schritt nach vorn. Auf die Straße. *Es gibt kein Zurück*, denke ich und weiß instinktiv, dass es stimmt. Jetzt geht es nur noch vorwärts.

Ich weiß nicht, wie lange wir unterwegs sind. Ein paar Minuten vielleicht. Oder eine Stunde. Keiner von uns sagt ein Wort, nicht bevor wir das erste Tor erreichen. Anthony und ich haben uns ein wenig zurückfallen lassen. Mel eilt voraus. Das Licht ihrer Taschenlampe schweift wild von einer Seite zur anderen, und ihre Schritte sind groß, als würde sie vor etwas davonlaufen. Vielleicht versucht sie auch nur, wieder nüchtern zu werden. Sie ist schon so weit vor uns, dass sie um eine Kurve läuft und hinter einer Wand aus wild gewachsenen Bäumen aus unserem Blickfeld verschwindet.

Wir erreichen die Kurve und sie steht wie angewurzelt da. Sie richtet ihre Taschenlampe wie einen Zeigestock auf ein schmiedeeisernes Tor, das den Weg versperrt. Es ist über zwei Meter hoch und zieht sich über die ganze Straßenbreite, doch an seinen Seiten steht nur eine niedrige, halb zusammengefallene Mauer. Es wäre ein Leichtes, einfach drum herumzulaufen. Doch keiner von uns macht diesen Vorschlag. Manche Regeln sind so eindeutig, dass man sie nicht erwähnen muss.

»Wie sieht's aus?«, fragt Anthony, als wir Mel erreichen. »Ist es abgeschlossen?«

»Keine Ahnung«, sagt sie. »Aber schaut mal.«

»Wonach schauen wir?«

»Schaut einfach«, sagt sie und reicht ihm die Taschenlampe. Er hebt sie an und kneift die Augen zusammen. Er flucht. Und dann sehe ich es auch.

Das Licht der Taschenlampe trifft auf die eisernen Gitterstäbe des Tores und müsste auch hinter ihnen erscheinen, die Nacht grau färben und ein paar herumfliegende Staubkörner erfassen. Stattdessen hört es auf, als wäre es auf eine schwarze Wand gestoßen. Doch da ist nichts außer Dunkelheit, die völlige Abwesenheit von Licht.

»Was tun wir jetzt?«, fragt Anthony.

Ich erinnere mich: *Wenn es dunkel ist, lass nicht los.*

»Ich denke ...«, sage ich und halte inne. Die anderen haben uns mittlerweile erreicht. Ich drehe mich zu ihnen um und zähle durch, auch wenn ich nicht wüsste, wie sich irgendjemand hätte verlaufen können. »Becca hat ein Notizbuch zurückgelassen. Darin stehen Sachen ... Ich denke, es sind Regeln.«

»Welche Regeln?«, fragt Trina.

»›Verlasse die Straße nicht‹«, sage ich. »Und: ›Wenn es dunkel ist, lass nicht los. Es gibt dort andere Straßen. Folge ihnen nicht.‹«

»Lass nicht los?«, fragt Trina. »Lass *was* nicht los?«

»W-Wie das Spiel«, sagt Vanessa. »Darum braucht man einen Partner, stimmt's? Um sich gegenseitig bei der Hand zu halten.«

»Das klingt logisch«, sage ich irgendwo zwischen einer Aussage und einer Frage.

Kyle ist vorn am Tor. Er rüttelt daran. »Es ist abgeschlossen«, sagt er. »Glaubt ihr, wir können es aufbrechen?«

»Du hast doch einen Schlüssel mitgebracht, oder?«, fragt Miranda leise.

»Nur meinen Hausschlüssel«, sagt er.

»Benutze ihn«, drängt sie.

Er lacht ein wenig. Als wäre das schräger als alles andere, was wir schon gesehen haben. »Meinetwegen«, sagt er und wühlt in seiner Tasche, bis er ihn gefunden hat. Wir blicken ihn alle an. Beobachten ihn. »Ihr macht mir echt Angst, Leute«, sagt er. Dann dreht er sich um und schiebt den Schlüssel in das Schloss. Er dürfte nicht passen. Es ist ein altmodisches Schloss und sieht aus wie in einem Cartoon: ein Kreis, der über einem schmalen Dreieck liegt. Aber es macht klick. Kyle dreht den Schlüssel herum und zieht an dem Tor. Es öffnet sich mit einem Krächzen, das sich anhört, als würde jemand sterben.

Irgendwer summt die Titelmelodie der Fernsehserie *Unglaubliche Geschichten*.

»Klappe zu«, sagt Mel, doch ohne Humor wäre das Ganze nicht zu ertragen. Zwischen uns und der erdrückenden Schwärze steht nichts mehr außer leerer Luft, und die bietet keinen Schutz. Das Dunkel zieht uns förmlich an, und wir können nicht anders, als uns vorzubeugen und uns auf die Fußballen zu stellen. Einer von uns wird sich schon bald hineinstürzen, ob wir wollen oder nicht.

»Wir können immer noch umkehren«, sage ich.

»Können wir das?«, fragt Anthony.

»Ich weiß es nicht«, gebe ich zu. Aber es wird sowieso keiner machen. Wir haben unsere Entscheidungen getroffen. Sogar Jeremy.

»Dann lasst uns Pärchen bilden«, sagt Mel.

»Es g-g-gibt nur ein Problem«, sagt Vanessa. »Wir sind zu neunt. W-W-Wir sind einer zu viel.«

»Oder zu wenig«, sagt Trina.

Vanessa nickt. »So oder so. Wir haben ein Problem.«

VIDEOBEWEIS

Aus dem Handy von Kyle Jeffries

Aufgenommen am 19. April 2017, 0:46 Uhr

Die Teenager stehen in einer losen Gruppe zusammen. Hin und wieder reibt sich einer von ihnen die Augen oder wirft einen Blick zurück auf den Weg, den sie hergekommen sind, als warteten sie darauf, dass sich die Wirklichkeit wieder einstellt. Doch die Straße bleibt. Sie bleiben. Und die Dunkelheit türmt sich unerbittlich vor ihnen auf.
ANTHONY: Okay. Wir sind neun. Einer zu viel oder zu wenig. Was tun wir jetzt?
TRINA: Irgendjemand muss allein gehen. Ich mach's.
SARA: Nein. Auf keinen Fall. Niemand geht allein.
TRINA: Was dann?
NICK: Eine Dreiergruppe. Das ist sicherer. Es wurde nicht gesagt, dass man nicht zwei Partner haben kann.
MEL: Immer sachte, Nicky. Wer weiß, ob Vanessa auf offene Beziehungen steht.
Nick blickt sie ausdruckslos an.
NICK: Haha. Dein Versuch, witzig zu sein, beruhigt mich ungemein. Ich habe keine Angst mehr. Gut gemacht.

MEL: Stets zu Diensten.

ANTHONY: Also, wir haben Vanessa und Nick, Miranda und Mel, Trina und Kyle, und Sara kommt mit mir und Jeremy.

Sara wirft Mel einen kurzen Blick zu. Eine leichte Röte zeichnet sich auf ihren Wangen ab.

SARA: Ja, das klingt vernünftig.

ANTHONY: Na, dann ... halten wir uns bei den Händen, oder?

Die Teenager schieben sich auf der Suche nach ihren Partnern aneinander vorbei. Vanessa und Nick reichen sich bereitwillig die Hände. Trina streckt ihre Hand aus, mit der Innenfläche nach oben, und grinst in die Kamera und ihren Bruder dahinter an. Er ergreift ihre Hand mit einem Klatschen und hält sein Handy weiterhin mit der anderen Hand.

Die Kamera schwenkt kurzzeitig weg von der Gruppe, als er seinen Griff verlagert, und kommt wieder zurück. Sara und Anthony stehen zusammen an der Spitze der Gruppe, doch Jeremy steht weiter hinten bei Mel und hält ihre Hand. Die beiden blicken sich verwundert an, als wüssten sie nicht, wie es dazu gekommen ist. Mel wirft Miranda, die ihre andere Hand hält, einen Blick zu, als wollte sie sich vergewissern, dass sie keine Einwände erhebt.

MIRANDA: Ist schon okay. Lasst uns gehen.

Anthony zuckt die Schultern. Er und Sara drehen sich um. Ihre Schultern stoßen zusammen, und dann finden sich ihre Hände und umschließen sich, Finger für Finger wie die Zähne eines Schlüssels, die die entsprechenden Bolzen im Türschloss finden.

Zusammen gehen sie voran. Ein Schritt. Ein zweiter. Dann stehen sie vor der Finsternis. Sie sehen sich in die Augen und halten instinktiv die Luft an, als wären sie kurz davor, in ein Gewässer zu springen.
Sie machen noch einen Schritt. Und verschwinden.

7

Sicher wollen Sie wissen, wie es ist, eine totale Finsternis zu betreten. Sind Sie je über das Ende eines Docks oder eines Piers gelaufen – nicht gesprungen –, mit einem Fuß voran, und haben den Rest der Schwerkraft überlassen?

Aber auch das trifft es nicht ganz, denn es gibt eine Grenze zwischen der Luft und dem Wasser, eine Oberfläche, durch die man sinkt. So ist es nicht mit dieser Finsternis. In der einen Sekunde stehst du noch auf der einen Seite, dann auf der anderen. Du spürst weder Kälte noch Nässe, nichts, das dich davor warnen würde, Luft zu holen. Du atmest weiter und es füllt deine Lunge. Es fühlt sich nicht an, als würdest du daran ersticken, was es auf eine Art und Weise noch schlimmer macht. Du atmest immer weiter und ziehst immer mehr davon in dich hinein.

Das ist der erste Schritt. Insgesamt sind es 13. Jeder einzelne davon ist schwerer als der davor.

Wir halten nach dem ersten an. Unsere Finger sind fest umschlungen, wir keuchen und begreifen nicht, dass es uns mit jedem Atemzug schwerer fällt zu erkennen, wo wir aufhören und die Finsternis beginnt.

Ich blicke zurück, sehe aber nichts als Schwärze. »Hört ihr uns?«, rufe ich.

»Ja«, sagt Mel. »Aber es hallt ganz schön. Als wärt ihr in einem Tunnel.«

»Vielleicht sind wir das«, sagt Anthony. Woher sollen wir das wissen? Ich strecke die Finger meiner freien Hand aus, und ich spüre, dass er dasselbe macht. Meine Hand berührt nur Luft.

»13 Schritte«, erinnert uns Vanessa. »S-So geht das Spiel. 13 Schritte.«

»Und verlasst die Straße nicht«, fügt Trina hinzu.

»Ich erkenne die Straße nicht mehr. Wie sollen wir auf ihr bleiben?«, fragt Anthony.

»Die Steine«, sage ich. »Es ist eine Steinstraße. Du spürst es, wenn du auf sie trittst.«

Stille. Dann: »Ja, klar. Sorry, ich habe nur genickt, was du natürlich nicht sehen konntest.«

»Schon gut. Zwölf Schritte noch, richtig? Oder zählt der erste nicht?«

»Ich schätze, es gibt einen Weg, das herauszufinden«, sagt er. »Zählen wir mit?«

»Na klar. Jetzt kommt Nummer zwei«, sage ich, und wir machen einen schlingernden Schritt nach vorn. Seiner ist riesig, als würde er versuchen, so viel Boden wie möglich zu überqueren. Ich versuche, ihm vorsichtig zu folgen, und taste nach den Steinen unter uns. Unsere Hände verlieren sich fast und ich klammere mich panisch an ihn.

»Entschuldigung«, sagt Anthony. »Wir gehen einfach normal, okay?«

»Okay. Drei«, sage ich, und wir machen noch einen Schritt, dieses Mal mehr oder weniger aufeinander abgestimmt. Aber ich spüre noch immer einen Zug in meinem Arm – von seiner Hand. Nicht wegen des Schrittes, sondern weil wir aneinander zerren und zupfen, als würden wir versuchen loszulassen. »Halt doch fest«, sage ich.

»Ich weiß«, sagt er. »Es ist nur so, dass ...«

Es ist nur so, dass ich loslassen möchte – ein fernes, nagendes Verlangen, wie ein Fingernagel, der sich in meinen Nacken bohrt.

»Vier«, sage ich. Wir machen einen Schritt. Ein Schauder überkommt mich. Ich will nicht, dass er oder sonst wer mich berührt. »Fünf«, sage ich. Noch ein Schritt, und ich würde am liebsten seine Hand von mir abschütteln. Ich schlucke.

»Halt fest, halt fest«, sagt er.

»Ich versuch's ja«, sage ich.

»Die anderen ...«

Ich nicke. Dann fällt mir ein, dass er mich nicht sehen kann. »Hey!«, rufe ich über meine Schulter. »Es ist schwer, sich aneinander festzuhalten. Es ist, als wollte man loslassen.« Die Worte hallen zu mir zurück. Keine Antwort. Fünf Schritte, doch ich habe das verwirrende Gefühl, dass wir schon weiter gegangen sind. Viel weiter.

»Sechs?«, fragt Anthony.

»Sechs«, sage ich, und dann, unsere Finger so eng verschränkt, dass unsere Knochen knirschen, flüsternd: »Sieben.«

Ich kann nicht sagen, wer loslässt. Vielleicht bin ich es. Inzwischen ist das Verlangen so groß, dass es körperlich wehtut. Ein Schmerz schießt mir durch das Handgelenk den Ellbogen hinauf, bis er meine Zähne erreicht. Ich beiße sie fest aufeinander, gegen das Verlangen, aber es reicht nicht. Vielleicht sind es auch Anthonys Finger, die sich von meinen lösen. Vielleicht sind es wir beide. Es ist auch egal. Wir machen den Schritt, und als mein Fuß wieder den Boden berührt, greift meine Hand ins Leere.

Es dauert eine Sekunde. Eine halbe. Zuerst überkommt mich ein Gefühl der süßen Erleichterung, dann pure Panik, und ich rudere mit meiner Hand suchend nach seiner. Er findet mich, und es dauert einen unbeholfenen Moment, bis sich unsere Finger wieder umschlungen haben. Ich atme zitternd durch, fasse ihn mit beiden Händen und weiß schließlich wieder, wo ich bin.

»'tschuldigung«, flüstere ich. »Also gut. Sieben – nein, wir sind schon bei acht.«

Wir machen einen Schritt. Ich verspüre einen leichten Schwindel und schwanke. Ich stolpere.

Anthonys fester Griff hält mich auf den Füßen. Ich will ihn nie wieder loslassen.

»Neun«, sage ich und mache einen Schritt. Anthony ist vor mir und führt mich. Mein Fuß tritt schief auf den Rand eines Steines, und ich spüre den nackten Erdboden unter dem Rand meines Turnschuhs.

»Stopp«, sage ich. »Ich glaube, wir ... Keine Ahnung, die Straße macht eine Kurve oder so.«

Anthony antwortet nicht. Und dann höre ich meinen Namen.

»*Sara!*«

Anthonys Stimme. Hinter mir. Weit hinter mir.

»Sara, wo steckst du? Wohin gehst du?«

Ich kann nicht mehr atmen. In meiner Kehle, so scheint es, steckt ein Kloß, fest wie ein Stein.

Wessen Hand halte ich?

»Anthony?«, sage ich. Nicht mehr als ein Flüstern. Dann lauter: »Anthony?«

»*Sara? Ich höre dich kaum. Wo bist du?*«

Ich mache ein Geräusch wie ein Schluchzen. Die Hand in meiner lässt mich nicht los. Sie packt nicht fester zu. Sie macht gar nichts. Ich zerre. Sie hält mich fest. »Lass mich los«, flüstere ich. »Lass mich los. Lass mich los. Lass mich los.« Ich ziehe und drehe meine Hand.

Sie hält mich fest. Und langsam, ganz langsam, zieht sie mich zum Rand der Straße.

»Lass mich los!«, rufe ich und schlage an die Stelle, an der Anthony sein sollte. Wo *etwas* sein sollte. Meine Hand trifft etwas. Es ist kräftig, aber dünn, und warm und feucht, und es zerreißt unter meinem Schlag. Die Fetzen füllen die Lücken zwischen meinen Fingern. Es ist, als würde man seine Hand durch faulige Früchte führen.

Ich schreie. Ich beharke die fremde Hand in meiner, doch meine Fingernägel kratzen nur über meine eigene Haut und hinterlassen schmerzhafte Furchen an meinem Handgelenk und auf meiner Handfläche. Die fremde Hand in meiner zieht mich wieder zum Straßenrand, doch sie zerfällt immer mehr, bis schließlich nicht mehr genug von ihr übrig ist, um mich zu halten. Ich reiße mich los. Und ich bewege mich zurück, auf Anthonys Stimme zu.

»Sara! Ich komme!«

»Nein! Bleib, wo du bist! Aber hör nicht auf zu

rufen«, sage ich und zwinge jedes meiner Worte um den Kloß, der mir noch immer im Hals steckt.

»Ich bin hier.« Viel näher. Doch immer noch so viel weiter weg als zwei Schritte. Er spricht zu mir, während ich mich an ihn heranpirsche. Ich kann wieder einigermaßen regelmäßig atmen. Meine Füße schlurfen und tasten nach dem Rand der Straße, der nicht kommt – und dann ist seine Stimme direkt vor mir, und ich strecke meine Hände aus, vorsichtig, und finde ihn. Seinen Arm. Seine Brust. Sein Gesicht. Meine Fingerspitzen tasten seine Umrisse ab. »Sara?«, sagt er.

Ich finde seine Hand.

»Was ist passiert?«, fragt er.

Es hat versucht ..., möchte ich sagen, doch ich weiß nicht, wie ich den Satz beenden soll. Mich auszutricksen. Mich zu entführen. Mich zu töten. Es wollte, dass ich die Straße verlasse, die Regeln breche, doch ich weiß nicht, was *es* war.

Keine Ahnung, ob es reicht, dass ich entkommen bin. Oder ob mein Loslassen bedeutet, dass ich schon verloren habe.

»Ich erzähl's dir, wenn wir hier raus sind«, sage ich. »Neun?«

»Acht«, sagt er.

»Acht«, wiederhole ich, und wir machen noch einen Schritt. Ich möchte loslassen. Mehr als alles andere in der Welt möchte ich loslassen, und das ist das beruhigendste Gefühl, das ich je verspürt habe, denn je mehr ich loslassen möchte, desto fester halte ich ihn, während wir den neunten, zehnten, elften und zwölften Schritt machen, und dann drücken wir unsere Finger so fest ineinander, dass bestimmt bald Blut über meine Hand sickern wird. 13.

Und wir sind raus aus der Finsternis. Wenigstens aus *dieser* unfassbaren Finsternis.

Wir sind zurück in der Nacht. Der Mond leuchtet über uns. Ich wanke. Verliere Anthonys Hand, sinke auf ein Knie. Würge. Ich hebe meine Hände in das silberne Licht. Sauber. Sie sind sauber. Kein Zeichen von dem, was ich unter ihnen gespürt habe.

Kein Zeichen von dem Ding, das versucht hat, mich zu verschleppen.

»Wir haben es geschafft«, sagt Anthony. »Ist schon gut. Wir sind draußen.«

Ich nicke. Wir sind in Sicherheit. Wir sind auf der anderen Seite. Es ist nicht mehr da. Wir haben eine Regel gebrochen, aber wir sind den Auswirkungen entkommen. Alles ist gut.

»Wo sind die anderen?«, frage ich.

»Gleich hinter uns«, sagt Anthony. »Gib ihnen eine Minute.«

Und so warten wir.

VIDEOBEWEIS

Aus dem Handy von Kyle Jeffries

Aufgenommen am 19. April 2017, 0:51 Uhr

Die Kamera zeigt nur ein mattschwarzes Bild. Es sind Schritte und Atemgeräusche zu hören.
KYLE: Ich kann nichts erkennen. Ich sehe nicht einmal das Display.
TRINA: Halt einfach nur fest. Das waren jetzt …?
KYLE: Zwölf. Einer noch. Du schaffst das.
TRINA: Was ist mit dir? Fällt es dir nicht schwer?
KYLE: Ich bin mittlerweile darin geübt, die schlechten Ideen in meinem Kopf zu ignorieren.
Trina stößt ein ersticktes Lachen aus, und dann strömt Licht in die Kamera. Es dauert einen Moment, bis der grelle Schleier verschwindet und der schwach beleuchtete Wald zu erkennen ist. Anthony und Sara sind kaum mehr als Schatten.
ANTHONY: Ist alles okay? Habt ihr euch losgelassen?
KYLE: Trina hat's immer wieder versucht. Schön, dass ich endlich in etwas besser bin als meine Schwester.
TRINA: Halt die Klappe. Mist. Ich glaube, ich muss mich übergeben.

SARA: So geht's mir auch. Die anderen ...

Wie aufs Stichwort stolpern Jeremy, Mel und Miranda aus der stockdunklen Wand. Jeremy reißt sich fluchend von Mel los, beugt sich über den Straßenrand und erbricht sich. Mel geht in die Hocke und legt die Hände über ihre Augen. Miranda macht einen Schritt zur Seite, um ihre Ruhe zu haben.

Alle schweigen. Das Warten zerrt an den Nerven. Mel atmet durch ihre Zähne und blickt hinauf in den Sternenhimmel. Sara verschränkt die Arme ganz fest. Sie blickt durch ihre Haare, die ihr ins Gesicht hängen, auf die dunkle Wand. Zehn Sekunden vergehen. 20. 30.

ANTHONY: Vielleicht sollten wir wieder hineingehen. Vielleicht haben sie sich ... Sara, du hättest dich fast verlaufen.

TRINA: Was?

ANTHONY: Sie hat losgelassen.

SARA: Habe ich nicht. Glaube ich.

ANTHONY: Einer von uns hat's getan. Der Punkt ist, dass du ohne mich weitergegangen bist.

Sara schluckt nervös. Trina blickt sie besorgt an.

TRINA: Bist du okay? Was ist passiert?

SARA: Da war etwas. Da war eine Hand, und ich dachte, es wäre Anthonys, aber das stimmte nicht. Sie hat versucht, mich von der Straße zu führen. Aber ich konnte entwischen und zurück zu Anthony gelangen. Zusammen haben wir es geschafft.

Nick und Vanessa treten aus der Finsternis. Nick stöhnt erleichtert.

SARA: Da seid ihr ja. Dann haben wir es alle geschafft. Uns ist nichts geschehen.

JEREMY: Einen Moment mal. Wir müssen darüber reden. Ihr beide habt euch losgelassen. Das war gegen die Regeln.
SARA: Vielleicht. Kann sein, dass etwas passiert wäre, aber ich konnte rechtzeitig entkommen.
JEREMY: Oder wir alle werden von dem Irren mit der Hakenhand abgeschlachtet, weil ihr eine einfache Regel nicht befolgen konntet.
ANTHONY: Lass es, okay? Wir sind in Sicherheit. Das ist alles, was zählt.
Die Kamera war die ganze Zeit auf die drei gerichtet. Jetzt schwenkt sie herum und fängt den Rest der Gruppe ein. Mel steht inzwischen wieder auf den Beinen, sieht aber noch immer mitgenommen aus. Miranda hat sich noch etwas weiter von der Gruppe wegbewegt und blickt die dunkle Straße vor sich hinunter. Nick und Vanessa stehen eng und Hand in Hand beisammen. Vanessa flüstert ihm etwas zu. Er nickt.
KYLE: Alles klar bei euch?
Nick atmet durch und blickt unschlüssig drein.
VANESSA: Hm? Ja, uns geht's gut. Das war echt beängstigend. Ich bin gestolpert und hätte fast losgelassen. Und ich habe meine blöde Brille verloren.
Sie drückt Nicks Hand und lächelt ihn an. Er nickt ihr flüchtig zu.
TRINA: Kommst du ohne sie zurecht?
VANESSA: Ich bin ohne sie nicht komplett blind und erkenne alles. Es ist nur total verschwommen. Also vorlesen kann ich nichts, aber ich werde nicht gleich gegen den nächsten Baum laufen.
KYLE: O Scheiße. Schaut nur.

Die Kamera richtet sich auf das Gebiet hinter Nick und Vanessa. Das Blitzlicht der Kamera schafft es kaum, durch die Dunkelheit zu dringen, aber dahinter ist zu erkennen, dass die totale Finsternis verschwunden ist, und die Teenager stehen einfach auf der anderen Seite des eisernen Tores, in einer Entfernung von zwölf Schritten – nicht mehr.
Trina stößt ein hohes, nervöses Lachen aus.
TRINA: Ist es wirklich zu spät, um zurückzugehen?
Hinter ihnen, weiter die Straße hinunter, schreit jemand.

8

Wieder ertönt der Schrei. Wir rücken zusammen. Ich gucke als Erstes nach Mel, wie von selbst, um sicherzugehen, dass sie okay ist. Ihr Blick trifft meinen, für einen kurzen Moment, bevor ich sehe, wie die anderen reagieren. Wer stellt sich vor wen, wer zieht sich zurück, wer wagt einen Schritt nach vorn, um nachzusehen oder zu helfen oder zu beschützen. Jeremy geht vorneweg und macht zwei große Schritte in Richtung des Schreis, bevor er innehält. Vanessa bleibt im Hintergrund. Anthony baut sich wie ein Schild vor uns auf. Trina stellt sich vor Kyle. Mel steht ein paar Schritte daneben, fast so allein wie Miranda, die sogar noch weiter vorn steht als Jeremy, aber keine Anstalten macht, auf das Geräusch zuzugehen oder sich davon wegzubewegen. Sie steht nur da, die Arme locker an den Seiten, und lauscht.

»Was tun wir jetzt?«, fragt Trina.

»Klingt wie ein Mädchen«, sagt Anthony.

»Sagt sie etwas?«, fragt Jeremy. Auf solch eine Entfernung hört er nicht mehr gut.

»Ich glaube, nicht«, sagt Anthony.

»Wir können hier nicht einfach stehen bleiben«, sage ich. »Wenn jemand in Gefahr ist, dann müssen wir helfen.«

»Es ist nicht Becca«, sagt Anthony.

»Ich weiß.« Ich kenne ihre Stimme. Sie ist es nicht.

»Wir müssen trotzdem helfen.«

»Ich werde gehen«, sagt Jeremy, ohne zu zögern.

»Wir werden alle gehen«, sage ich mit fester Stimme. »Wir werden uns nicht trennen.«

»Die Gang wird nicht getrennt«, murmelt Kyle, als würde er einen Witz zitieren.

Vorsichtig bewegen wir uns vorwärts. Jetzt herrscht Stille. Die Steinstraße führt immer weiter, und das Licht unserer Taschenlampen verblasst, lange bevor sie in der Ferne verschwindet. Die Bäume stehen dicht um uns herum. Hauptsächlich sind es Nadelbäume, und ihre Nadeln, vertrocknet und farblos, bedecken den Boden. So tief war ich noch nie in den Wäldern von Briar Glen. Falls wir überhaupt noch in Briar Glen sind.

»Hört ihr noch etwas?«, fragt Jeremy. »Ist sie noch da?«

»Schwer zu sagen«, sage ich und versuche, laut genug zu sprechen, damit er mich verstehen kann, doch so, wie die Nacht sich bedrohlich auf uns niederdrückt, ist es schwierig, und meine Stimme ist dünn wie ein Blatt Papier.

»Mir gefällt das nicht«, sagt Mel.

»Sch!«, sagt Miranda und hebt eine Hand. »Hört doch.«

Wieder ertönt der Schrei und wir zucken zusammen.

Mel schreit auch. Sie drückt sich die Hand fest auf den Mund. Das Licht unserer Taschenlampen schwenkt in Richtung des Geräusches, über Äste und Baumwurzeln hinweg, und dann finde ich sie, regungslos im

Lichtschein kauernd, die schwarzen Flügel hinauf zu der stumpfen Klinge ihres Schnabels geschlagen. Eine einzelne Krähe.

»Ist das ...?«, fragt Anthony.

»Es war nur ein Vogel?«, sagt Trina.

Wieder schreit die Krähe. Wir klammern uns aneinander. Und dann ist da dieser Augenblick, wie ein Stottern, ein übersprungenes Bild. Mein Magen zieht sich plötzlich zusammen, und mich durchfahren eine Verzweiflung und das Gefühl, als hätte ich etwas Wichtiges vergessen.

»O Gott«, ertönt die kratzende Stimme aus dem Schnabel der Krähe. »O Gott, was ist das?« Noch einmal schreit die Krähe, während sie mit den Flügeln schlägt, und ihr Schrei zerbricht zu einem Krächzen. Dann schwingt sie sich hinauf in die Lüfte, in die Nacht, so schnell, dass wir ihr mit unserem Licht nicht folgen können. Eine Weile noch durchkämmen die Strahlen die Baumkronen, bevor wir sie einer nach dem anderen wieder senken und auf unsere Füße richten.

Ich kann nicht genau sagen, wie lange es dauert, bis einer von uns das Wort ergreift. »Das ist echt krank«, sagt Mel schließlich. »Nur damit das klar ist.«

»Es ist nur ein Vogel«, sagt Vanessa und schiebt ihre Brille hoch.

»Ein *verdammt kranker* Vogel«, sagt Mel.

Ich blicke nach unten. Ich halte die Taschenlampe nicht mehr in der Hand. Sie steckt in meinem Rucksack, und der ist offen. Stattdessen halte ich Beccas Fotoapparat. Er ist eingeschaltet; die kleine rote Lampe leuchtet. Ich erinnere mich nicht daran, den Apparat hervorgeholt zu haben. Ich hebe ihn hoch und richte ihn auf den dunklen Umriss von Miranda, die weiter vorn steht. Sie dreht sich halb zu mir herum, als ich ein Foto mache. Der Blitz leuchtet einmal auf. Ein paar Sekunden lang ist das Bild auf dem Display zu sehen. Das Blitzlicht zeichnet sie flach vor dem dunklen Hintergrund. Um sie herum verzerrt das Licht, als würde es auf einen Nebel treffen, doch die Luft um sie herum ist klar. Mir erscheint das Bild seltsam, auch wenn auf dem kleinen Display kaum etwas zu erkennen ist. Eine Verfärbung ihrer Haut, seltsame Schatten.

Ich schalte den Apparat aus und stecke ihn zurück in meinen Rucksack.

»Was nun?«, fragt Anthony. Wieder blicken mich alle an, als ob ich die Antwort wüsste.

»Wir gehen weiter«, sage ich und schüttle das Gefühl ab, etwas vergessen zu haben.

»Aber wohin gehen wir?«, fragt Trina. »Wohin führt die Straße?«

»Zu Becca«, sage ich und hoffe, dass es stimmt.

»Becca«, wiederholt Trina mit einem Nicken. Wir wissen nicht, wo sie ist – oder wo *wir* sind –, aber ihr Name genügt uns als Talisman und als Ziel. Die Straße führt zu Becca. Wir müssen ihr nur folgen.

Wir acht brechen auf und gehen wie selbstverständlich in Zweierpärchen, nahe genug, dass wir uns an den Händen fassen können, falls die Finsternis wiederkommt.

Wir blicken uns nicht um.

INTERVIEW

SARA DONOGHUE

9. Mai 2017

Die Tür öffnet sich. Abigail »Abby« Ryder tritt ein. Sie ist eine junge weiße Frau. Ihr dunkles Haar ist auf Kinnlänge geschnitten, ihre Gesichtszüge sind scharf und unangenehm streng. Sie humpelt leicht, wobei sie ihr rechtes Bein bevorzugt, doch ansonsten scheint sie sich von dem Oregon-Vorfall* erholt zu haben.
ABBY: Die Unterlagen, um die Sie gebeten haben.
ASHFORD: Vielen Dank, Abby. Das ist alles.
ABBY: Haben Sie sie nach den Fotos gefragt?
ASHFORD: Das ist alles, Miss Ryder.
SARA: Welche Fotos?
ASHFORD: Wir werden zu gegebener Zeit darüber sprechen. Miss Ryder, bitte kümmern Sie sich um unseren anderen Gast.
Abby nickt kurz und verlässt den Raum. Sie zieht die Tür mit einem Knall hinter sich zu.
ASHFORD: Ich bitte um Entschuldigung. Miss Ryders

---

* Beschrieben im Vorgang #71. Bisher ist es uns nicht gelungen, die entsprechenden Akten aufzufinden, aber wir werden uns weiterhin um sie bemühen.

Ausbildung ist eher, nun ja, formloser Art. Wir arbeiten immer noch an ihrer Sozialkompetenz.

SARA: Von welchen Fotos hat sie gesprochen?

Ashford zögert. Seine Miene zeugt von Unentschlossenheit. Dann greift er nach dem Ordner, in dem sich die Fotografien befinden, die er ihr bereits gezeigt hat.

ASHFORD: Ein paar davon haben wir uns schon angeguckt, aber wir hatten noch keine Gelegenheit, sie eingehend zu besprechen.

Er legt zwei Fotos auf den Tisch. Das erste ist von Nick Dessen. Das andere, das er aus dem Ordner hervorholt, zeigt Miranda. Es wurde mit einem Blitzlicht gemacht, und ein Nebel liegt in der Luft um sie herum. Etwas stimmt mit ihrer Haut nicht, und die Schatten, die darauf liegen, erscheinen merkwürdig. Der Betrachter kann sich fast ausmalen, dass das, was er sieht, die blassen Linien ihrer Knochen unter ihrer Haut sind. Sara greift nach dem Foto von Miranda und zieht es zu sich über den Tisch.

SARA: Miranda. Ich erinnere mich. Ich habe dieses Foto gemacht.

ASHFORD: Dann war Miranda bei Ihnen.

SARA: Ja. Sie ist mit Mel gekommen. Aber das wissen Sie doch schon.

ASHFORD: Das stimmt, aber ich ... Wir werden später darüber sprechen. Sie haben sich noch nicht zu dem anderen Foto geäußert. Sie haben es sich noch nicht einmal richtig angesehen.

SARA: Weil ich es nicht kenne.

ASHFORD: Sie erinnern sich nicht, es geschossen zu haben?

SARA: Das habe ich nicht.

ASHFORD: Es stammt aus ihrer Kamera.
SARA: Beccas Kamera.
ASHFORD: Ja, aber es wurde aufgenommen, als Sie die Kamera hatten. Und sehen Sie sich den Hintergrund an. Auf beiden ist derselbe Baum zu sehen. Diese Fotos entstanden an demselben Ort.
SARA: Das ist unmöglich.
ASHFORD: Warum?
SARA: Wer immer dieser Junge auch ist, er war nicht mit uns dort. Und bis dahin hatten wir noch niemanden auf der Straße angetroffen.
ASHFORD: Wie bitte?
SARA: Wir hatten noch niemanden angetroffen.
ASHFORD: Ja, aber Sie sagten ›Wer immer dieser Junge auch ist ...‹ Erkennen Sie Nick Dessen nicht?
SARA: Wen?
Ashford blickt sie einen Moment lang schweigend an. Dann greift er nach den Unterlagen, die Abby hereingebracht hat, und blättert sie noch einmal durch.
ASHFORD: In Ihren schriftlichen Aussagen erwähnen Sie nicht, dass Nick Dessen in der Gruppe war.
SARA: Wie ich bereits sagte: Ich weiß nicht, wer das ist.
ASHFORD: Miss Donoghue, wie viele Leute gehörten der Gruppe an, als Sie am Anfang der Straße durch das Tor gingen?
SARA: Ich, Anthony, Mel, Miranda, Trina, Kyle, Jeremy und Vanessa. Also acht.
ASHFORD: Aber die Zahl war ungerade. In Ihrer Aussage behaupten Sie mehr als einmal, dass Sie zu neunt waren. Und darum mussten drei von Ihnen zusammen durch die Finsternis gehen.

SARA: Nein. Ich meine, ja. Ja, das stimmt.
ASHFORD: Aber Sie haben mir nur acht Namen genannt.
SARA: Aber wir waren zu neunt. Sie haben recht.
ASHFORD: Wer war dann die neunte Person?
SARA: Ich ... Nein, ich muss mich irren. Ich. Anthony und Jeremy. Mel und Miranda. Trina und Kyle. Vanessa. Das sind acht. Wir waren zu acht.
ASHFORD: Warum brauchten Sie dann eine Dreiergruppe?
SARA: Ich weiß es nicht!
Sie springt auf und macht einen Schritt von dem Tisch weg. Sie bedeckt ihr Gesicht mit ihren Händen. Ihr linker Ärmel hängt ein wenig tiefer als der rechte. Auf ihrem Handgelenk sind tätowierte Buchstaben zu erkennen. Sie scheinen den Schlussteil eines Wortes in stacheliger Schrift zu bilden. Doch es ist nicht genug davon zu erkennen, um das Wort entziffern zu können.
ASHFORD: Ist schon gut, Miss Donoghue. Wir müssen uns nicht jetzt darüber unterhalten. Wir können später noch einmal darauf zurückkommen.
Er sammelt die Fotos ein und schiebt sie zurück in den Ordner. Dann legt er seine Hand auf den Deckel, als wollte er ihr versichern, dass er geschlossen bleibt.
ASHFORD: Miss Donoghue?
Sie senkt ihre Hände. Widerwillig setzt sie sich wieder auf ihren Stuhl und versinkt förmlich darin. Ihre Augen fixieren den Ordner. Sie kaut auf ihrem Daumennagel.
ASHFORD: Sie erzählten mir von der Krähe. Das war, bevor Sie Becca fanden, richtig?
SARA: Ja, das war viel früher.

ASHFORD: Als Sie das Tor beschrieben, nannten Sie es ›das erste Tor‹. Können Sie mir das näher erklären?
SARA: Ja, ähm, es sind insgesamt sieben Tore. Das war das erste davon.
ASHFORD: Was war das zweite?
SARA: Sie sprachen von einem anderen Gast. Ist sonst noch wer hier? Wer ist es?
ASHFORD: Melanie Whittaker.
Sara nickt, als hätte sie diese Antwort erwartet.
SARA: Was hat sie Ihnen erzählt? Von dem zweiten Tor?
ASHFORD: Mir wäre es lieber, wenn Sie mir in Ihren eigenen Worten davon berichten würden.
SARA: Am zweiten Tor fing alles an schiefzulaufen. Genauer gesagt begriffen wir dort, dass bereits alles schieflief. Am zweiten Tor kapierten wir, dass wir nicht die Einzigen auf der Straße waren.

9

Das nächste Stück gehen wir die meiste Zeit schweigend. Ich laufe neben Mel her, am Ende der Gruppe. Sie nippt an Trinas Wasserflasche und nimmt kleine Schlucke, die kaum genügen, um ihre Lippen zu befeuchten.

»Ich wollte nicht kommen«, sagt Mel nach einer Weile. Sie blickt mich kurz an und wendet ihre Augen wieder ab.

»Ist schon okay. Es wusste ja keiner von uns, dass alles wahr ist.« Es ist nicht okay. Ich trage diesen bitteren Geschmack der Wut schon so lange in mir, dass er mir den Schmelz von den Zähnen geätzt hat, und so unbegründet mein Zorn auch ist, irgendwie habe ich vergessen, wie ich ihn wieder loswerde.

»Du wusstest es. Anthony auch.«

»Ich wusste nicht, dass es echt war«, sage ich. »Es spielte nur keine Rolle, ob es echt war oder nicht. Das hier war der Ort, so oder so.«

Sie schraubt den Verschluss auf die Flasche. Sie ist noch halb voll, und das Wasser darin schwappt hin und her. Ich habe noch ein paar Flaschen in meinem Rucksack. Ich glaube nicht, dass die anderen etwas zu trinken oder zu essen mitgebracht haben. Hoffentlich bleiben wir nicht so lange auf der Straße, dass wir es brauchen.

»Ich bin froh, dass Sophia nicht mitgekommen ist«, sagt Mel.

»Wer?«

»Ach, stimmt ja. Sie ist gegangen, bevor du aufgetaucht bist. Sie war mein Date«, sagt Mel und lacht verlegen. »Ich hab ihr gesagt, wir würden im Wald rummachen.«

»Ich wusste nicht, dass du mit jemandem zusammen bist.« Ich versuche, meine Worte nach verstandesbetonter Neugierde klingen zu lassen, was mir auch mehr oder weniger gelingt. Hab's oft genug geübt, bevor wir nicht mehr miteinander gesprochen haben.

»Warum solltest du?«

Ich beiße mir auf die Lippe. Vor langer, langer Zeit war ich die Erste, vor der Mel sich outete. Wir saßen in meinem Zimmer, tranken Limonade, die ganz wässrig geworden war, und spielten ein Spiel, das sie sich gerade ausgedacht hatte: ein M&M für jedes offenbarte Geheimnis. Keine großen Sachen. Geheimnisse von 13-Jährigen. Der Lipgloss, den ich Becca gestohlen hatte. Die Nacht, in der Mel aus dem Haus schlich, nicht wusste, was sie tun sollte, und deshalb auf der Veranda sitzen blieb, bis ihr kalt wurde. Der Gin, der Mom gehörte und an dem Becca und ich nippten, bis wir sturzbetrunken waren und es für eine gute Idee hielten, im Park Weihnachtslieder zu grölen. Aber Sinn und Zweck des ganzen Spiels war nur das letzte Geheimnis.

In wen bist du verknallt?

Ich zuckte mit den Schultern. Ich konnte schlecht Anthony sagen, denn er war unser Freund und das wäre schräg und peinlich gewesen, und außerdem wusste ich nicht einmal so recht, ob ich wirklich in ihn verknallt war. Wahrscheinlich vermutete sie sogar, dass es Anthony war, so wie ich mich immer an ihn ranschmiss. Aber ich wählte irgendeinen Namen, der mir gerade in den Sinn kam. Ich weiß nicht einmal mehr, welchen. Und dann sagte sie: »Jetzt frag mich.«

Also fragte ich sie, und sie antwortete – Nicole aus ihrem Englisch-Kurs – und wartete, und es war ein bisschen unangenehm und verkrampft, doch ich schätze, ich habe das Richtige gesagt, denn danach widmeten wir uns wieder den M&Ms und der Limonade, und sechs Monate später tackerte sie sich eine Regenbogenfahne an ihr Sweatshirt, bis eine entsetzte Trina sie abnahm und sie fachgerecht annähte.

Mein Coming-out, wenn man es überhaupt so nennen kann, kam eher schrittweise. Ich habe nie ein Geheimnis daraus gemacht, aber an die große Glocke gehängt habe ich es auch nicht. Es gab nicht diesen einen Moment, in dem ich verkündete: »Ach übrigens, ich bin bisexuell.« Vielleicht wäre es einfacher gewesen, wenn ich es getan hätte, denn dann hätte Mel die Möglichkeit gehabt, mir klipp und klar zu zeigen, dass sie kein Interesse hat. Stattdessen vergingen Monate, in denen ich die vage Hoffnung hatte, dass sie mich nun, da ich ein wenig offener mit der Sache umging und mir meiner selbst etwas sicherer war, endlich als etwas mehr als nur eine Freundin wahrnehmen würde.

»Jetzt warte mal. Aber du bist doch mit Miranda gekommen«, erinnere ich mich.

Sie schnaubt. »Nichts von dem, was heute Nacht passiert ist, wird zu meinen Sternstunden gehören. Sophia und ich, wir waren zusammen, irgendwie, aber dann habe ich vor ein paar Tagen Miranda kennengelernt und, na ja, da habe ich sie wohl beide gefragt, ob sie mitkommen. Und dann hab ich's wohl vergessen. Ich war ziemlich betrunken.« Sie hält inne. »Tut mir leid.«

»Das muss es nicht. Du bist ja da.« Ich stoße meine Faust gegen ihre und lächle. Auch wenn es nur Freundschaft zwischen uns ist, bin ich froh, dass sie langsam wieder zurückkommt. »Ich hab dich vermisst«, sage ich und bin überrascht, wie sehr das stimmt.

»Hey«, ruft Kyle. Er und Trina haben die Führung der Gruppe übernommen. Doch jetzt sind sie stehen geblieben. »Leute? Da vorn ist das nächste Tor. Und ich glaube, dort ist jemand.«

Wir hasten zu den beiden hinüber. Die Bäume stehen hier nicht mehr ganz so dicht und der Mond scheint stärker auf uns herab.

Das Licht unserer Taschenlampen sucht das Tor ab, bleibt an seinen Zacken hängen wie eine Plastiktüte an Stacheldraht und wird von ihnen, so scheint es, regelrecht durchbohrt. Das Tor sieht fast genauso aus wie das, das wir bereits hinter uns gelassen haben. Doch es ist etwas höher und breiter. Am Fuß des Tores, gegen die Gitterstäbe gelehnt, hockt jemand.

Er trägt dunkle Kleidung. Sein Kopf hängt nach unten. Seine Hände liegen regungslos in seinem Schoß. Ihn umgibt eine Stille, die nicht so sehr aus dem Fehlen von Bewegung herrührt, sondern mehr aus dem Gefühl, dass jemand seinen Platz gefunden hat, wie ein Stein, der langsam im sandigen Boden eines Flusses versinkt, bis es nicht mehr weiter nach unten geht.

»Ist er tot?«, fragt Trina.

»Schwer zu erkennen«, sagt Anthony.

»Was sollen wir …?«, beginnt sie, doch da laufe ich bereits an ihr vorbei. Hier ist jemand, der nicht zu uns gehört. Es sind noch andere Menschen auf der Straße. Es ist das erste Anzeichen, dass dies kein hoffnungsloses Unterfangen ist und dass wir Becca finden können.

»Hey! Alles okay bei dir?«

Er rührt sich nicht. Ich bin mir nicht einmal sicher, dass er ein Mann ist. Das Licht der Taschenlampe tilgt jeden Schatten und jede Linie aus seinem Gesicht und macht daraus ein farbloses Oval.

Wir schleichen uns näher an ihn heran und bewegen uns wie ein einziger gestaltloser Organismus. Wir nehmen uns bei den Händen und es spielt keine Rolle, welche Hand wir nehmen. Kann sein, dass ich Mels halte oder die von Anthony oder Trina. Später werde ich mich nicht daran erinnern können, genauso wenig wie die anderen.

Als wir bis auf knappe fünf Meter näher kommen, ist es offensichtlich, dass er ein Mann ist – eigentlich ein Junge in unserem Alter. Er hat blondes Haar, das ihm an der Stirn klebt, und ein langes, weiches Gesicht mit wenigen Kanten, das in 15 Jahren wahrscheinlich immer noch jung aussehen wird. Er blickt geradeaus und nimmt kurze, flache Atemzüge, wie ein verwundetes Tier. Er sieht normal aus. Wie wir, nicht wie dieser Ort.

»Hey«, sage ich. Ich lasse die Hand, die ich halte, los und gehe in die Hocke, immer noch ein gutes Stück von ihm entfernt, aber in seiner Augenhöhe neige ich den

Kopf, um seine Aufmerksamkeit zu erregen. »Bist du verletzt?«

Er antwortet nicht. Ich versuche es noch einmal. Anthony spricht ihn an. Trina auch. Ich stehe wieder auf. Blicke die anderen hilflos an. Und dann schlucke ich und gehe näher ran.

Die Gruppe bringt sich in Position, als würde man einen Reißverschluss öffnen. Einige treten vor, andere halten sich zurück. Mit mir: Anthony, Trina, Jeremy. Weiter hinten: Vanessa, Mel, Kyle, Miranda.

Ich gehe immer weiter, bis ich direkt neben ihm stehe. Er atmet immer noch flach – ein, aus, ein, aus. Es klingt feucht. Ich höre die Spucke in seinem Mund. »Hey«, sage ich und strecke die Hand aus. »Hey.« Meine Fingerspitzen berühren seine Schulter an dem Stoff seines schwarzen Sweatshirts.

Er bewegt sich so schnell, dass ich der Bewegung nicht folgen kann. Seine Hand packt meine und drückt so fest zu, dass meine Knochen aneinander reiben. Ich schreie auf und mache einen Satz zurück, doch er hält mich fest, während er wieder stockstill dasitzt, in die Ferne starrt und durch seine Zähne keucht. Anthony schreit ihn an und packt sein Handgelenk, um seine Finger von mir loszureißen, doch es ist zwecklos. Jeremy ist auch da und greift den Jungen beim Kragen, schüttelt ihn und hebt seine Faust – und dann, genauso plötzlich wie er nach mir geschnappt hat, lässt mich der Junge wieder los.

Ich falle nach hinten in Anthonys Arme. Er hält mich aufrecht, während ich mir mein schmerzendes Handgelenk reibe. Jeremy schiebt sich vor uns, mit leicht angewinkelten Armen, als würde er eine Mauer zwischen mir und Anthony und dem Jungen bilden.

Der Junge blinzelt. Er dreht seinen Kopf und bemerkt uns, so scheint es, zum ersten Mal. Seine Hand liegt noch immer über seiner Schulter und er wippt mit den Fingern wie eine Motte, die ihre Flügel schlägt.

»Wage es ja nicht …«, beginnt Jeremy und ballt seine Hand zu einer warnenden Faust. Aber der Junge war nie auf einen Kampf aus und starrt uns nur bedächtig an.

»Wer seid ihr?«, fragt er.

Wir blicken einander an, als wollten wir entscheiden, wer von uns spricht, doch wir kennen die Antwort, bevor wir die Frage überhaupt stellen. »Mein Name ist Sara«, sage ich. »Dies sind meine Freunde.«

»Sara«, sagt er. »Beccas Sara?«

Hinter mir zischt jemand. Ich höre es kaum durch den Windhauch, der in meinen Ohren rauscht. »Ja«, sage ich. »Ich bin Beccas Schwester. Ich bin Sara. Kennst du sie? Hast du sie gesehen?«

»Becca«, sagt er, als versuchte er sich zu erinnern. Er schließt die Augen. »Ja. Ich habe Becca getroffen. Sie ist hier gewesen. Oder jemand hat Becca getroffen, und ich glaube, dass ich immer noch jemand bin. Aber bin ich derselbe Jemand? Oder sind sie ich? Oder sind wir jemand ganz anderes?«

»Wie ist dein Name?«, frage ich und knie mich hin. Aber weit genug von ihm weg. Ich mache nicht zweimal denselben Fehler.

Er seufzt. »Bryan oder Isaac, glaube ich. Ich war nicht Grace und ich war nicht Zoe, also muss ich entweder Bryan oder Isaac sein. Bryan hat den Dornenmann getroffen, also muss ich Isaac sein. Ja. So muss es sein. Ich bin Isaac.« Er sieht auf, als hätte er mit seinem Namen auch sich selbst gefunden und seine Haut, die gerade noch leer war, wieder ausgefüllt.

»Isaac«, sage ich. »Wir suchen nach Becca. Nach meiner Schwester. Wo ist sie?«

Er runzelt die Stirn. »Sie ist ... Es tut mir leid. Es fällt mir schwer nachzudenken, mich zu erinnern. Sie war nicht bei uns. Nicht bei denen, die zusammen die Straße hinunterliefen. Bis zum vierten Tor sind wir gekommen. Oder war es das fünfte? Nein, das vierte. Wir sind durch das Tor des Lügners gegangen, durch die Stadt und durch das Moor bis zum Herrenhaus, und Grace ... Sie wollte immer weitergehen, doch ich musste zurück, denn ... Ich suchte nach Zoe. Zoe war nicht mehr bei uns und ich musste sie finden, und Grace sagte, wir müssten zum Leuchtturm gehen, doch ich wollte nicht – nicht ohne Zoe.«

»Die Tore. Meinst du die sieben Tore, durch die wir gehen sollen?«

»Ja. Nein«, sagt er und schüttelt den Kopf. »Sieben Tore. Sieben Tore vor der Stadt, doch die Stadt ist versunken. Das Tor des Lügners ist das erste. Wenn du hier bist, dann hast du es schon passiert. Du bist hier. Du bist Beccas Sara. Oder bist du Saras Becca? Wer bist du?«

»Ich bin Sara«, sage ich. »Wir haben ein Tor passiert. Wir sind durch die Finsternis gegangen.«

»Seid ihr das?«, fragt er. Er blickt zwischen uns hindurch und sieht in unsere Gesichter. »Bist du sicher, dass du ›du‹ bist? Manchmal ist man jemand ganz anderes. Ich glaube, dass ich Isaac bin, aber vielleicht bin ich Bryan. Aber Bryan hat den Dornenmann getroffen. Vielleicht habe ich den Dornenmann getroffen und Bryan ist hier und ich bin irgendwo anders.« Er lacht. Er schluchzt. Er legt sich die Hände auf die Augen.

Ich blicke die anderen an. In meinem Bauch vermischen sich Angst und Mitleid. Das hier ist schlimmer als die Finsternis. Schlimmer als die Krähe. »Die sieben Tore«, sage ich. »Du sagst, es gibt sieben Tore. Was sind sie? Bitte, Isaac. Wir brauchen deine Hilfe, um meine Schwester zu finden.«

Er nickt. »Das Tor des Lügners. Die Stadt. Der Nebel auf dem Moor. Das Herrenhaus. Wir kannten den Rest nicht. Nur den Leuchtturm. Der Leuchtturm kommt an sechster Stelle. Oder vielleicht an fünfter. Geh durch die Tore. Brich die Regeln nicht. Schlimme Dinge geschehen, wenn du die Regeln brichst. Ich bin wegen Zoe zurückgekommen, aber ich konnte sie nicht finden. Ich habe gewartet. Doch sie ist nicht gekommen, aber Becca, sie ist gekommen. Mit einem Jungen. Sie hat mir Dinge erzählt. Geschichten. Sie sagte, sie habe eine Schwester. Sie hat versucht, mir beim Erinnern zu helfen, aber es gibt keinen Ort mehr, an dem die Erinnerung lebt.«

»Wie lange bist du schon hier, Isaac?«, frage ich. Er antwortet nicht. Vielleicht weiß er die Antwort nicht. »Du solltest mit uns kommen«, sage ich. »Du kannst uns helfen, Becca zu finden.«

Er schüttelt den Kopf. Ein Wimmern bleibt in seiner Kehle stecken. »Nein. Nein, ich muss hierbleiben. Wenn ich Isaac bin, dann muss ich hierbleiben. Ich warte auf Zoe.«

»Du kannst nicht hierbleiben. Komm«, sage ich und reiche ihm meine Hand.

»Sara«, sagt Anthony und schüttelt den Kopf. Er richtet seine Taschenlampe auf Isaacs Rücken, dort, wo er sich gegen die Eisenstangen lehnt. Die Stangen ragen nicht gerade nach oben, sondern wölben und winden sich. In ihn hinein. Durch ihn hindurch. In seine Seiten, blutlos. Durch sein Rückgrat, durch seine Schulterblätter. Ein scharfes Ende ragt unter seinem Schlüsselbein hervor und krümmt sich. Es ist vor seinem dunklen Sweatshirt kaum zu erkennen.

»Ich warte auf Zoe«, sagt er und lächelt mich an. »Du bist Sara.«

»Ja«, sage ich. »Ich bin Sara.«

»Gut. Sie sagte, dass du kommen würdest. Sie sagte, dass sie eine Karte für dich dagelassen hat.«

Er lässt den Kopf hängen und schließt die Augen. Er atmet in diesem Rhythmus, ein, aus, ein, aus, wie ein verwundetes Ding.

»Eine Karte?«, sage ich. »Was meinst du damit, sie hat mir eine Karte dagelassen?« Aber er antwortet nicht.

Das Notizbuch.

»Wir sollten gehen«, sagt Anthony. Ich nicke. Wir müssen uns das Notizbuch ansehen, doch ich will es nicht hier machen, nicht neben Isaac. Der arme Isaac, dem das Tor durch den Körper schießt und der sich kaum noch an seinen eigenen Namen erinnern kann.

»Wer will es öffnen?«, fragt Jeremy. Keiner meldet sich freiwillig. »Mal gucken, ob es mit Toyota klappt.« Er zieht einen Autoschlüssel aus seiner Hosentasche und geht zum Tor. Er passt auf, dass er Isaac nicht zu nahe kommt. Der Schlüssel passt perfekt. Er schiebt das krächzende Tor so weit wie möglich auf. Diesmal wartet dahinter keine Finsternis. Nur die Straße. Wir beginnen unseren Durchmarsch. Ich lasse die anderen vorangehen. Ich will die Letzte sein. Ich will bei Isaac bleiben, solange es geht.

Trina wirft ihm einen verkniffenen, traurigen Blick zu, als sie sich dem Tor nähert.

Er reißt den Kopf nach oben. Seine Augen öffnen sich. Sie sind leer. Nicht weiß, nicht schwarz, sondern *leer,* und mein Verstand weigert sich, ihr Fehlen hinzunehmen.

»Sie werden das Blut an dir riechen«, sagt er, und dann senkt er den Kopf und schließt die Augenlider wieder, und es ist, als hätte er nichts gesagt.

Trina starrt ihn an. Sie zittert. Dann stößt sie ein Geräusch aus, ein Seufzen, aber härter, und geht durch das Tor.

Ich bleibe noch einen Augenblick bei ihm und warte darauf, dass er seine Augen öffnet und zu mir spricht. Ich sehe zu, wie er atmet. Ein, aus. Ein, aus. Er lebt. Er ist echt. Er ist ein Teil dieses Ortes. Bisher waren wir kein Teil der Straße, und alles war ein Traum, der sich um uns herum offenbarte. In gewisser Weise fühlte es sich an, als wären wir echt und alles andere nicht, und diese Kluft zwischen echt und unecht war eine Art Schutz.

Aber nun verstehe ich, dass diese Kluft sich schließen kann. Sie schließt sich bereits.

»Sara«, sagt Anthony. Sie sind jetzt auf der anderen Seite.

Ich trete durch das Tor. Es schließt sich hinter mir, und Isaac bleibt zurück.

ANLAGE F

Eine ausgerissene Seite aus dem Notizbuch von Becca Donoghue

Der Text ist mit einem blauen Kugelschreiber geschrieben. Ein Teil davon folgt den Linien auf der Seite, ein anderer windet sich quer über das Blatt. Ungefähr ein Drittel der Seite wird von der groben Skizze eines eisernen Tores gefüllt.

DAS TOR DES LÜGNERS

Finsternis/13 Schritte (das Spiel//das SPIEL)

Lüge/Täuschung/Tarnung

REGEL NUMMER ZWEI Lass niemals los

Die Stadt (BG?) – #2 (Das TOR DES SÜNDERS)

Sie ist niemals leer.

Sprich nicht zu ihnen.

Was bedeuten die Worte?

DAHUT

Schuld/Geständnis

»der Wegezoll«

Gehe sieben Mal hindurch und du wirst frei sein.

Ich kann sie jetzt viel besser hören.

Ich kann fast verstehen, was sie sagt.

10

Wir warten, bis wir nicht mehr in Isaacs Sichtweite sind, bevor wir anhalten. Die Bäume stehen dicht um uns herum, und ihre silberglänzenden Blätter zittern schwach im Wind, was den Wald mit einem verschwörerischen Flüstern füllt. Es riecht nach klammer Fäule – der Geruch des Spätherbstes, wenn die Blätter am Boden vermodern, nicht der des Frühlings, wie es eigentlich sein müsste.

Ich hole Beccas Notizbuch hervor, und wir versammeln uns darum, während ich darin blättere. Wir haben den Bäumen den Rücken zugekehrt, als würden wir das Notizbuch vor ihnen verbergen wollen.

Ein paar der Dinge, die Becca geschrieben hat, ergeben nun einen Sinn, doch meistens spricht sie in Rätseln. Es ist, als würde man die Schatten von etwas sehen, dessen wahre Form man noch nicht kennt.

»Sie ist niemals leer. Sprich nicht zu ihnen«, liest Trina über meine Schulter vor und bewegt den Kopf von einer Seite zur anderen. »Noch mehr Regeln?«

»Ich glaube nicht, dass es Regeln sind«, sage ich. »Eher ... Ratschläge.«

»Wir wissen nicht, woher sie ihre Informationen hat«, wirft Vanessa ein. »Es ist ja nicht so, dass sie ihre Quellen nennt.«

»Wahrscheinlich werden wir erst erfahren, was das alles bedeutet, wenn wir weitergehen«, sagt Anthony. »Uns fehlt einfach der Zusammenhang.«

»Was ist mit den Dingen, die schon geschehen sind?«, fragt Jeremy. »Du hast den Typen doch gehört. Er sagte, dass Schlimmes passieren wird, wenn man die Regeln bricht.«

»Und?«, frage ich.

»Und du hast die Regeln gebrochen, oder nicht? Du hast losgelassen«, sagt Jeremy.

»Ich weiß. Aber ich habe den Weg zurück gefunden, bevor etwas geschehen konnte. Nichts ist passiert«, sage ich.

»Du hast auch gesagt, dass es sieben Tore gibt«, sagt Jeremy. »Welche sieben Tore?«

»Auf der Straße. Es gibt sieben Tore, bevor man ihr Ende erreicht und sie verlassen kann.«

»Und es ist dir nicht in den Sinn gekommen, uns davon zu erzählen?«, will Jeremy wissen.

»Ich ... Das gehört zur Legende und ich wusste nicht ...«

»Jesus! Woher sollen wir wissen, dass du nicht noch mehr vor uns verbirgst? Wusstest du, dass es diesen Ort gibt? Wusstest du von den Toren und diesen verdammten schreienden Vögeln und von dem Typen, der von Eisenstangen durchbohrt wurde? Wusstest du, dass wir hier festsitzen werden?«

»Wer sagt, dass wir festsitzen?«, fragt Vanessa. Sie beißt sich auf die Unterlippe – ein Abbild der Schüchternheit. »Das wissen wir nicht. Vielleicht k-k-können wir einfach zurück g-g-gehen.« Sie hat die Arme verschränkt und hält den Kopf gesenkt, als würde sie sich für diesen Vorschlag schämen. Ich versuche den in mir aufkeimenden Zorn zu unterdrücken und sage mir, dass sie Becca nicht einmal kannte. Sie ist nur hier, weil ... weil ...

Einen Moment lang weiß ich es nicht und eine Panik lässt es in mir kribbeln, bevor es klick macht und mir der Grund wieder einfällt. Sie ist neugierig. Sie ist hier, weil sie sich für Heimatgeschichte interessiert, und nichts und niemand stellt sich zwischen Vanessa und ihre Neugier. Aber Neugier hat schon so mancher Katze das Leben gekostet. Kein Wunder, dass sie langsam ausflippt.

»Ich glaube, das ist keine gute Idee«, sage ich leise. »Isaac hat versucht zurückzugehen. Du hast ihn doch gehört.«

»Wir wissen nicht, was mit ihm passiert ist. Wir wissen nicht, ob es wirklich keinen Weg zurück gibt«, sagt Vanessa. »Wir sollten es versuchen.«

»Ich stimme V zu«, sagt Jeremy und nickt hinüber zu Vanessa. »Ich weiß, deine Schwester ist dort draußen. Aber so, wie's sich anhört, ist ihr etwas Schlimmes zugestoßen. Ihr und einer Menge anderer Leute. Ich finde, wir sollten aus dieser Sache nicht *Der Soldat James Ryan* werden lassen.«

»Habe ich nie gesehen«, sagt Trina.

»Spoiler: Alle gehen drauf beim Versuch, Matt Damon zu retten«, sagt Jeremy. »Ist ein ziemlich guter Film. Wir können ihn gern bei mir zu Hause ansehen. Nachdem wir zurückgegangen und nicht gestorben sind.«

Trina blickt ihn ausdruckslos an. »Darauf werde ich gar nicht eingehen. Aber ich verstehe, was du meinst.

Wir sind alle wegen Becca hier. Wenigstens die meisten von uns. Aber das war, bevor wir die ganze Sache kannten. Ich denke, es ist nur fair, wenn wir allen die Möglichkeit geben, es sich noch einmal zu überlegen, bevor wir weitergehen.«

»Ich gehe nicht zurück«, sagt Mel sofort.

»Du wolltest doch überhaupt nicht mitkommen«, bemerkt Trina.

»Weil ich dachte, dass alles nur ein Fake ist«, sagt Mel. »Ich hätte nie gedacht, dass wir Becca wirklich zurückholen können. Aber das können wir. Und Sara wird nicht zurückgehen. Oder, Sara?«

Ich schüttle den Kopf. Diese Frage stellt sich nicht einmal.

»Dann werde ich bleiben. Weitergehen. Was auch immer«, sagt Mel.

Ich forme ein Wort mit meinen Lippen: *Danke.* Sie zuckt mit den Schultern und senkt den Blick.

»Dann trennen wir uns?«, fragt Jeremy. »Oder stimmen wir ab?«

»Ist mir egal, wie wir abstimmen. Ich gehe nicht zurück«, sage ich.

»Aber der Rest von uns ...«, sagt Vanessa zaghaft. »Wir sollten wenigstens dafür sorgen, dass wir uns gleichmäßig aufteilen, oder? Du und Mel, ihr könnt ja gehen, und wir anderen ...«

»Niemand geht zurück«, sagt Miranda. Wir zucken alle erschrocken zusammen, als hätten wir vergessen, dass es sie gibt. Sie steht ein wenig abseits wie üblich, und ihr dunkles Haar glänzt wie ein Ölfilm im Mondlicht.

»Ach, gibst du jetzt etwa die Befehle?«, fragt Jeremy.

»Nein. Ich sage euch nur, was passieren wird«, sagt Miranda. »Niemand geht zurück. Sara geht nicht ohne ihre Schwester. Mel und Anthony gehen nicht ohne sie. Trina geht nicht zurück, außer wenn Kyle es will, und Kyle will nicht weitergehen, aber zurück will er auch nicht. Und Jeremy kann nicht allein gehen.«

»Du hast dich selbst vergessen. Und Vanessa«, bemerkt Jeremy. »Vanessa und ich können zusammen zurückgehen.«

»Aber das macht ihr nicht«, sagt Miranda, »und wir verschwenden nur unsere Zeit. Sieben Tore, und wir haben erst zwei davon passiert. Wir wissen noch nicht einmal, was hinter diesem liegt.«

»Sie hat recht«, sage ich. »Wir verschwenden Zeit. Ich werde weitergehen. Wer zurückwill, kann es gern versuchen, aber ich rate davon ab. Alles, was wir wissen, sagt mir, dass es nicht leicht sein dürfte, wieder nach Hause zu gehen. Man kann nicht einfach umkehren. Denkt daran, was mit Isaac geschehen ist. Wir müssen weitergehen. Dann werden wir einen Ausweg finden.«

Miranda nickt. Vanessa blickt drein, als wollte sie Einwände machen, genau wie Jeremy, aber ich warte nicht auf ihre Versuche, mich zu überzeugen. Ich gehe einfach weiter. Mel folgt mir sofort. Anthony wartet noch einen Moment, denn er spricht zu Jeremy, aber ich weiß, dass auch er mir folgen wird.

Letztendlich tun sie es alle. Jeremy mit entschlossener Miene, Vanessa zaudernd am Ende der Gruppe, aber alle marschieren mit.

»Das war krass«, sagt Mel und stupst mich mit ihrer Schulter. Sie schenkt mir ein Lächeln, das meinen Bauch kribbeln und meine Wangen erröten lässt, und ich bin froh, dass die Dunkelheit sie versteckt.

Ich lausche noch immer nach den Schritten hinter mir, als wir auf den ersten Grabstein stoßen.

Er ragt aus der klumpigen Erde wie ein fauliger Zahn. Vielleicht hatte er einmal die Form eines klassischen Grabsteins, doch das obere Stück ist abgebrochen und verwittert. Obwohl wir unsere Taschenlampen auf seine Oberfläche richten, ist es unmöglich zu erkennen, wie die Inschrift lautet. Ist das eine Acht oder eine Neun? Ein T oder ein R?

Er steht ein paar Schritte neben der Straße. Ich wage mich bis an den Rand, achte aber darauf, dass nicht einmal eine Fingerspitze von mir hinüberragt.

»Wenn uns Zombies angreifen, bin ich weg«, murmelt Jeremy. Trina zischt ihm ein »Sch!« zu.

»Dahinten ist noch einer«, sagt Anthony und deutet mit seiner Taschenlampe. Wir trotten weiter. Und tatsächlich, ein zweiter Grabstein steht schräg in der Erde. Auch dessen Inschrift ist nicht zu entziffern. Wir laufen weiter. Immer mehr tauchen auf. Ein paar stehen weiter weg, andere sind so nahe, dass man sich nach ihnen strecken könnte, um sie zu berühren. Keiner versucht es. Ein Engel aus Stein hockt über einer Traube aus drei Grabsteinen. Seine Hände und sein Gesicht sind abgetragen, seine Flügel zerbrochen.

»Gruselig«, sagt Anthony, als wir ein Doppelgrab passieren. Ein Ehepaar vielleicht.

»Ich weiß nicht«, sage ich. »Sieht fast normal aus.«

Weiter vorn durchkreuzt eine eingestürzte Steinmauer die Straße. Dahinter ragt ein Schild aus fauligem Holz halb hervor. Es ist nicht lesbarer als die Grabsteine.

»Das muss die Stadt sein«, sagt Trina. »Früher war es üblich, dass die Friedhöfe vor der Stadtmauer lagen, stimmt's?«

Es sieht tatsächlich so aus, als hätte sie recht. Während wir weitergehen, wischt das Licht unserer Taschenlampen über die Reste von Grundmauern – Steine, die noch immer die Ecke eines Hauses bilden, hüfthoch; ein Türsturz und Treppen, die den Wurzeln und den Ranken und dem Erdreich widerstehen. Die Straße wird breiter, und dann enden die Steine. Ich erschrecke kurz, doch die Straße ist immer noch zu erkennen. Sie ist jetzt nur aus Erde und nicht mehr aus Stein gemacht. Wir laufen über eine Fläche, die einmal der Marktplatz gewesen sein könnte. Wir weichen dem offenen Rachen eines zerstörten Brunnens aus und schleichen uns an einem eingestürzten Gebäude vorbei, das vielleicht das Rathaus oder so etwas gewesen war.

»Schaut mal«, sagt Trina. »Brandflecken. Sie sind auf allen Gebäuden.«

Wir halten an. Das Licht unserer Taschenlampen breitet sich aus, und wir sehen die Beobachtung bestätigt. Tatsächlich findet sich an jedem der Gebäude eine Art schwarze Narbe: versengte Balken, die auf dem Boden liegen; rußfarbener Mörtel, der zwischen dem Mauerwerk zerbröselt; verkohltes, mit Brandblasen übersätes Metall.

»Ach du Scheiße«, sagt Kyle aufgeregt. »Wisst ihr, was das hier ist? Briar Glen. BG. So steht's im Notizbuch. Dies ist das alte Briar Glen, das abgebrannt ist.«

»Könnte sein«, sagt Anthony. »Aber sicher wissen wir's nicht.«

»Wir sind im Wald von Briar Glen, oder etwa nicht?«, sagt Kyle, und an seinem Gesichtsausdruck lässt sich erkennen, dass er die Frage sofort bereut.

»Ich weiß es nicht«, sagt Anthony. »Keiner von uns weiß es.«

»Aber es könnte sein«, sagt Kyle. »Stimmt doch, Vanessa? Du bist die Geschichtsexpertin. Sieht das hier aus wie Briar Glen?«

Vanessa beißt sich auf die Lippe. Ihre Augen werden groß, als wir sie alle anstarren. »I-I-Ich w-w-weiß es …« Sie verstummt und blickt uns verlegen an, als die Worte nicht fließen wollen. Ich runzle leicht die Stirn. Ich weiß nicht so recht, warum es mich verärgert. »T-T-Tut mir leid. I-I-Ich weiß es nicht«, fährt sie fort. »Könnte sein. Ich müsste in eine Karte schauen.«

»Ich glaube kaum, dass du diesen Ort auf einer Karte finden wirst, V«, sagt Jeremy. »Sind wir durch mit dem Sightseeing? Können wir jetzt gehen?«

»Wir können gehen«, sage ich und versuche abzuschätzen, wie viele Probleme er uns noch bereiten wird.

Schnell erreichen wir das Ende der Stadt, und die Straße ist hier wieder gepflastert, als wäre sie niemals unterbrochen gewesen.

»Das war alles?«, fragt Jeremy. »Das war die Stadt? Irgendwie habe ich mir mehr darunter vorgestellt, so etwas wie die Finsternis.«

Das Tor des Lügners. So steht es in Beccas Notizbuch. Das passte zu dem Ding in der Finsternis. So zu tun, als wäre es Anthony. Ich erzittere. Das hier, so sagt das

Notizbuch, ist das Tor des Sünders. Ich frage mich, was uns erwartet.

»Da ist noch ein Grabstein«, sagt Trina. Sie ist stehen geblieben und hält ihre Taschenlampe mit beiden Händen dicht vor ihrer Brust.

Dieser Grabstein ist zerbrochen, genau wie der andere. Auch er hat diese Form eines faulen Zahns. Oder ist es *genau dieselbe* Form? Aber es kann nicht derselbe Stein sein, denn auf diesem hier kann ich die Inschrift lesen.

MAURA O'MALLEY
LIEBEVOLLE MUTTER
† 1856

»Noch ein Friedhof. Na toll«, sagt Anthony.

»Zombies. Da geh ich jede Wette ein«, sagt Jeremy. »Wartet's nur ab.« Er stampft weiter. Jede Faser seines Körpers scheint angespannt zu sein.

Es gibt mehr Grabsteine als vorher, aber sie stehen fast in derselben Anordnung da. Wieder gibt es diese Gruppe aus drei Grabsteinen und den Engel, der in der Mitte darüber thront, nur dass er dieses Mal fast heil ist und seine Flügel, von denen nur die Federn am Ende abgebrochen sind, weit ausgebreitet hat.

Dasselbe Doppelgrab. Genau dasselbe. Und dort, am Ende des Friedhofs, steht das Schild. Aufrecht.

BRIAR GLEN

Ein unheilvolles Grau bedeckt den Himmel, und die ersten Anzeichen von reflektierendem Licht dringen zu uns durch. Wir sehen die Umrisse der Stadt hinter dem Schein unserer Taschenlampen. Die Mauern stehen noch, die Dächer sind nicht eingefallen. Aber es ist dieselbe Stadt. Dessen bin ich mir sicher.

»Bleibt dicht zusammen«, sage ich und bemühe mich, meine Stimme über ein Flüstern zu erheben. Dabei hätte ich die Anweisung gar nicht geben müssen. Wir rücken eng zusammen, als wir durch das Stadtzentrum gehen.

Das Stampfen und das Scharren unserer Schritte sind die einzigen Geräusche, die zu hören sind.

Die Gebäude zeigen keine Anzeichen von Feuer, doch sie sehen heruntergekommen aus. Ranken bahnen sich ihren Weg an den Fenstern empor. Die Dächer hängen langsam durch. An einer Wand lehnt ein Besen, abgestellt und vergessen lockt er Spinnweben und Staub. Keine Menschenseele weit und breit, keine Besucher wie wir und niemand …

Niemand, der auf diese Straße gehört.

»Seht euch das an«, sagt Trina und richtet ihre Taschenlampe auf den Türsturz eines Hauses. Darüber sind Graffiti gekritzelt worden – mit Kreide, so scheint es. Dort und über den anderen Türen.

DAHUT, steht dort. Und dann: DAS TOR IST OFFEN
WOHIN WIR REISEN
WARTET YS
DER WEGEZOLL IST BLUT

Die Worte sind nicht stilisiert wie die Tags von Sprayern und weder gezackt noch geschwungen. Sie sind in einer ordentlichen, fast schon formalen Blockschrift geschrieben.

»Das steht auch im Notizbuch«, sage ich. »›Dahut‹. Habt ihr das schon mal gehört?« Kopfschütteln in der ganzen Gruppe. Ist es ein Name? Ein Ort? Ein Zauberwort? Wir gehen leise weiter. Meine Stimme scheint nachzuklingen und darauf zu warten, von irgendetwas übertönt zu werden.

Auf dem Brunnen finden wir noch mehr Geschreibsel. Alles Kleinbuchstaben, die sich über den ganzen Rand ziehen. Die Steine unterbrechen die Worte, die in einem Kreis fortfahren, als gäbe es weder einen Anfang noch ein Ende.

das meer strömt herein ihr geliebter strömt herein ihr geliebter ist das meer sie öffnet das tor er strömt über sie salz auf ihren lippen salz auf ihren schenkeln salz auf ihrer zunge wir ersaufen das meer strömt herein

Ich verfolge die Worte mit meinen Augen, immer weiter im Kreis, als wäre ich darin gefangen, als gäbe es kein Entkommen.

Ich bemerke, dass ich sie laut vorlese, diese Worte, die wie ein Rätsel auf meinen Lippen liegen, und die anderen hören mir genauso gebannt zu, wie ich es bin. Ich kann nicht aufhören.

»Dahut«, sagt Miranda plötzlich laut und deutlich, und ich fange an zu stottern und schweige dann. Wir weichen vor dem Brunnen zurück und blicken uns erschrocken an. Das Licht am Horizont hat die Farbe eines Blutergusses. Wie lange stehen wir hier schon? »Die Sonne geht bald auf. Wir sollten aufbrechen«, sagt sie, als würde »Sonnenaufgang« für sie eine andere

Bedeutung haben als für mich, aber Miranda scheint diesen Ort zu durchschauen, anders als wir anderen, und ich nicke, als würde ich den Sinn verstehen.

Vielleicht sind die Worte eine Falle, die die Straße uns gestellt hat. Wenn wir uns von dem Brunnen wegbewegen, sind wir frei, und das nächste Tor wird auf uns warten.

Doch stattdessen finden wir wieder das Grab.

»Maura O'Malley«, sagt Vanessa. Dieses Mal halten wir uns kaum damit auf. Ein Teil von uns hat schon damit gerechnet. Kein Echo kommt nur einmal. »Ich frage mich, wie sie gestorben ist. Durch das Feuer oder die Flut oder ...«

»Hör auf«, flüstert Trina. »Hör einfach auf.«

Der Engel, das Doppelgrab, das Schild: BRIAR GLEN.

Die Farbe ist frisch. Am Sockel stehen kürzlich gepflanzte Blumen. In der Mitte sind sie grellgelb, und ihre Blütenblätter sind dick, fleischig und lilafarben. Dunkelrote Adern ziehen sich über sie. Die unteren Blätter liegen stumpf auf der Erde ausgebreitet, und irgendwie sieht es aus, als würden die Blumen versuchen, sich selbst aus dem Boden zu reißen.

»Was soll das?«, fragt Trina.

»Sieben Mal hindurch«, sagt Kyle, und ich nicke. Er fährt fort: »So steht es im Notizbuch: sieben Mal hindurch, und du bist frei. Also müssen wir die Stadt sieben Mal durchqueren, bevor wir das nächste Tor erreichen.«

»Das klingt ... logisch«, sagt Anthony. »Auf eine schräge Art und Weise.«

»Kein Problem«, sage ich und versuche, zuversichtlich zu klingen. Das fällt mir nicht gerade leicht, und

Anthony blickt mich zweifelnd an. »Zweimal haben wir es schon gemacht. Jetzt ist das dritte Mal. Bleiben noch vier. Das schaffen wir.« Früher war es Becca, die uns zu allen möglichen Dingen bequatscht hat. Ich war nur ihre Adjutantin. Es liegt mir nicht im Blut, den Anführer zu spielen, aber ich weiß, dass wir jetzt einen brauchen. »Bleibt zusammen, trödelt nicht herum und habt ein Auge aufeinander.«

»Alles klar, Boss«, sagt Anthony. Mel schnaubt, aber sie steht schon startbereit auf ihren Zehenspitzen, und als ich aufbreche, folgen mir die anderen.

Es ist schummrig, doch das Licht wird stärker. Wir brauchen unsere Taschenlampen nicht mehr, um die Gebäude vor uns zu sehen. Die Mauern sind gekalkt, das Holz ist gestrichen. Vor allen Häusern stehen Beete mit denselben lilafarbenen Blumen, die in der Mitte grellgelb sind.

»Sieht nett aus«, sagt Trina. »Und überhaupt nicht ... gefährlich.«

»Ich schätze, dass hier alles gefährlich ist«, sagt Anthony.

Wir laufen gerade am ersten Haus vorbei, als ich sie entdecke: ein Mädchen hinter einem Fenster, eingerahmt von zwei schneeweißen Vorhängen. Sie steht da, als würde sie uns beobachten – doch sie hat uns den Rücken zugekehrt. Ein brauner Zopf mit einer blauen Schleife am Ende hängt gerade zwischen ihren Schulterblättern. Sie hat die Hände gehoben und bedeckt mit ihnen, leicht gewölbt, ihr Gesicht – Augen, Nase, Mund –, sodass ich nur die Krümmung ihres Kiefers und ihre rosafarbene Ohrmuschel erkennen kann.

Ich nehme Anthonys Hand. Meine Stimme kauert ganz hinten in meinem Mund, doch ich zwänge sie heraus. »Da ist jemand«, flüstere ich.

»Sie sind in allen Gebäuden«, sagt Mel. Sie hat recht. In jedem Gebäude steht wenigstens eine Gestalt. Männer. Frauen. Kinder. In einem Fenster sind es drei: eine Mutter und zwei Kinder. Die Hände vor dem Gesicht. Von uns abgewendet. Ihre Kleidung ist altmodisch weiß und grau. Weite Ärmel für die Frauen, zugeknöpfte Hemden oder Anzugjacken für die Männer. Sie rühren sich nicht, als wir an ihnen vorüberlaufen. Drehen sich nicht um und verlassen die Fenster nicht. Ich zähle sieben. Zwölf. 17. Und immer mehr. Und doch ist es hier so ruhig wie zuvor. Als wären wir die Einzigen, die hier atmen.

»Wer sind sie?«, fragt Trina. »Sind das die Menschen, die … Sind sie Geister?«

»In dem Feuer, das Briar Glen zerstörte, sind nur zwei Menschen umgekommen«, sagt Vanessa beinahe verächtlich.

»Sie können keine Menschen sein so wie wir«, sagt Trina. »Menschen wie Isaac.«

»Nein«, sage ich. »Das glaube ich auch nicht.«

»Ich bin mir nicht einmal sicher, ob sie überhaupt Menschen sind«, sagt Mel, und niemand widerspricht.

Dort ist wieder dieser Schriftzug auf dem Brunnen, dicht gedrängt und fast unleserlich. Ich erkenne DAHUT und BLUT und TOR und sonst kaum etwas, denn keiner von uns will stehen bleiben, und ich will nicht noch einmal vorlesen und uns verhexen, nicht mit all diesen schweigenden, bewegungslosen Menschen um uns herum.

»Beeilung«, flüstert Miranda. Sie blickt zum Horizont. Keine Ahnung, ob sie zu mir oder zu sich selbst spricht.

Der Stadtrand. Die leere Straße. Der Friedhof. Trina stöhnt eine Mischung aus Frustration und Angst und Vorahnung, aber wir gehen weiter und betreten die Stadt ein weiteres Mal.

Sie sind nicht mehr in ihren Häusern. Sie stehen davor, auf den Veranden. Oder zwischen den Häusern. Sie stehen da mit den Händen über den Gesichtern und mit den Rücken zu uns. Etwas abseits, zwischen den Bäumen, sehe ich eine Frau. Ihre Haare wehen im Wind. Ihre Schleife hat sich gelöst und fliegt tanzend davon. Sie macht keine Anstalten, sie einzufangen.

Eine Krähe krächzt. Wir bleiben abrupt stehen wie erschrockene Rehe. Der Vogel flattert in die Luft, segelt wieder hinab und landet auf der breiten Schulter eines bärtigen Mannes. Die Krähe neigt den Kopf und blickt zu uns herüber. Sie reckt den Schnabel zur Seite und starrt uns mit einem schwarzen, pfiffigen Auge an. Und dann stößt sie ihren Schnabel in den Hals des Mannes.

Immer und immer wieder stößt sie zu, so wie ein Seevogel einen Fisch aufspießen würde. Der Mann rührt sich nicht. Er zuckt nicht einmal. Blut und Hautfetzen fliegen herum, als der Vogel seinen Schnabel schüttelt und mit einem gurgelnden Krächzen wieder zustößt.

»O Gott«, flüstert Trina. »O Gott.«

Die Krähe erwischt etwas, das lang und rot und sehnig ist. Sie zieht und zieht, und das Ding – die Sehne, das Gelenkband, ein Fetzen Fleisch – zieht sich in die Länge und tropft vor Blut, bis es sich mit einem saugenden Geräusch löst und Blut aus der klaffenden Wunde schießt und am Hals und der Schulter des Mannes hinunterläuft und sein graues Hemd tränkt. Er rührt sich immer noch nicht. Er schreit nicht. Die Krähe wirft den Kopf nach hinten, und das Stück Fleisch verschwindet in ihrer Kehle.

Wir rennen. Ich weiß nicht, wer als Erster losläuft. Es ist auch egal. Wir rennen zusammen, weg von dem Mann und weg von der Krähe, vorbei an den anderen Menschen mit den versteckten Gesichtern. Wir rennen durch das Stadtzentrum.

Die Worte fließen über die Seite des Brunnens und verwickeln sich ineinander. Ich schaue sie nicht an. Wir müssen weg von hier.

Und dann halten wir abrupt an und stolpern fast übereinander. Wir halten uns gegenseitig fest und ringen nach Luft.

Am Rande der Stadt steht ein Mann mitten auf der Straße, nur einen Steinwurf von uns entfernt. Er ist schwarz gekleidet und sieht aus wie ein Prediger, doch das Buch, das unter seinem Arm steckt, ist keine Bibel. Das Symbol, das in den Einband geätzt ist, zeigt dünne, konzentrische Kreise, einer im anderen. Ich kann sie von hier aus nicht zählen, aber ich schätze ihre Anzahl. Der Wind erfasst die Lesebändchen zwischen den Seiten des Buches und lässt sie flattern.

»Sie haben uns nichts getan«, flüstere ich. »Sie haben uns nicht verletzt. Sie … Sie stehen nur da. Lasst uns weitergehen.«

Jeremy stößt ein würgendes Geräusch aus, als wir uns langsam weiterbewegen, am Rande der Straße, so weit, wie es uns möglich ist. Die Hände des Predigers, das begreife ich erst jetzt, können sein Gesicht nicht bedecken, denn sie halten das Buch. Es steckt unter einem Arm, und die Hand des anderen liegt auf dem Buchrücken. Er blickt stur geradeaus und macht nichts, um uns aufzuhalten.

Er hat keine Augen.

Doch seine Augenhöhlen sind nicht leer. Sie sind nicht mit Fleisch zugewachsen, die Lider sind nicht eingefallen und sie sind auch nicht einfach geschlossen. Sie sind mit dieser Leere aus nichts gefüllt, die schon für den Bruchteil einer Sekunde bei Isaac zu sehen war. Doch dieses Nichts hält sich hartnäckig. Es gehört dorthin. Ich kann unmöglich beschreiben, wie es sich anfühlt, *nichts* zu sehen, wie es ist, eine Nichtexistenz wahrzunehmen. Gern würde ich sagen, sie ist grau, und so würde ich sie am liebsten in Erinnerung behalten, doch das stimmt nicht. Es ist eine Leere, die ihn ausfüllt, ein Nichts, das sich verfestigt hat.

Er starrt mich an, und ich starre zurück. Keine Ahnung, wie er ohne Augen sehen kann, aber er sieht mich. Und er kennt mich. Die anderen schleichen sich um uns herum. Trina blickt zur Seite. Mel geht rückwärts und versucht, ihn im Auge zu behalten. Jeremy schafft es an ihm vorbei und bleibt dann stehen, als wollte er jeden Annäherungsversuch abwehren, sollte der Mann sich entschließen, uns anzugreifen. Anthony nimmt meine Hand.

»Lass uns verschwinden«, sagt er.

Der Mann öffnet den Mund. Seine Lippen knacken wie vertrockneter Lehm, als sie sich bewegen. »Das Tor ist kein eisernes Tor. Das Tor des Lügners ist Finsternis und Täuschung. Das Tor des Sünders ist Schuld und Schuldspruch. Der Wegezoll ist Blut, Sara Donoghue. Der Wegezoll ist Blut, und der Frevler unter euch muss ihn entrichten.«

Die Krähe krächzt. Sie fliegt zu ihm hinunter und landet auf seiner Schulter. Ein sehniger, bluttriefender Fleischfetzen hängt ihr aus dem Schnabel. Sie plustert ihre Federn auf.

»Der Sonnenaufgang kommt«, sagt er, aber dieses Mal neigt er seinen Kopf in Mirandas Richtung.

»Sara, lass uns gehen.« Anthony zerrt an mir. Ich lasse mich mitschleifen. Die Krähe ruft. Es klingt, als würde sie lachen. Wir rennen stolpernd aus der Stadt, hinaus auf die leere Straße. Sobald wir außer Sicht sind, bleiben wir stehen. Wir alle wissen, was wir finden werden, wenn wir weitergehen. Dieselbe Stadt, immer und immer wieder.

»Es muss doch einen Weg geben, das alles zu beenden«, sagt Trina. Wir stehen seit mindestens zwei ganzen Minuten wie gelähmt da und warten darauf, dass uns irgendwas aus unserer Starre befreit. »Ein Trick oder so was. Einen Weg, damit es sich nicht ständig wiederholt.«

Vanessa zittert. Ihre Finger klammern sich an die Enden ihrer Ärmel. »Das Tor des Sünders. So hat er es genannt. Das Tor des Sünders ... und Schuld und Schuldspruch. Und der Wegezoll ist Blut, und einer von uns muss ihn entrichten.«

»Aber das kann doch nicht heißen, dass ... dass einer

von uns sterben muss. Niemals. Das ... Das ist nicht fair«, sagt Mel und schüttelt den Kopf.

Jeremy schnaubt. »Fair? Glaubst du ernsthaft, dieser Ort schert sich um Fairness?«

»Er sagte nicht ›einer von euch‹. Er sprach von dem Frevler unter uns.« Trinas Stimme ist leise und verschwindet fast in der Dunkelheit.

Mel kichert. »Na, dann hast du ja nichts zu befürchten.« Trina sieht sie nicht an. Stattdessen senkt sie den Blick. »Hey. Das war nur ein Witz, Miss Jahrgangsbeste, die noch nie eine Sperrstunde verpasst hat. Was ich sagen will: Wenn jemand in dieser Gruppe ein Frevler ist, dann ja wohl ich.«

Anthony rollt mit den Augen. »Ja, klar. Alkohol zu trinken, obwohl man's noch nicht darf, ist echt außergewöhnlich.«

»Ich hab schon Schlimmeres gemacht.«

»Zum Beispiel?«

»Weiß nicht. Der alte Prediger würde diese ganze Lesbierin-Sache wahrscheinlich nicht so toll finden ...«

Trina funkt scharf, fast schon wütend dazwischen: »Du bist keine Frevlerin, Mel.«

Mels Augen funkeln. Es ist einfacher, einen Streit auszuhalten, als die Angst, aber wenn wir jetzt anfangen, uns gegenseitig an die Gurgel zu gehen, werden wir unsere ganze Energie aufwenden müssen, um selbst verschuldete Wunden zu flicken.

Meine Fähigkeiten, den Friedensstifter zu spielen, sind ziemlich eingerostet. Dieser Muskel ist verkümmert, aber früher kannte ich die Wildkatzen so gut, dass ich jeden Streit nach nur drei Silben beenden konnte.

»Wir müssen nur hindurch«, sage ich. »Sieben Mal, so steht's im Buch. Sie haben uns nichts getan.«

»Noch nicht«, bemerkt Vanessa. »Noch nicht. Sie werden auf uns losgehen, früher oder später. Kapierst du das denn nicht? Aber er sprach von einem Wegezoll. Vielleicht können wir ihn bezahlen und dann durchkommen, ohne dass ... ohne dass uns irgendetwas erwartet.«

»Nichts und niemand in der Stadt hat versucht, uns zu verletzen«, sage ich ermahnend. Ich weiß, wie ich die Wildkatzen zusammenhalten kann, aber Vanessa kenne ich nicht so gut. Sie ist eine Klassenkameradin, keine Freundin. »Ich sage, wir gehen weiter. Wenn etwas schiefläuft, können wir davonrennen.«

Vanessa schüttelt den Kopf. »So einfach wird es nicht werden. Er sagte: ›der Frevler unter euch‹. Wir sollten überlegen, wer das ist.«

»Wir hätten uns umsehen sollen«, sagt Kyle. »In die Häuser gehen oder ...«

»Nein!«, rufen ich, Trina und Anthony im Einklang. Wir blicken einander halb entsetzt und halb amüsiert an. »Wir werden die Straße nicht verlassen«, sage ich.

Kyle errötet. »Schon gut. War 'ne dumme Idee. Aber wir müssen dort noch viermal durch, und alles, was wir gesehen haben, ist dieses Graffiti, das keinen Sinn ergibt. Hey, Miranda. Als wir alle hypnotisiert waren – oder was auch immer –, da hast du ›Dahut‹ gerufen. Woher wusstest du, dass uns das wachrütteln würde?«

Ich habe fast vergessen, dass sie hier ist. Eigentlich bin ich mir ziemlich sicher, dass sie nicht hier war, es jetzt aber ist, weil wir uns daran erinnern, dass sie es ist. Aber das ergibt überhaupt keinen Sinn. »Ich wusste es nicht«, sagt Miranda. »Es war nur das Erste, was mir in den Kopf kam.«

»Warum ist es so wichtig, dass der Sonnenaufgang kommt?«, frage ich.

»Ist es das?«, entgegnet Miranda.

»Sagtest du nicht etwas wie …?« Ich schüttle den Kopf. Wir lassen uns ablenken. »Ist schon gut. Okay. Lasst uns gehen. Und niemand bezahlt einen Wegezoll. Abgemacht?«

Vanessa schnaubt laut, doch niemand erhebt Einwände. Ich laufe los und die anderen folgen mir. Aber ich spüre, dass sie nervös sind. So langsam macht sich die Angst breit. Und wir haben noch einen weiten Weg vor uns.

INTERVIEW

MELANIE WHITTAKER

9. Mai 2017

Melanie Whittaker hält ihre Hände zusammengepresst auf dem Schoß und lehnt sich vor. Während das andere Zimmer ein umgebauter Abstellraum zu sein schien, war dieses hier eindeutig einmal ein Büro. Ein Fenster in der Innenwand geht hinaus auf eine Art Lagerhalle. Ein Schreibtisch steht in der Ecke. Mel sitzt auf einem Drehstuhl mit einem ausgefransten blauen Polster.
Mel zuckt zusammen, als die Tür sich öffnet. Abigail Ryder tritt ein. Sie trägt schwarze Handschuhe. Ein Aktenordner, dick gefüllt mit Unterlagen, klemmt unter ihrem Arm.
ABBY: Tut mir leid. Ich musste Dr. Ashford behilflich sein.
Sie nimmt gegenüber von Mel Platz.
MEL: Schon gut. Sie sprechen mit Sara, stimmt's? Sie ist hier, oder?
ABBY: Ja. Sobald wir hier fertig sind, können Sie zu ihr, wenn Sie möchten.
MEL: Ich weiß nicht, ob das eine gute Idee ist.
ABBY: Es ist Ihre Entscheidung. Aber zunächst einmal sollten wir fortfahren.

MEL: Sie wollen über Miranda sprechen, stimmt's?
Abby zögert. Dann schüttelt sie den Kopf.
ABBY: Dazu kommen wir noch. Lassen Sie uns vorher über die Stadt sprechen.
MEL: Ich weiß nicht, ob ich mich dazu äußern sollte.
ABBY: Wegen der Sache mit den Jeffries? Ich glaube ehrlich gesagt nicht, dass es eine Rolle spielt, was Sie zu erzählen haben.
MEL: Sollte ich vielleicht zuerst mit einem Anwalt sprechen oder …?
ABBY: Hören Sie. Niemand wird uns wegen dieser Angelegenheit befragen. Dr. Ashford wurde die Festanstellung entzogen, und keine einzige Universität würde auch nur einen Blick auf seine Bewerbung werfen. Sie halten ihn für verrückt, und die Polizei, sollte sie sich wirklich die Mühe machen, uns zu befragen, würde uns kein Wort glauben.
Abby lehnt sich zurück. Sie wirft einen Blick in die Kamera und runzelt die Stirn.
ABBY: Wir müssen diesen Teil nicht aufzeichnen. Vielleicht fühlen Sie sich dann unbeschwerter und nicht …
MEL: Wie eine Verräterin?
Mels Stimme ist kaum mehr als ein Flüstern. Sie überlegt und schüttelt dann langsam den Kopf.
MEL: Vielleicht ist es das Beste, wenn die Wahrheit ans Licht kommt.
ABBY: Genau das denkt Dr. Ashford auch.
MEL: Sie nicht?
ABBY: Mir steht der Sinn nicht so sehr nach moralischer Überlegenheit. Ich hätte die Festanstellung

gewählt, anstatt mein Leben damit zu verbringen, etwas zu beweisen, das sich nicht beweisen lässt.
Mel lacht kurz und entspannt sich ein wenig. Abby lehnt sich wieder vor.
ABBY: Also gut. Wir waren bis zu Ihrem fünften Besuch in der Stadt gekommen.
MEL: Richtig. Wir waren noch immer im Tor des Sünders, und langsam bekamen wir das Gefühl, wir würden dort nicht mehr herauskommen.

11

Die Blumen wachsen nun überall, als wir das Schild erreichen. Sie sind nicht mehr auf die kleinen Beete beschränkt, sondern sprießen aus dem Gras und zwischen dem Unkraut, einfach überall. Sogar aus den Ritzen in der Straße. Ich zertrete eine von ihnen, während ich laufe, und ein Geruch, der mich an Gewürze und frisch geschnittenes Gras erinnert, füllt die Luft. Doch da ist noch eine Note darunter, etwas Fauliges, wie Fleisch, das langsam vergammelt.

Als wir die Stadt wieder erblicken, stößt Jeremy eine lange, ruhige Folge von Flüchen aus. Ich kann es ihm nicht verübeln.

Die Leute sind noch immer da, noch immer mit dem Rücken zu uns. Sie befinden sich in der Nähe der Straße, alle miteinander, und stehen so regungslos da, dass man annehmen würde, sie hätten sich in Reih und Glied aufgestellt, aber das stimmt nicht. Sie stehen verstreut da, ganz so, als wären sie als Herde aufgebrochen, in einem Gedränge, entweder in kleinen Grüppchen oder auf eigene Faust. Und dann sind sie einfach stehen geblieben. Ihre Hände bedecken ihre Gesichter nicht mehr. Ihre Arme baumeln an ihren Seiten.

Und zu ihren Füßen blühen Tausende von Blumen.

»Passt auf, dass ihr sie nicht berührt.« Ich weiß, dass

sich niemand in Bewegung setzen wird, bis ich es tue, und so schreite ich los.

Gerade als ich die Erste von ihnen erreiche – eine Frau mit langen, dunklen Haaren –, beginnt das Flüstern. Sie dreht sich zu mir um. Ihre Augen ... Nun, darauf muss ich nicht mehr eingehen, stimmt's? Ihre Augen sind genau wie die des Predigers.

»*Verlasst die Straße nicht*«, flüstert sie, und ihre Worte verbreiten sich unter den Einwohnern wie ein Fieber und werden wiederholt, bis sie sich zu einem Rascheln auflösen.

»*Lasst nicht los, wenn es dunkel ist*«, sagt ein Mädchen, kaum neun Jahre alt, und auch dies zerfließt in der Menge wie Tinte im Wasser.

»*Es gibt noch andere Straßen. Benutzt sie nicht*«, flüstert die Mutter des Mädchens.

Ich weiß, möchte ich ihnen sagen. *Erzählt mir etwas, das ich noch nicht weiß*. Aber ich denke an die Worte in dem Notizbuch. *Sprich nicht zu ihnen*.

Ich halte den Mund. Ich werfe den anderen einen Blick zu, um sicherzugehen, dass sie es genauso machen. Ich sehe Mel. Ihre Lippen sind fest aufeinandergepresst, ihre Augen weit aufgerissen. Wir blicken uns einen Moment lang an, geben uns Halt, bis sie einmal nickt und ich mich wieder der Straße vor uns zuwende.

Das Geflüster überschneidet sich immer mehr und ich versuche Bruchstücke davon aufzuschnappen, während wir weiterschleichen, ganz sacht, auch wenn es uns schwerfällt, nicht einfach loszurennen.

das meer strömt herein ihr geliebter strömt herein das meer ...

Er ist fort und trifft sich mit dem Dornenmann
Du kommst an den Galgen, Mädchen
Die Tore sind geöffnet
Ich rieche das Blut an dir.

Ich schnelle herum. Es ist der Mann mit dem Bart. Der Mann, den die Krähe angegriffen hat. Sein Hemd ist sauber. Kein Anzeichen von Blut. Dort, wo der Schnabel der Krähe ein Loch gerissen hat, wuchert eine Weinranke heraus und schlängelt sich um die Kehle des Mannes. Ihre schaufelförmigen Blätter liegen eng an seiner Haut. Er blickt nicht mich an, sondern Trina. Sie steht wie gelähmt da.

»*Ich rieche das Blut an dir, Mädchen*«, flüstert er. »*Er riecht es auch.*«

»*Der Wegezoll ist Blut*«, flüstern sie, bis der Satz zerfleddert. »*Der Frevler unter euch muss zahlen. Ich rieche das Blut an dir.*«

Trinas Augen sind weit geöffnet. Sie macht einen Schritt auf den Mann zu, bis an den Rand der Straße, und sie öffnet den Mund. Ich mache einen Satz, doch Jeremy ist schneller. Er legt seine Hand über ihre Lippen, bevor sie auch nur einen Laut von sich gibt.

»Sprich nicht zu ihnen«, zischt er. »Höre ihnen nicht einmal zu. Komm jetzt.«

Er lässt von ihr ab und nimmt ihre Hand. Sie folgt ihm schweigend und mit strauchelnden Schritten. Kyle sieht ihr mit verdutzter Miene zu. Es scheint, als wäre er im Begriff, etwas zu erkennen, wüsste aber noch nicht, was es ist.

Das Geflüster wird lauter. Es sind mehr Leute in der Stadt als beim letzten Mal, Hunderte, und sie stehen eng beisammen. Ihr Flüstern wird zu einem unerträglichen Schwall und ist genauso unverständlich wie ein Wind, der durch hohes Gras weht.

Die Worte am Brunnen haben sich zu einem Wirrwarr entwickelt, das sich kaum noch deuten lässt. Buchstaben stehen über anderen Buchstaben, geschrieben mit derselben Kreide, sodass, mit einem Meter Abstand zum Brunnen, nur noch ihre ausgefransten Ränder zu erkennen sind.

das tor der sünde bleibt geschlossen bis die frevler bluten sie bluten die frevler gegeben genommen der wegezoll ist blut DAHUT ÖFFNET DAS TOR DAS MEER STRÖMT HEREIN

Mehr kann ich nicht entziffern.

Die windstoßartigen Geräusche um mich herum steigern sich zu einer Kakofonie. Und dann verstummt jedes Flüstern, als hätte sie jemand gepackt und mit einem Messer durchtrennt.

Der Prediger kommt auf uns zu. Er trägt das Buch vor seiner Brust. Bei jedem zweiten Schritt hebt er seine freie Hand und schlägt sie auf den ledernen Einband. *Klatsch.* Ein Schritt, noch einer, *klatsch.* Die Lesebändchen in dem Buch sind fett und fleischig wie die Blütenblätter der Blumen. Er bleibt am Rande der Stadt stehen, mitten auf der Straße, die wir entlanggehen müssen.

»Der Wegezoll ist Blut«, sagt er, »und die Frevler müssen ihn entrichten. Es ist euch überlassen, welche der Frevler bluten werden, aber sie müssen bluten. Der Sonnenaufgang ist fast da, und das Licht legt so manche Wahrheit bloß.« Er steht da und faltet seine Hände über dem dicken Buch.

Sie schließen ihre Reihen hinter ihm. Finger streifen mein Handgelenk – ein Junge, vielleicht sieben Jahre alt, greift nach mir. Ich reiße meinen Arm weg. Die Menschenmenge bewegt sich nicht, aber sie scheint uns viel näher als zuvor zu sein.

»Wir drängen uns hindurch«, sage ich.

»Das werden wir nicht schaffen«, sagt Vanessa. »Sie wollen einen von uns. Einer von uns muss etwas getan haben. Einer von uns muss der Frevler sein, sonst würden sie nicht danach fragen.« Ihre Stimme ist hoch und angsterfüllt, und ich spüre, wie sie die anderen mit ihrer Angst ansteckt. Trina macht große Augen und ihr ganzer Körper ist angespannt.

»Nein«, sage ich. »Wir rennen los und ...«

»Sieben Mal. Zwei Mal noch. Und jedes Mal wird es schlimmer«, sagt Vanessa energisch. Sie sieht von einem zum anderen, panisch. »Wer von euch ist es? Wen will er haben? Sie werden uns alle töten, wenn wir nicht ...«

»Aufhören«, sage ich, und im gleichen Augenblick stolpert Trina einen Schritt zurück. Weg von Vanessa und von dem, was sie sagt.

Vanessa blickt sie scharf an. »Trina?«, sagt sie leise. Uns umgibt die Stille des Waldes. Es ist eine abwartende Stille.

»Nein«, sagt Trina. »Nein.«

»Was hast du getan?«, fragt Vanessa. Sie macht einen Schritt vor, genau wie die Menschenmenge, die sich immer enger um uns drängt. Jeremy knurrt wütend, als ihm einer der Bewohner auf die Pelle rückt.

»Ich habe nichts ... Ich ...« Trinas Stimme ist kaum mehr als ein Flüstern.

»Aufhören«, sage ich. Alle Augen und Ohren sind auf sie gerichtet. »Trina, sag nichts.« Ich blicke Anthony an, doch er sieht verloren aus. Wir müssen rennen. Wir alle.

»Sie wollen dich«, sagt Vanessa leise. »Stimmt's?«

»Warum wollen sie dich?«, fragt Mel.

»Trina, nicht ...«, sage ich, aber es ist zu spät.

»Chris«, sagt sie.

»Wovon redest du?«, fragt Kyle panisch.

»Dein Stiefvater?«, frage ich verdutzt. Um uns herum schwillt neues Geflüster an.

»Was hast du getan?«, fragt Kyle mit lauter Stimme.

»Können wir das bitte woanders klären?«, sagt Jeremy.

»Es wird nur schlimmer werden«, sagt Vanessa. »Wenn wir weitergehen, wird es schlimmer werden.«

»Nein. Hört auf. Alles wird gut«, sage ich, um die Panik in Trinas Augen zu lindern. *Dies hier ist meine Schuld*, denke ich, ohne zu wissen, welchen Teil von ›dies hier‹ ich eigentlich meine. »Keiner von ihnen hat uns etwas getan. Es gibt keinen Grund, warum ...«

»Er hat versucht, mich aufzuhalten«, sagt Trina. Vanessa atmet zischend aus. »Er wollte nicht, dass ich gehe.«

»Trina, wovon redest du?«, fragt Anthony.

»Sie riechen das Blut an ihr«, sagt Vanessa. »*Sie riechen das Blut.* Was hast du getan, Trina?«

»Ich glaube, ich habe ihn getötet«, flüstert sie.

Hunderte Körper drängen voran. Kyle schreit. Jeremy packt ihn bei der Hüfte, um ihn von seiner Schwester fernzuhalten. Hände greifen nach ihr, reichen sie von einer Person zur nächsten und reißen sie von uns fort wie eine starke Strömung.

Ich kämpfe mich vorwärts. Sie werden nicht meinetwegen sterben. Sie sind hier wegen mir und wegen Becca, und ich lasse nicht zu, dass sie deswegen sterben. In mir brennt eine grell strahlende Wahrheit, an die ich ohne jeden Zweifel glaube, mit jeder Faser meines Körpers. Ich muss sie retten. Ich kann sie retten. Ich werde sie retten.

Noch weiß ich nicht, wie unfassbar klein ich bin im Vergleich zu dem Ding, dass uns verschlungen hat. Noch weiß ich nicht, wie viel wir verlieren werden.

Sie haben Trina an den Stadtrand gebracht. Die Blumen wuchern über die ganze Straße, zwängen sich gierig aus jedem Spalt zwischen den Steinen und erheben ihre fleischigen Blütenblätter auf schwankenden Stängeln. Unsere Füße trampeln über sie hinweg, als wir uns beeilen, um Trina nicht zu verlieren, und die Luft füllt sich mit ihrem scharfen Grasfäule-Geruch.

Sie drücken Trina hinunter auf die Knie. Ihre Hände sind hinter ihrem Rücken. Der Prediger steht vor ihr und klopft mit dem Daumen auf den ledernen Einband seines Buches. Trina versucht sich zu befreien. Sie fletscht die Zähne, macht einen Satz nach vorn und reißt einen ihrer Arme los. Doch der Prediger packt sie bei der Kehle. Sie greift nach ihm, ihre Fingernägel kratzen über das Buch in seiner anderen Hand.

Ich versuche mir einen Weg zu ihr zu bahnen, doch zwischen uns stehen unzählige Körper, und sie alle sind so weich und so barmherzig wie Stein. Jeremy ringt noch immer mit Kyle und versucht ihn davon abzuhalten, zu seiner Schwester zu gelangen, um ihr zu helfen, doch Miranda und Mel und Vanessa sind da.

Vanessa, außer Atem, Augen weit geöffnet, beobachtet den Vorgang mit einem Gesichtsausdruck, den ich nicht deuten kann. Mel drückt sich die Hand fest auf den Mund.

Ich will mich an zwei Frauen vorbeidrängen, aber sie geben nicht nach. Ich weiche einen Schritt zurück. Ich werde Trina nicht erreichen. Ich werde sie nicht retten können. Ich werde zusehen, wie sie stirbt. Verzweifelt blicke ich mich um und suche nach einem Weg durch die Menge, doch stattdessen finde ich Miranda. Sie starrt zum Horizont, wo der herannahende Sonnenaufgang sein Licht wie Blut vergießt. Etwas stimmt nicht mit den Schatten auf ihrer Haut, und das Schwarz ihrer Augen scheint mir zu tief.

»Sie nehmen sich den Wegezoll«, sagt sie mit zitternder Stimme. »Hör doch, Sara. Sie nehmen sich den Wegezoll. Es ist nicht zu ändern. Sie wollen den Frevler, aber, Sara ... Sara, *wer hat Vanessas Hand gehalten?*«

Vanessa wendet ihren Blick zu Miranda, und ihre Miene ist mit solch einem Hass, solch einer blanken Wut erfüllt, dass ich zurückzucke.

Eine Einwohnerin tritt hervor. Ein Kind. Ein Mädchen. Sie trägt rote Schleifen an den Enden ihrer Zöpfe und sie summt ein Lied, das ich fast erkenne. In ihrer Hand hält sie ein Messer – ein Küchenmesser mit einem Griff aus Holz und einem Rostfleck unten an der Klinge. Es ist die Art von Messer, die man zum Zwiebelschneiden benutzt.

»Ich war mit Anthony zusammen. Trina mit Kyle. Jeremy mit Mel und Miranda«, sage ich. »Mit wem warst du zusammen, Vanessa?«

Vanessa blickt mich an, und wenn ich ihr Gesicht nicht gesehen hätte, als sie sich zu Miranda umgedreht hat, dann würde ich ihr die Verwirrung, die Angst darin vielleicht glauben. »Wie bitte?«

»Du stotterst nicht mehr«, sage ich.

»I-I-Ich weiß nicht, wovon d-d-du sprichst«, sagt sie.

»Es ist dir schon ein paarmal passiert. So als würdest du dich daran erinnern müssen«, sage ich. »Und du hast dich geschämt. Du hast dich entschuldigt. Ich kenne Vanessa schon mein Leben lang. Sie schämt sich nicht für ihr Stottern. Es gibt keinen Grund dafür.«

»D-Du machst mir Angst«, sagt sie. Sie weicht zurück, so wie ich es noch nie bei ihr gesehen habe.

Das Mädchen hebt das Messer. Kyle schreit den Namen seiner Schwester. Trina schließt die Augen. Das Flüstern wird lauter.

Ihr Geliebter strömt herein
Das Meer strömt herein
Die Tore sind offen

Der Moment hängt in der Luft, unfertig und unentschlossen, doch die Entscheidung ist schnell getroffen. Ohne mich. Ich sehe sie so deutlich, als würde sie beschriftet vor mir ausgebreitet liegen. Der Wegezoll ist Blut. Und jemand muss ihn entrichten.

Ich mache einen Schritt vorwärts und ich hebe meine Hände und ich stoße Vanessa in die Brust.

Ihre Arme kreiseln. Einen Augenblick gelingt es ihr noch, die Balance zu halten. Ihr Körper hängt schräg vor mir in der Luft, ihr Mund ist zu einem überraschten

O geformt. Das Licht des Sonnenaufgangs blitzt herab und glitzert auf der Klinge des Messers. Vanessa verliert das Gleichgewicht. Sie fällt hintenüber, in die Menschenmenge, die bereits auf sie wartet. Um sie zu packen. Um ihr zu Leibe zu rücken.

Ich sehe das Messer zweimal aufblitzen, über dem Gedränge der Körper. Beim ersten Mal ist es silbern. Beim zweiten Mal blutrot. Jeremy versucht verzweifelt, sich einen Weg zu bahnen, vielleicht zu Trina, vielleicht zu Vanessa. Ich weiß es nicht. Anthony packt mich, schüttelt mich, fragt mich, was ich nur getan habe.

Und dann weichen die Menschen zurück wie Wasser von einem Ufer. Trina kniet an der Stelle, wo die unbefestigte Straße durch die Stadt wieder zu Stein wird. Sie ist heil. Sie atmet.

Vanessa ist verschwunden. Dort, wo sie gestürzt ist, bedeckt ein dichter Teppich aus Blumen den Boden. Ihre Blütenblätter pochen rot, in der Mitte strahlt es grell und gelb, als das Licht der Sonne sie trifft. Der Prediger steht neben Trina. In der linken Hand hält er das Buch. Seine rechte Hand liegt fest auf Trinas Schulter.

»Der Wegezoll ist entrichtet«, sagt er. »Das Tor ist offen. Die Straße windet sich weiter. Nach Ys. Zum Meer.«

Trina schreit vor Wut und vor Angst und vor Erleichterung, alles zur selben Zeit, und springt auf. Sie schnellt herum und stiert den Prediger an, doch der lächelt nur. Er flüstert etwas, so leise, dass ich es nicht hören kann, und drückt ihr das Buch in die Hand. Ich mache einen Schritt vorwärts, ohne zu wissen, was ich vorhabe. Und dann ruft Jeremy.

»Leute!«, kreischt er und deutet auf etwas hinter uns.

Das Meer strömt herein, sagt das Flüstern, aber es ist nicht das Meer, das sich hinter uns auftut. Es ist die Finsternis.

Anthony greift meine Hand. Wir rennen.

DRITTER TEIL

DIE BESTIE

ANLAGE G

Foren-Eintrag

Akrou & Bone-Videospiel – Fan-Forum
»Off-Topic: Moderne Legenden & paranormale Aktivitäten« – Unterforum

22. März 2014

Betreff: Lucy Gallows und die Primärquellen zur Geisterstraße?

In letzter Zeit ist in Sachen Lucy nicht viel passiert, aber ich bin gerade auf einen interessanten Bericht in einem alten Fanzine für paranormale Phänomene gestoßen. (Hab das Heft an einem Ort gefunden, der sich nicht gut mit meinem Asthma vertragen hat – mehr möchte ich dazu nicht sagen.) Dieser Typ behauptet, dass er und seine Frau eine »Geisterstraße« benutzt haben, und er erwähnt sogar Lucy Gallows. Der Artikel stammt aus den 1970ern (!!), was bedeutet, dass es sich um einen der frühesten Augenzeugenberichte handelt, die wir bislang gefunden haben (natürlich nur, wenn er sich als wahr erweist).

Das Heft war voller Wasserschäden und total zerfleddert, aber ich hab's geschafft, diesen Teil einzuscannen, bevor es sich endgültig in braune Pampe verwandelte:

kaum bis zum Ende. Was wir entlang dieser Straße erlebten, würde ganze Bände füllen, doch ich weiß nicht, ob ich mich überwinden kann, allzu viel darüber zu schreiben.

Schließlich gelangten wir an das Ende – besser gesagt: ein Ende. Und dort trafen wir auf das Mädchen. Sie sagte, ihr Name sei Lucy. Sie bat uns um Hilfe. Sie sagte, sie sitze schon eine ganze Weile auf dieser Straße fest und wisse keinen Ausweg. Ich hätte ihr sehr gern geholfen, irgendwie. An jenem Punkt war mir jeder Kontakt zu einem anderen Menschen sehr willkommen. Aber meine Frau war plötzlich alarmiert.

Sie nahm mich beiseite und sagte, sie kenne das Mädchen – oder wenigstens dessen Stimme. Immer wieder sprach es von »dem Geflüster, das ihr von innen am Schädel kratzt«, und dem »Gallows-Mädchen«. Sie bestand darauf, dass wir uns von ihr fernhalten müssten und dass wir ihr nicht vertrauen dürften.

Ich bin nicht gerade stolz darauf, was dann geschah, aber wir waren an einen Punkt gelangt, an dem wir wussten, dass wir nur überleben würden, wenn wir uns und unseren Instinkten bedingungslos vertrauten. Und so rannten wir davon, als sich die Gelegenheit ergab, und ließen die kleine Lucy zurück.

[Unlesbar] nahm sich nicht einmal ein Jahr später das Leben. [Unlesbar] träumte immer wieder von ihr. [Unlesbar] Tagebücher waren voll mit Lucys Namen, und dazu zwei Worte, die willkürlich zwischen den anderen Einträgen auftauchten: Finde sie.

Es gibt nur eines, das nicht so recht zu passen scheint: Dieses Paar kommt aus Missouri. Sie waren per Anhalter auf der Geisterstraße unterwegs, nur kurz hinter St. Louis. Vielleicht ist das der Grund, warum wir von dieser Überlieferung bisher nichts wussten.

– mnemosyne_amnesiac

12

Wir können der Finsternis nicht entkommen. Sie bricht über uns herein, und ich versuche alles, um Anthonys Hand festzuhalten. Dieses Mal gibt es keine 13 Schritte, nur ein einziges Stolpern, bevor die Finsternis so schnell verfliegt, wie sie uns gefunden hat. Sie huscht an uns vorüber und zerreißt sich selbst. Fetzen aus purem Schatten winden sich zu kleinen Formen – Vögeln. Krähen. Es müssen Hunderte sein, Tausende, als die Flut der Finsternis in einer Kakofonie aus krächzenden Schnäbeln und schlagenden Flügeln auseinanderbricht. Ein paar chaotische Sekunden lang verdunkeln sie den Himmel und schieben sich vor das herabfallende Licht der aufgehenden Sonne, und dann jagen sie hinweg über den Wald im Westen.

Eine Zeit lang glaube ich etwas in der Richtung zu sehen, in die sie fliegen, etwas, das über die Bäume ragt – vielleicht ein anderer Baum, dessen Äste sich über seine Spitze erheben. Aber die Äste sehen aus wie ein Geweih, und dann verschwinden die grauen Schatten, die ich gesehen habe, im Nebel und im Krähenschwarm.

Vier Vögel bleiben in unserer Nähe. Sie ziehen in einer Art Tanz ihre Kreise über uns. Die anderen sind verschwunden. Die Bäume stehen hier nicht mehr so dicht, und ihre Äste sind kahl und lassen das Licht der Sonne passieren. Wasser tropft von ihnen herab, als hätte es gerade aufgehört zu regnen, doch der Himmel ist klar.

»Was hast du getan?«, fragt Jeremy fordernd. Er lässt Trinas Hand los und macht einen drohenden Schritt auf mich zu. Trina hält das Buch des Predigers an ihrer Brust. Ihre Hände liegen gekreuzt darüber.

»Ich ...« Ich weiß nicht, was ich sagen, wie ich es erklären soll.

»Du hast sie ermordet«, sagt Mel mit entsetzter Stimme. Kyle geht bedächtig in Trinas Richtung.

»Einen Moment mal«, sagt Anthony. Er hebt seine Hände und stellt sich zwischen mich und Jeremy.

»Du hast gerade Vanessa ermordet«, sagt Jeremy.

»Und was genau hast du jetzt vor?«, fragt Anthony. Jeremy spannt den Kiefer an und ballt die Fäuste. Aber dann verlagert er sein Gewicht nach hinten und hält inne.

»Ich glaube nicht, dass sie Vanessa war«, sage ich. »Sie hat nicht mehr gestottert und sie war, nun ja, *anders*. Und ich kann mich nicht erinnern ... Hat sie irgendeine Hand gehalten, als wir durch das Tor des Lügners gekommen sind? Hat einer von euch ihre Hand gehalten?«

Sie blicken einander an. Unbehagen macht sich breit.

»Das heißt noch lange nicht ...« Jeremy bricht den Satz ab. »Menschen stottern nicht die ganze Zeit.«

»Aber die anderen Sachen«, sagt Mel leise. »Sie hat sich anders verhalten. Finde ich. Aber ich kenne sie nicht besonders gut.«

»Sara kannte sie auch nicht besonders gut. Oder doch?«, fragt Jeremy.

Ich schüttle den Kopf. »Wir waren nicht befreundet, aber seit Jahren in einer Klasse. Vanessa war nicht Vanessa. Vertraut mir.«

»Vanessa war nicht Vanessa? Das ergibt doch überhaupt keinen Sinn«, sagt Jeremy mit Nachdruck.

»Hier? Irgendwie schon«, sagt Anthony.

»Bin ich denn der Einzige, der findet, dass es für einen Mord einer besseren Rechtfertigung als ›irgendwie schon‹ bedarf?«

»Nein«, sage ich. »Das bist du nicht.« Mir ist plötzlich schlecht, und ich drücke mir die Faust in den Magen.

»Es wäre besser gewesen, wenn du ihnen *mich* überlassen hättest«, sagt Trina. Ihre Wangen sind mit Schmutz und Tränen verschmiert, ihre Augen verschwollen und rot. »Sie wollten mich.«

»Weil du Chris verletzt hast?«, frage ich. Das ergibt keinen Sinn. Trina ist ein Mädchen, das Spinnen mit einem Glas einfängt und nach draußen trägt. Aber nun ist sie hier, und ich nehme ihre Hand und spüre, wie sehr sie zittert. Ihre andere Hand umklammert noch immer schützend das Buch. Sie hat all ihre Tränen vergossen, aber sie atmet stoßweise, als hätte sie einen Angelhaken in ihrer Kehle stecken, der ihr jedes schlotternde Seufzen entreißt. Ich versuche mich daran zu erinnern, wie sie sich heute Nacht verhalten hat, doch alles, was mir einfällt, sind meine eigenen Bedürfnisse, mein eigenes Verlangen. Meine eigenen Ängste. »Alles wird gut«, sage ich, doch so langsam wird mir klar, dass das nicht stimmt.

Sie wuchtet ihren Blick hoch und sieht mich an. Ihre Lippen öffnen sich, als müsste sie darauf warten, dass die Worte sich einfinden. »Chris wollte mich davon abhalten, heute Nacht hierherzukommen«, sagt sie.

Ihr Vater war schon immer ein Arschloch. Er glaubt, nur weil er ein Cop ist, dass sein Gesetz auch zu Hause gilt – eine unantastbare und selbstgerechte Macht, der man sich zu unterwerfen hat.

»Wir haben uns gestritten. Ich ...« Sie schluckt und blickt Kyle an. Sein Gesicht ist verzerrt. Angst und Verwirrung machen es zu einem Puzzle, dessen Teile überall verstreut sind. »Ich habe mir den Baseballschläger genommen und ... Kann sein, dass ich ihn getötet habe.« In ihren Augen zeigt sich keine Reue, nur eine Art Trauer, die ich sehr gut kenne. Es ist die Trauer um sich selbst, um die Person, die man gerade noch war, bevor man handelte.

»Du hast deinen Stiefvater kaltgemacht, weil er nicht wollte, dass du hierherkommst?«, fragt Jeremy.

Sie stiert ihn an. »Nein, Jeremy. Nicht deshalb.«

»Ich ...« Er hält inne. »Hat er dir wehgetan?«

»Er war ...« Sie zögert und wirft Kyle einen kurzen Blick zu. Dann atmet sie tief durch. »Er war gewalttätig«, sagt sie. »Ich habe ihn zur Rede gestellt, und er hat mich angegriffen. Ich habe mich nur verteidigt.«

Kyle steht angespannt da und blickt drein, als würde er jeden Moment in sich zusammenfallen. »Das hättest du nicht tun müssen«, sagt er. »Ich hätt's schon ausgehalten.«

Natürlich hätte Chris sich niemals mit Trina angelegt. Er hätte nicht die Person geschlagen, die sich wehren konnte. Kyle dagegen? Er war schon immer klein und zerbrechlich. Das Asthma, seine neunmalkluge Art und sein Bemühen, stets zu gefallen, machten ihn zu einem leichten Opfer, und Chris war einer dieser Feiglinge, die das nur allzu gut erkannten.

Ich halte noch immer ihre Hand, wärme sie mit meiner Haut und drücke sie so fest, als würde meine Berührung genügen, um sie im Zaum zu halten. Doch sie löst sich von mir und dreht sich zu ihrem Bruder um. Der Moment verschiebt und verschließt sich, bis er nur den beiden gehört.

»Du hättest mir davon erzählen sollen«, flüstert Trina. »Ich sagte ihm, dass ich es wisse, und er ... Es tat ihm nicht einmal leid.« Sie hält kurz inne. »Ich wusste es nicht früher. Sonst hätte ich schon längst etwas unternommen.«

»Er ist tot?«, fragt Kyle. Argwohn lähmt seine Stimme. »Du hast ihn echt umgebracht?«

»Ich wollte es nicht.« Sie hält inne. »Nein. Ich wollte es. Er sagte, dass ich ihm gar nichts anhaben könne. Keiner würde mir glauben. Er lachte. Und dann packte er mich und ... Dann schnappte ich mir den Baseballschläger. Ich schlug auf ihn ein, bis er mich nicht mehr schlagen konnte. Das war es, wovon sie gesprochen haben. Sie konnten das Blut an mir riechen. Es ist *mein* Blut, das wir brauchen, um das Tor zu öffnen. Denn ich habe gesündigt. Ich habe gemordet.«

»Es war Notwehr«, sage ich. »Du musstest es tun.«

Sie schaudert. Dann beugt sie sich vor und übergibt sich. Sie taumelt, und ich fange sie auf und halte sie. Mel legt ihren Arm beschützend um Kyle. Ich erinnere mich an dieses Bild von ihm, flachsblond und spindeldürr, und Mel, die ihn fest in den Arm schließt und versucht, ihn in den Pool zu werfen. Die beiden sind zusammen hineingefallen. Sie lachten kreischend, während Trina und ich im Schatten saßen und mit den Augen rollten. Er war damals zehn, glaube ich. Es war vor Chris. Kurz vor ihm.

Ich helfe Trina auf die Beine. Ich nehme sie in den Arm und drücke sie an mich, so wie ich im letzten Jahr gern gedrückt worden wäre, was ich aber nicht zuließ. Ihre Haut riecht säuerlich. Ich spüre die Knochen ihrer Wirbelsäule unter meinen Fingern. Das Buch klemmt eng zwischen uns.

»Ich kann nicht zurückgehen«, sagt sie. »Niemals.«

»Doch, das kannst du«, sage ich. »Du weißt nicht einmal, ob er wirklich tot ist. Und außerdem hast du dich nur verteidigt, okay? Wir werden schon eine Lösung finden.« Ich streiche ihr Haar nach hinten und schiebe die blonden Strähnen, die sich aus ihrem Zopf gelöst haben, hinter ihre Ohren. Sie nickt.

»Okay«, sagt sie.

»Ich bin froh, dass du es getan hast«, sagt Kyle. »Er hat es verdient.«

»Ich bin auch froh«, sagt sie leise, aber bestimmt, und Kyle nickt. Mel lässt schweren Herzens von ihm ab. Er stopft seine Hände in die Hosentaschen. Die anderen blicken ihm nicht ins Gesicht, und keiner scheint so recht zu wissen, welche Miene er aufsetzen soll.

»Wie sieht's aus, Sara? Machen wir einen Club auf. Die Trauma-Kids? Du kannst gern die Präsidentin sein«, sagt Kyle.

»Ich kann nicht die Präsidentin sein?«, fragt Trina und wischt sich mit dem Handrücken über die Nase.

»Nee. Du willst doch der Kassenwart sein. Gib's ruhig zu«, sagt Kyle, und Trina lacht unter einem neuen Tränenschwall. Ihm geht's nicht gut. Ihr geht's nicht gut. Aber in diesem Augenblick finden sie ein Gleichgewicht.

»Heißt das, wir werden einfach nicht über die Tatsache sprechen, dass Sara gerade Vanessa umgebracht hat?«, fragt Jeremy. »Ich meine, es tut mir leid, und ich weiß, dass dies ein schwerer Moment für euch beide ist, aber Vanessa ...«

»Das war nicht Vanessa«, sage ich.

»Bist du sicher?«, fragt er.

»Wenn sie sagt, dass es so ist, dann ist es so«, sagt Trina. Ich wünschte, ich wäre mir so sicher, wie sie klingt.

»Ich ... Ich weiß nicht«, sage ich. »Miranda hat gefragt, wer ihre Hand gehalten hat, und sie waren drauf und dran, Trina zu töten und ...« Ich schlucke. Und dann dreht sich mir fast der Magen um. »Moment mal. Wo ist Miranda?«

Wir blicken uns um, als würde sie sich hinter einem Baum verstecken oder sich von hinten an uns heranschleichen, unversehrt. Doch sie ist nirgendwo zu sehen.

»Ich habe Kyles Hand genommen«, sagt Mel. »Miranda war bei dir.«

»Ich habe nur Anthonys Hand genommen und bin losgerannt«, sage ich.

»Ich war beschäftigt, Trina auf die Beine zu helfen«,

sagt Jeremy. »Oh, *fuck*.« Mel drückt sich eine Hand auf den Mund und schluckt ein Schluchzen hinunter.

»Sie ist weg«, sage ich, denn jemand muss es laut aussprechen. »Sie muss ... Die Finsternis muss sie genommen haben. Irgendwie.«

»Das heißt, wir haben in einer Viertelstunde zwei Leute verloren«, sagt Jeremy und spuckt mir seinen ganzen Zorn entgegen.

»Aber wir haben es hindurch geschafft«, sagt Mel. »Also entweder war Vanessa eine heimliche Axtmörderin oder Sara hat recht. Das war nicht Vanessa.«

»Oder es war ihnen egal, wen sie töten«, sagt Jeremy.

»Wir können nachsehen«, sagt Kyle plötzlich. Wir blicken ihn an. Er holt sein Handy hervor. Er neigt sein Gesicht in einem dürftigen Versuch, die Tränen auf seinen Wangen zu verbergen.

»Ich habe die Aufnahme gestartet, als Trina und ich in die Finsternis gegangen sind, und danach nicht abgeschaltet. Eigentlich müsste zu sehen sein, wie Vanessa herauskommt.«

Mich packt ein Schauer aus Furcht vermischt mit Erleichterung. Und dann verzieht Kyle verzweifelt das Gesicht.

»Scheiße. Der Akku ist alle«, sagt er.

»Du willst uns doch verarschen«, sagt Jeremy.

»Ich habe immer wieder Aufnahmen gemacht, seit etwa sechs Stunden«, sagt Kyle. »Der Akku stand schon auf Rot, als wir das erste Mal in die Stadt gegangen sind. Tut mir leid.«

»Warte mal«, sagt Mel. »Ich habe eine Powerbank dabei. Gib her.« Sie wühlt sich durch ihren Rucksack, holt ein tragbares Ladegerät hervor und nimmt Kyles Handy. Wir rücken eng zusammen. Es ist besser, etwas zu tun, als sich der Verzweiflung hinzugeben. Doch dann flucht Mel. »Hast du dein Ladekabel dabei? Mit einem USB-Stecker?«

»Nein, der ist zu Hause«, sagt Kyle.

Sie seufzt. »Dann sind wir am Arsch. Meines hat einen anderen Anschluss.«

»Das heißt, wir haben nichts außer Saras Vermutung«, sagt Jeremy.

»Spielt es eine Rolle, ob sie recht hat oder nicht?«, fragt Trina mit flacher Stimme. »So oder so, sie ist weg. Miranda ist verschwunden. Jetzt sind wir nur noch zu sechst, ganz egal was passiert ist. Es würde nichts ändern.«

»Sie hat recht«, sagt Anthony. Jeremy starrt mich an und ich starre zurück. Wir beide wissen, dass das nicht stimmt. Natürlich würde es etwas ändern.

Entweder bin ich eine Mörderin oder nicht. Vielleicht werde ich es nie erfahren.

Mel reicht Kyle das Handy mit dem leeren Akku, doch er ist schon zu Trina hinübergelaufen. Sie starrt hinunter auf das Buch in ihren Händen, als wüsste sie nicht so recht, was sie damit anfangen soll. Mel stopft das Handy und das Ladegerät in ihren Rucksack.

»Was hat er zu dir gesagt?«, frage ich Trina. »Warum hat er dir das Buch gegeben?« Eine banale Frage, so scheint es, angesichts der Umstände.

»›Wappne dich, Kind, denn die wahre Prüfung steht noch bevor‹«, rezitiert sie. Sie schlägt die erste Seite des Buches auf. Die Schrift ist kritzlig, die Tinte braun.

Die Worte, die vernichten, steht ganz oben geschrieben, gefolgt von einer Flut von eng verfassten Geschreibsels, das wie Dornen auf der Seite liegt. Trina blättert weiter und weiter. Ihr Mund bewegt sich kaum, während sie liest.

»Was steht denn drin?«, fragt Anthony.

»Es handelt vom Ozean«, sagt sie. Ihre Stimme klingt fern, fast traumverloren. »Und Ys und Dahut und den Toren. Die Sterne ... Irgendetwas hinter den Sternen. Die Erde, und was darunter liegt. Dinge, die warten. Dinge, die keiner gesehen hat. Es ...« Sie hält abrupt inne und schlägt das Buch zu. »Es ist nur ein Haufen Unsinn«, sagt sie und blickt sich um, als würde sie nach einem Platz suchen, um das Buch loszuwerden. Schließlich klemmt sie es sich unter den Arm und zuckt die Schultern. »Vielleicht steht ja doch etwas Nützliches darin.«

»Wir sollten erst mal weitergehen«, sagt Anthony. »Oder? Ich möchte lieber nicht zu lange an einer Stelle bleiben.«

Ich zögere. Das Buch macht mir Sorgen. Dies ist nicht der Ort, an dem man Geschenke annehmen sollte.

»Tor Nummer drei«, sagt Mel. »Lasst uns nachschauen, was uns als Nächstes umbringen will.«

Ich widerspreche nicht. Trina behält das Buch. Das ist ein weiterer Fehler, aber ich werde erst sehr viel später von seinem Ausmaß erfahren.

INTERVIEW

SARA DONOGHUE

9. Mai 2017

ASHFORD: Warum haben Sie Vanessa in die Menschenmenge gestoßen?
SARA: Ich weiß nicht, ob ich es wirklich erklären kann. Es war nicht so, dass ich alles logisch durchdacht habe. Ich hatte schreckliche Angst. Die hatten wir alle. Alles passierte so schnell, und Miranda redete und ich … Ich wollte nicht, dass Trina sterben muss.
ASHFORD: Und Sie kannten Vanessa gar nicht richtig.
SARA: Das war nicht der Grund. Glaube ich.
Sie hält inne. Ihre Stimme wird so leise, dass das Mikrofon sie kaum wahrnimmt.
SARA: Hoffe ich.
ASHFORD: Miss Donoghue, ich denke, Sie mussten eine Menge durchmachen – mehr als man ertragen sollte. Vielleicht kann ich Ihnen an dieser Stelle weiterhelfen.
SARA: Wovon reden Sie?
ASHFORD: Da Miss Whittaker noch immer Kyle Jeffries' Handy hatte, war es uns möglich, die Videoaufnahmen, die er auf der Straße anfertigte, zu retten.

Das Material ist fast zwei Stunden lang und reicht von Ihrer Ankunft im Wald bis zu dem Zeitpunkt, an dem der Akku versagte. Möchten Sie sich das Video anschauen, das das Tor des Lügners zeigt? Und das, was sich danach zugetragen hat?
SARA: Danach? Sie meinen ... die Krähe? Die so fürchterlich geschrien hat?
Ashfords Gesichtsausdruck ist voller Bedauern.
ASHFORD: Ja. Darin kommt eine Krähe vor. Ich sollte Sie warnen, dass diese Aufnahmen einigermaßen verstörend sind. Aber es sollte helfen, nun ja, die Lücken in Ihren Erinnerungen zu schließen. Möchten Sie es sich ansehen?
SARA: Ja. Ja, bitte. Ich will einfach nur Gewissheit haben.
Ashford nickt. Dann greift er in die Tasche, die neben seinem Stuhl steht, und holt einen Laptop hervor.
ASHFORD: Nur einen Moment noch.
Er blickt zur Tür, die sich öffnet. Abby steht darin. Ihre Hand steckt in ihrer Jackentasche. Kaum sichtbar ragt daraus der Kolben einer Spritze hervor. Sie nickt. Ashford öffnet den Computer.

VIDEOBEWEIS

Aus dem Handy von Kyle Jeffries

Aufgenommen am 19. April 2017, 0:51 Uhr

Die Gruppe vor Kyle ist eng zusammengerückt und bewegt sich vorsichtig.
JEREMY: Hört ihr noch was? Ist sie noch da?
SARA: Ich weiß es nicht.
MEL: Das gefällt mir gar nicht.
NICK: Ach, komm. Ein netter Spaziergang durch den Wald. Was kann man daran nicht mögen?
Mel kichert nervös. Vanessa blickt Nick gereizt an.
VANESSA: Vielleicht sollten wir …
MIRANDA: Sch. Hört doch.
Ein Kreischen gellt durch die Nacht. Die Teenager zucken zusammen, und Mel unterdrückt einen Schrei, indem sie sich eine Hand auf den Mund legt. Sie richten ihre Taschenlampen hinauf in die Bäume und finden eine Krähe, die auf einem Ast hockt.
ANTHONY: Ist das …?
TRINA: Es war nur ein Vogel?
NICK: Leute, schaut. Dort sind noch viel mehr.
Er richtet seine Taschenlampe weiter in die Baumkronen hinein. Vogelaugen blitzen auf.

Dutzende Krähen füllen in unheimlicher Stille die Äste.
SARA: Die Vögel kommen im Dunkeln. So steht's in
  Beccas Notizbuch.
ANTHONY: Sind sie gefährlich?
SARA: Ich habe keine Ahnung.
TRINA: O Gott. O Gott, was ist das?
Ihre Taschenlampe deutet zwischen die Bäume. Nicht hinauf in die Äste, sondern zu Boden. Dort wankt eine Gestalt mit schmutzigen Haaren im Gesicht umher. Ihr Gang ist ungleichmäßig, krummbeinig, als ob ein Knochen in ihrer Wade gebrochen wäre. Ihre Klamotten sind verdreckt und zerrissen. Sie greift nach dem nächsten Ast und zieht sich mit einer Hand vorwärts. Die andere Hand fehlt. Der Arm endet in einem ausgefransten Stumpf, aus dem schwarzer, öliger Rauch steigt, der, so scheint es, das übrig gebliebene Fleisch verzehrt.
Ohne die grell gemusterten Leggings, die sogar unter dem Schmutz zu sehen sind, wäre es fast unmöglich, Vanessa Han zu erkennen.
Die Kamera peitscht herum und richtet sich auf die andere Vanessa Han, die auf der Straße steht und mit der Zunge ein leises Tsk-Geräusch schnalzt.
VANESSA: Meine Güte. Wie hast du es nur bis hierher
  geschafft?
Nick stiert auf die Vanessa auf der Straße, dann auf das Mädchen, das sich in ihre Richtung durch den Wald schleppt. Ihr Mund öffnet und schließt sich wie das Maul eines Fisches, und ihre Brille sitzt schief auf ihrer Nase. Nick macht einen Schritt von der Vanessa auf der Straße weg. Seine Augen sind weit aufgerissen, voller Unverständnis und blankem Entsetzen.

NICK: Vanessa? Was ... Was geht hier vor sich?
Sie neigt den Kopf auf eine Weise, die an die Bewegung eines Vogels erinnert, der den Wurm betrachtet, kurz bevor er ihn frisst.
VANESSA: Du hättest nicht loslassen sollen, Nicky.
TRINA: O mein Gott.
JEREMY: Wir müssen ihr helfen.
Er tritt an den Rand der Straße. Anthony greift nach ihm und hält ihn zurück.
JEREMY: Wir können sie nicht einfach dort draußen lassen.
ANTHONY: Die Regeln ...
JEREMY: Scheiß auf die Regeln!
VANESSA: Ja. Scheiß auf die Regeln. Geh und hilf ihr, Jeremy. Ich werde dich begleiten.
Sie lächelt. Nick schüttelt den Kopf. Ihm steckt ein Stöhnen in der Kehle. Er wendet sich der Vanessa zu, die sich abmüht, zu ihnen zu gelangen. Sie ist vielleicht noch 15 Meter entfernt, als sie auf die Knie fällt und sich mit der verbliebenen Hand auf dem Boden abstützt.
NICK: Komm schon, Vanessa! Steh auf. Lauf weiter. Nun mach schon!
Er streckt seine Hand nach ihr aus. Sie blickt benommen auf, und es scheint, als würde sie ihn nicht sehen. Doch dann fokussieren sich ihre Augen auf ihn.
VANESSA: Es ist zwecklos. Sie ist nicht stark genug.
JEREMY: Halt die Klappe!
Die Vanessa auf der Straße lächelt mild. Niemand scheint bereit zu sein, sich ihr zu nähern, nicht einmal Jeremy, obwohl sein ganzer Körper vor Zorn bebt. Das verletzte Mädchen stößt einen wortlosen Schrei aus und stemmt

sich auf die Füße. Sie taumelt vorwärts, schneller als zuvor, und streckt ihre Hand nach Nicks aus.
VANESSA: Oh? So geht es nicht.
Die falsche Vanessa bewegt sich zum Rand der Straße, auf das verletzte Mädchen zu. Nick schreit auf und macht einen Satz, um sie aufzuhalten. Die Kamera schwenkt beiseite und verpasst den Augenblick des Kontaktes. Uns bleiben nur die gellenden Rufe der anderen, um zu erahnen, was als Nächstes geschieht.
JEREMY: Verdammt!
ANTHONY: Pack sie!
MIRANDA: Nein!
Die Kamera stabilisiert sich, als Stille einkehrt. Das Bild ist so bewegungslos, dass es ein Gemälde sein könnte. Nick steht wie vom Blitz getroffen am Rand der Straße – neben der Straße, ein paar Zentimeter von dem sicheren Steinpfad entfernt. Seine Umrisse flimmern, schwarzer Rauch steigt von ihm auf.
Die verletzte Vanessa hockt zusammengekauert an einer Baumwurzel. Ihre Hand ist noch immer ausgestreckt. Die falsche Vanessa steht zwischen ihnen, außer Reichweite der anderen, die sich am Rand der Straße versammelt haben.
MEL: Nick?
SARA: Zieht ihn zurück!
Mel greift nach Nicks Arm – wenigstens versucht sie es. Ihre Finger schließen sich um seinen Oberarm, immer enger, und seine Kleidung, sein Fleisch und seine Knochen zerfallen unter ihrer Berührung wie Asche, die noch immer die Form eines Holzscheits hat. Mel schreit und zieht ihre Hand zurück.

MEL: O fuck, o fuck, o fuck ...
SARA: Was hat sie mit ihm gemacht? Nick! Rede mit mir. Komm schon. Du musst zurück auf die Straße.
VANESSA: Er kann dir nicht antworten. Aber keine Sorge, lange müsst ihr euch nicht mehr aufregen. In ein paar Minuten habt ihr ihn und dies alles hier schon vergessen.
Sie beugt sich hinunter und nimmt der verletzten Vanessa behutsam die Brille von der Nase.
VANESSA: Deine Makel sind echt peinlich, weißt du?
Sie setzt sich die Brille auf. Und dann packt sie das Gesicht des Mädchens und bedeckt es mit einer Handfläche. Ihre Fingernägel bohren sich in ihre Haut. Vanessa zappelt und schreit, während sich schwarze Fäule aus den Fingern ihrer Doppelgängerin über sie ergießt und sie mit unglaublicher Geschwindigkeit auffrisst. Einen Augenblick lang stemmt sie sich in die Höhe, ihr ganzer Körper und ihre Stimme in Schmerz und Angst vereint, und dann sackt sie in sich zusammen und wird zu Asche, die sich in einem unsichtbaren Windstoß verstreut.
Das Mädchen ist verschwunden, ihre Doppelgängerin bleibt.
JEREMY: Ich werde dich umbringen.
VANESSA: Das wirst du nicht. Du vergisst bereits, warum du dich überhaupt aufregst.
Jeremys Gesicht beginnt zu zucken. Die Mienen der anderen sind merkwürdig ausdruckslos, die Angst weicht der Fassungslosigkeit. Nicks Umrisse verschwimmen immer mehr, während er sich auflöst, langsamer als Vanessa, aber stetig und erbarmungslos.

SARA: Sie lässt uns vergessen.
Ihre Stimme klingt stumpf. Sie blinzelt.
SARA: Sie lässt uns vergessen. Wir werden nicht mehr wissen, dass sie gar nicht Vanessa ist. Wir müssen ...
Sie kann den Gedanken, so scheint es, nicht zu Ende führen. Sie zerrt an ihren Haaren und schlägt sich mit der Hand auf die Wange. Mel wimmert und hält den Kopf in beiden Händen.
SARA: Wir müssen etwas tun!
Sie öffnet den Reißverschluss ihres Rucksacks, schiebt ihre Taschenlampe hinein und holt stattdessen eine Kamera hervor. Sie schaltet sie mit zitternden Fingern ein und richtet sie auf Nick. Sein Kopf dreht sich mit einer kaum wahrnehmbaren Bewegung ein wenig in ihre Richtung. Sein Mund bewegt sich, als würde er etwas sagen. Vielleicht ist es ihr Name. Das Blitzlicht leuchtet auf.
Die Finsternis legt sich auf seine Haut. Vanessa tritt an ihn heran. Sie legt ihre Hand auf seine Brust, stellt sich auf ihre Zehenspitzen und drückt ihm einen Kuss auf die Wange.
Er löst sich auf. Sie schreitet durch das Gestöber seiner Asche, als sich jede Krähe im Wald in einem Sturm aus flatternden Flügeln erhebt. Niemand rührt sich. Alle starren konfus in den Wald – alle außer Miranda. Sie stiert die falsche Vanessa an und sprüht fast Funken vor Zorn. Aber sie schreitet nicht ein, als Vanessa zurück auf die Straße kommt und mit der Hand deutet.
VANESSA: Seht nur. Eine Krähe.
Sie erheben ihre Taschenlampen und beleuchten die letzte verbliebene Krähe.

KRÄHE: O Gott, o Gott, was ist das?
Wieder schreit die Krähe, dann fliegt sie davon.
MEL: Das ist echt krank.
VANESSA: Es war nur ein Vogel.
Am Rande des Bildausschnitts blickt Vanessa hinüber zu Miranda und legt sich den Zeigefinger auf die Lippen. Das Bild schwenkt nach unten, als Kyle die Kamera senkt. Das Video endet.

INTERVIEW

SARA DONOGHUE

9. Mai 2017

Sara drückt sich die Hand so fest auf den Mund, dass die Haut darum ganz blass wird. Ashford klappt den Laptop zu.
ASHFORD: Miss Donoghue?
SARA: Nein. Nein, das kann nicht … Nein, so war es nicht …
Ihre Worte gleiten ins Unverständliche. Sie stöhnt und wippt vor und zurück. Dann stößt sie sich vom Tisch ab und springt auf. Ihr Stuhl poltert zu Boden. Der Tisch verschiebt sich um ein paar Zentimeter. Seine Füße scharren über den Betonbelag, und Ashford hüpft aus seinem Stuhl, um nicht getroffen zu werden. Abby schreitet heran und zieht die Spritze aus ihrer Tasche, doch Ashford hebt die Hand, und sie hält inne, behält Sara aber fest im Blick.
Sara vergräbt das Gesicht in ihren Händen und lehnt sich mit einer Schulter gegen die Wand. Sie keucht.
SARA: Nick … Wir haben ihn vergessen und … Wie konnten wir ihn nur vergessen?
ASHFORD: Erinnern Sie sich jetzt wieder an ihn?

Sara senkt die Hände. Sie runzelt die Stirn und sieht mit unstetem Blick an Ashford vorbei.
SARA: Ich ... Nein. Doch. Ich weiß es nicht. Ich erinnere mich an etwas, aber ... Sie hat ihn uns genommen. Und Vanessa ... O mein Gott. Arme Vanessa.
Sie wischt sich die Tränen von den Wangen. Dann sieht sie Abby, die noch immer die Spritze in der Hand hält, auch wenn ihr Arm entspannt an ihrer Seite baumelt.
SARA: Was zum Teufel ist das?
ASHFORD: Nur ein leichtes Beruhigungsmittel. Wir waren nicht sicher, wie Sie reagieren würden. Manchmal provozieren diese Dinge, nun ja, unerwünschte Reaktionen.
SARA: Unerwünschte Reaktionen?
ASHFORD: Krampfanfälle. Selbstverletzendes Verhalten. Plötzliche Gewaltausbrüche.
Sara lacht nervös. Sie richtet ihren Stuhl auf und setzt sich wieder an den Tisch. Sie wirft Abby einen kurzen Blick zu.
ABBY: Alles klar?
ASHFORD: Ja, Miss Ryder. Ich denke, das ist alles.
Sie nickt und verlässt den Raum. Die Tür fällt hinter ihr mit einem Klick ins Schloss.
SARA: Dann hatte ich also recht. Wegen Vanessa.
ASHFORD: Sieht ganz so aus. Wer immer sie auch war, sie war ganz bestimmt nicht Ihre Freundin. Miss Donoghue, wenn Sie eine Pause machen möchten ...
SARA: Nein. Wir machen weiter. Ich will es hinter mich bringen.
ASHFORD: Sind Sie sicher?

13

Wir laufen durch einen dichten Wald. Die Bäume reichen über die Straße und das Morgenlicht schafft es kaum, den Boden zu sprenkeln. Irgendetwas stimmt mit diesem Wald nicht. Er fühlt sich falsch und leer an. Es dauert ein paar Minuten, bis ich bemerke, dass der Sonnenaufgang kein Vogelgezwitscher mit sich gebracht hat und dass sich zwischen den Blättern der Bäume nichts bewegt. Es ist, als wäre jedes atmende Wesen geflüchtet oder ausgelöscht worden.

Wasser funkelt silbern und grell zwischen den Bäumen vor uns. Ein Eisentor versperrt uns den Weg.

»Wer ist dran?«, fragt Anthony.

»Spielt das eine Rolle?«, entgegnet Mel. Sie macht einen Schritt, wühlt in ihrer Hosentasche und schiebt ihren Schlüssel in das Schloss. »Tor Nummer drei«, sagt sie und klingt dabei wie die Moderatorin einer Gameshow. »Kommen Sie ruhig näher, werte Damen und Herren.«

Wir treten durch das Tor und gehen an einem dicht gewachsenen Bestand von Tannen vorbei. Sie lichten sich so schnell, dass mir fast schwindelig wird. Nur ein paar Meter vor uns hört die Straße auf, besser gesagt sie verschwindet unter einer unglaublich glatten Wasseroberfläche, die sich in jede Richtung erstreckt, so weit das Auge reicht. Ein paar verstreute Bäume stehen darin, was heißt, dass das Wasser nicht besonders tief sein kann. Doch es ist unmöglich, sich dessen sicher zu sein. Das Licht trifft darauf und reflektiert alles – den Himmel und die Bäume und uns sechs, die wir an seinem Rand stehen. Ein perfekter Spiegel.

»Das kann nicht stimmen«, sagt Anthony. Er sieht mich verdutzt an. »Die Straße kann doch nicht einfach aufhören. Wie sollen wir denn weitergehen?«

Ein Anflug von Beklommenheit verbreitet sich von Anthony auf die anderen wie ein Kräuseln in der Luft. Wenn uns jetzt die Panik packt, fürchte ich, werden wir uns nicht mehr davon erholen. Uns fehlt die Zeit, darüber nachzudenken oder zu diskutieren. Jemand muss handeln, auf der Stelle, solange wir noch können. Also mache ich einen Schritt nach vorn, hinein ins Wasser.

Meine Füße versinken bis zu den Knöcheln, und die Oberfläche der Straße erwartet mich.

Ich schiebe einen Fuß zurück und spüre das kurze Gefälle unter der Oberfläche des reflektierenden Wassers, doch nach dem ersten Abfallen fühlt sich die Straße wieder eben an.

Ich wage einen zweiten patschenden Schritt. Das Wasser klatscht mir sanft gegen die Waden. Es ist kühl, aber nicht kalt, und seine verspiegelte Oberfläche ist undurchsichtig. Ich kann meine Füße nicht mehr sehen. Eigentlich sehe ich nichts unterhalb der Oberfläche, nicht einmal dort, wo mein Schatten der Sonne im Weg steht.

»Die Straße ist noch immer da«, sage ich und versuche, nicht allzu erleichtert zu klingen.

Jeremy setzt sich an das Ufer und zieht sich die Schuhe aus. Ich ziehe eine Augenbraue hoch. »Was? Ich will nicht den Rest des Weges in nassen Schuhen herumlaufen«, sagt er. »Im Übrigen dürfte es leichter sein, die Straße mit bloßen Füßen zu ertasten. Außer du möchtest lieber aus Versehen über den Rand laufen und herausfinden, was passiert, weil du die Regeln gebrochen hast.«

Ich schaudere. Ein Gefühl aus Schuld und Ärger erfasst mich. »Gute Idee«, sage ich und bereue schon jetzt meine triefend nassen Wanderstiefel. Ich wate zurück auf die trockene Straße, und gemeinsam entblößen wir unsere Füße und rollen unsere Hosenbeine über unsere Waden.

Wir laufen paarweise, aus reinem Instinkt, und bleiben in Reichweite des anderen. Ich erwische mich dabei, wie ich einen Blick über meine Schulter werfe und nach dem Schatten sehe, der sich Miranda genommen hat. Doch hinter uns sind nur der Wald und ein paar verstreute Bäume, die im Wasser stehen und wie dunkelgrüne Stacheln aus dem Silberblau herausragen. Weiter vor uns – es ist schwer, die Entfernung genau zu bestimmen – füllt ein fahler Nebel die Luft und verdeckt den Horizont und jeden Anhaltspunkt, der uns ein Gefühl dafür geben könnte, wie weit wir laufen müssen. Anstatt das Gewässer kleiner wirken zu lassen, sorgt der Nebel dafür, dass es aussieht, als würde es sich in die Unendlichkeit erstrecken.

Wir bewegen uns langsam voran, machen vorsichtige Schritte und tasten nach festem Untergrund, bevor wir uns weiterbewegen. Einmal erwischt mein Fuß nichts als tiefes Wasser, und nur Anthonys schneller Griff nach meinem Ellbogen bewahrt mich davor, kopfüber in das unnatürlich stille Nass zu stürzen.

Danach wechseln wir uns vorn ab. Es ist sicherer, hinter jemandem herzulaufen und den Schritten der beiden Vorangehenden zu folgen. Die meiste Zeit gehen wir in absoluter Stille, doch jedes Geräusch, das wir machen, scheint wie verstärkt von der Oberfläche des Sees widerzuhallen. Das Platschen des Wassers. Die Luft, die wir ein- und wieder ausatmen. Die Straße ist nicht besonders breit, und manchmal stoßen Anthony und ich mit den Schultern zusammen.

»Ich weiß, warum du es getan hast«, sagt er leise. In der Stille klingt sein Flüstern wie ein Schrei, doch auch wenn Trinas Schultern sich versteifen und Kyle fast stolpert, dreht sich niemand nach uns um. Jeremy, der zusammen mit Mel vorneweg läuft, hat offensichtlich nichts gehört, sonst hätte er sich eingemischt.

Ich halte meinen Blick auf die Rückseite von Mels wilden Locken und auf die Krümmung ihres Nackens gerichtet.

»Was glaubst du, warum ich es getan habe?«, frage ich.

»Ich verstehe, warum du glaubtest, dass Vanessa, keine Ahnung, *böse* sein könnte«, sagt er. »Ich habe es auch bemerkt, und ich hätte etwas sagen sollen. Ich habe versucht, darauf zu achten, dass jeder einen Partner hat, und dabei habe ich gesehen, dass sie keinen hatte, nach dem ersten Tor. Aber ich habe nichts gesagt, weil ich nicht wollte, dass wir uns gegenseitig an die Kehle gehen, verstehst du? Nicht wenn …« Er macht eine unbehagliche Miene.

»Nicht wenn wir beide wissen, dass ich allein in der Finsternis war«, sage ich. Besser gesagt nicht allein, was noch viel schlimmer war.

»Ich war auch allein«, betont Anthony. »Ist es dir nicht in den Sinn gekommen, dass ich – genau wie Vanessa – irgendwie *anders* sein könnte?«

»Oder ich. Oder wir alle«, sage ich, denn ich möchte nicht darüber nachdenken. Kann schon sein, dass Becca der hellste Stern an unserem Himmel war, aber Anthony war immer der Verlässlichste.

»Ich weiß nicht, ob du das Richtige getan hast. Aber ich glaube, schon«, sagt Anthony. »Und ich stehe hinter dir, okay?« Er lächelt mich schief an, während wir weiter durch das Wasser stapfen.

»Danke«, sage ich. Mein Herz schlägt schneller. »Das bedeutet mir viel.«

»Hey, Leute?«, ruft Mel uns zu. Sie und Jeremy sind stehen geblieben. »Schaut mal.« Sie deutet. In der Ferne, dort, wo der Nebel das Wasser verschluckt, ist eine Frau. Langes rotbraunes Haar schlängelt sich um ihre Schultern, eine rot und schwarz karierte Bluse ist um ihre Hüften gebunden. Sie geht schlurfend und schlingernd und zieht eine triefend nasse Kuriertasche hinter sich her. Sie kommt in unsere Richtung, nicht geradewegs, aber wenn wir weiterlaufen, wird sich unser Pfad mit ihrem kreuzen. Es sieht nicht so aus, als hätte sie uns schon bemerkt.

»Was tun wir jetzt?«, fragt Mel.

Da ist sie wieder, diese Panik. Die Straße könnte uns auf Arten zerstören, von denen wir noch nicht einmal wissen, aber es ist die Panik, die mir am meisten Sorgen macht. »Ist schon okay«, sage ich und suche nach einem Grund, warum das stimmen sollte. »Sie sieht nicht so aus wie ...« Ich halte inne. »Sie sieht aus wie Isaac. Wie wir.«

Sie bewegt sich noch immer auf uns zu, schlurfend und schlingernd. Was geschieht, wenn wir aufeinandertreffen? Ist sie überhaupt noch auf der Straße? Wird sie sich direkt auf uns zubewegen? Und werden wir davonrennen, wenn sie es tut? Gehen wir beiseite? Oder ist sie nur eine Reisende wie wir?

»Lasst uns näher herangehen«, sage ich. »Sehen wir sie uns an. Wenn wir rennen müssen, dann werden wir rennen, aber dann vorwärts und nicht zurück ...«

»Ich glaube auch nicht, dass es eine gute Idee wäre umzukehren«, sagt Anthony, und sogar Jeremy nickt.

»Ich gehe voran«, sagt Jeremy.

»Ich auch«, sagt Anthony.

»Unsere mutigen Beschützer«, sagt Trina, aber nur mit einem Hauch von Sarkasmus.

Wir stellen uns um. Mel und ich sind in der Mitte, aber ich gehe ein Stückchen vor ihr, dichter an Anthony und Jeremy, nicht allzu weit, sodass wir uns noch erreichen können, wenn es sein muss. Eine Zeit lang hören wir nur das Schwappen des Wassers um unsere Füße. Die Gesichtszüge der jungen Frau werden deutlicher, je näher wir ihr kommen. Sie hat eine lange Nase und hervorstehende Wangenknochen, die mit Sommersprossen übersät sind. Sie trägt eine Brille mit schwarzem Rahmen und ein T-Shirt, das merkwürdig an ihr herunterhängt. Ihr Mund ist leicht geöffnet, als würde sie schwer atmen.

»Hey«, sage ich. Sie ist noch knappe fünf Meter entfernt. Der Verlauf der Straße hat sich ein wenig verschoben, und wir stehen uns nun direkt gegenüber. Bald schon ist sie bei uns. Anthony und Jeremy halten inne. Ich spüre die Spannung der anderen hinter mir, fühle, wie sie überlegen, ob sie davonrennen sollen oder nicht.

Es wird nicht einfach sein, an ihr vorbeizugelangen, falls es dazu kommt. Dafür ist die Straße zu schmal. Aber ich möchte mir nicht ausmalen, was passieren wird, wenn wir zurückgehen.

Sie kommt näher und näher. Sie wird mit uns zusammenstoßen, und sie guckt immer noch durch uns hindurch. Ihr schlurfender Gang verändert seinen unnatürlichen Rhythmus nicht.

»Hey«, sage ich wieder, lauter diesmal. »Wer bist du? Brauchst du Hilfe? Bist du ...?«

Plötzlich schert sie zur Seite aus. Ihr Körper geht in die Schräge, als sie der Biegung der Straße folgt, nein, nicht *der* Straße, *ihrer* Straße.

Sie läuft parallel zu uns. Ihre Füße schlurfen und platschen durch das Wasser, und als sie auf unserer Höhe ist, schreit Mel auf.

Ein großer Teil ihres Rückens ist verschwunden. Tiefe Furchen ziehen sich durch ihr Fleisch und schneiden sich durch Haut und Knochen und Gewebe von den äußeren Rippen bis zu ihrer offen schimmernden Wirbelsäule. Da ist kein Blut, aber ihre Organe liegen frei und glitzern schamlos in dem Hohlraum ihres Torsos. Eine weitere schwere Wunde klafft an der Unterseite ihres Schädels.

Sie kann unmöglich noch leben. Und doch atmet sie. Ich höre es, ein schwerfälliges, aber gleichmäßiges Geräusch. Und sie geht weiter, ein Fuß vor den anderen, und schleppt die Tasche hinter sich her.

»Sie muss eine von den anderen sein«, sagt Kyle zu laut und zu schnell. »Sie ist eine von denen, die mit Isaac gekommen sind, oder? Sie muss ...«

»Es gibt nur einen Weg, das herauszufinden«, sagt Jeremy, und bevor ich oder sonst wer ihn aufhalten kann, schiebt er sich an mir vorbei, schließt zu der schlurfenden Frau auf und macht einen Schritt zu ihr hinüber.

Nur mit einem Fuß. Der andere bleibt fest auf der Straße stehen, und Mel und Trina und ich greifen nach ihm und legen unsere Hände fest um seinen Arm, als befürchteten wir, dass er davongerissen werden würde. Aber sein Fuß trifft auf festen Grund, und er lehnt sich hinunter, schnappt sich den Riemen der Tasche und zieht daran.

Der Riemen strafft sich. Das Mädchen schwingt herum und bleibt mit ausgestrecktem Arm schwankend stehen. Jeremy flucht und wickelt den Riemen von ihrem Handgelenk. Er löst sich, und wir ziehen Jeremy ruckartig zu uns herüber. Er drückt die Kuriertasche fest an seine Brust und keucht mit großen Augen, als würde er nicht fassen können, was er gerade getan hat.

Das kann keiner von uns.

Die Frau hat sich noch nicht wieder bewegt. Sie streckt noch immer die Hand aus, ohne auf etwas zu deuten. Ihre Augen fokussieren sich. Es ist ein langsamer Vorgang, bei dem sich ihre Pupillen zusammenziehen und ihr Blick sich Zentimeter um Zentimeter hebt, bis sie Jeremy anstarrt. Sie stößt ein leises Geräusch aus, wie bei einem Schluckauf. Ihr Zeigefinger erhebt sich und deutet geradewegs auf Jeremy. Und dann flüstert sie, scharf und mit Nachdruck: »Es kommt.«

Krähen stürzen von den Bäumen. Dutzende, Hunderte, die sich in den Schatten der Äste versteckt gehalten haben, flattern nun kreischend hinauf in den Himmel. Und durch diese Kakofonie donnert ein Geräusch, ein entsetzliches, markerschütterndes Geräusch, das klingt, als brächen Felsen auseinander.

»Weg hier«, sage ich, aber das hätte ich gar nicht tun müssen. Wir bewegen uns bereits weiter, mit stotternden, strauchelnden Schritten vorwärts, so schnell wir nur können, hoffend, dass die Straße unter unseren Füßen bleibt. Die Krähen kreisen und zetern am Himmel.

Und dann ertönt wieder dieses Geräusch. Sagte ich, es klingt nach Stein? Es hört sich eher nach Metall an, wie Stahlträger, die sich verbiegen.

Ich werfe einen Blick zurück. Sie steht noch immer da, wo wir sie zurückgelassen haben, die Hand ausgestreckt, der Blick ins Nichts gerichtet.

Hinter ihr, im Nebel, bewegt sich etwas.

Zuerst begreife ich nicht, was ich sehe. Einen Baum, denke ich, aber dann türmt es sich über den Bäumen auf. Ein Mann, ein Riese, vom Nebel umhüllt – aber etwas stimmt an seiner Form nicht. Die Arme sind zu lang, die Finger zu spitz, und ein Wirrwarr aus Schatten bedeckt den Bereich, wo der Kopf sein müsste. Was immer es auch ist, es steckt noch in dem Nebel, verschwommen und kaum zu erkennen, aber es bewegt sich auf uns zu.

Ganz hinten hält Jeremy plötzlich an. Er blickt zurück zu dem Ding. Und dann zu dem Mädchen.

»Was tust du denn?«, ruft Anthony. Aber Jeremy sprintet schon zurück und wirft sich den Riemen der Tasche über die Schulter. Er bremst neben dem Mädchen ab, holt aus und packt sie beim Handgelenk. Fast verliert er das Gleichgewicht, doch dann findet er einen Halt und zieht sie zu sich herüber. Er neigt sich, um sie anheben zu können, während das riesige Ding immer näher kommt.

»Jeremy, lauf!«, rufe ich, und endlich erhört er mich. Anthony fasst mich beim Arm und zieht mich mit. Wir können nicht helfen. Wir können nur hoffen, dass er schnell genug ist.

»Da vorn«, ruft Mel.

Ein Ufer zittert verschwommen am Rande des Nebels. Ein Ufer und ein Tor mit Eisenstangen, die selbst in dem Nebel, der sie umgibt, fest und schwarz erscheinen. Drei Krähen hocken oben auf dem Tor, unempfänglich für was immer es auch war, das die anderen in den Himmel getrieben hat, und beobachten unser Näherkommen.

Wir taumeln mehr, als dass wir rennen. Gleich erreichen wir das Ufer. Ich blicke mich nicht um. Auf keinen Fall.

Vorn hält Kyle abrupt an und wirbelt herum. »Da ist ein Spalt am Rand der Straße«, sagt er. »Eine kleine Lücke, und dann ist dort eine andere Straße, aber die richtige macht einen Bogen. Ihr müsst den Weg erfühlen und …« Er erblickt das Ding hinter uns und reißt die Augen weit auf. »Was zum T...?«

»Geht weiter!«, rufe ich, bevor auch noch die anderen unsere Zeit mit erstauntem Glotzen verschwenden.

Jeremy senkt den Kopf und kämpft sich vorwärts, doch das Gewicht des Mädchens hält ihn zurück, und so hinkt er uns immer weiter hinterher. Die Straße macht einen Bogen nach links, dann nach rechts, und dann eilen wir geradewegs auf das Ufer zu. Und dann sind wir am Ufer. Schlammiger Boden schmatzt unter unseren Füßen und greift nach unseren Fersen. Die Krähen auf dem Tor fliegen schließlich mit fluchtartigen Bewegungen davon. Anthony hat schon seinen Schlüssel hervorgekramt und stochert damit in dem Schlüsselloch herum.

Ich drehe mich um. Der Nebel kommt immer näher und droht uns einzuschließen. Und mit ihm kommt das Ding.

Die Bestie.

Jetzt kann ich ihre Form deutlicher sehen, ihre langen Arme, die drei hakenförmigen Klauen an jeder Hand – Klauen, die einen Menschen so leicht zerschneiden könnten wie ein Stück Seidenpapier. Der Nebel verdeckt die Einzelheiten, aber sie muss wenigstens zehn Meter groß sein. 15 vielleicht. Und ihr Kopf sieht nicht aus wie der eines Menschen, sondern wie ein Dreieck, aus dem Geweihstangen wachsen und sich umschlingen.

Es ist die Kreatur aus Beccas Notizbuch.

»Sara«, sagt Anthony. Das Tor ist offen. Ich bin die Einzige auf dieser Seite. Ich und Jeremy. Seine Augen finden meine. *Geh*, formt er mit den Lippen. Er verschwendet seinen Atem nicht darauf, das Wort auszusprechen. Ich gehe.

Ich haste hindurch. Jeremy ist noch immer weit hinter uns. Zu weit.

Anthony zögert – und dann schlägt er das Tor hinter uns zu.

Der Nebel fällt zusammen, als wäre die Barriere, die ihn umzäunt hatte, verschwunden. Nur einen Augenblick später umhüllt er alles hinter dem Tor und taucht es in ein blasses Weißgrau.

»Er könnte es noch immer schaffen«, sage ich, greife unbewusst in meinen Rucksack und hole die Kamera hervor. Ich richte sie auf den Nebel und auf das Tor, als wäre der Anblick durch die Linse weniger furchterregend.

Nach Luft schnappend warten wir auf das, was kommt.

ANLAGE H

Fotos aus der Kamera von Becca Donoghue

1. *Anthony Beck, dessen angespannte Fingerknöchel blass über den rauen, schwarzen Gitterstäben liegen, während er darauf wartet, das Tor zu öffnen, sobald sein Freund auftaucht.*

2. *Trina Jeffries, die Arme über dem Buch des Predigers verschränkt. Sie hat den Kopf zurückgeworfen und die Augen geschlossen, als würde sie sich dem Regen hingeben, der in einem leichten Schauer herunterrieselt. Kleine Lichtflecken, als würde die Sonne von Staubkörnern reflektiert, schweben um sie herum in der Luft. In der oberen Ecke durchschneidet ein knorriger schwarzer Baum den Bildrand wie eine Wunde. Der Baum ist unscharf, und es ist nicht zu erkennen, ob die Gestalt unten an seiner Wurzel eine Person oder nur ein Schatten ist.*

3. *Das Tor. Der Nebel. Die verschwommenen Eisenstangen verraten die unruhige Hand des Fotografen.*

4. *Anthony Beck, zusammengekauert, die Finger hinter seinem gesenkten Kopf verschränkt. Das Tor, der Nebel, das formlose Grau.*

5. *Ein Schatten im Nebel.*

6. *Jeremy Polk, der aus dem Nebel tritt. Ein Körper in seinen Armen. Er trägt sie, als würde sie nichts wiegen, als ob ihre Substanz zusammen mit ihrem Fleisch herausgeschnitten worden wäre. Ihre Augen sind offen. Man kann fast sehen, wie ihre Lippen sich leicht öffnen und ein Murmeln von sich geben.*

7. *Jeremy Polk, auf dieser Seite des Tores, der das Mädchen auf dem Boden ablegt. Ihre Gliedmaßen verschwimmen, zerbrechen, lösen sich auf. Der Zerfall erreicht bereits die Gelenke an ihren Händen und Füßen.*

8. *Jeremy Polk, das Tor hinter ihm geschlossen, der sich nahe zu dem verfallenden Mädchen hinunterbeugt, als würde sie ihm etwas ins Ohr flüstern.*

9. *Jeremy Polk, seine Jacke vor ihm abgelegt, kein Anzeichen, dass die junge Frau je dort war.*

10. *Das Tor. Der Nebel. Und in dem Nebel die Bestie, vier bernsteinfarben glühende Augen, ein wie mit Tinte hingekritzeltes Geweih, das in unerreichbare Höhen wächst. Krähen, die um das Geweih kreisen wie Bruchstücke eines Schattens, die sich lösen und dann im Sturzflug wieder miteinander verschmelzen. Die Bestie steht seltsam da, bucklig, als müsste sie sich zurücklehnen, um das Gleichgewicht halten zu können.*

11. *Die Bestie, ein sehr langer Arm ausgestreckt. Die Hand endet in schroffen, mattschwarzen Zacken, keine richtigen Klauen, sondern etwas, das aussieht, als wäre das verkohlte Ende eines Holzscheits mit einer Axt bearbeitet worden. Die Hand ragt aus dem Nebel und deutet – genau wie das Mädchen es getan hatte – direkt auf Jeremy. Als würde die Bestie ihn kennen. Als wäre sie noch nicht mit ihm fertig.*

12. *Die Bestie, die sich abwendet. Die Krähen, die ihr folgen wie der Nebel, der sich langsam von dem Ufer, dem Wasser und den dunklen, einsamen Bäumen zurückzieht.*

13. *Das Tor. Der Nebel. Und sonst gar nichts.*

14

Jeremy kniet dort, wo er die Frau abgelegt hat. Mit einer Hand stützt er sich auf der Straße ab. Sein Kiefer ist vor Zorn angespannt, doch seine Wut richtet sich auf niemanden. Auf die Straße vielleicht, oder das Ding, das sie verschluckt hat und in einer Wolke aus schwarzer Asche – ins Nichts – verschwinden ließ.

»Was hat sie gesagt?«, frage ich. Er blinzelt und sieht zu mir herauf. Ich sage es noch einmal, damit er meine Lippen sehen kann.

Er schüttelt den Kopf.

»Ich konnte sie nicht hören«, sagt er. Er steht auf und wischt sich mit den Daumen über die Handflächen, als wollte er sie säubern, auch wenn von der Asche nichts übrig geblieben ist. »Sie war zu leise. Ich konnte sie nicht hören.«

»Das war dumm«, sagt Anthony laut. Er steht ein paar Schritte entfernt, dichter am Tor.

»Ich konnte sie nicht für immer dort draußen umherwandern lassen«, sagt Jeremy.

»Und was ist mit den Regeln, die wir befolgen müssen?«, fragt Anthony scharf. Er geht auf Jeremy zu und stößt Jeremy in die Brust. Jeremy stolpert einen Schritt nach hinten. Dann faucht er und schubst Anthony zurück.

»Lass mich zufrieden«, sagt er. »Ich wusste, was ich tue.«

»Wie denn?«, will Anthony wissen. Seine Handflächen finden noch einmal Jeremys Schultern, und die Wucht des Stoßes schickt sie beide noch ein Stückchen weiter weg vom Tor. »Wie zum Henker kannst du wissen, was du tust, wenn keiner von uns auch nur einen *Scheißdreck* weiß?« Noch ein Schubs. Dieses Mal erhebt Jeremy seine Hände nicht, um sich zu wehren, sondern lässt sich von dem Rempler nach hinten stoßen.

Wir anderen weichen zurück bis zum Rand der Straße. Mel wirft mir einen hilflosen Blick zu, während Trina nur ihren Kiefer anspannt. Ihre Augen funkeln vor Zorn.

»Wie kannst du so etwas nur tun?« Noch zwei Rempler. »Du hättest draufgehen können!« Anthony schubst Jeremy diesmal nicht. Stattdessen packt er ihn beim Kragen und zieht ihn zu sich heran. Er wirft ihm den Arm um die Schulter und drückt ihn fast wie ein großer Bruder. Er knurrt: »Mach doch so eine Scheiße nicht, Alter!«

»Tut mir leid«, sagt Jeremy. »Das war dumm. Mehr als dumm. Tut mir leid.« Er löst sich aus Anthonys Umklammerung. Anthony reibt ihm mit beiden Händen über den Kopf und stößt einen dumpfen, frustrierten Schrei aus.

Ich werde Jungs wohl nie verstehen. Aber es scheint, als wäre der Kampf, wenn man es so nennen kann, nun vorüber. Jeremy schüttelt den Kopf, als würde er selbst nicht fassen können, was er getan hat – als würde er nicht glauben, dass er noch am Leben ist.

Anthonys Gesicht ist rot angelaufen und er sieht aus, als würde er eine weniger männliche Gefühlsregung unterdrücken, also verschone ich ihn mit meinen Blicken und mustere stattdessen die Straße jenseits dieses Tores.

Der Wald ist verschwunden. Das Land auf beiden Seiten ist mit kniehohem, goldgelbem Gras bedeckt, das sich flüsternd in einem leichten Nieselregen wiegt.

Die Straße führt einen Hügel hinauf, und von dort müsste sie auf der anderen Seite wieder nach unten verlaufen. Das Einzige, was ich auf dem Gipfel erkennen kann, ist ein alter, knorriger Baum mit kahlen Ästen, die wie Nadeln aus dem dicken, verwachsenen Stamm emporragen. In jedem anderen Umfeld wäre der Anblick unheimlich gewesen.

Doch hier ist er beinahe idyllisch.

Das Tor des Lügners, hatte Isaac gesagt, und dann die Stadt und dann das Moor. Er muss das Wasser gemeint haben. Das bedeutet, dass als Nächstes das Herrenhaus kommt, wenn Isaac recht hat. Aber ich sehe nichts weiter als Gras und den Baum oben auf dem Hügel. Wir haben noch einen langen Weg vor uns. Vielleicht haben wir hier, im Schatten des Tores, ein wenig Raum zum Verschnaufen.

»Wir haben es alle durch das Tor geschafft«, sage ich. »Und hier scheint nichts über uns herzufallen. Wir sollten uns ausruhen. Hat jemand Hunger?« Ich öffne den Reißverschluss meines Rucksacks, doch alle schütteln den Kopf. »Ich auch nicht«, sage ich. Sind es die Nerven? Nein, das glaube ich nicht. Denn müde bin ich auch nicht. Oh, ich fühle mich ausgelaugt und spüre eine Erschöpfung, die mir in den Knochen liegt und sich nach außen vorarbeitet, aber der Gedanke an Schlaf kommt mir nicht. »Okay. Vielleicht ... Vielleicht genügt eine Pause«, sage ich.

»Wir sollten einen Blick in die Tasche werfen«, sagt Mel. Sie deutet mit dem Kinn auf die Kuriertasche, die Jeremy gerade wieder aufgehoben hat. »Du hast dein Leben dafür aufs Spiel gesetzt. Und unseres wahrscheinlich gleich dazu. Lasst uns nachsehen, ob es das wert war.«

Jeremy blickt nach unten, als hätte er vergessen, dass er sie trägt. Dann nickt er und hockt sich hin. Er fingert eine Weile an den Schnallen herum, schafft es schließlich aber, sie zu öffnen. Er legt die Tasche auf die Seite, bis ihr Inhalt auf die Straße gleitet. Ich schätze, ich hätte mich auch nicht getraut, einfach blind hineinzugreifen.

Zwei Kugelschreiber kullern heraus, ebenso ein Notizbuch mit Spiralen, das so triefend nass ist, dass es auseinanderfällt. Ein paar Müsliriegel, eine Flasche Wasser, zwei Dosen mit Tabletten und nicht mehr zu entziffernden Etiketten, eine Brieftasche – und eine in Plastik verpackte Videokamera.

Ich hätte gedacht, dass Jeremy als Erstes nach der Kamera greift, doch stattdessen klappt er die Brieftasche auf und holt einen Führerschein hervor. »Zoe Alcott«, liest er vor. »Es ist das Mädchen.« Ich stehe am nächsten, und so reicht er mir das Ausweispapier. Unsere Blicke treffen sich für einen Augenblick. Dann macht er schmale Lippen und senkt die Augen wieder.

Ich beschäftige mich mit dem Führerschein. Es ist auf jeden Fall dasselbe Mädchen. Auf dem Foto lächelt sie und blickt ein wenig verlegen drein, als ob sie wüsste, dass die Aufnahme keine besonders gute sein wird. Das Dokument wurde in Virginia ausgestellt. Ihre Anschrift ist in Roanoke. Sie ist 26 Jahre alt.

War 26 Jahre alt? Oder war sie jünger, als sie starb, und …? Ich schüttle den Kopf. Es ist müßig, dieser Logik zu folgen.

Jeremy zieht die Kamera aus der Tasche. Ein bisschen Kondenswasser hat sich auf ihr gebildet, doch es sieht nicht so aus, als wäre sie beschädigt. Er drückt auf den Einschaltknopf. Nichts passiert. »Vielleicht die Batterien«, murmelt er und dreht die Kamera um. Er öffnet das Batteriefach und schüttelt zwei AAs heraus. »Ich schätze, dass niemand Ersatzbatterien mitgebracht hat, oder?«, sagt er.

»Natürlich haben wir das«, sage ich. »In den Taschenlampen. Hier.«

Wir schrauben drei Taschenlampen auf, bevor wir eine mit AA-Batterien finden. Gespannt tauscht Jeremy die Batterien aus und drückt noch einmal den Einschaltknopf. Die Kamera springt an.

»Also gut. Sehen wir mal nach, was auf dem Ding zu finden ist«, sagt er.

»Ich bin mir nicht sicher, ob ich es wissen will«, sagt Trina, aber genau wie der Rest von uns beugt sie sich über das Display, während Jeremy auf die gemachten Aufnahmen umschaltet.

»Das neueste Video zuerst?«, fragt er. Ich grunze zustimmend und lehne mich so weit vor, dass meine Haare die Seite seines Kopfes streifen, was er aber nicht zu bemerken scheint. Er drückt auf die Play-Taste.

VIDEOBEWEIS

Aus der Kamera von Zoe Alcott

Zeit und Datum unbekannt.

ZOE: O Scheiße. O Scheiße. Okay. Die Kamera läuft. Hier …

Die Kamera schwenkt nach oben und das Bild ändert sich von einem unscharfen Schattengebilde zu einer Fläche aus Brackwasser, das so trübe ist, dass es fast schwarz zu sein scheint. Hier und dort stehen knorrige Bäume. Feucht-fauliges Laub klebt an ihren Ästen. Das Blickfeld ist eingeschränkt und in Nebel gehüllt.

ZOE: Okay. Also, die anderen … Die anderen sind weg. Ich habe nur eine Minute angehalten, und als ich wieder aufblickte, waren sie … Darum bin ich weitergelaufen, und jetzt bin ich hier ganz allein, und das *Ding* ist …

Sie atmet tief durch und stößt ein fast schon verzweifeltes Lachen aus. Die Form in dem Nebel macht ein Geräusch, eine Mischung aus einem tiefen Blöken und dem Poltern von Felsen. Sie bewegt sich geradewegs in das Blickfeld der Kamera. Sie ist schon so nahe, dass sich das Wasser zu Zoes Füßen kräuselt.

ZOE: Nichts von alledem sollte real sein.

Stimmen erklingen aus dem Nebel.
GRACE: Zoe! Zoe!*
ISAAC: Ich hab mich nur für eine Sekunde umgedreht.
Zoe hält inne, ruft aber nicht nach ihnen.
ZOE: Ich dachte … Ich dachte, ich hätte etwas gehört, aber hier klingt alles so seltsam. Hier *ist* alles seltsam. Sogar meine Gedanken scheinen ein Echo zu haben, als wenn ich im Innern hohl wäre. Ich glaube …
Zoe summt leise, und dann spricht sie in einem sonderbaren, fernen Tonfall.
ZOE: Wohin führt die Straße? Hinunter zum Ufer, doch dort ist nichts mehr. Sie ließ ihren Liebhaber hinein, und dann ertrank sie im Meer. Sie öffnete das Tor, und jetzt sind wir alle Salz und Knochen, wie die Korallen. Doch die Straße führt weiter, verlangt weiter. Reisende und Wanderer. Salz und Knochen.
Die Kamera schwenkt langsam nach unten, als ob ihr Arm müde wird, ohne dass sie es merkt. Sie läuft los. Das Wasser schwappt um ihre Knöchel. Das Licht der Kamera leuchtet zwischen die Bäume, durch den Nebel, und für einen kurzen Augenblick wirft es das dunkle Spiegelbild von Zoe Alcott zurück.
In dem schattenverhangenen Bild lassen sich kaum Einzelheiten erkennen. Es zeigt nur eine Silhouette, aber mit dieser Silhouette stimmt etwas nicht. Sie ist zerfetzt. Klaffende Wunden, aus denen das Fleisch gerissen wurde, ziehen sich von ihren äußeren Rippen über den

---

* Stimme wurde als die von Grace Winters identifiziert.

Rücken. Ihr Kopf ist dort, wo er auf ihren Hals trifft, deformiert.
ZOE: Ich bin so müde. Ich glaube, ich ... ich ...
Ein Schatten fällt auf das Wasser und löscht ihr Spiegelbild aus. Das Wasser steigt in einer Welle an, beruhigt sich wieder. Sie ist bis zu den Knien durchnässt. Etwas Großes atmet dort – ein dumpfes Geräusch wie Wind, der zwischen Felsen weht. Wieder summt sie.
ZOE: Die Straße ist ... Das Tor ist ... Ich verstehe es jetzt. Grace hatte unrecht. Ich muss es ihr sagen. Es geht nicht um die Stadt, sondern um das, was jenseits von ihr liegt. Ich ... Ich bin so müde. Ich sollte die Kamera beiseitelegen ...
<Ende der Aufnahme.>

15

Ich nehme Jeremy die Kamera weg und sehe mir die Aufnahme noch zweimal an. Das, was Isaac sagte, ergibt nun einen Sinn. Das Wasser war tatsächlich ein Moor, jedenfalls als Zoe und die anderen dort waren. Und das bedeutet, dass die Straße für uns anders verläuft als für sie.

»Sie ist tot«, sagt Mel. »Aber so wie sie klingt … Sie scheint bei Bewusstsein zu sein. Heißt das etwa …?« Mel schluckt. »Was ist mit Miranda? Ist sie noch irgendwo da draußen?«

Ich schüttle den Kopf. »Ich weiß es nicht.« Niemand verliert ein Wort über Vanessa. Aber ich weiß, dass alle an sie denken. Ist sie gestorben? Kann man sterben hier draußen, oder sind alle gefangen wie Zoe? Wie Isaac?

Jeremys Kiefer ist angespannt. Er reibt sich über die Haut hinter seinem Hörgerät.

»Du hast alles getan, was möglich war«, sage ich.

»Ich weiß«, sagt er wütend.

Ich verstaue Zoes Kamera in meinem Rucksack. Ich brenne darauf, mir den Rest der Aufnahmen anzusehen, aber zuerst muss ich wissen, was vor uns liegt. »Das war sehr mutig, Jeremy. Es ist gut, dass sie nicht mehr dort draußen ist. Wenn es Becca wäre …«

»Ja. Ist schon gut«, sagt Jeremy. In seiner Stimme liegt eine Schärfe, die mich instinktiv einen Schritt zurückweichen lässt. Tief in meinem Kopf ertönt ein Alarmsignal. Ich versuche, es auszuschalten. Ich habe schon immer vermutet, dass Jeremy ein Arsch ist. Und das ist er, keine Frage. Aber er hat sich gerade in Gefahr begeben, um einem verlorenen Mädchen zu helfen. Es ist nicht schwer, erwachsen zu werden und die dummen Witze hinter sich zu lassen, doch es ist verdammt schwer, dabei solch einen Mut zu entwickeln. »Was nun?«, fragt er leiser als zuvor, als hätte er bemerkt, wie zornig er klang.

»Das Herrenhaus«, sage ich und hole Beccas Notizbuch aus meinem Rucksack. »Davon hat auch Isaac gesprochen, richtig? Sie sind zum Herrenhaus gekommen und dann ist Zoe verschwunden, und er hat kehrtgemacht, um sie zu suchen. Das heißt, das Herrenhaus kommt als Nächstes.« Ich blättere in den Seiten. Sie sind voller Fragmente und Eintragungen, die keinen Sinn ergeben. Andere dagegen scheinen Hand und Fuß zu haben und stechen aus dem Wirrwarr der verzerrten Wirklichkeit dieses Ortes heraus.

In dem Haus in der Stadt in dem Wald auf der Straße sind die Flure die atmen. Der Gesang wird dich locken der Rauch wird dich befallen die Worte werden dich tilgen die Frau wird dich hassen.

Mir fällt diese Wortspirale ins Auge. Sie verläuft nach außen, die letzten Worte reichen bis zum Rand der Seite. Ich blättere um. Auf dieser Seite ist die Handschrift anders: nachlässig, über die Linien schlingernd, gestaucht oder auseinanderdriftend.

Achte auf ihr Licht. Bleib in den Schatten. Horche auf den Gesang der Spinne. Gehe sanft, wenn sie kommt.

Bleib nicht stehen. Die Worte sind eine Waffe. Wenn die Dinge falsch aussehen, DANN SIND SIE FALSCH.

»Das ist eine Menge«, sagt Anthony, nachdem ich laut vorgelesen habe. »Achte auf ihr Licht? Horche auf den Gesang?«

»Ich schätze, wir werden früh genug erfahren, was es damit auf sich hat«, sage ich. »Wir sollten Partner wählen. Darauf achten, dass niemand verloren geht.« *Nicht schon wieder*, sage ich nicht, während Mirandas Name mir wie ein Schauer über die Haut fährt.

Ich bin nicht sonderlich überrascht, dass Anthony sich zu Jeremy gesellt. Sie reichen sich die Fäuste. So küssen und versöhnen sich Jungs, schätze ich.

»Mel?«, sagt Kyle.

»An deiner Seite, Kleiner«, sagt Mel. Bleiben nur noch ich und Trina. Sie ist abgelenkt und blättert in dem Buch des Predigers. Ich räuspere mich. Sie blickt verdutzt auf und sieht Kyle mit Mel. Ein leichtes Runzeln zeichnet sich auf ihrer Stirn ab, bevor sie zu mir herüberkommt.

»Er ist wohl zu cool für seine große Schwester«, sagt sie mit dem Hauch eines Lächelns auf den Lippen und schließt behutsam das Buch.

Das ist etwas, das ich nicht verstehe. Ich wollte nie von Becca getrennt sein. Je weiter sie sich von mir entfernte, desto stärker drängte ich mich in ihr Leben. Früher habe ich so getan, als wären wir Zwillinge, echte Zwillinge, trotz unserer offensichtlich unterschiedlichen Herkunft. Ich wollte mich so kleiden und so geben wie sie, aber mir fehlten ihr Talent und ihr Selbstvertrauen. Ich stellte mir vor, wir wären deckungsgleich, doch ich war nicht mehr als ein Spiegel, der nur ein wenig von ihrem Glanz reflektierte.

Aber ich sage nur: »So machen jüngere Geschwister das eben. Sie wollen nicht, dass du selbstzufrieden wirst.« Ihr Lächeln festigt sich einen Moment lang.

Der Regen hat sich verzogen und der Himmel zeigt sich in einem völlig normalen Blau. Unter einem Himmel wie diesem könnten wir überall sein. Wir könnten zu Hause sein.

Doch etwas ist seltsam daran. Eine eigenartige Substanz, eine Dichte. Eine Dimensionalität. Das, was meine Augen im ersten Augenblick als Wolken wahrnehmen, knickt ein. Falten und Vertiefungen, Furchen, so blass, dass sie vor dem Blau kaum zu erkennen sind. Und für den Bruchteil einer Sekunde glaube ich eine Bewegung zu sehen, wie das Kribbeln auf der Haut eines Tieres, wenn man es berührt. Und dann verschwinden die Bewegung und die Furchen und die Dichte des Himmels, und nach einem Blinzeln blicke ich wieder in das weite, leere Blau.

»Hast du das gesehen?«, flüstere ich, doch Trina hat mich nicht gehört, und ich lasse die Frage in der Stille untergehen.

Wir nehmen uns genügend Zeit, um uns unsere Schuhe wieder anzuziehen. Meine sind ungemütlich nass. Dann gehen wir den Hügel hinauf. Bis zu dem knorrigen Baum. Er ist so verbogen und verästelt, dass er wie zerronnenes Wachs aussieht. Seine Äste erstrecken sich in alle möglichen und unmöglichen Richtungen, und seine Wurzeln reichen bis unter die Steine der Straße und wölben sie zu einer halsbrecherischen Welle.

Ein Messer – ein kurzes Springmesser – steckt in der Rinde des Baumes, dort, wo der Stamm am nächsten zur Straße steht. Daran hängt ein abgerissenes Stück Linienpapier.

Falls jemand uns folgt ... Bis hierhin sind wir gekommen. Jetzt versuchen wir, es bis ans Ende zu schaffen. Wir dachten, das sollte jemand wissen.
Becca Donoghue & Zachary Kent

Ich schnappe mir den Zettel und reiße ihn von dem Messer los. Die Tinte sieht praktisch frisch aus, auch wenn ich weiß, dass das nicht sein kann. Genauso wie die Tatsache, dass Zoe, obwohl sie schon tot war, noch umherwandelte, oder dass Isaac noch so lange in seinem Gewirr aus Eisen und Elend am Leben blieb.

Anthony nimmt die Nachricht und fährt mit der Fingerspitze über die Worte, während er sie den anderen vorliest. Ein blasser blauer Fleck bleibt auf seinem Mittelfinger zurück. Er wischt ihn mit dem Daumen weg. Dann faltet er den Zettel vorsichtig und steckt ihn in seine Jackentasche. Ich spüre das Verlangen, seine Hand zu nehmen. Ich möchte, dass dieser Augenblick nur mir und ihm gehört. Aber die Nerven der anderen sind bis zum Zerreißen angespannt und ich weiß, dass wir weitergehen müssen, bevor irgendwer den Verstand verliert. Es sind nur noch ein paar Schritte bis zum unbarmherzigen Gipfel des Hügels, und ich gehe sie im Sprint.

Oben angekommen, halte ich inne. Der Hügel fällt ab, steil, aber nicht beängstigend steil, und an seinem Fuß liegt eine Stadt. Oder wenigstens so etwas wie eine Stadt. Häuser mit Dächern und Fenstern und mit

Wegen, die zwischen ihnen entlanglaufen und von der Straße wegführen wie Venen und Arterien. Aber die Grundstücksgrenzen sind falsch. An der Seite eines Hauses steht Gras, das kniehoch wächst, an einem anderen Haus zieht sich ein Muster aus Holz flach über den Boden. Und irgendetwas stimmt mit den Fenstern nicht. Hinter ihnen liegt keine Leere, sondern eine fleischartige Präsenz, die mich daran erinnert, was ich am Himmel gesehen habe.

In der Mitte der Stadt steht ein massives Haus – das Herrenhaus. Seine Oberfläche ist von einem blassen Grauweiß und zu gleichmäßig, um aus Stein zu sein. Ich sehe Venen, die an seiner Seite entlanglaufen, aber nicht die Art von Venen, die man in einem menschlichen Körper findet, sondern eher in Pflanzen. Unter dem Dachvorsprung sitzen Lamellen wie bei einem Pilz, schwarz und welk, doch das Dach selbst ist mit Schindeln bedeckt und fest. Zwei Krähen hocken auf dem Vorsprung. Der kühle Wind zerzaust ihr Gefieder.

»Das ist gut«, sagt Kyle. »Alles ist gut.«

Die Straße führt geradewegs zur Tür des Hauses. Die Steine laufen einfach weiter und fließen von der Straße über die Treppe und durch die Tür, die offen steht wie ein überraschter Mund. Oder wie ein hungriger Mund. Es führt kein Weg darum herum. Nur mittendurch.

Dann eben mittendurch.

Wegen des Gefälles fühlt es sich an, als würden wir vorwärts und nach unten gezogen werden. Unsere Schritte sind zu schwer und klingen zu laut auf den Steinen. Manchmal glaube ich ein Zittern am Himmel zu erkennen und etwas anderes als den Wind zu hören.

Wir halten unten an der Treppe inne. Weiter oben laufen die Steine zusammen und verschmelzen nahtlos mit dem Holzboden und seinem gleichmäßigen Grauweiß. Der Weg führt einen Flur hinunter, hinein in eine breite Empfangshalle. Durch den Staub und die Schatten erkenne ich Treppenaufgänge, links und rechts, die über zwei Doppeltüren nach oben führen.

»Ich schätze, wir gehen rein«, sagt Anthony.

»Achtet auf den Fußboden«, sage ich. »Wir wissen nicht, ob er überall als Straße gilt. Passt auf, dass ihr sie nicht aus Versehen verlasst.« Und dann marschiere ich, viel mutiger als ich mich fühle, die Veranda hinauf, dicht gefolgt von Trina, und hinein in das finstere Haus.

[Anmerkung: Der restliche Text dieses Abschnitts wurde aus dem Notizblock entfernt und erst zu einem späteren Zeitpunkt wiedergefunden und eingefügt. Vieles davon war durchgestrichen, das Papier zerknüllt und eingerissen. Die Rekonstruktion gestaltete sich schwierig.]

Ich bleibe kurz stehen, damit sich meine Augen an das knappe Licht gewöhnen. In diesem Augenblick, bevor ich überhaupt etwas erkennen kann, sehe ich sie.

Sie steht in der Empfangshalle, die Hände an der Seite, und starrt mich an. Ein einzelner Sonnenstrahl durchschneidet die staubverhangene Luft – und trifft sie, wodurch die Krümmungen der Knochen unter ihrer Haut golden schimmern. Nur einen Augenblick lang, dann ist sie verschwunden.

Miranda.

INTERVIEW

SARA DONOGHUE

9. Mai 2017

ASHFORD: Miss Donoghue. Ich denke, es ist an der Zeit, dass wir über Miranda sprechen.
SARA: Was ist mit ihr?
ASHFORD: Sie haben eine Seite aus Ihrer schriftlichen Aussage entfernt, bevor Sie sie uns gegeben haben.
Sara beißt sich auf die Lippe, wendet den Blick ab.
SARA: Ich ... Ich habe nur ein paar Fehler gemacht.
ASHFORD: Wir haben die Seite, Sara.
Sara blickt auf. Zuerst macht sie einen überraschten Eindruck, doch dann verändert sich ihre Miene zu etwas anderem – zu Zorn, unbändig und roh.
SARA: Wer hat sie Ihnen gegeben?
ASHFORD: Sara ...
SARA: Wer war es? Sie lag in meinem Zimmer. In meinen Privatsachen. Niemand hat das Recht ...
ASHFORD: Das ist jetzt nicht so wichtig. Was wirklich zählt ...
SARA: Aber es ist wichtig. Ich will das hier nicht mehr. Ich habe nichts mehr zu sagen.
Sara steht auf.

ASHFORD: Sara ...
Sie geht zur Tür. Drückt die Klinke. Sie öffnet sich nicht.
SARA: Ich will gehen.
ASHFORD: Sara, bitte setzen Sie sich wieder.
SARA: Ich will jetzt gehen. Sie können mich nicht einsperren.
ASHFORD: Wir müssen über Miranda sprechen.
SARA: Miranda ist tot.
ASHFORD: Ich weiß.
SARA: Sie ist in der Finsternis gestorben.
ASHFORD: Nein, das ist sie nicht. Und das wissen Sie auch, Sara. Ich möchte wissen, warum Sie deshalb lügen.
Der Tür zugewandt, legt sich Sara die Hand auf das Gesicht und drückt mit den Fingerspitzen fest gegen ihre Wangenknochen.
Sie spricht zu sich selbst, so leise, dass die Mikrofone es fast nicht registrieren.
SARA: Miranda ist in der Finsternis gestorben. In der Finsternis ... gestorben ...
ASHFORD: Also gut, Sara, es reicht jetzt. Bitte setzen Sie sich wieder.
SARA: Warum ist die Tür verschlossen, Dr. Ashford?
ASHFORD: Machen Sie sich darüber keine Gedanken. Lassen Sie uns fortfahren.
Sara geht langsam zu ihrem Stuhl zurück und rutscht tief in ihn hinein. Tränen stehen in ihren roten Augen. Sie fährt sich mit der Zunge über die Lippen und fängt wieder an, mit den Fingern auf den Tisch zu klopfen. Ashford sieht ihr zu, den Mund zu einer schmalen Linie geformt, bis sie ihre Finger zusammenrollt.

SARA: Sie wollen, dass ich Ihnen von Becca erzähle. Darum sind wir hier, stimmt's?
ASHFORD: Ich höre mir alles an, was Sie mir berichten möchten, Sara.
Sara lacht.
SARA: Und auch ein paar Dinge, von denen ich *nicht* erzählen möchte. Also gut. Das Haus. Es war ...
ASHFORD: Lassen Sie sich Zeit.
Sara schließt die Augen, atmet tief durch die Nase ein und durch den Mund wieder aus.
SARA: Wir haben Becca in dem Haus gefunden. Und dort fing ich an zu glauben, dass es vielleicht ein Fehler war, nach ihr zu suchen.

16

Der Boden ächzt unter mir. Es ist kein hohler Klang, sondern ein organischer, wie das Schnaufen eines Tieres. Ich streiche mit den Fingern über die Wand, doch anstatt der Kälte, die ich erwartet habe, spüre ich eine ferne Wärme und Feuchte wie von Kondenswasser. Meine Schritte wirbeln eine dicke Staubschicht auf. Dort, wo sie sich an der Wand sammelt, ist sie gute drei Zentimeter hoch. Trockenes Laub und Geröll liegen überall im Raum verweht.

Die Fenster auf beiden Seiten der Empfangshalle lassen goldfarbenes Licht hinein, doch der Kronleuchter, der über uns hängt, ist dunkel. Vor uns liegen die Doppeltüren. Die Treppen, die dieselbe Farbe wie der Fußboden haben, führen hinauf zu einer Galerie mit noch mehr Türen und Fluren, die tiefer in das Haus führen.

Die Doppeltüren sind riesig und reich verziert mit Schnitzereien, die von den Jahren bis zur Unkenntlichkeit verschlissen wurden. Ich betaste die abgestumpften Formen mit der Fingerspitze und versuche sie zu erkennen. Eine Stadt vielleicht? Und hier die Windung einer Welle. Weiter unten finde ich eine Tafel, die verschachtelter ist: deformierte Körper, ineinandergeschlungene Gliedmaßen, von Angst und Entzückung verformte Gesichter. Sie sind von dornigen Schlingpflanzen umgeben, und am Rand brechen Wellen herein. Jede der entsetzt schnaufenden Formen ist nur einen Augenblick davon entfernt zu ertrinken.

»Das ist ... eindringlich«, sage ich, doch niemand reagiert. Ich drehe mich um, und mein Herz schlägt schneller. Ich bin allein.

»Leute?«, rufe ich. Keine Antwort außer meinem eigenen schwachen, verklingenden Echo. »Trina? Mel? Anthony?« Nichts und nichts und nichts. Sind sie mir gefolgt, als ich ins Haus gegangen bin? Ich kann mich nicht erinnern, ihre Schritte gehört zu haben.

Ich fühle sie. Panik. Wie eine feucht-glitschige Kreatur kriecht sie mir die Kehle hinauf.

Ich beiße die Zähne zusammen und bohre mir die Fingernägel in die Handflächen. Ich werde nicht in Panik verfallen. Ich werde nicht schreien. Ich werde nicht davonlaufen.

Ich bin immer noch auf der Straße. Der Boden hat dieselbe einheitlich graue Farbe. Ich habe keine Regel gebrochen. Und die anderen auch nicht. Wenn wir die Regeln nicht gebrochen haben, denke ich, dann soll es wohl so geschehen.

Gibt es hier ein *so?*

Ja. Wenn es Regeln gibt, dann gibt es auch eine Art und Weise, wie die Dinge sein sollen.

Ich zwinge mich dazu, gleichmäßig zu atmen und mich umzusehen. Keine Spur von den anderen. Und auch die Haustür ist verschwunden. Eine Finsternis, schwarz wie Tinte, hat sie verschluckt. Und ich habe niemanden, der mich bei der Hand nimmt.

»Also gut. Wie finde ich die anderen?«, frage ich laut, aber sanft. Meine Stimme berührt die Stille wie eine Hand, die sich durch Spinnweben bewegt.

Und dann nimmt jemand – *etwas* – meine Hand. Ich stoße einen Schrei aus und reiße mich los, doch es ist schon wieder da und greift nach mir. Aber da ist niemand. Ich weiche zurück. Die Finsternis an der Tür scheint zu erzittern und sich zu strecken. Meine Angst ist keine geschlossene Tür. Sie steht weit offen, und Panik strömt hindurch. Die Erinnerung an die Hand, die meine am Tor des Lügners ergriffen hat, schießt mir in den Kopf.

Ich weiche von der Berührung, vor dem unsichtbaren Etwas zurück. Ich taumele zu den Treppen und stürze sie hinauf. Ich stütze mich mit den Händen auf ihren Stufen ab und haste weiter. Oben an der Treppe bleibe ich wie angewurzelt stehen. Flure erstrecken sich in jede Richtung. Die Dunkelheit hier oben wird nur stellenweise von dem Licht, das durch schmale Fenster fällt, durchbrochen.

Hinter mir krächzt eine Treppenstufe.

Ich stürze zur ersten Tür und gehe hindurch.

VIDEOBEWEIS

Aus dem Handy von Melanie Whittaker

Aufgenommen am 19. April 2017, 0:52 Uhr

Das Blickfeld ist chaotisch, die Kamera schwenkt wild durch den Raum und fängt nur Schatten ein, bevor sie schließlich auf die Frontseite umschaltet und Melanie Whittaker zeigt. Ihre Augen sind groß und voller Angst.

MEL: Was zum Teufel. Was zum Teufel ist nur …? Alle sind verschwunden. Gerade standen wir noch zusammen, und dann war ich plötzlich allein. Okay, Mel, bleib ruhig. Schön ruhig bleiben. Ich werde … Scheiße, ich habe keine Ahnung, was ich tun werde.

Sie blickt umher, atmet schnell.

MEL: Okay. Zuerst einmal … Ich muss die anderen finden. Hier ist nichts außer diesem scheißgruseligen Kronleuchter. Und ich rede mit mir selbst. Oder mit meinem Handy. Egal. Hauptsache, es hilft gegen das Gefühl, dass mich gleich ein Axtmörder holt. Okay. Sehen wir uns um.

Sie schwenkt die Kamera herum und richtet sie in den Raum.

MEL: Noch sind keine Gespenster zu sehen … Was zum Teufel …?

Jemand läuft ins Bild. Es ist Sara Donoghue, die sich in dem Raum umsieht.
MEL: Sara?
Sara antwortet nicht und scheint auch sonst nicht zu reagieren. Eine zweite Person kreuzt ihren Weg. Anthony Beck.
Sie gehen aneinander vorbei, ohne dass sie sich, so scheint es, ihrer eigenen Bewegungen bewusst sind.
MEL: O mein Gott. Alles klar. Ich kann sie in der Kamera sehen, kann sie aber nicht wirklich sehen oder hören. Und wo sind die ...?
Sie schwenkt die Kamera herum und findet die anderen. Jeremy pirscht durch den Raum und dreht den Kopf hin und her. Kyle steht in der Nähe der Doppeltüren. Seine Hand liegt zögernd auf einer der Türklinken. Trina, mit dem Handy in der Hand und das Buch zwischen Ellbogen und Rippen geklemmt, steht hinter ihm, schreit lautlos und winkt mit ihrem freien Arm.
MEL: Gott sei Dank. Einen Moment nur.
Sie eilt hinüber und schiebt sich vor Trina, bis sie teilweise in deren Blickfeld ist. Sie winkt. Trina wirbelt herum und stiert auf das Handy in ihrer Hand. Sie blickt auf, dann wieder zurück auf das Display.
MEL: Ich sehe dich. Kannst du mich sehen?
Das Flimmern am Rande des Displays lässt darauf schließen, dass sie die Gebärdensprache benutzt, wenn auch unbeholfen. Trina antwortet mit ihren Händen.
TRINA: *Ich sehe dich, kann dich aber nicht hören.*
MEL: Mir geht's genauso. Was tun wir jetzt? Ach, verdammt, ich kenn die Zeichensprache kaum noch, aber du verstehst, was ich meine, oder?

TRINA: *Die anderen verlieren sich. Warte einen Augenblick. Kannst du …?*
Sie streckt die Hand aus. Mel zögert kurz, doch dann scheint sie zu verstehen. Auch sie streckt ihre Hand aus, und ihre Finger berühren sich.
MEL: Ich spüre es. Okay, das heißt, wir können Berührungen fühlen, stimmt's?
TRINA: *Hol die anderen. Halte sie auf. Bleibt zusammen.*
MEL: Ich gehe in den … na, dort nach draußen. Du sammelst sie hier ein.
Trina nickt heftig, dreht sich um und greift Kyle beim Handgelenk, gerade als er die Türklinke endlich herunterdrückt. Seine Reaktion ist nicht mehr zu sehen, denn Mel rennt in die Empfangshalle. Jeremy und Sara stehen direkt voreinander, sehr nahe und trotzdem völlig unwissend.
MEL: Igitt, ihr seht aus, als wolltet ihr euch gleich küssen. Das wäre von allem, was dieser Ort uns bisher angetan hat …
Sie macht einen Schritt und greift nach Saras Hand. Sara reißt sich los und rennt davon.
MEL: Verdammt!
Mel rennt los, um Jeremy herum, der nichts von dem Chaos mitbekommt. Sara stürmt die Treppe hinauf. Mel folgt ihr, doch sie bleibt mit dem Fuß hängen. Das Handy fliegt ihr aus der Hand. Das Display erlischt für zwei ganze Sekunden, dann springt es wieder an, als Mel das Handy aufhebt.
Saras Schultern erscheinen kurz im Blickfeld, dann verschwinden sie wieder. Mel reißt die Kamera herum, gerade als Sara hinter einer Tür verschwindet. Die Tür knallt zu.

MEL: Nein! Tu das nicht!
Ein paar Augenblicke später erreicht Mel die Tür. Sie öffnet sie, doch dahinter liegt nur ein leerer Flur.
MEL: Gehe ich rein? Nein, lieber nicht ... Okay. Nein, du wirst nicht ganz allein einen scheißunheimlichen Flur betreten. Geh und hol die anderen. Dann suchen wir sie zusammen. Das ist eine kluge Entscheidung. Triff einmal im Leben eine kluge Entscheidung, Mel.
Sie lässt von der Tür ab. Die Tür fällt langsam zurück ins Schloss und schließt sich mit einem Klick. Melanie trottet die Treppe hinunter. Die anderen stehen zusammengekauert in der Empfangshalle. Kyles Hand fasst Trina am Oberarm. Er ist der Einzige, der wie blind in den Raum starrt. Die anderen haben ihre Handys hervorgeholt und die Kameras eingeschaltet.
TRINA: *Wo ist Sara?*
MEL: Sie ist weggerannt. Gerannt ... Wie kannst du das nicht verstehen? Sie ist weg.
JEREMY: *Sie sagt, dass Sara weggerannt ist.*
MEL: Alter, hätte ich mal besser Gebärdensprache gelernt anstatt Latein. Vielleicht ist es das Beste, wenn du von meinen Lippen liest und für die anderen übersetzt.
JEREMY: *Gute Idee. Ich verstehe vielleicht 80 Prozent von dem, was du sagst, statt 20 Prozent und einen Haufen Unsinn.*
MEL: Und ich weiß genug, um dir darauf mit meiner Lieblingsgeste zu antworten.
Jeremy lacht. Es ist nicht schwer zu erraten, welche Geste Mel ihm zeigt.

TRINA: *Könnt ihr bitte euer Hickhack lassen?*
ANTHONY: *Echt jetzt. Konzentriert euch.*
Immerhin versteht Mel seinen gereizten Gesichtsausdruck.
MEL: Tut mir leid. Bin völlig aufgekratzt. Der Tod ist uns auf den Fersen. Sara ist verschwunden. Ich meine, echt verschwunden. Konnte sie nicht mehr auf dem Handy sehen.
ANTHONY: *Es hat versucht, uns zu trennen.*
TRINA: *Das liegt nahe.*
Kyle zupft an Trinas Arm und bewegt die Lippen: »Was ist denn los?«
TRINA: *Wir müssen einen Weg finden, um miteinander zu kommunizieren. Mein Akku macht es nicht mehr lange.*
ANTHONY: *Bei mir sieht's nicht besser aus. Irgendwelche Ideen?*
Er buchstabiert Mel das letzte Wort mit den Fingern.
MEL: Ja. Aber eine blöde.
Alle außer Kyle blicken sie erwartungsvoll an.
MEL: Wenn es versucht, uns voneinander zu trennen ... Es gibt hier einen Haufen verschiedener Türen. Wenn wir uns sehen könnten, würden wir alle durch dieselbe Tür gehen. Wir würden nur dann unterschiedliche Türen nehmen, wenn wir nicht zusammen wären. Also lasst uns durch dieselbe Tür gehen. Vielleicht genügt das schon.
JEREMY: *Ich glaube, ich habe das meiste davon verstanden.*
ANTHONY: *Ich kapiere, worauf du hinauswillst. Wir sollten es versuchen.*

TRINA: *Dieselbe Tür wie Sara?*
MEL: Wir sollten dieselbe Tür wie Sara nehmen.
JEREMY: *Jup, das ist auch ihre Idee. Gehen wir. Mel ...*
Er bietet Mel seinen Arm an. Mel hält sich daran fest. Er nimmt Anthonys andere Hand mit seiner, damit jeder eine freie Hand für ein Handy hat. Trina legt ihre Hand auf Anthonys Schulter. Sie und Kyle bilden die Nachhut. Mel windet sich, um die Kamera kurz auf sie zu richten. Zusammen trotten sie mit ungleichmäßigen, ruckhaften Schritten die Treppe hinauf. Mel führt sie zu der Tür, durch die Sara gegangen ist. Sie drückt die Klinke mit der Hand, in der sie das Handy hält, herunter und führt alle hindurch.
Die Tür knallt hinter ihnen zu und lässt sie in fast vollständiger Dunkelheit zurück.
MEL: Ich kann euch wieder sehen. Es hat funktioniert.
TRINA: Sara ist nicht hier.
ANTHONY: Vielleicht ist sie schon weitergegangen.
JEREMY: Vielleicht ...
??: Ruhe.*

---

* Stimme ist fast identisch mit der aus dem ersten Donoghue-Interview, aber die Verzerrung ist weniger extrem. Vergleiche mit den bestätigten Aufnahmen von Miranda R. sind nicht eindeutig, aber vielversprechend.

17

Die Tür fällt hinter mir zu und ich stehe im Dunkeln. In meiner Brust macht sich eine Panik breit wie ein Vogel, der mit seinen Flügeln gegen Glas schlägt, bevor ich bemerke, dass diese Dunkelheit von Schatten geformt wird und nicht die undurchdringliche Finsternis ist, die Miranda verschluckt hat.

~~Miranda~~*

Was immer auch hinter mir her war, ist jetzt verschwunden. Wenigstens hoffe ich es. Ich strecke meine Finger, balle sie zu Fäusten und strecke sie wieder, um eine Empfindung in meine Körperteile zu bekommen. Der Flur ist eng und nichtssagend. Es gibt nur eine Richtung, in die ich gehen kann.

Lange dauert es nicht, bis ich eine Kreuzung erreiche, an der andere Flure nach links und nach rechts führen. In die Wand wurde mit einem Dutzend gekritzelter Linien ein Pfeil geritzt, und er deutet nach links. Die Linien sehen aus wie alte Baumschnitzereien, die langsam wieder zuwachsen. Als würde das Haus seine Wunden heilen.

Traue ich dem Pfeil?

Ich fahre mit dem Finger über die Furchen. Sie gehören hier nicht her.

---

* Wort wurde durchgestrichen.

Sie wurden von jemandem gemacht, der nicht hierhergehört. Ich gehe nach links.

Ich passiere eine Tür zu meiner Rechten. Ich halte nicht an. Der Flur macht eine Biegung nach der anderen. Mehr Türen. Keine Fenster, keine Lichtquellen, aber ich blicke durch das Dunkel, nicht gut, aber gut genug. Wieder verzweigt der Flur sich, diesmal in drei verschiedene Richtungen. Etwas ist in den Boden gekratzt, doch die Spitze des Pfeiles ist nicht mehr zu erkennen. Nur ein paar schmale, durchbrochene Linien sind übrig geblieben, und auch sie sind fast verwischt. Links oder rechts? Ich werde raten müssen.

Ich gehe nach rechts. Einen weiteren Flur hinauf. Er sieht aus wie die anderen. Drei Türen. Eine Biegung. Und dann …

Eine Abzweigung vor mir. Doch das ist nicht, was mich innehalten lässt. Goldgelbes Licht zieht sich über den Boden und entlang der Wände. Seine Quelle bewegt sich von dem Flur zu meiner Linken auf die Abzweigung zu. Ich höre Schritte und ein leises, sanftes Läuten. Ich wage mich ein Stückchen weiter vor, dann halte ich an.

Achte auf ihr Licht. Eine Warnung? Oder eine Anweisung?

Bisher war dieser Ort alles andere als freundlich und zuvorkommend.

Das Licht kommt näher. Ich drehe mich um, bereit, den Weg, den ich gekommen bin, zurückzueilen. Ich hatte die Biegung gerade erst durchschritten, und doch erstreckt sich der Flur hinter mir lang und schmal, bis er im Dunkeln verschwindet. Keine Biegung, hinter die ich mich ducken könnte. Kein Versteck außer den Türen links und rechts von mir.

Ich zögere. Das Licht ergießt sich immer stärker über den Boden in meine Richtung. Dort, wo es auf die Wände trifft, zeigt es tiefe Rillen im Putz und etwas dahinter, fleischig und weich und blass wie Milch.

Ich darf nicht hierbleiben. Ich greife nach der nächsten Tür und lege meine Hand auf die Klinke …

Doch die Tür ist bereits offen, und sie öffnet sich immer weiter.

Sie starrt mich an. Ihr Mund ist weit offen. Becca. Ihr Haar hängt wild um ihr Gesicht, ihre Haut ist mit Staub überzogen und ihre Pupillen sind geweitet. Und dann schießt ihr Blick an mir vorbei und sie zischt mir zu: »Komm rein!«

Sie zerrt mich durch die Tür und drückt sie zu. Kurz vorm Rahmen hält sie das Türblatt fest, damit es keinen Lärm macht. Sie lässt die Tür einen winzigen Spalt geöffnet und lugt hinaus in den Flur. Mit pochendem Herzen blicke ich an ihr vorbei und sehe, wie das Licht um die Ecke und in unser Blickfeld kommt.

Es ist eine Frau. Sie trägt eine Kerze in einem altmodischen Halter, der einen Ösengriff an der Seite hat. Sie trägt ein beigebraunes Kleid, viktorianisch und formell, mit hohem Kragen. Ihr Haar ist hochgesteckt.

Sie hat kein Gesicht. Die Form ist zu erkennen, aber es fehlen die Augen, der Mund, die Nase. Da ist nur ein Muster wie Baumrinde. Sie trägt Hausschuhe. Bei jedem ihrer festen, wohlüberlegten Schritte erklingt ein sanftes Läuten. Sie kommt immer näher. Und erreicht unsere Tür.

Becca nimmt meine Hand und drückt sie fest. *Ganz ruhig*, scheint ihre Berührung zu sagen, aber ich kann nicht einmal atmen und könnte kein Geräusch von mir geben, selbst wenn ich es wollte.

Auf der anderen Seite des Flures, hinter der anderen Tür, flattert etwas dumpf. Die Frau hält inne. Beccas Griff wird fester. Die Frau dreht sich um, weg von uns.

Ihr Rücken ist hohl. Keine Wirbelsäule, kein Fleisch, keine Organe. Nur ein gleichmäßiger Hohlraum von ihren Schulterblättern bis hinunter zu ihren Hüften und fünf kleine silberne Glocken, die an glänzenden Fäden hängen und läuten, während sie geht.

Sie öffnet die Tür auf der anderen Seite des Flures. Das Licht fällt in den Raum dahinter, doch ich erkenne nicht mehr als eine hektisch flatternde Bewegung, ein schnelles *Wumm-Wumm-Wumm*. Sie betritt den Raum mit einer plötzlichen Entschlossenheit, und ich verliere sie aus den Augen. Ein anderes Geräusch, ein Wehklagen, ertönt, verstummt aber gleich wieder, und die Frau kehrt mit zügigen Schritten auf den Flur zurück. Sie schließt die Tür und begibt sich wieder in die Mitte des Raumes. Die Glocken läuten *kling-kling-kling*.

Sie neigt den Hals von einer Seite zur anderen, streicht mit einer Hand das Kleid glatt und setzt ihre Runde mit einem wohlüberlegten Schritt nach dem anderen fort. Das Licht zieht an uns vorüber und verschwindet langsam, die Glocken verhallen.

Becca dreht sich zu mir um. Ich erwarte ... Freude, vielleicht. Erleichterung. Irgendetwas von dem, was ich verspüre, etwas aus dieser überwältigenden Welle aus Gefühlen, die mir jedes Wort raubt.

Aber ihr Gesicht ist zerknautscht. Sie legt ihre Hand an meine Wange und schüttelt den Kopf. »O Sara«, sagt sie. »Du hättest nicht kommen sollen.«

INTERVIEW

MELANIE WHITTAKER

9. Mai 2017

Mel sitzt träge da und klopft mit den Fingern auf den Tisch, als Abigail Ryder zurückkehrt. Abby lächelt schmallippig, ein missglückter Versuch, sympathisch zu wirken, bevor sie wieder auf dem Stuhl gegenüber Platz nimmt.

MEL: So wie Sie immer verschwinden, bekomme ich langsam das Gefühl, dass Sie mich nicht mögen. Ach übrigens, tut mir leid, dass ich Sie geschlagen habe.

ABBY: Das war längst nicht die schlimmste Reaktion, die ich auf solch eine Sache erlebt habe.

MEL: Ich kann immer noch nicht fassen, dass wir Nick einfach vergessen haben.

ABBY: Aber jetzt erinnern Sie sich wieder?

MEL: Bruchstückhaft. Er war mein bester Freund, doch das weiß ich nur, weil Sie's mir gesagt haben. Und ich wurde gefragt, wohin er gegangen ist, aber daran erinnere ich mich jetzt erst wieder.

ABBY: Gut möglich, dass Sie nie wieder alles wissen werden.

MEL: Na toll.

Sie reibt sich die Augen. Sie sind verquollen, als hätte sie geweint. Sie räuspert sich und zwingt sich ein Lächeln ab. Offensichtlich ist ihr diese Gefühlsregung unangenehm.
MEL: Also. Was ist das Verrückteste, das Sie je gesehen haben?
Abby überlegt. Als sie schließlich antwortet, klingt es, als würde sie lügen.
ABBY: Ehrlich gesagt glaube ich, dass Sie viel verrücktere Dinge gesehen haben als ich. Vielleicht sollten Sie Ashford fragen, aber er gibt so gut wie gar nichts preis, wenn es um seine Vergangenheit geht. Er lässt mich nicht einmal den Großteil seiner Unterlagen einsehen. Ich beschäftige mich nur mit dem üblichen Kram ... spukende Geister und so.
MEL: Aber Sie glauben an all das?
ABBY: O ja. Keine Sorge, wir werden jetzt nicht plötzlich an Ihnen zweifeln. Vielleicht wenn es um Einzelheiten geht. Aber wir wissen beide, was dort draußen ist.
MEL: Dann sind Sie nicht nur hier, weil ...
ABBY: Weil was?
Mel zögert.
MEL: Es ist nur ... Ich habe gehört, wie Sie mit Dr. Ashford gesprochen haben. Sie sagten, dass Sie uns nach Miranda befragen wollten, und er wollte, dass Sie damit warten. Und da kam mir der Gedanke, dass ... Nun, es scheint, als hätten Sie sie gekannt.
ABBY: Das stimmt.
MEL: Es tut mir leid.
ABBY: Das muss es nicht.

MEL: Wir haben sie verloren.
ABBY: Nein, nicht wirklich.
MEL: Wenn wir nur besser aufgepasst und ihre Hand gegriffen hätten, dann ...
ABBY: Melanie. Miranda ist schon vor Monaten verstorben.
MEL: Was?
Abby schiebt einen Ordner über den Tisch. Mel öffnet ihn zögerlich. Der Winkel der Kamera zeigt nicht, was darin zu sehen ist.
ABBY: Der Obduktionsbericht. Sehen Sie sich das Datum an. Und den Ort.
MEL: Dort steht »unbekannt«.
ABBY: Es gibt ein Foto, aber ich rate Ihnen, es sich nicht ...
Mel blättert, stößt einen kurzen Schrei aus und drückt sich die Hand auf den Mund.
MEL: O mein Gott. Was ... Was ist mit ihr geschehen?
ABBY: Das ist jetzt nicht so wichtig. Aber es ist nicht Ihre Schuld. Es passierte, lange bevor Sie sie trafen.
MEL: Aber sie war dort. Mit uns zusammen.
ABBY: Ich weiß. Und ich glaube nicht, dass sie Sie verlassen hat, als die Finsternis kam. Da ist diese Stimme in dem Video, kurz bevor die Handys abschalten. Ich habe mir die Aufnahme mehrfach angehört. Es ist ihre Stimme, Mel.
MEL: Ich ... Das habe ich mir auch gedacht, war mir aber nicht sicher. Und dann bin ich zu dem Entschluss gekommen, dass sie es unmöglich sein kann.
ABBY: Was ist passiert?

MEL: Sie sagte »Ruhig«, und wir alle verstummten. Und dann hörten wir dieses Geräusch. Es war, nun ja, eine Art Gesang. Ein Summen. Und ein Krabbeln. Und dann flüsterte jemand »Hier entlang«, und die Tür neben mir öffnete sich. Ich ging hindurch. Keine Ahnung, ob ich der Stimme vertraute oder ob ich mich nur vor dem fürchtete, was diese Geräusche machte. Die anderen folgten mir.

Abby nickt.

MEL: Und Sie glauben wirklich, dass es Miranda war?

ABBY: Hat Sara es Ihnen nie erzählt?

MEL: Moment. Sara wusste es? Warum hat sie nicht …?

Sie zieht die Augenbrauen zusammen.

ABBY: Das ist ein großer Teil des Puzzles, den wir noch zusammensetzen müssen.

VIDEOBEWEIS

Aus dem Handy von Melanie Whittaker

Aufgenommen am 19. April 2017, 0:52 Uhr

Mel, Trina, Jeremy, Kyle und Anthony hasten den Flur hinunter. Das Echo ihrer Schritte ist zu hören. Das Krabbeln und der Gesang folgen ihnen. Die Flure sind ein einziges Wirrwarr und ergeben kaum Sinn. Sie kommen an eine T-Abzweigung.
TRINA: Es kommt immer näher!
MEL: Dann beeil dich!
Ihre Stimme ist zu laut für den stillen Flur. Das Summgeräusch schwillt an, die Kamera schwenkt herum, als Mel sich umdreht, um dem Ding, das ihnen folgt, gegenüberzutreten.
Man könnte es fast eine Spinne nennen. Dicke schwarze Beine treten um die Ecke. Sie reichen über die ganze Breite des Flures. Mit hakenartigen Füßen schlagen sie Löcher in die Wände links und rechts. Das Ding glänzt, selbst im Schatten. Dann folgt der Kopf: fast menschlich, aber ohne Augen, verdorrtes Fleisch, eng über die Umrisse des Schädels gespannt. Zurückgezogene Lippen offenbaren schwarze, schartige Zähne und eine spitze, pergamentene Zunge, die zwischen ihnen hervorsticht und die Luft abtastet.

Als Nächstes sind die Schultern des Dinges zu sehen – vertrocknete Haut, unter der Knochen herausragen. Keine Arme, nur Wülste mit geschürztem Fleisch an ihren Enden. Eine schmale Brust und dann geschwärzte, freiliegende Rippen. Doch was noch verstörender ist: Etwas steckt in dem Brustkorb, nur schwach und schemenhaft zu erkennen, ein Umriss – und Finger, die an den Rippenbogen vorbeigreifen, als würden sie einen Vorhang öffnen und hindurchsehen wollen. Das Summen und Pfeifen kommt von irgendwo hinter diesen Rippen.
Dort, wo die Beine dieses menschlichen Torsos beginnen sollten, ist er an einen Spinnenkörper genäht. Das Ding kommt stetig näher, während es die Zunge immer wieder ausfährt.
GRACE: Hey. Hier entlang.*
Die Stimme ist ein Flüstern. Mel hält erschrocken den Atem an, als eine weiße Frau von einer der Seiten, wo sich die Flure kreuzen, hervorlugt und sie herüberwinkt. Sie trägt ein T-Shirt mit einem Comicfuchs über einem ausgewaschenen grauen Sweatshirt. Ihr Haar ist an den Schläfen kurz geschoren, oben aber länger und stellenweise blau gefärbt. Mitte 30 vielleicht, aber die Erschöpfung lässt sie älter aussehen.
GRACE: Kommt her. Aber was immer ihr auch macht, rennt bloß nicht.
Die Teenager blicken einander an und dann zurück zur Kreatur. Sie ist schon fast da. Sie huschen die Abzweigung des Flures hinauf, in dem die Frau steht. Sie bedeutet

---

* Identifiziert als Grace Winters, zusammen mit ihrem Ehemann Bryan im April 2014 als verschwunden gemeldet.

ihnen, stehen zu bleiben und keinen Mucks zu machen.
Die Spinnenkreatur kommt immer näher.
Sie krabbelt weiter, an ihnen vorbei. Sie scheint nicht zu merken, dass sie dort sind, und schon bald ist sie in der Ferne des Flures verschwunden.
TRINA: Was *war* das?
GRACE: Sprecht leise. Irgendetwas lauscht immer, und alles hier drinnen ist hungrig. Es gibt noch viel schlimmere Dinge als die Spinne.
MEL: Äh, Entschuldigung, aber ... wer bist du?
GRACE: Ich bin Grace. Winters. Und keine Sorge, ich bringe euch hier raus.

18

»Du hättest nicht kommen sollen«, sagt Becca, und mir schnürt es den Hals zu. »Bist du allein? Nein, du wärst nicht so weit gekommen ohne ...«

»Sei still«, sage ich, von Gefühlen überwältigt, die zu gewaltig sind, um Namen zu haben, und ziehe sie eng an mich heran. Im ersten Augenblick versteift sie. Im zweiten schiebt sich ihre Hand wie ein vorsichtiges Insekt meinen Rücken hinauf und bleibt schließlich zwischen meinen Schulterblättern liegen. Sie drückt mich kurz, mehr aus Ungläubigkeit denn aus Liebe, und löst sich wieder von mir.

»Du kannst nicht allein so weit gekommen sein«, sagt sie und wendet ihren Blick von meinem ab, hin in die dunkle Ecke des Raumes, als könnte sie es nicht ertragen, mir in die Augen zu sehen. Sie steht da, als würde sie es nur mit Mühe schaffen, sich nicht das Gefühl meiner Berührung von der Haut zu kratzen. Ich will sie fragen, was geschehen ist, aber ich brauche ihre Antwort nicht, um es zu verstehen.

Ein Jahr an einem Ort wie diesem? Ich muss ihr fremder erscheinen als jedes Monster.

»Die anderen sind auch da«, sage ich und sie blickt mich an, erleichtert, dass wir uns den Gegebenheiten widmen. Gefühle zuzulassen ist zu gefährlich.

»Anthony und Trina und Mel. Und auch Kyle und Jeremy Polk. Vanessa Han war auch dabei, aber ...«

Sie hebt ihre Hand. »Warte. Sie sind alle hier? Im Haus?«

»Ich weiß es nicht. Sie waren es, und dann war ich allein«, sage ich stammelnd. Ich bin mir immer noch nicht sicher, ob ich fasse, was ich sehe: meine Schwester, die genau vor mir steht.

»Das macht das Haus«, sagt Becca. »Wahrscheinlich irren sie gerade durch die Flure.« Sie neigt den Kopf und lauscht. »Wir müssen gehen. Es ist nicht gut, zu lange an einem Ort zu bleiben. Komm.«

Wieder nimmt sie meine Hand und führt mich hinaus in den Flur. Erst jetzt bemerke ich, dass sie keine Schuhe trägt. Ihre nackten Füße sind voller Dreck, aber sie machen keinen Laut auf den Holzdielen, als sie voraneilt. Ich bewege mich nicht so geschmeidig. Sie folgt einer eingeübten Reihe von Abzweigungen und verschanzt uns in einem anderen Raum, einer Art Büro, mit einem Schreibtisch in der Mitte. Darauf stapeln sich Bücher und alte Unterlagen. Ein Buch, breit wie ein Kontobuch und mit Staub bedeckt, liegt aufgeschlagen darauf. Die Seiten sind mit einer vertrauten hingekritzelten Schrift gefüllt: *in der stadt in den wäldern auf der straße sind die flure die atmen*. Becca schließt die Tür fast vollständig und wendet sich mir zu.

»Sag mir noch einmal, wen du mitgebracht hast«, sagt sie. »Wie viele hast du verloren?«

»Zwei«, antworte ich. »Ein Mädchen, das du nicht kennst, und Vanessa.« Ich zähle die anderen auf, und sie schließt die Augen und bewegt die Lippen, als würde sie zu sich selbst sprechen. Als sie die Augen wieder öffnet, sind sie mit Tränen gefüllt.

»Du hättest nicht kommen sollen. Keiner von euch hätte kommen sollen«, sagt sie.

»Wir sind gekommen, um dich zu finden.«

»Es hat keinen Sinn«, sagt sie. »Zu zweit. Man kommt hier nur zu zweit heraus, und eure Anzahl ist gerade.«

»Was?«

»Der Ausgang zu diesem Ort ist Finsternis«, sagt Becca. »Die Art von Finsternis, die sich nur paarweise durchqueren lässt. Wie beim ersten Tor, dem Tor des Lügners.«

»Ich kenne den Namen. Er stand in dem Notizbuch. Was … Was ist mit Zach geschehen?«, frage ich.

»Zach ist tot«, sagt sie mit ausdrucksloser Stimme. »Ich bin hier allein, schon seit … Keine Ahnung, seit wann.«

»Ein Jahr bist du schon verschwunden«, sage ich. Hinzu kommt die Zeit, die wir auf der Straße waren. Ein Tag? Ich weiß es wirklich nicht.

»Ein Jahr?«, sagt sie und lacht ungestüm. »Das heißt, du bist jetzt älter als ich.« Ich mache ein verwirrtes Geräusch, und sie winkt ab. »Man ändert sich an diesem Ort nicht. Man verspürt keinen Hunger, man braucht keinen Schlaf. Man wird zwar müde, aber ich glaube nicht, dass man altert. Damit bist du älter als ich. Große Schwester.« Sie lächelt schief. Ich will sie berühren, nur um sicherzugehen, dass sie echt ist.

»Wir dachten, du wärst tot«, sage ich. »Wir haben nach dir gesucht. Die Polizei … Sie sagten, du wärst mit Zachary durchgebrannt und …«

»Ich wollte nicht verschwinden. Ich habe wirklich geglaubt, dass wir uns durchschlagen und sie finden könnten und alles gut werden würde. Sie hat mir versprochen, dass alles gut wird.«

»Wer?«, frage ich.

»Lucy«, sagt sie, als gäbe es nichts in der Welt, das selbstverständlicher wäre. »Sie hat uns hergerufen, damit wir sie retten. Sie sitzt in der Falle. Kannst du sie nicht hören?«

Ich starre sie an und befeuchte meine Lippen. Ich verstehe nicht, warum mir die Antwort darauf so schwerfällt. »Nein«, sage ich schließlich. »Ich höre sie nicht.«

Keine Ahnung, vielleicht lüge ich.

Becca sagt mir, dass wir in Bewegung bleiben müssen. Sie führt mich durch die Flure, durch Räume, ohne den Überblick über die scheinbar endlosen Abzweigungen zu verlieren. Es ist die Straße, versichert sie mir, jede Holzdiele in diesem Haus. Die Gefahr, sie aus Versehen zu verlassen, besteht nicht.

Ich berichte ihr von allem, was bisher geschehen ist. Die Finsternis und die Stadt, Vanessa und Trina.

»Echos«, sagt sie. »Wenn sie dich ersetzen, nennt man sie Echos. Zach hat dieses Buch gefunden. Es war von jemandem, der behauptete, auf der Straße gewesen zu sein. Es hat uns geholfen, dieses Buch. Es hat uns vorbereitet. Aber die Monster sind nicht das Einzige, wovor man sich hier fürchten sollte.«

»Was ist dir widerfahren?«, frage ich.

Sie blickt mich leer an. »Ich versuche, nicht darüber nachzudenken«, sagt sie. »Ich hatte diese Träume.

Träume von der Straße. Von Lucy Gallows. Von der Bestie. Es waren nur Albträume, aber Zach hat im Internet recherchiert. Er hat mir geholfen, alles zusammenzufügen. Er war es, der Ys entdeckt hat.«

»Ys?«, wiederhole ich und stoße auf einen Fetzen in meiner Erinnerung. Die Worte in dem Städtchen.

»Es ist eine Stadt. War eine Stadt. Die Straße führt dorthin. Wenigstens früher. Aber sie wurde vor langer Zeit zerstört, von einer Frau namens Dahut. Sie war eine Prinzessin oder so etwas. Es gab ein Tor in der Stadt, das das Meer zurückhielt, und sie hat es offen gelassen, damit ihr Geliebter hereinschauen und sie sehen konnte. Aber sie vergaß es zu schließen. Die Flut brach herein, und die ganze Stadt ist untergegangen. So lautet wenigstens die Geschichte. Es waren diese ganzen Tode, die die Straßen entstehen ließen. Wenn man es bis nach Ys schafft, kann man ihr entkommen. Aber die meisten verirren sich. So wie Lucy. Sie steckt schon seit all diesen Jahren auf der Straße fest, aber sie hat einen Weg gefunden ... Sie flüstert irgendwie. Aber nur zu bestimmten Menschen. Empfänglichen Menschen. Ich schätze, ich bin einer von ihnen.«

Hin und wieder hält sie inne. Lauscht. Manchmal zieht sie mich in eine neue Richtung, aber erklärt mir nie, warum.

»Ich habe dein Notizbuch«, sage ich nach einer Weile des Schweigens, denn ich muss ihre Stimme hören. »Es ist schwer zu verstehen, aber es hat uns auch geholfen.«

»Mein Notizbuch?«, sagt sie und verzieht stutzend das Gesicht. »Welches Notizbuch?«

»Na, dieses hier«, sage ich und öffne meinen Rucksack. Ich hole das Notizbuch hervor, und sie reißt es mir aus der Hand und blättert darin. Etwas, das aussieht wie Angst, macht sich in ihrem Gesicht breit.

»Woher hast du das?«, fragt sie mit Nachdruck.

»Wovon redest du?«, frage ich. »Es war in deinem Zimmer. Unter deinem Bett.«

»Nein«, sagt sie. »Ich hatte es mitgenommen. Ich hatte es hier. Ich hab's verloren, keine Ahnung, vor einer langen Zeit. Aber hier in diesem Haus. Die meisten der Notizen habe ich auf der Straße niedergeschrieben.«

»Das ergibt keinen Sinn«, sage ich. Auf der Straße kann alles Mögliche passieren, aber zu Hause? Es gibt eine Schwelle zwischen dieser Welt und der Welt, aus der wir gekommen sind. Das Unerklärliche sollte sie nicht überschreiten. Bis zu diesem Augenblick schien die Straße in sich geschlossen zu sein, eine eigene Welt, die nicht in unsere eingreifen konnte. Aber das war nun anders.

»Etwas will, dass wir hier sind«, flüstert sie. Ihre Fingerspitzen krabbeln meinen Arm hinauf, ihre Augen blicken auf meine Schulter, ins Nichts. »Etwas führt uns hierher. Die Straße. Oder etwas, das sich auf ihr bewegt.« Ihre Fingerspitzen halten inne und verweilen an der Vertiefung über meinem Schlüsselbein. Sie erzittert. Und dann presst sie ihr Gesicht an meine Schulter, ganz eng. Aber sie weint nicht. Sie drückt sich an mich, als würde sie nach einer Berührung, ganz egal welcher Art, verlangen. Es dauert nur einen eindringlichen Augenblick lang, und dann zerrt sie mich wieder die Flure hinunter. Wir nehmen noch eine Abzweigung und …

»Becca.«

Sie hält an. Dreht sich zu mir um. Ihre Augen leuchten. »Lass uns gehen«, sagt sie.

Der Flur vor uns ist von einer geronnenen Finsternis, dicht und undurchdringlich.

»Wir können nicht gehen«, sage ich.

»Wir können nicht bleiben«, sagt sie. »Hier drin kann ich dich nicht am Leben halten.«

»Die anderen ...«

»Sie werden schon einen Weg hinaus finden«, sagt sie. »Oder auch nicht. Aber wir können nicht bleiben.«

»Becca«, sage ich sanft, aber ihr Blick ist fiebrig.

»Hier verrottet alles«, flüstert sie, »und führt zum Verderben. Führt zum Hass. Die meiste Zeit weiß ich nicht mal mehr, warum ich mich überhaupt abmühe, am Leben zu bleiben. Wir können nicht bleiben. Es geht einfach nicht.«

Hinter ihr, am Rande der Finsternis, bewegt sich etwas und schlüpft blass und stechend hervor. Mein Verstand bietet mir Begriffe wie *Stachel* und *Klaue* an, bis die Länge von dem Ding beide Worte wegwischt und ein weiteres langes, stechendes Ding – ein Bein – sich zeigt. Es hat die Farbe von Knochen. Es bohrt sich in halber Höhe in die Wand und zieht sich über den ganzen Flur. Und dann, als es sich durch die Finsternis vorwärtsschiebt, ein Gesicht. Ohne Augen, den Mund weit aufgerissen, eine lilafarbene Zunge, die zwischen geplatzten und blutüberströmten Lippen heraushängt.

Ich zische eine Warnung. Becca dreht sich um. Ihr ganzer Körper steht still. Sie ist so regungslos, wie es sonst nur die Toten sind.

Das Gesicht zieht sich zurück, dann die Beine, bis

nur noch ein nadeldünner Punkt aus der Finsternis hervorragt. Becca macht auf ihren Fußballen einen Schritt zurück. Sie zieht mich weg. Ein Schritt. Zwei. Sie atmet nicht einmal. Vorsichtig öffnet sie eine Tür, wirft einen Blick hinein und schiebt mich hindurch. Sie schließt die Tür. Und öffnet sie wieder.

Vor uns liegt ein neuer Flur. Auf der Wand gegenüber prangt ein Pfeil, tief eingeritzt, aber verblassend. Sie runzelt die Stirn, geht hinüber und zieht ein Taschenmesser aus ihrer Jeans, um damit neue Linien zu ziehen, während sie vor sich hin murmelt.

»Becca, was war das?«, frage ich.

»Spinne«, sagt sie, ohne mich anzusehen. »Ich dachte, diese wäre rausgekommen, irgendwie. Gestorben. Es gibt zwei. Eine weiße, eine schwarze. Es gab hier noch eine Menge anderer Dinger, doch die Spinnen haben sie alle getötet. Bis auf die Frau. Sie lassen sie in Ruhe. Sie können nicht an ihrem Licht vorbei.« Sie hält inne und stößt ein schauderndes Seufzen aus. »Wenn sie sich in der Finsternis versteckt, können wir sie nicht mit Licht erschrecken. Wir können nicht an ihr vorbei.«

»Doch, das schaffen wir«, sage ich. »Lass uns nach den anderen suchen. Wir überlegen uns etwas. Alle zusammen.«

Sie blickt hinunter auf die Klinge ihres Messers. Ihre Zunge benetzt ihre Lippen. Sie krempelt den Ärmel hoch, langsam, und mir stockt vor Schreck der Atem. Auf ihrem Arm sind Wörter eintätowiert, einige völlig schwarz, andere verwischt und bis zur Unkenntlichkeit verblasst. Die Buchstaben ergießen sich übereinander, bis die Haut unter ihnen weniger wirklich aussieht als die Tinte.

Sprich nicht
Rühre dich nicht
Lausche

Sie wühlt in ihrer Hosentasche, murmelnd, und kramt einen Stift hervor.

Sie schielt ihn an, schätzt die Tinte in dem durchsichtigen Röhrchen ab, wirft ihn beiseite. Wieder sucht sie. Ihre Handlungen sind fieberhaft und so konzentriert, dass sie meine Gegenwart, so scheint es, komplett vergessen hat. Plötzlich flucht sie, bückt sich nach dem weggeworfenen Stift und, mit einem Knie auf dem Boden, setzt seine Spitze auf ihre Haut. Sie schabt damit hin und her und drückt eine blassgraue unterbrochene Linie aus Tinte heraus.

»Sie gehen zur Neige. Ist der letzte. Bitte, nicht der letzte«, flüstert sie. Der Stift zerkratzt ihre Haut. Sie wird rot.

Ich greife nach ihrem Handgelenk und blicke ihr in die Augen. Es dauert eine ganze Weile, bis ich mir sicher bin, dass sie meinen Blick erwidert.

»Wir werden von hier wegkommen«, sage ich zu ihr. Ich nehme ihr den Stift ab und lasse ihn in meiner Tasche und aus ihren Augen verschwinden.

Schließlich nickt sie langsam.

»Wie finden wir die anderen?«, frage ich.

Sie berührt mit zwei Fingern das letzte Wort auf ihrem Arm.

Lausche.

»Wir müssen meine Sachen holen«, sagt sie. »Dann werden wir sie finden.«

VIDEOBEWEIS

Aus dem Handy von Melanie Whittaker

Aufgenommen am 19. April 2017, 0:52 Uhr

Die Gruppe kauert in einem leeren Raum. Die Tapete ist voller Blumen von der Art, die das alte Briar Glen übersät hatten. Trina hockt im Schneidersitz auf dem Boden und blättert gelangweilt in dem Buch des Predigers. Ihre Lippen formen unkenntliche Worte. Kyle lehnt an der Wand, der Rest steht unbehaglich herum, während Grace an der Tür Wache steht.

MEL: Du hast gesagt, du kannst uns hier rausbringen. Jetzt laufen wir schon seit Stunden in der Gegend herum.

GRACE: Ihr solltet etwas über die Straße wissen: Sie wird euch nicht umbringen. Drei einfache Regeln. Befolgt sie, und ihr könnt die Straße ohne Probleme benutzen.

MEL: Ohne Probleme? Wie ich schon erwähnte, haben wir bereits zwei Leute verloren.

GRACE: Dann seid ihr besser dran, als wir es waren. Als ich hier ankam, war ich die einzige Verbliebene. Aber es ist nicht die *Straße*, die tötet. Es sind die Dinge auf ihr.

MEL: Wo ist der Unterschied?
Grace schnaubt, als wäre die Antwort darauf offensichtlich.
GRACE: Sie gehören nicht zur Straße. Die Straße will sie nicht haben. Sie will, dass Leute auf ihr laufen. Dafür ist eine Straße da. Reisende, die von Punkt A zu Punkt B gehen. Das Problem ist nur, dass diese Straße keinen Punkt A hat. Keinen Punkt B. Man tötet jemanden, indem man sein Herz zum Stehen bringt. Man tötet eine Straße, indem man ihr die Bestimmung nimmt.
Ihre Stimme krächzt und röchelt beim Flüstern. Die Worte schwappen ineinander. Trina blickt auf zu Mel und der Kamera, die Lippen leicht geschürzt, unsicher.
MEL: Okay. Also, wir müssen unsere Freundin finden.
GRACE: Richtig. Ihr seid zu sechst. Zwei plus zwei plus zwei. Das ist der Weg hinaus. Die Sache ist die: Solange ihr euch an die Regeln haltet, ist die Straße nicht gefährlich. Aber es tut ihr weh, wenn die Regeln gebrochen werden. Es ist wie ein Schnitt. Ein Schnitt kann sich entzünden. Bakterien. Parasiten. Sie wollen fressen. Brich die Regeln, und du lässt sie herein. Und lässt du sie herein, dann können sie dir wehtun.
MEL: Klingt vernünftig. Trotzdem müssen wir unsere Freundin finden. Sara. Und Becca. Sie war auch hier.
Grace blickt sie ausdruckslos an.
GRACE: Becca? Nein. Nein, ich kenne niemanden namens Becca. Nicht hier drin. Hört zu, ihr werdet eure Freundin nicht finden. Es ist besser zu gehen. Die Zahlen stimmen. Zwei und zwei und zwei.

JEREMY: Da ist was dran. Wir müssen die Sache klug angehen.
Wieder schnaubt Grace, aber diesmal amüsiert.
GRACE: Klug? Ihr wart achtlos. Habt der Bestie erlaubt, eure Fährte aufzunehmen. Ihr glaubt vielleicht, dass die Tore euch schützen, aber die Bestie schlüpft einfach hindurch. Wenn ihr euch auch nur einen Ausrutscher leistet, dann wird sie euch im Handumdrehen finden – und in Stücke reißen.
Jeremy macht große Augen und schluckt schwer.
ANTHONY: Hört zu, wir werden nicht ohne Sara gehen. Stimmt's?
MEL: Richtig.
Sie blicken Trina an. Es dauert einen Moment, bis sie begreift, dass alle darauf warten, dass sie etwas sagt. Sie blickt von dem Buch auf. Das Licht fällt sonderbar auf ihre Augen.
TRINA: Was? Ach ja, Sara. Nein, wir können nicht ohne Sara gehen.
Grace schweigt mehrere Sekunden lang, dann nickt sie.
GRACE: Richtig. Loyalität. Das ist gut. Eine gute Sache. Alles klar. Wir werden nach ihr suchen. Keine Sorge, ich bin schon verdammt lange hier. Ich kenne die Tricks. Bei mir seid ihr sicher.
Mel macht einen Schritt von Grace weg. Sie murmelt vor sich hin.
MEL: Ja, ich fühle mich echt sicher …
ANTHONY: Wir müssen nur eng zusammenbleiben. Dann wird uns nichts geschehen.
Er klingt nicht sonderlich überzeugt.

19

Becca führt mich durch eine scheinbar endlose Folge von Fluren, bevor wir den Raum erreichen, nach dem sie gesucht hat. Der Geruch trifft mich zuerst. Verfall und Fäulnis, aber nicht der unangenehme säuerliche Gestank von verwesendem Fleisch. Er ist erdig. Holz und Laub, das zu Humus zerfällt. Feuchte, dunkle Orte, die mit den feinen Spuren von Käfern und Wurzeln beschrieben sind. Der Geruch passt nicht in diese Wände, und doch dringt er hinter der Tür hervor. Sie steht einen Spalt weit offen. Etwas steckt zwischen ihr und dem Rahmen, damit sie nicht zufallen kann.

»Gut«, flüstert Becca. Sie berührt das Türblatt mit den Fingerspitzen einer Hand. »Das Haus hat versucht, sie zu schließen. Sie zu bewegen. Wann immer es kann. Ich versuche, nicht den Überblick zu verlieren.« Sie gibt der Tür einen leichten Schubs. Sie schwingt nach innen, nicht ganz leise, sondern wie ein Bogen, der sich auf die Saiten einer Geige legt. Der Leichnam liegt in der Mitte des Raumes.

Ich habe Zachary einmal getroffen und mir sein Foto mehr als 100 Mal angeschaut, doch ich hätte ihn nicht erkannt, wenn ich nicht gewusst hätte, dass er hier gestorben ist. Von seinem Gesicht ist nur ein Auge übrig, ein freiliegender Wangenknochen und ein kleines Stück seiner Stirn, das ich mit einer Hand hätte bedecken können. Der Rest von ihm ist von Wurzeln verhüllt, dünne, milchige Dinger, die ein Netz über ihn gespannt haben. Ein Quintett aus glockenförmigen Pilzen wächst fast schon anmutig aus seinem Gaumen. Dicke, flache Scheiben aus Schimmel sprießen in Schichten auf seinem Hals, seinen Schultern, seinen Rippen. Sein Torso zeigt eine Komposition aus kleinen weißen Pilzen, die über seine Hüften und sein Schlüsselbein gesprenkelt sind, doch zur Mitte hin sich immer dichter drängen und die Wunde, die knapp über seinem Bauchnabel klafft, wie ein Rahmen umschließen.

Die Wurzeln und die Pilze breiten sich über den Körper hin aus zu den Wänden und an ihnen hoch. Ein Kronleuchter aus Wiesenpilzen und Ranken hängt über unseren Köpfen, grauweiß, knochenweiß, durchzogen von blauen und lilafarbenen Venen.

Man sollte glauben, dass ich mein Entsetzen mittlerweile verbraucht hätte, doch ich stehe da und presse mir mit den Knöcheln meiner Finger die Lippen fest gegen die Zähne, um ein Stöhnen zu unterdrücken. »Wie lange?«, frage ich und fühle mich, als müsste ich mir die Worte förmlich aus der Kehle zerren. »Wie lange ist er schon …?«

»Tot?«, sagt sie. »Eine ganze Weile. Es ist schon früh passiert. Mehr als ein, zwei Tage waren wir bestimmt noch nicht hier drinnen. Sie sagte, dass es die Spinne war, die ihn getötet hat, aber …«

»Wer?«, frage ich. »Wer sonst ist noch hier?«

»Grace«, sagt sie und knabbert mit den Zähnen besorgt an ihrer Unterlippe. »Wir haben sie hier getroffen, hier im

Haus. Sie war die letzte Überlebende ihrer Gruppe. Allein konnte sie das Haus nicht verlassen. Der einzige Ausweg führt durch die Finsternis. Sie sagte, sie werde uns helfen, doch dann ...«

Sie geht ein paar Schritte. Es sind einstudierte Bewegungen auf den Zehenspitzen, vorsichtig zwischen dem Wurzelnetz hindurch. Sie beugt sich in der Taille. Ihr Haar fällt ihr ins Gesicht. Mit einer Fingerspitze berührt sie den glockenartigen Hut eines Pilzes, das Wurzelnetz zieht sich zusammen – eine kräuselnde Bewegung, die zuerst zu einem Rascheln und dann zu einem Flüstern wird und von dem Pilzbefall ausströmt.

Als das Geräusch wieder abklingt, stehe ich mit fest zusammengepressten Zähnen da. Mich packt eine Wut wie ein Peitschenhieb. Ich hole mein Handy hervor. Ich hatte es ausgeschaltet. Wozu den Akku verschwenden? Jetzt schalte ich es wieder an. Becca blickt mich an, den Kopf geneigt.

»Was tust du da?«, fragt sie.

»Ich nehme alles auf. Zum Beweis«, sage ich.

»Beweis?« Sie macht eine sonderbare Geste. Sie dreht ihre Hand herum und drückt den Daumen und den Zeigefinger zusammen. »Du meinst ... ein Beweis für zu Hause?«

»Ganz genau«, sage ich.

»Du glaubst wirklich, dass wir wieder nach Hause kommen«, sagt sie, als hätte sie bisher nicht darüber nachgedacht.

»Natürlich«, sage ich. »Deshalb sind wir doch hier. Um dich zu finden und nach Hause zu bringen.

Willst du denn nicht? Ich meine, du hast doch davon gesprochen, hier rauszukommen. Ich dachte ...«

»Raus aus dem Haus«, sagt sie. »Keine Ahnung. Ich habe schon lange nicht mehr darüber nachgedacht, was danach passieren könnte. Es ist leichter, wenn man es nicht tut. Sicherer. Und all das andere? Zu Hause? Unsere Welt? Das fühlt sich weniger echt an als dieser Ort. Irgendwie war's leichter, als ich wusste, dass ich für immer hier sein würde.«

»Aber wenn du für immer hier festsitzt, warum kämpfst du dann um dein Überleben?«, frage ich. »Wozu das Ganze?«

Sie lacht, leise, wie alles, was sie macht, ein flaches, gewundenes Geräusch. »Weil ich dieses Miststück überleben wollte«, sagt sie, und das strenge Funkeln in ihren Augen ist das erste echte Anzeichen meiner Schwester, das ich sehe, seit ich sie gefunden habe. »Nimm alles auf. Die Leute sollen davon wissen. Egal was geschehen wird.«

VIDEOBEWEIS

Aus dem Handy von Sara Donoghue

Aufgenommen am 19. April 2017, 0:49 Uhr

Das Licht des Handys taucht den Schauplatz in harsche Blautöne. Becca wartet auf eine Bestätigung. Ihre Haare sind zerzaust und sie sieht irgendwie hager aus, obwohl sie kein Gramm weniger wiegt als damals, als sie die Straße zum ersten Mal betreten hat. Sie drückt die Zunge von hinten an ihre Zähne und macht ein leises Geräusch, bevor sie sich wieder vorbeugt. Dieses Mal fährt sie mit der Fingerspitze die freiliegende Rundung von Zacharys Stirn entlang. Dann schnippt sie leicht gegen den Hut eines Pilzes.
Das Geflüster wabert wie Spinnfäden. Die Stimmen sind verzerrt und doch als die von Zachary Kent und Grace Winters zu erkennen.
ZACH: ... zurück zu Becca.
GRACE: Lass uns noch einmal überlegen.
ZACH: Was gibt's da zu überlegen? Es ist keine gute Idee, sich hier zu trennen. Wir wissen nicht, was uns noch erwartet. Die Spinne ...
GRACE: Zach. Du bist ein schlauer Junge, schlau genug, um zu wissen, wie man durch zwei teilt. Wir sind

zu dritt. Das heißt, jemand bleibt übrig. Jemand ohne Ausweg.

ZACH: Wir werden schon einen Weg finden.

GRACE: Zwei von uns werden gehen können. Und es wird viel einfacher sein, wenn wir die Entscheidung jetzt treffen.

ZACH: Du findest, dass du eine von den beiden sein solltest, stimmt's?

GRACE: Jeder Organismus denkt zuerst an seine Selbsterhaltung. Das zu verstehen ist der Schlüssel zu allem anderen. Kapierst du das denn nicht? Es bleibt kein Platz für Moral, wenn es ums Überleben geht. Die Straße will überleben. Darum hat sie uns gerufen. Und wir wollen überleben.

ZACH: Ich werde Becca nicht zurücklassen. Und sie wird mich nicht zurücklassen.

GRACE: Bist du dir dessen sicher, Zach?

ZACH: Ja, ich bin mir sicher.

GRACE: Du weißt schon, dass sie nicht dasselbe für dich empfindet, oder? Ich habe bemerkt, wie du sie ansiehst. Du liebst sie. Aber davon ist in ihrem Blick nichts zu erkennen.

ZACH: Das ist nicht ...

GRACE: Ich weiß mehr über die Straße als sonst jemand. Wenn du überleben willst, dann biete ich dir die beste Chance. Oder du riskierst deinen Hals für ein Mädchen, das dich verlassen wird, sobald sie von der Straße tritt. Glaubst du nicht?

ZACH: Es ist mir egal.

GRACE: Natürlich glaubst du es. Zu Recht.

ZACH: Wenn Becca nicht mit mir zusammen sein

möchte ... Ich werde sie nicht zurücklassen, nur weil sie vielleicht mit mir Schluss macht. Wie krank müsste ich sein, um ...

Zach grunzt eine Mischung aus Überraschung und Schmerz. Nach der Lage der Wunde an seinem Leichnam zu urteilen, ist es wahrscheinlich, dass die Klinge seine Lunge getroffen hat, was auch erklären würde, warum er sonst kaum Geräusche macht. Die Ränder der Wunde sind zerklüftet. Wahrscheinlich hat die Hand das Messer immer wieder hoch- und runtergeschoben und den schutzlosen Bereich unterhalb der Rippen regelrecht zersägt und irreparablen Schaden hinterlassen. Das Geflüster bringt davon nichts zum Ausdruck, sondern schweigt glücklicherweise. Stattdessen macht es das Geräusch eines Körpers, der zu Boden fällt, und ahmt das keuchende Atmen der Mörderin nach.

GRACE: Hab ihn verloren. Keine Ahnung, was passiert ist. Er war direkt neben mir. Ich weiß nicht, was passiert ist. Ich weiß nicht, wo Zach ist. Genau neben mir. Nein ... Sie wird nach ihm suchen wollen. Die Spinne. Die Spinne hat ihn geschnappt. Ich weiß nicht, wie es passiert ist. Gerade war er noch genau neben mir, und nur einen Augenblick später war die Spinne da.

Mit jeder Wiederholung wird die Aussage präziser. Grace atmet tief durch.

GRACE: Vielleicht ist es besser so. Wir sind jetzt zu zweit. Es gibt keinen Grund, nicht zu verschwinden.

Das Geflüster verklingt.

VIDEOBEWEIS

Aus dem Handy von Melanie Whittaker

Aufgenommen am 19. April 2017, 0:52 Uhr

Die Kamera schwenkt auf Grace, die zielstrebig den dämmrigen Flur hinunterläuft. Sie murmelt zu sich selbst, während sie geht, und zählt die Abzweigungen. Anthony und Mel laufen am Ende der Gruppe. Die anderen schlurfen vor ihnen her.

MEL: Ich werde das Gefühl nicht los, dass sie uns im Kreis herumführt.

ANTHONY: Woher sollen wir das wissen? Ich könnte nicht einmal sagen, in welchem Flur wir uns gerade befinden. Es ist ja nicht einmal gesagt, dass ein Flur immer gleich aussieht. *[Pause.]* Geht es nur mir so oder ist sie …?

MEL: Irgendwie durchgeknallt? Klar doch, aber wenn man Gott weiß wie lange an solch einem Ort ist, muss man das wohl sein. Wieso? Traust du ihr nicht?

ANTHONY: Das habe ich nicht gesagt.

MEL: Ich traue ihr kein bisschen.

ANTHONY: Dann geht es nicht nur mir so.

MEL: Nein, und ich … Warte mal. Ich weiß, dass sich die Dinge hier ständig verändern, aber … Okay, das hört sich vielleicht schräg an, aber mein räumliches Vorstellungsvermögen ist verdammt gut, und ich glaube, dass wir nicht einfach einer bestimmten Route folgen. Wir erschaffen sie, indem wir bestimmte Abzweigungen nehmen. Ich glaube, die Veränderungen lassen sich vorhersagen. Und ich glaube, sie weiß das auch.

ANTHONY: Und das bedeutet …?

MEL: Ich bin mir nicht sicher. Aber so, wie wir hier herumstiefeln, glaube ich fast, dass das Haus zu einer Art Schleife wird. Wenn sie dort hinten abbiegt … Ja, wenn sie dort rechts abbiegt, laufen wir von hinten in uns hinein.

ANTHONY: Ist das überhaupt möglich?

MEL: Hier?

ANTHONY: Gutes Argument. Aber was bedeutet das?

MEL: Keine Ahnung. Außer …

Grace hält abrupt an. Auch die anderen bleiben stehen. Ihre Verwirrung und Beunruhigung sind offensichtlich. Grace steht knapp hinter einer dunklen Abzweigung. Die Finsternis ist so stark, dass sie immun gegen Licht zu sein scheint. Kyle steht direkt hinter ihr. Er runzelt die Stirn. Grace tritt zweimal kräftig auf den Boden.

Es hört sich an, als würde sie an einer Tür klopfen, und die Antwort lässt nicht lange auf sich warten. Die Spinne schnellt aus der Finsternis hervor, blass wie Milch, Beine wie Klingen. Ihr augenloses Gesicht zuckt, und ihre Kiefer schieben sich hin und her, während ihre Zunge ausschlägt. Sie stürzt sich auf Grace und Kyle, aber diese packt ihn und bleibt wie angewurzelt stehen. Jeremy und die anderen nicht: Sie weichen instinktiv zurück.

Die Spinne macht stotternde Schritte in den Flur und trennt Grace und Kyle von den anderen. Ihre Gelenke knacken und klappern, als sie sich den älteren Teenagern zuwendet, und die tun das Einzige, was ihnen noch bleibt: Sie rennen.

20

Ich stoppe die Aufnahme und schalte das Handy aus. Noch bin ich nicht bereit, die Stille, die das Geflüster uns hinterlassen hat, zu durchbrechen. »Sie ist immer noch da. Grace«, sagt Becca. »Sie versucht immer noch, jemanden zu finden, mit dem sie verschwinden kann. Ich habe mich geweigert. Sie ist gefährlich.«

»Was machen wir denn jetzt? Wie werden wir mit der Spinne fertig? Und mit Grace?«

Becca schüttelt den Kopf. »Ich weiß es nicht. Ich weiß es nicht. Ich weiß …«

Ich berühre ihren Arm und sie verstummt. »Wir werden uns was überlegen«, verspreche ich ihr. »Du sagtest, dass du deine Sachen brauchst. Komm, wir holen sie, und dann finden wir die anderen und überlegen gemeinsam.«

Sie geht hinüber in die Ecke, wo die Schatten einen Rucksack verborgen halten. Es ist der, den sie mitgenommen hatte. Sie öffnet ihn und holt ein paar Sachen hervor: ein Handy, wahrscheinlich schon lange leer, und eine Taschenlampe, die sie gegen ihre Handfläche drückt, sodass ihr Schein auf ihre Haut fällt. Doch weiter reicht das Licht nicht. Sie stopft alles zurück in den Rucksack und hängt ihn sich über eine Schulter.

Und dann hören wir den Schrei.

Er scheint in den Wänden zu erklingen, nicht in den Fluren, als hätte das Ding, das uns hier gefangen hält, ihn verschluckt und seine Schwingungen über die Wände wieder ausgeworfen. Der Augenblick trennt uns, unsere Instinkte schicken uns in entgegengesetzte Richtungen – Becca weg von dem Geräusch, als wäre das reine Überleben die einzige Wahrheit, die sie noch kennt, und mich auf das Geräusch zu. Doch dann kehren wir beide um und bleiben stehen, nur wenige Schritte voneinander entfernt. Wir blicken uns in die Augen.

Es gibt Momente, in denen sich die Welt neu ausrichtet. Die Worte dafür sind zu überschwänglich – Offenbarung, Erleuchtung. Dieser Moment ist viel subtiler. Stücke, die eigentlich nur auf eine Art zusammenpassen, finden sich neu. Becca ändert ihren Kurs. Sie folgt mir.

Wir eilen in Richtung des Schreis. Aber wir sind nicht die Einzigen, die davon angezogen werden. Wir hören ein Klappern und ein Huschen, irgendwo in der Tiefe hinter uns, und das Echo von stetig schnellen Schritten. Alles, was Hunger hat, hört Beute.

Aber wir sind näher dran. Fast krachen wir in sie hinein – Trina, Mel, Jeremy, Anthony. *Wo ist Kyle?*, denke ich, und dann kommt schon das Spinnending um die Ecke. Uns bleibt keine Zeit, stehen zu bleiben und ruhig zu sein. Dafür ist es zu spät. Auch für Begrüßungen fehlt uns die Zeit, und das Klappern und das Singen hinter uns bedeutet, dass wir nicht davonlaufen können. Nicht in diesen Fluren.

Vielleicht hinter den Türen. Ich stürze mich auf die nächstgelegene. Wir stolpern hindurch. Ich versuche, sie zuzuschlagen, doch ein Bein stellt sich in den Spalt und bohrt sich vor meinen Füßen in die Holzdiele. Ich kreische und stolpere nach hinten. Irgendwer fängt meinen Sturz ab und richtet mich wieder auf. Es ist Anthony. Sein Gesicht wirkt blass im Dunkeln. Auf der anderen Seite bietet uns eine zweite Tür einen Ausgang, aber es ist nur die Enge der Türöffnungen, die die Kreatur von uns fernhält.

»Verteilt euch«, sagt Becca. »Versteckt euch irgendwo.«

»Nein«, sage ich. Da ist sie schon wieder, diese Verschiebung, die die Dinge auf eine neue Art und Weise zusammensetzt. Sie hört zu. »Du sagst, es hasst das Licht. Die Frau ...«

Wir können ihre Schritte hören. Das schwache Läuten der Glocken.

»Wir können sie heranlocken und zusammenbringen«, sagt Mel. »Ich weiß, wie.«

Für mehr bleibt keine Zeit. Wir haben die zweite Tür hinter uns geschlossen, aber das Tapsen kommt immer näher, was bedeutet, dass die Spinne weiß, wo wir stecken, oder dass ihre Freundin uns gefunden hat. So oder so, wir müssen verschwinden.

Mel deutet. Vier von uns setzen sich in Bewegung, gedankenlos gehorchend. Becca bleibt ein Stück zurück. Trina humpelt. Ein verknackster Knöchel. Jeremy schiebt seine Schulter unter ihren Arm, um sie zu stützen. Wir laufen hin und her, links, links, rechts, geradeaus, links. Mel klopft mit den Fingerspitzen gegen ihren Daumen.

Das Tapsen, die Schritte – sie kommen jetzt aus der entgegengesetzten Richtung. Und sie sind ganz nahe.

»Versteckt euch«, sage ich. Durch die letzte Tür, die wir nicht ganz schließen, treten wir in eine Stille. Doch keiner von uns ist so still wie Becca. Sie steht ein paar Schritte abseits und beobachtet uns mit leicht geneigtem Kopf.

Die Spinne – die blasse – pirscht sich durch den Flur. Die Frau kommt aus der entgegengesetzten Richtung. Sie macht schnelle, zornige Schritte. Das Licht flackert an ihrer Seite. Die Spinne huscht in sie hinein.

Ich kann durch den Spalt in der Tür nicht viel erkennen. Die Frau stößt ein entsetzliches Kreischen aus. Die Spinne schreit. Die Hände in ihrer Brust scharren wieder an ihren Rippen. Sie bäumt sich auf, ihre klingenartigen Beine schlagen aus.

Becca streckt ihre Hand an mir vorbei, legt sie auf die Tür und schließt sie. Sie schüttelt den Kopf. »Sieh nicht hin«, sagt sie. »Es ist sicherer, nicht hinzusehen.«

Sie wartet, dann öffnet sie die Tür wieder. Ein leerer Flur. Das Geräusch der unmenschlichen Schreie ist weit weg. Sie schlüpft über den Flur zur anderen Seite, und wir folgen ihr. Diese Tür lässt sie offen stehen. Sie dreht sich um. »Ihr habt Glück gehabt. Das hätte eigentlich nicht funktionieren sollen«, sagt sie und blickt die anderen an. »Was ist mit euch passiert?«

»Grace«, sagt Mel, und Becca nickt, als wäre sie nicht überrascht.

»Becca«, sagt Anthony. »Bist ... Bist du es wirklich?«

»Ich bin ich«, sagt sie und lächelt. Ihre Gesichtszüge werden weich auf eine Art, wie sie es für mich nicht getan haben. »Ich lebe.« Und dann macht sie einen Schritt nach vorn und küsst ihn.

Ich möchte nicht davon erzählen, was ich in diesem Augenblick fühle, von der Eifersucht, die mich heimsucht, von dem Zorn, dass sie zu ihm geht, obwohl sie mich kaum anblicken konnte. Ich will nicht von dem Kuss erzählen oder wie ihre Hand sich in seinen Nacken legt oder wie seine Finger über ihren Rücken streichen, als würde er die Linien ihres Körpers ertasten müssen, um zu glauben, dass sie leibhaftig vor ihm steht.

Stattdessen werde ich davon erzählen, wie sie ihr Gewicht verlagert, wie sie ihre Ferse wieder auf den Boden senkt und wie diese einfache Bewegung ihr den Schwerpunkt zurückgibt und *Becca* zurückbringt. Es ist, als wäre sie erst jetzt so richtig aus dem unablässigen Traum aufgewacht, der sie seit Monaten gefangen hielt.

Ich werde nicht davon erzählen, dass es sich anfühlt, als wären meine Rippen nichts weiter als Zweige, die einer nach dem anderen nachgeben und brechen, sondern von der Art, wie seine Stirn sich gegen ihre lehnt und seufzt, als hätte er ein ganzes Jahr lang den Atem angehalten.

»Ich habe dir doch gesagt, dass du nicht mit ihm weglaufen sollst«, sagt Anthony.

»Okay, großartig«, sagt, nein, blafft Mel. »Das ist neu und schräg, und ich will damit nichts zu tun haben. Grace hat sich Kyle geschnappt. Wir müssen ihn zurückholen.«

»Was?«, sagt Becca und blickt verdutzt zu uns herüber. Sie hat nichts gemerkt und nur Augen für Anthony gehabt.

»Grace hat ihn? Dann war er noch mit euch zusammen?«, frage ich.

»Wir waren ... Ich glaube, es war beim Ausgang«, sagt Trina. »Sie hat Lärm gemacht, damit die Spinne kommt. Wir konnten ihn nicht mehr erreichen.« Ich fürchte, dass sie zu einem Häufchen Elend zusammenbricht, doch stattdessen ist sie wütend und hart wie Stahl.

»Sie hat eine Schleife aus den Fluren gemacht«, sagt Mel. »Ich denke, dass sie direkt hinter uns hätte auftauchen können. Und wenn sie Kyle mit sich geschleppt hat ...«

»Dann kann sie hinausgelangen«, beende ich für sie.

»Ihr hättet ihr nicht trauen dürfen«, sagt Becca.

»Wir hatten kaum eine andere Wahl«, schießt Mel zurück. Sie klingt immer noch zornig – wegen Becca? Warum?

»Es bringt nichts, zu streiten. Wir müssen verhindern, dass sie zu viel Vorsprung bekommt«, sage ich. »Wenigstens haben wir wieder eine gerade Anzahl. Wir können alle hindurch, schnell zu ihnen aufschließen und Kyle zurückholen.«

»Was ist mit diesem Ding?«, fragt Anthony. »Was, wenn die Spinne uns erwartet?«

»Ich kann sie aufhalten«, sagt Trina. Wir blicken sie überrascht an. Sie drückt sich das Buch so fest an die Brust, dass ihre Fingerknöchel ganz weiß sind. »Das Buch ist eine Waffe ... Nein, die Worte darin.«

»Woher hast du das?«, fragt Becca. Ihre Stimme ist kaum mehr als ein Hauch zwischen ihren Zähnen.

»Er hat es mir gegeben«, sagt Trina abwehrend.

»Der Prediger in der Stadt«, erkläre ich.

»Du darfst die Worte nicht benutzen«, sagt Becca. »Sie sind gefährlich.«

»Aber sie können die Spinne zerstören, oder?«, sagt Trina. »Ich spüre ihre Kraft. Sie wollen, dass ich sie lese. Sie wollen, dass ich sie ausspreche.«

»Du solltest es nicht tun«, sagt Becca hartnäckig.

»Woher willst du das wissen?«, fragt Trina. »Hast du sie überhaupt schon mal gesehen?«

»Ich bin schon sehr lange hier«, sagt Becca. »Und ich war nicht die Erste. Grace auch nicht. Die Leute, die vor uns da waren, haben ihre Geschichten auf die Wände geschrieben. Sie haben sie in die Schatten geflüstert, und die Schatten flüstern sie manchmal zurück. Einige sagen, die Worte sind eine Waffe. Andere sagen, sie sind eine Falle.«

»Das ist mir egal«, sagt Trina. »Wir müssen Kyle zurückholen. Und dazu ist mir jedes Mittel recht. Wir schaffen es, an der Spinne vorbeizukommen, und wir schaffen es durch die Finsternis.«

»Wir wissen nicht, was uns dort draußen erwartet«, sagt Becca. Ihre Stimme ist dünn, verzweifelt.

»Sie hat recht«, sagt Anthony.

»Wir wissen, was dort draußen ist«, sage ich und spanne den Kiefer an. Ich blicke Trina in die Augen. »Kyle ist dort draußen. Wir müssen gehen. Und wir verschwenden hier nur unsere Zeit.«

Ich mache einen Schritt an Becca vorbei und schiebe mich zwischen sie und Anthony. Ich nehme Mels Hand. Die Geste hat eine größere Bedeutung, als ich beabsichtige. Oder vielleicht beabsichtige ich genau das. So oder so, wir gehen zusammen in den Flur. Trina folgt uns. Sie humpelt, aber sie hat die Lippen entschlossen zusammengepresst und hält das Buch fest in einer Hand.

Ich erkenne, dass ich keine Ahnung habe, wohin ich gehe. Ich werfe Mel einen Blick zu. Sie zuckt mit den Schultern.

»Keinen Schimmer, wo wir gerade sind«, sagt sie. »Wir müssen ein wenig umherlaufen, bis ich mich wieder zurechtfinde.«

»Es geht hier entlang«, sagt Becca, und mein trotziges Verhalten verliert seine Kraft, als sie und Anthony, die Finger ineinander verschränkt, sich an die Spitze unserer Gruppe drängen. Er hat, so scheint es, nur Augen für sie.

Als wir zum Ausgang gelangen, wartet keine der Spinnen auf uns. Es ist die Frau.

Sie steht in dem Flur, regungslos wie ein Stein. Die Kerze flackert, und ihr Lichtschein zuckt wild um sie herum. Etwas liegt auf dem Boden zu ihren Füßen. Es dauert eine Weile, bis ich begreife, dass es die Überreste der Spinne sind – ordentlich abgetrennt, sortiert und gestapelt. Ein augenloser Kopf umrahmt von sechs schmalen Stücken eines Brustkorbs. Ein Bein, an jedem Gelenk amputiert und dann wieder in seiner ursprünglichen Form angeordnet. Die zerlegte Spinne, verteilt über die Länge des Flures.

Der Rand des Kerzenlichts berührt den Rand der Finsternis. An ihr führt kein Weg vorbei.

»Ihr.« Die Stimme klingt, als würden Insekten übereinander herkriechen, als würden Käfer ihre Flügel öffnen und wieder schließen. Doch es ist die Frau, die spricht, was unmöglich erscheint.

»Ihr seid eine Belästigung. Ihr alle. Es muss Ruhe herrschen, hier an diesem Ort. Oder Dinge werden erwachen.« *Oder Dinge werden erwachen.* Das Echo kommt aus der Luft um uns herum.

»Dann lassen Sie uns gehen«, sage ich und mache einen Schritt nach vorn. Becca greift nach mir, verfehlt mich aber. Ich baue mich vor der Frau auf, ganz kurz vor ihrem Licht. »Wir werden gehen. Kein Lärm mehr.«

Ihr Brustkorb hebt und senkt sich, als würde sie atmen, aber ich kann nicht erkennen, wie das möglich wäre. Die Glocken an ihrem Rücken läuten.

»Du bist es«, sagt sie. »Du bist diejenige, die sie ruft. Kleines Insekt. Kleine Ratte. Ungeziefer. Steckst deine Nase in Dinge, die dich nichts angehen. Machst den Mund auf, wenn es besser wäre zu schweigen.«

»Gehen Sie aus dem Weg«, sagt Trina und kommt herüber, bis wir Schulter an Schulter stehen.

»Du hast hier nicht das Kommando, Mädchen«, sagt die Frau.

»Aus dem Weg«, sagt Trina mit Nachdruck.

Die Frau lacht. »Das Licht wird dich ausbrennen«, sagt sie und stürzt sich auf Trina. Ich schiebe mich zwischen die beiden und versuche, die Frau aufzuhalten. Sie stößt mich beiseite. Gierig greift sie nach Trina, doch Trina weicht nicht von der Stelle, die Füße fest am Boden, das Buch in beiden Händen.

Die Hand der Frau ist nur noch einen Zentimeter von ihrem Hals entfernt, als Trina vorzulesen beginnt.

Die Worte winden sich aus ihr heraus, geschmeidig wie eine Schlange. Ich werde sie nicht niederschreiben, auch wenn sie es von mir verlangen. Das Buch existiert nicht, um die Worte zu bewahren, sondern um sie zu bändigen. Wenn ihnen erst einmal eine Stimme gegeben wurde, ist es nicht so leicht, sie wieder an die Kette zu legen.

Die Frau schreit. Und genauso plötzlich verstummt ihr Schrei wieder. Ihr Kopf klappt nach hinten, und die Sehnen an ihrem Genick ragen hervor wie Kordeln. Ihre Hände fuchteln in der Luft, ihre Finger strecken sich zu Nadeln. Die Kerze fällt zu Boden, und das Licht pulsiert und wälzt sich zu ihren Füßen.

Ein schlängelnder, sich windender Rauch ergießt sich aus ihrer Haut und auch aus den Seiten des Buches, und dann wird die Frau eins mit dem Rauch und löst sich darin auf, doch die Worte fließen noch immer aus Trinas Mund – eine schier endlose Flut aus Geräuschen. Der Rauch strömt in ihren Mund und ihre Nase, und Trina ringt nach Luft.

Die Kerze erlischt.

Die Frau ist verschwunden.

In Trinas Augen wirbelt Rauch.

ANLAGE I

*Textnachrichten zwischen Sara Donoghue und
Becca Donoghue*

Sara   **Becca**

07/06/16
Ich weiß, du bist nicht da, aber ich
werde einfach so tun, als würdest du
diese Nachrichten eines Tages lesen.

Ich vermisse dich. Wir alle vermissen
dich.

28/07/16
Wo steckst du? Wolltest du gehen?
Warum hast du mich nicht mit-
genommen?

Lebst du noch? Bist du verletzt?

Ich liebe dich.

09/08/16
Ich habe diese Träume.

Manchmal kommst du in ihnen vor.

Wir laufen irgendwo. Auf einer
Straße. Ein alter Fußweg. Wir sind im
Wald. Nur dass ich nicht ich bin. Und
du bist nicht du.

02/09/16
Noch mehr Träume. Und dieses
Mädchen darin.

05/09/16
Es ist Lucy Gallows. Das Mädchen, von
dem ich auf der Straße träume.

Albern, oder? So besessen von alten
Geistergeschichten zu sein.

Aber es fühlt sich gar nicht albern an.
Sondern echt.

07/11/16

                                        Tttt[]ttt[]

Becca?

                              Ahcr.p-apsrchusrchu[][]

*[Foto: Verzerrt, dunkel.
Kaum als Straße zu erkennen.]*

*[Foto: Dieselbe Straße. Deutlicher.
Eine Gestalt im Schatten. Weiblich.]*

Becca?

09/11/16
Lucy?

INTERVIEW

SARA DONOGHUE

9. Mai 2017

Sara sitzt allein an dem Tisch und starrt ins Leere. Leise summt sie eine formlose Melodie, die nach einem Dutzend Noten in sich zusammenfällt. Ihre Finger klopfen in dem bereits bekannten gleichmäßigen Rhythmus auf die Tischplatte.
Bemerkung: Die Kamera lief zwischen den Gesprächen unbeabsichtigt weiter. Wir glauben nicht, dass Sara bewusst war, dass sie aufgenommen wurde.
SARA: Sie wollen, dass ich von Miranda erzähle. Ich wusste, dass Miranda tot war. Ich wusste …
Das Klopfen hört auf. Sie legt die Hand flach auf den Tisch und wimmert. Sie senkt den Kopf über den Tisch und legt ihn in ihren Händen ab.
SARA: Das Tor des Lügners, das Tor des Sünders, das Tor des Blinden. Das Tor der vielen Türen. Das Feld. Die Flut. Der Erste in der Finsternis. Der Zweite auf der Straße. Dann die Bestie und das Feld und dann …
Sie schlägt mit der Hand auf den Tisch und reißt den Kopf hoch.

SARA: So können Sie mich nicht behandeln. Das können Sie nicht tun! Sie ...

Sara verstummt abrupt. Sie geht zur Tür, drückt die Klinke. Abgeschlossen. Als sie wieder spricht, ist ihr Tonfall ruhig und gelassen.

SARA: Sie können mich nicht für immer festhalten.

Sie lässt von der Türklinke ab. Sie dreht sich um. Sinkt stöhnend zu Boden. Ihre Finger bleiben am Rand ihres Ärmels hängen, ziehen ihn ein Stückchen hoch und legen die Worte frei, die darunter geschrieben stehen: VERGISS YS NICHT.

Und weiter oben, fast im Ellbogengelenk, Rautensymbole, drei Ansammlungen von Linien, in sich gruppiert, jeder Tintenstrich vielleicht drei Zentimeter lang. 1-5-1, 1-4-3, 2-5-2.

SARA: Eins und fünf und eins. Eins und vier und drei. Zwei und fünf und zwei.

Ihre Fingerspitzen fahren über die Linien. Ihre Atmung beruhigt sich.

SARA: Kleine Tricks. Sie ändern gar nichts.

Sie lässt ihren Kopf nach hinten fallen. Nach ein paar Minuten zieht sie den Ärmel hinunter und versteckt die Worte wieder. Sie steht auf und geht zum Tisch. Als Ashford einige Zeit später reinkommt, scheint sie völlig ruhig zu sein.

ASHFORD: Miss Donoghue. Kann ich Ihnen etwas anbieten, bevor wir wieder beginnen? Etwas zu trinken vielleicht?

SARA: Nein, lassen Sie uns einfach anfangen.

ASHFORD: Also gut. Ich glaube, wir sprachen gerade über Ihre Flucht aus dem Herrenhaus.

SARA: Ja. Und dann ... dann würde ich Ihnen gern von Miranda erzählen.
ASHFORD: Ach ja?
SARA: Es ist schwer ... Die Dinge folgen einem Muster, wie eine Karte. Man muss die Reihenfolge einhalten.
ASHFORD: Die Reihenfolge?
SARA: Eins und fünf und eins. Eins und vier und drei. Zwei und fünf und zwei. Wir sind fast da.
ASHFORD: Ich verstehe.
Er klingt nicht so, als würde er es wirklich verstehen, aber Sara nickt.
SARA: Doch zuerst müssen wir über das Feld sprechen.

21

13 Schritte. Wir gehen sie schnell, und die Notwendigkeit, weiterzugehen und zu Kyle aufzuschließen, übertüncht das Verlangen loszulassen. Trina und ich kommen aus der Finsternis, die Hände fest verschränkt, und treten durch eine offene Tür am hinteren Ende des Hauses.

Draußen treffen die Sonnenstrahlen wie Klingen auf unsere Augen. Wir zucken zusammen. Ich muss meine Augen schließen, um sie vor dem plötzlichen Lichteinfall zu schützen. Das Nachbild auf meinen Lidern zeigt mir eine weite Ebene voller Gestrüpp und etwas dahinter. Wasser? Und den dunklen Stachel einer Silhouette am Ufer. Ein Leuchtturm vielleicht.

Ich zwinge mich, die Augen wieder zu öffnen. Das Licht tut noch immer weh, aber langsam gewöhne ich mich daran. Trina eilt schon weiter. Die anderen tauchen hinter uns auf – Jeremy und Mel, Anthony und Becca. Ich blinzle und blicke die Straße hinunter. Sie schlängelt sich durch das Gras und macht zuerst eine Biegung nach links, dann nach rechts, wie eine lange Serpentine. Zwischen den Kurven ist ein Feldweg geschlagen worden – eine Abkürzung. Eine Versuchung. Eine weitere Straße, eine, der wir nicht folgen dürfen.

Nicht weit vor uns bewegen sich zwei Menschen ungelenk die Straße hinauf.

»Da sind sie«, sage ich, und mit einem Blick schätze ich die Länge des Feldweges zwischen uns und ihnen ab. Viel ist es nicht. 30 Meter vielleicht. Aber die Straße schlängelt und windet sich, und es wird eine Ewigkeit dauern, sie einzuholen.

»Kyle!«, ruft Trina. Hinter ihren Augen kräuselt sich noch immer Rauch.

»Trina!« Kyle versucht, sich von Grace loszureißen, doch sie hält ihn fest. Er schlägt fuchtelnd nach ihr. Trina stolpert auf den Rand der Straße zu. Sie flucht. Dann hastet sie auf ihrem verstauchten Knöchel weiter. Anthony und Mel haben sie fast eingeholt, und auch Becca huscht hinter ihr her.

Fünf Krähen ziehen träge Kreise am Himmel über uns, und ich rühre mich nicht von der Stelle. Ich beobachte die Bewegungen der nächsten drei Sekunden mit einer sonderbaren, fast schon analytischen Distanziertheit.

Zuerst findet Kyles unbeholfen geschlossene Faust die Seite von Grace' Kiefer.

Dann löst sich ihr Griff, und er flieht. Dann stürzt sie sich auf ihn, und sie fallen zu Boden. Die Sonne glitzert auf etwas Metallischem in ihrer Hand. Ein Messer.

Die anderen sprinten die Straße hinunter. Eine sich schlängelnde Meile lang. Jeremy steht bei mir am Rande der Straße. 30 Meter den Feldweg hinauf.

Erst hinterher kapiere ich, dass ich mich in diesen drei Sekunden entschlossen habe, für jeden von ihnen zu sterben, wenn es sein muss. Und es dauert noch viel länger, bis ich begreife, dass Jeremy diese Entscheidung schon lange vor mir getroffen hat.

Wir sagen nichts. Die Entscheidung ist gefallen. Wir nehmen den Feldweg, die andere Straße. In der Ferne brüllt die Bestie. Es klingt, als würde Metall auseinanderreißen. Die Bestie hat Jeremys Spur wieder aufgenommen. Die Jagd geht weiter. Vertrocknete Grasbüschel knistern unter meinen Schritten. Der Wind schneidet an mir vorüber. 30 Meter, 20, zehn. Das Messer funkelt. Kyle packt Grace' Handgelenk, aber er war schon immer klein und zerbrechlich. Mel hat ihn noch hochgehoben, als er schon zwölf Jahre alt war – alt genug, um sich dessen zu schämen –, und ihn johlend im Kreis geschleudert. Das Messer senkt sich in Richtung seines Oberkörpers. Ich stelle mir vor, wie die Pilze auf seiner Haut sprießen.

Jeremy und ich eilen im Gleichschritt, und wir erreichen Grace im selben Augenblick. Ich tauche hinab, greife ihren Arm, zerre ihn beiseite und ziehe das Messer von seinem Kurs weg. Jeremy packt sie bei den Schultern und zieht sie nach hinten.

Die Bestie brüllt. Sie kommt von der Rückseite des Hauses und läuft mit großen Schritten in unsere Richtung. Diesmal wird sie nicht von einem Nebel verhüllt und wir können ihren Körper sehen. Er ist dicht mit einem Pelz besetzt, ein dunkler Zobel, der am Kopf und an den Schultern ins Weiße gleitet. Sie hat den Torso eines Menschen, doch ihre Beine sind die eines Hirsches, und ihre Arme enden in groben schwarzen Klauen. Ihre vier bernsteinfarbenen Augen sind geöffnet und sie kommt auf uns zu.

»Ich hatte keine Wahl!«, ruft Grace und kämpft gegen Jeremys Umklammerung. »Ich musste zu ihr, versteht ihr? Könnt ihr sie denn nicht hören? Könnt ihr sie nicht rufen hören? Ich muss zu ihr. Lasst mich gehen. Ihr müsst ...« Sie versucht noch immer, das Messer zu benutzen. Jeremy müht sich, ihren Arm unter Kontrolle zu halten, doch ihre pure Panik macht sie stark. Das Messer schneidet über seine Handfläche. Er schreit auf.

Die Bestie ist noch zwei Schritte entfernt. Wir können nicht vor ihr davonlaufen. Meine Augen finden Jeremys. Wir können Grace nicht aufhalten. Sie wird uns töten und sie wird sich einreden, dass sie im Recht war. Wir müssen uns verteidigen.

Ich mache einen Schritt zu Grace hinüber, packe ihren Arm, und zusammen werfen wir sie von der Straße.

Sie rudert mit den Armen, um nicht das Gleichgewicht zu verlieren. Sie bleibt auf den Füßen, doch der Schwung trägt sie über den Rand der Straße hinaus auf das Gras, das leere Feld, und sie landet nicht einmal auf dem Weg, der ihr vielleicht einen Halt hätte geben können. Sie steht wie angewurzelt da, mit weit geöffnetem Mund. Rußige Schwärze kriecht wie Frost über ihre Haut. Rauch steigt auf.

Dann ist die Bestie da. Einen Augenblick lang hält sie inne und blickt auf uns herunter. In ihren Augen sehe ich eine Intelligenz, so fremd sie mir auch erscheint, aber keinen Zorn, keine Feindseligkeit. Nur etwas, das ein bisschen wie Mitleid aussieht.

Sie streckt ihre Klauenhand aus. Alles auf dieser Straße hat uns auf eine grausame Art und Weise den

Verstand geraubt. Unser Vertrauen. Unsere Wahrnehmung. Die Klaue schlägt in einer schnellen und, so scheint es mir, barmherzigen, gütigen Bewegung aus und schneidet sich durch Grace' Brustkorb.

Zoe, die auf den falschen Straßen umherwandelte, blieb bestehen. Grace dagegen fällt in Rauch und Asche zusammen. Immer noch hungrig wendet sich die Bestie mir zu.

Jemand ruft meinen Namen. Ich werde nie wissen, wer es war. Die Spitze einer schwarzen Klaue legt sich auf meine Brust, dort, wo ich bereits blute. Ich schließe die Augen und atme aus.

Etwas rammt mich von der Seite. Ich fliege zu Boden und rolle davon. Jeremy steht über mir, die Hände immer noch ausgestreckt. »Renn, verdammt!«, ruft er.

Die Kreatur brüllt. Das Geräusch ist Hitze und Wut und bringt die Luft zum Beben. Sie greift ihn mit der Pranke um den Unterkörper und reißt ihn mit einem Ruck in die Höhe. Und dann schleudert sie ihn wieder runter. Hart.

Sein Körper knallt auf den Boden. Seine Gliedmaßen flattern, sein Kopf hängt schlaff herunter. Blut – ich weiß nicht, woher es kommt – strömt über sein Gesicht. Die Bestie wirft ihn noch einmal hoch, wie nebenbei, als würde sie ein Stück Fleisch vom Ende eines Klappmessers schütteln. Sein Körper schlägt auf die Straße und kugelt umher wie eine kaputte Puppe.

Die Bestie wendet sich mir zu.

»... *und darunter windet sie sich und schrammt ihre Masse an den Felsen, und dort ist kein Licht, und in der Hand des Sünders die Tasse* ...«

Ich habe wirklich versucht, die Worte nicht niederzuschreiben. Es tut mir leid.

Trina spricht sie, ohne ihre Stimme dafür zu benutzen. Die Worte flutschen aus ihr heraus. Ihre raucherfüllten Augen richten sich auf die Bestie. Sie hat die Hände erhoben und macht einen Schritt um den anderen vorwärts. Sie hat nicht einmal mehr das Buch dabei. Es liegt hinter ihr am Boden.

Rauch strömt aus dem Fleisch der Bestie – und aus Trinas Handflächen. Sie bildet die Worte nicht mehr, sondern die Worte formen ihre Zunge, ihre Lippen und ihren Mund, um sich selbst ins Sein zu zwingen.

Schwarze, rankenartige Streifen lösen sich vom Torso der Bestie, ihrer Brust, und lösen sich in Rauch auf, als sie sich abschälen, als würden die Worte das Fleisch aus ihr Stück für Stück herausschneiden. Sie wankt blökend zurück. Das Geräusch vibriert schmerzhaft in meinen Gelenken. Doch noch immer kommen die Worte wie ein Schwall, und Trina schreitet immer näher heran.

Die Bestie zieht sich langsam zurück. Trina schluckt, und der Wortschwall ruht für einen Augenblick. Sie schüttelt sich bei dem Versuch, die Worte zurückzuhalten, und die Bestie erholt sich wieder und kommt zurück.

»Stopp!«, rufe ich Trina zu, aber sie spricht schon wieder. Die Bestie brüllt, als ihre Haut sich von ihrem Torso löst, und diesmal dreht sie sich weg und rennt mit großen Schritten davon, als der Rauch aus ihren massigen Schultern und ihrer böse zugerichteten Brust emporsteigt.

Trina steht wankend da, und die Worte fließen nur so aus ihr hervor. Ihre Augen sind vollständig mit Rauch bedeckt. Ich packe ihr Handgelenk. Ihre Haut ist kochend heiß, doch ich halte sie fest.

»Trina, hör auf«, sage ich. Meine Worte verlieren sich unter ihren. »Trina, sie ist weg. Sie rennt davon.«

Sie atmet stockend durch, und einen Augenblick lang sind ihre Augen klar.

Sie sieht mich an, verzweifelt und verängstigt, und formt fünf eigene Worte: »Ich kann es nicht aufhalten«, flüstert sie, und schon beginnt es von Neuem. Der rollende Rhythmus der Worte, immer wieder von vorn. Andere Stimmen, die ihre eigene überlagern. Echos und Geflüster. Ihre Augen füllen sich wieder mit Rauch, und ihre Finger verwandeln sich in ein rußiges Grau.

Kyle steht wie angewurzelt da, den Mund weit geöffnet, und schüttelt den Kopf in einer Bewegung, die so klein ist, kaum mehr als ein Zittern, das letzte Flügelzucken eines sterbenden Vogels.

»Nein. Nein, hör auf. Bitte, Trina. Es bringt dich um«, sage ich und weiß, dass es stimmt. Ich spüre den Wandel unter meinen Fingern, als sich ihre Haut langsam auflöst. »Aufhören! Es war meine Wahl! Ich habe die Entscheidung getroffen! Ich war es, die ...«

Sie macht noch einen letzten scharfen Atemzug durch die Zähne. Dann klappt ihr Kopf nach hinten, ihre in Grau ertrinkenden Augen starren hinauf in den Himmel – und sie löst sich auf. Es ist, als würde sich ihr Wesen streifenweise aufspalten. Ihr Gesicht zerlegt sich säuberlich und ihr Körper ist, vom Rauch einmal abgesehen, bereits leer.

Ich versuche, sie festzuhalten. Doch da ist nichts, wo ich sie festhalten könnte.

»Meine Wahl«, sage ich. Meine Hände sind leer. Die Luft vor meinen Augen ist leer. Es war meine Wahl zu rennen. Es war meine Wahl zu sterben. Aber ich bin immer noch da. Sie ist es nicht.

Jeremy liegt auf dem Rücken, das Gesicht nach oben, der Blick starr. Eine Krone aus Blut unter seinem Kopf. Die Geometrie seines Körpers stimmt nicht mehr. Ich darf nicht zu genau hinsehen. Aber ein Blick genügt, um zu wissen, dass er tot ist.

Ich höre Schritte hinter mir. Kyle. Die anderen kommen langsam nach. Ihre Gesichter sind stumm.

»Wie kann sie verschwunden sein?«, fragt er. Ich kann ihn nicht ansehen. Ich kann Jeremy nicht ansehen. Stattdessen schließe ich die Augen. »Du hast sie gerettet. In der Stadt. Gestern hast du sie gerettet. Wie kann sie heute nicht mehr da sein?«

Es ist die Logik eines Kindes, und keiner von uns ist noch ein Kind, doch die Ungerechtigkeit klafft wie eine Wunde.

»Sie hätte mich sterben lassen sollen«, sage ich.

Ich kann nicht bleiben. Ich gehe. Vorbei an Jeremy, die Straße hinunter, hin zu dem Wasser, das sich jenseits des Ufers kräuselt.

»Sara«, ruft Mel.

»Lass sie gehen«, sagt Anthony. Er kennt mich immer noch besser als jeder andere, denke ich.

Das Gelände fällt ab, einen Hügel hinunter, und ich folge der Straße nach unten durch ihre Kurven. Der Abstieg ist leicht. Das Tor steht auf halbem Weg den Hügel hinab, und ich bleibe erst stehen, als ich es erreiche. Ich setze mich hin und betrachte es und die Sonne, die sich über das Wasser senkt. Sie ist schon zur Hälfte versunken, und das Licht, das sie abgibt, ist rot.

Zwei Krähen landen auf dem Tor. Sie plustern sich auf und beobachten mich mit dunkel funkelnden Augen.

Und dann bin ich nicht*

---

* Dieser Abschnitt endet abrupt. Der Stift hat ein Loch durch die Seite gebohrt.

INTERVIEW

SARA DONOGHUE

9. Mai 2017

ASHFORD: Sara?
Gedankenverloren fährt Sara mit den Fingern die Beuge ihres Ellbogens ab – die Stelle, von ihrem Hemd verdeckt, wo die Rauten auf ihrer Haut geschrieben stehen.
SARA: Hm?
ASHFORD: Sara, Sie sagten, dass Sie uns von Miranda erzählen wollen.
SARA: Ja, richtig. Wenn Sie möchten, schreibe ich es auf. Ich denke, das wird das Einfachste sein. Ist das okay? Können Sie es den anderen Sachen hinzufügen?
ASHFORD: Das können wir machen.
SARA: Gut. Gut. Ich will Ihnen davon erzählen, wissen Sie?
ASHFORD: Ich weiß. Es ist nicht Ihre Schuld, Sara.
SARA: Doch, das ist es. Natürlich ist es das.
Sie greift nach dem Stift und dem Stück Papier, die er ihr reicht, und beginnt zu schreiben. Sie schreibt nur ein paar Zeilen und lehnt sich dann zurück. Ashford streckt seine Hand aus und macht ein fragendes Gesicht. Sie erhebt

keine Einwände, und so zieht er das Stück Papier zu sich herüber. Er blickt hinunter. Seine Lippen wölben sich leicht und pressen sich dann zu einer schmalen, harten Linie zusammen.
Die Tür öffnet sich. Abby tritt ein.
ABBY: Was hat sie gesagt?
ASHFORD: Das können wir draußen klären.
Sie dreht sich zu Sara um.
ABBY: Was hat sie zu dir gesagt?
Sie schnappt sich das Stück Papier. Überfliegt es. Einen Augenblick lang steht sie regungslos und mit großen Augen da.
ASHFORD: Abby ...
Abby stürzt sich auf Sara. Ashford springt sofort auf, packt sie bei den Schultern und hält sie zurück, während Sara zuerst lacht und dann schluchzt und ihr Gesicht in ihre Hände legt. Er drückt Abby das Stück Papier in die Hand.
ASHFORD: Ein weiteres Beweisstück für unsere Unterlagen. Legen Sie es dazu. Und machen Sie einen Spaziergang.
Sie kocht vor Wut.
ASHFORD: Abby. Sie wissen, was dies ist. Lassen Sie es nicht so nahe an sich herankommen.
Sie greift das Stück Papier, stürmt aus dem Zimmer und schlägt die Tür hinter sich zu. Ashford reibt sich mit einer Hand über den Kiefer.
ASHFORD: Tut mir leid.
Sara macht ein unverbindliches Geräusch und setzt sich aufrecht hin. Sie sieht, wenn überhaupt, ein wenig verdutzt aus. Sie zupft an ihrem Ärmel.

ASHFORD: Ich schätze, die Anspannung macht uns allen zu schaffen.
SARA: Mir geht's gut.
ASHFORD: Sie haben heute eine Menge durchgemacht.
SARA: Ich habe doch nur mit Ihnen gesprochen.
ASHFORD: Das stimmt. Wir haben nur gesprochen. Und ich denke, wir haben es fast geschafft ... bis ans Ende der Straße sozusagen. Möchten Sie etwas haben?
SARA: Ich schätze, ich habe ziemlichen Hunger. Dr. Ashford?
ASHFORD: Ja?
SARA: Werden Sie mir je verraten, warum die Tür abgesperrt ist? Würden Sie mich gehen lassen, wenn ich wollte?
ASHFORD: Was glauben Sie, Sara? Warum sollte ich Sie gegen Ihren Willen festhalten?
Sie runzelt die Stirn.
SARA: Es gibt keinen Grund. Oder doch?
ASHFORD: Ich möchte, dass Sie die Frage selbst beantworten können.
Sie beißt sich auf die Lippe.
SARA: Dr. Ashford, wo ist meine Schwester? Ist Becca hier? Ist sie bei Ihnen?
Ashford zögert.
ASHFORD: Ich denke nicht, dass es eine gute Idee wäre, wenn Sie Ihre Schwester jetzt treffen.
SARA: Warum nicht?
ASHFORD: Wie ich schon sagte, es ist besser, wenn Sie sich selbst erinnern.
SARA: Ich habe etwas getan, stimmt's?

ASHFORD: Das wollen wir herausfinden. Lassen Sie uns fortfahren, einverstanden?
SARA: Wollten Sie mich nicht nach Miranda fragen?
Ashford blickt betrübt drein.
ASHFORD: Später. Zunächst einmal ... der Leuchtturm. Erzählen Sie mir davon.

ANLAGE J

Notiz verfasst von Sara Donoghue

Die Handschrift ist kaum als die von Sara Donoghue zu erkennen. Die Notiz ist schludrig geschrieben und verläuft quer über die Linien auf dem Papier.

> Miranda Ryder ist an ihrem eigenen Blut erstickt. Sie starb allein und verängstigt und sie wusste, dass niemand nach ihr suchen würde, und sie wusste, dass ihre Schwester ein nutzloser, jämmerlicher Nichtsnutz war und sie nicht retten konnte.
>
> sIe STarB WEgEn Dir

VIERTER TEIL

DAS MÄDCHEN

ANLAGE K

Zeitungsausschnitt aus dem Briar Glen Beacon

1. November 1983

Satanistische Rituale oder ein Streich, der aus dem Ruder gelaufen ist? Die Bewohner von Briar Glen sahen sich letzte Nacht einem ganz besonderen Anblick gegenüber, als eine Schar Mädchen, verkleidet als die berüchtigte Lucy Gallows, in der Stadt herumtollte und eine sonderbare Litanei in Form von Graffitis hinterließ. Einige Bewohner waren besorgt wegen des jüngsten Verschwindens mehrerer Personen, was einem »Spiel« zugeschrieben wurde, das in Verbindung mit derselben Legende steht. Doch die Mädchen wurden schnell als die Cheerleader-Gruppe der Briar Glen High School identifiziert. Die Oberstufenschülerin Jenny Hudson hatte die Halloween-Parade organisiert.

Als sie nach dem Grund für die Eskapaden befragt wurde, sagte Hudson: »Ich habe immer wieder von ihr geträumt. Sie wartet am Ende der Straße. Sie wartet schon eine lange Zeit. Ich höre sie flüstern. Sie ruft mich. Immer mehr.«

Candace Thompson, eine jüngere Schülerin, hatte eine weniger dramatische Erklärung parat: »Wir dachten, es wäre lustig und gruselig. Streiche gehören einfach zu Halloween dazu, oder nicht?«

22

Mel und Kyle kommen, um mich zu holen. Ich bin vorausgerannt, weg von dem, was geschehen ist, weg von der Wirklichkeit, aber nun gehe ich mit ihnen zurück, um mich ihr zu stellen.

Wir können nichts machen, um Jeremy die letzte Ehre zu erweisen. Wir können ihn nicht beerdigen. Wir haben kein Tuch, mit dem wir seinen Leichnam bedecken könnten, aber Anthony hat ihn, so gut es ging, in seine Jacke gehüllt. Becca sitzt ganz in der Nähe im Schneidersitz. Ihre Hände liegen schlaff in ihrem Schoß, ihr Blick wandert ins Nichts. Ich zwinge mich, zu der Stelle zu gehen, wo Jeremy liegt und wo Anthony neben ihm steht.

Wir waren keine Freunde. Eigentlich konnte ich ihn nicht einmal leiden. Ich fand, er war ein Arsch. Und das stimmte auch. Aber er ist mit uns zusammen auf die Straße gegangen, obwohl er es nicht hätte tun müssen. Genau wie Trina. Vielleicht lief sie vor dem davon, was sie getan hatte, als sie auf die Straße trat. Aber ich glaube es nicht.

Ich glaube, dass sie, wenn alle anderen schon davongelaufen wären, bis zum Schluss geblieben wäre und sich allem entgegengestellt hätte, nur um eine gute Freundin zu sein.

»Wir … Wir sollten etwas sagen«, sagt Anthony. Er steht mit den Händen in den Hosentaschen und gesenktem Kopf da.

»Warum?«, fragt Kyle. »Würde das irgendetwas ändern?«

»Jeremy war ein Held«, sagt Anthony trotz des Einwandes. »Er war … Er war ein guter Mensch. Genau wie Trina. Sie waren beide gute Menschen.«

»Aufhören«, sage ich. Anthony hebt den Kopf. Er blickt mich fragend, fast schon verletzt an. Es scheint, als wäre die Luft um uns herum zerbrechlich. »Die Sache wird nicht besser, nur weil du ein paar nette Worte sagst.«

»Sara …« Mel macht einen Schritt nach vorn.

Kyle schüttelt den Kopf. Tränen füllen seine Augen und laufen seine Wangen hinunter, doch er scheint sie nicht zu bemerken. »Sie hat recht. Zwei Menschen sind gerade gestorben, nur um mich zu retten. Das ergibt schon rechnerisch keinen Sinn.«

»Das ist keine mathematische Gleichung«, blafft Mel.

»Jeder von ihnen würde es sofort wieder tun. Ohne zu zögern.« Anthony schluckt. »Und das bedeutet etwas.«

»Nur wenn wir überleben«, sagt Kyle. Seine Stimme klingt verbittert und hoffnungslos. »Nur wenn wir nach Hause kommen.«

»Das wirst du.« Die Worte überraschen mich, denn sie kommen aus meinem Mund. »Ihr alle kommt nach Hause. Ich werde nicht zulassen, dass noch jemand stirbt.«

»*Wir* alle, wolltest du sagen, oder?«, fragt Mel. Ich antworte ihr nicht.

»Die Straße wird es uns nicht einfach machen«, sagt Becca.

»Ich sagte nicht, dass es einfach wird, nur dass ich es nicht zulasse«, sage ich. Ich gehe zurück zu dem Buch des Predigers, das regungslos auf der Straße liegt. Ich hebe es auf. Der Umschlag ist aus Leder, das mit den Jahren weich geworden ist. Die Worte flüstern mir zu, machen Versprechungen, locken mich.

Ich werfe das Buch, so weit ich nur kann, in das Feld. Es landet irgendwo im Gras, unerreichbar weit, und das Flüstern vergeht widerwillig. Ich erzittere und wende mich ab.

»Lasst uns gehen«, sage ich.

»Warte«, sagt Anthony. »Wir können Jeremy nicht so zurücklassen. Was, wenn er ... wie Zoe endet?«

»Wir bringen ihn durch das Tor«, sage ich. »Damit hat es auch für Zoe aufgehört. Wir bringen ihn durch das nächste Tor, und dann gehen wir weiter. Damit es einen Sinn bekommt.«

Becca steht auf. Sie wischt sich die Hände an ihrer Jeans ab und läuft zu mir herüber. Sie nickt einmal. Vielleicht liegen Hunderte Bedeutungen in dieser Geste, aber ich bin zu müde, um auch nur eine davon zu verstehen.

Ich helfe, Jeremys blutüberströmten Leichnam in Anthonys Jacke zu wickeln, dann tragen wir ihn zwischen uns und Mel langsam in Richtung Ufer und lassen Trina – die Erinnerung an sie – hinter uns. Es gibt nichts, das wir sagen könnten, um das Geschehene erträglich und weniger schmerzlich zu machen. Wir können nur zusehen, wie Jeremys Körper zu Rauch und

Asche zerfällt, je näher wir dem nächsten Tor kommen, und ihre Namen der Litanei für die Toten hinzufügen.

Dieses Mal öffne ich das Tor. Ich warte, um zu sehen, ob ich seltsame Empfindungen verspüre, während ich den Schlüssel in das Schloss schiebe, ein Kribbeln vielleicht, das den anderen entgangen ist oder das sie nicht erwähnt haben. Doch da sind nur das Kratzen des Schlüssels im Schloss und ein schwacher Widerstand, während ich ihn herumdrehe – und dann ganz leise, ein Flüstern, kaum mehr als ein Hauch, der an mein Ohr dringt: *Finde sie.* Ich erzittere.

Jenseits des Tores wird die Straße zu Kieseln, um dann nahtlos mit den Steinen zu verschmelzen, bevor sie am Ufer zu Sand wird. Der ganze Strand ist die Straße, stelle ich fest, und sie windet sich wie eine Hand, die nach dem Wasser greift. Das Meer riecht nach Salz und fauligem Fisch. Klebriger Seetang liegt hier und dort in Klumpen am Rande des Wassers, von wo er von den Wellen zuerst ein paar Zentimeter weitergetragen wird, um dann wieder mit ihnen zurückgezogen zu werden. Weiße Flecken und Linien unterbrechen den grauen Sand: die Skelette von Vögeln, ihre zerbrechlichen Flügel ausgestreckt, die Rippenbogen in das Grau gedrückt. Hunderte von ihnen, so weit, wie ich in jede Richtung blicken kann, bis der Strand hinter schwarzen, wie Zähne emporragenden Felsen verschwindet.

Nach einem kurzen Stück nach links stoßen wir auf eine Landzunge, die in das Meer hinausragt. Die Wellen schlagen gegen beide Seiten und versprühen Gischtwolken, die in der Mitte auf ihrem höchsten Punkt zusammentreffen. Wenn die Flut kommt, so nehme ich an, dann verschluckt sie die Landzunge, bis nur noch die kleine Erhebung mit dem fahlen, schmalen Leuchtturm an ihrem Ende übrig bleibt – aber ich weiß nicht einmal, ob es hier eine Flut gibt. Ich sehe keinen Mond, der die verblassende Sonne ablösen würde. Wir holen unsere Taschenlampen hervor, um zu sehen, wohin wir gehen. Obwohl es eigentlich noch hell genug ist. Doch keiner von uns möchte sich von der Dunkelheit überraschen lassen.

»Der Leuchtturm?«, frage ich. »Oder gehen wir den Strand hinunter?« Ich blicke Becca an. Sie beißt sich auf die Lippe.

»Ich denke, der Leuchtturm«, sagt sie und reibt sich rhythmisch die Hände. Sie richtet den Blick nach unten und zur Seite. So viele Leute um sie herum – auch wenn es nur wir vier sind – machen sie nervös. Sie ist so lange allein gewesen. »Der Leuchtturm. Ja. Wir ... Wir sollten zum Leuchtturm gehen.«

Wir gehen im Gänsemarsch die Landzunge hinauf. Salziges Wasser rieselt auf uns nieder und die feinen Knochen der Vögel knirschen unter unseren Füßen. Nun, da die Sonne untergeht, wird es verdammt kalt. Vielleicht brauchen wir weder zu essen noch zu schlafen, doch die Kälte setzt uns zu.

Die Tür ist rot gestrichen. Vielmehr war sie es, denn bis auf ein paar Stellen ist sie zu mattem Holz verblasst.

Ich stoße sie auf. Das ganze Gebäude stöhnt und macht ein trostloses, leeres Geräusch. Der Raum im Inneren ist rund und nichtssagend. Eine Treppe windet sich nach oben. Sie ist schmal, hat kein Geländer und wird nach oben hin immer enger, bis sie eine Luke im Dach des Turmes erreicht.

Plötzlich überkommt mich eine Müdigkeit. Ich streife meinen Rucksack ab und stelle ihn neben der Tür auf dem Boden ab. Die anderen machen es mir nach. Kyle setzt sich mit dem Rücken an die Wand, und Mel hockt sich auf die Treppe, um es etwas gemütlicher zu haben.

»Seht doch nur«, sagt Becca. Sie deutet über die Tür. Ich drehe mich herum, um es sehen zu können. Zwei Worte sind dort in den Stein geritzt: *Letzte Zuflucht.*

»Bedeutet das, wir sind hier in Sicherheit?« Ich lache lauter als beabsichtigt. Sie verzieht den Mund zu einem schiefen Grinsen. »Dumme Frage.«

»Ein bisschen sicherer vielleicht«, sage ich. »Ich sehe mich mal dort oben um.«

»Ich komme mit«, sagt Mel sofort. Ich zögere. Ich möchte nicht wirklich mit Mel allein sein. Mir fehlt die Kraft, um mit meinen Gefühlen fertigzuwerden, wenn sie in meiner Nähe ist, und um mich mit dem auseinanderzusetzen, was ich haben will, aber nicht haben kann. Mel hat kein Interesse an mir, und selbst wenn sie es hätte, scheint mir angesichts des Schreckens um uns herum allein der Gedanke daran oberflächlich und selbstsüchtig zu sein.

»Okay«, sage ich gezwungen und gehe die Treppe hinauf. Mels Schritte hallen hinter mir her.

Die Falltür ist schwer, doch ich schaffe es, sie ohne Mels Hilfe aufzustemmen, was gut ist, denn als wir oben ankommen, ist die Treppe kaum noch breit genug für eine Person und viel zu schmal für zwei. Wir klettern durch die Luke in einen runden Raum mit einem einzigen winzigen Fenster. Über uns ist eine Decke aus Holz, in der eine zweite Falltür steckt, die über eine Leiter zu erreichen ist.

Die einzigen Möbel sind eine Pritsche, ein kleiner Tisch, auf dem eine Öllampe steht, und ein Buchregal. Die Bücher darin sind aufgequollen und verfärbt, ihre Titel nicht mehr zu entziffern.

»Ob hier jemand gewohnt hat?«, fragt Mel.

»Vielleicht«, sage ich. »Vielleicht ist es auch nur ein Requisit, so wie die Häuser um das Herrenhaus.« Ich gehe vor dem Buchregal in die Hocke und ziehe ein Buch heraus. Der Text darin ist auf einigen der Seiten sogar lesbar – wenn ich Französisch lesen könnte. Doch für die Illustrationen brauche ich keine Übersetzung. Ein junges Mädchen, das einen Galgenstrick in der Hand hält. Das Gesicht eines Mannes, detailreich gezeichnet, dessen Augen von fetten, fleischigen Motten bedeckt sind. Eine weitere exakte, fast schon wissenschaftliche Zeichnung von einem anderen Mann, angefertigt aus Zweigen und Dornen und Reben, die wie abnorme Flügel aus seinen Schultern wachsen.

»Also«, sagt Mel ein wenig zu beiläufig. »Anthony und Becca.«

Ich blättere weiter, vorbei an dem Bild einer Schlange, die sich durch Blumen windet. »Ja«, sage ich. »Was ist mit ihnen?«

»Wusstest du es?«, fragt sie.

»Dass sie …?« Ich winke ab. Sie haben nie so richtig erklärt, was mit ihnen ist. Sie wollten einander, das ist alles. Aber er hat ihr nie geglaubt, was ihre Träume und was Lucy angeht. Genau wie ich. Also hat sie sich jemanden gesucht, der ihr glaubte. »Ja, ich wusste es. Ich sollte es nicht wissen, aber ich tat es.« Sie war meine Schwester. Er war mein bester Freund. Ich habe zu viel Zeit mit ihnen verbracht, um ihre Verbindung nicht zu erkennen, die heimlichen SMS, die geflüsterten Unterhaltungen, die sofort aufhörten, wenn ich das Zimmer betrat, die Sorgfalt, mit der sie darauf achteten, niemals zu eng beieinanderzustehen.

Außerdem war ich schon immer eine neugierige kleine Schwester. Ich habe herumgeschnüffelt.

»Und es macht dir nichts aus?«

»Ich weiß, dass ich nicht der einzige wichtige Mensch im Leben meiner Schwester sein kann. Es ist nur ein bisschen komisch«, sage ich und überspiele den Schmerz, den ich in meinem selbstsüchtigen Herz verspüre. Ich habe mich so sehr bemüht, sie zu finden, doch es war Anthony, der ihr Frieden gebracht hat, einfach indem er da war.

»Aber du und Anthony«, sagt sie und hält inne, als ich überrascht aufblicke. »Ich meine, ihr wart immer ...«

Ich sehe sie verdutzt an. »Wovon redest du?«

»Du. Bist verknallt. In Anthony«, platzt es aus ihr heraus und ihre braunen Wangen erröten leicht.

Ich stoße ein scharfes, überraschtes Lachen aus, das mehr nach einem Bellen klingt, und klappe das Buch mit einem dumpfen Klatschen zu. »Verknallt sein ist etwas für Zwölfjährige«, sage ich mit einem Kichern, das etwas echter klingt. »Und so lange ist es schon her, dass ich in Anthony Beck verknallt war.«

Ihre Röte wird sichtbarer, und sie stottert: »Aber ihr wart euch immer so nahe.«

»Er ist mein bester Freund«, sage ich. »Wenigstens war er das. Aber das war, lange bevor er und Becca ... Du hast echt geglaubt, dass ich noch immer in Anthony verknallt bin?«

»Zumindest erklärt es, warum ihr beide keine Dates mehr hattet«, murmelt sie und schiebt ihre Hände in die Hosentaschen.

»Wer will denn schon ein Date mit dem schrägen, sarkastischen Goth-Mädchen, das mit niemandem spricht?«, frage ich. »Das fing schon vor Becca an. Seit der sechsten Klasse hat mich niemand nach einem Date gefragt. Und außerdem ...« Fast hätte ich es ihr erzählt. Aber ich kann nicht. Verknallt sein ist etwas für Zwölfjährige, und ich hätte es schon vor langer Zeit hinter mir lassen sollen.

Ich stelle das Buch zurück in das Regal und gehe zu der Leiter.

Sie blickt mich an, als würde sie mich weiter löchern wollen, aber stattdessen fragt sie: »Wohin gehst du?«

»Nach oben«, sage ich und steige hinauf. Ich rede mir ein, dass es das Vernünftigste ist, sich hier umzusehen, Informationen zu sammeln – nicht wegzurennen. Ich stoße die Luke oben an der Leiter auf und hieve mich hinauf. Auf der Straße ist kein Platz für peinliche Geständnisse und Zurückweisungen.

Das oberste Stockwerk hat dieselbe Größe wie das darunter, doch die Wände hier sind nicht aus Stein, sondern aus Glas, und die Mitte des Raumes wird von der Leuchtturmlampe und der Linse drum herum eingenommen – dickes Glas, das so geformt ist, dass es das Licht der Gaslampe in der Mitte bricht. In das Glas ist ein vertrautes Symbol eingeritzt: sieben konzentrische Kreise. Es ist dasselbe Symbol wie in dem Buch des Predigers.

Mel taucht hinter mir auf. Wir blicken hinaus auf das Wasser. »Da müssen wir rüber«, sage ich.

»Aber wie?«, fragt sie. »Der Strand ist Teil der Straße. Nicht das Wasser. Wir müssen am Ufer entlanggehen.«

Ich schüttle den Kopf. Sie liegt falsch. Ich kann nicht erklären, woher ich es weiß. Ich weiß es einfach. »Wir müssen über das Wasser, genau wie vorher, als wir Zoe gefunden haben. Und sieh nur ...« Ich deute nach unten und lehne mich ein Stückchen vor, damit ich den Sockel des Leuchtturms in dem schwachen Licht der Sterne sehen kann. Ein Boot ist am Rande des Wassers vertäut und wippt in den Wellen auf und nieder. In dem Boot liegen Ruder.

»Wir kommen dort nicht rüber, ohne die Straße zu verlassen«, betont Mel.

Ich seufze, denn sie hat recht. Ich weiß, dass es eine Lösung geben muss, finde sie aber nicht.

»Du bist echt nicht sauer auf die beiden?«, fragt sie. »Becca und Anthony?«

Zum ersten Mal blicke ich ihr direkt in die Augen. »Manchmal bin ich wütend, weil Anthony nicht glauben wollte, was Becca sagte. Vielleicht hätte sie mir davon erzählt, wenn er ihr geglaubt hätte. Und vielleicht hätte ich sie dann überzeugen können, nicht zu gehen. Oder mich mitzunehmen«, sage ich. »Ich hätte sie beschützen können. Aber nein, ich bin nicht sauer, weil sie zusammen sind.«

Eine Weile steht sie schweigend neben mir.

Hier oben fühle ich mich fast in Sicherheit. Dort draußen lauert nur das Meer, und zwischen uns und den Wellen steht das dicke Glas. Es ist das erste Mal seit einer Ewigkeit, dass nur Mel und ich in aller Stille zusammen sind. Sogar damals, als wir unsere Zeit größtenteils zusammen verbrachten, war unsere Freundschaft alles andere als still. Aber das hier ... Es fühlt sich schön an. Mich überkommt eine Ruhe, die ich auf dieser Straße nicht für möglich gehalten hätte. Vielleicht wäre sie auch mit jemand anderem als Mel neben mir nicht möglich.

»Willst du wieder nach unten gehen?«, fragt Mel.

»Noch nicht«, sage ich. »Wenn's okay ist, würde ich gern noch ein bisschen bleiben. Mit dir.«

»Okay«, sagt sie. Und dann herrscht wieder diese Stille, in der ich liebend gern für immer existieren möchte. Und dann: »Glaubst du, dass wir sterben werden?«

»Keine Ahnung«, sage ich. »Ich hoffe, nicht.«

»Falls wir sterben ...« Sie hält inne. »Oder auch nicht ... Jedenfalls wäre es dumm, nichts zu sagen. Also. Ich mag dich, Sara. Ich bin deinetwegen hier. Nicht wegen Becca. Ich bin hier, weil ... weil ich Gefühle habe. Für dich.«

Zuerst kommt die Überraschung, aber fast im selben Augenblick ein Lächeln, wie ein Spion, der sich durch mein angsterfülltes Inneres schleicht. »Gefühle. Für mich«, wiederhole ich in demselben gestelzten Tonfall, und sie stöhnt.

»Gibt es auch eine nicht blöde Art, so etwas zu sagen?«, fragt sie. »Hör zu, ich weiß, dass nur weil du bi bist, nicht plötzlich Regenbogen erstrahlen und

Einhörner furzen und du, na ja, mich auch mögen musst, und ich will auch nichts verkomplizieren und ich weiß, dass dies der beschissenste Moment ist, damit anzufangen, aber ...«

»Ich mag dich auch«, sage ich. Sie blinzelt. »Ich mag dich schon sehr lange.«

»Warum hast du nichts ...?«

»Ich wusste nicht, ob du ...«

»Ich dachte immer, dass du und Anthony ...«

Wir verstummen beide und vertreiben unsere Worte mit einem müden Lachen. »Ich schätze, wir sind beide ziemlich schwer von Begriff«, sage ich.

»Sag bloß. Ich habe gerade erfahren, dass ich mit meinen Informationen ungefähr fünf Jahre danebenliege«, sagt sie. »Und ich dachte immer, meine Menschenkenntnis wäre unfehlbar. Aber jetzt mal im Ernst, warum hast du nichts gesagt?«

»Ich schätze, ich hatte Angst«, gebe ich zu.

Sie lacht. »Ach komm. Du? Das Mädchen mit den Nerven aus Stahl? Du bist die Einzige, die uns zusammengehalten hat, und das im Angesicht von Verdammung und Finsternis und einem sechs Stockwerke großen Typen mit Hirschgeweih, und du behauptest, du hättest Angst vor mir?«

»Ich hatte Angst, dich als Freundin zu verlieren. Ich dachte, vielleicht wird dann alles oberpeinlich zwischen uns«, sage ich. »Und außerdem habe ich die Hosen gestrichen voll – schon die ganze Zeit.«

»Davon merkt man nichts.«

»Es ist gar nicht so schwer, seine Gefühle zu verbergen, wenn man ein bisschen Übung darin hat«, sage ich.

»Vielleicht nicht für dich. Aber ich kann nicht einmal Freude vortäuschen, wenn meine Oma mir schräge Sachen zu Weihnachten schenkt«, sagt Mel und schüttelt den Kopf. Ein Lächeln zeichnet sich in den Ecken ihres Mundes ab. Sie versucht, es zu unterdrücken, nur um dann, wie zum Beweis, in ein Grinsen auszubrechen. Schließlich räuspert sie sich, schüttelt den Kopf und zwingt sich zu einem gefassten Gesichtsausdruck. »Und was bedeutet das jetzt?«

»Ich weiß es nicht«, sage ich. Ein Teil von mir möchte alles um uns herum vergessen, sie halten, sie küssen, hier oben mit ihr lachen und die Straße warten lassen. Aber das dunkle Wasser lauert draußen, und mir gelingt es nicht, es auszublenden. »Ich glaube nicht, dass ich es im Augenblick schaffe, meine Gefühle sortiert zu bekommen. Ich meine mit Trina und … Es ist einfach alles zu viel. Aber auch wenn es mir unmöglich erscheint, glücklich zu sein, so bin ich es doch. Ich schätze, wenn wir erst wieder zu Hause sind und ungefähr 100 Jahre lang eine Therapie gemacht haben …«

»Essen gehen?«, schlägt sie vor. »Ins Kino?«

»Das wäre ein Anfang«, sage ich und streife ihre Hand mit meiner. Ihre Finger legen sich um meine, und zusammen blicken wir hinaus auf den dunklen Ozean. Ganz egal, wie sehr wir es uns vielleicht wünschen, aber zwischen all der Angst und der Trauer bleibt kein Platz für mehr.

Es ist immerhin etwas.

»Kein Therapeut wird uns jemals glauben«, sagt Mel.

»Niemand wird uns glauben«, sage ich.

»Irgendwer wird's tun. Wenn das hier echt ist, dann müssen auch andere Dinge echt sein«, sagt Mel. »Und es muss andere Menschen geben, die davon wissen. Menschen, die uns helfen können. Wenn wir denn nach Hause kommen.«

Ich runzle die Stirn, als mir eine ferne Erinnerung in den Kopf kommt. Meine Finger klopfen einen Rhythmus auf meinem Oberschenkel. »Zähle die Krähen«, flüstere ich, fast nur zu mir selbst.

»Was?«, fragt Mel.

»Nichts. Keine Ahnung.« Ich lege meine Fingerspitzen einen Augenblick lang auf dem Glas ab und blicke finster hinaus auf das Wasser. »Wir werden nach Hause kommen«, verspreche ich. Sie nickt, und ihre Augen strahlen vor Vertrauen und vor Hoffnung – und vor Erwartung, vielleicht zum ersten Mal, auf das, was auf uns wartet, sobald wir heimkehren. Ein Funken Freude am Ende der Straße. Ich versuche, meine Miene ihrer anzupassen, aber es fühlt sich irgendwie falsch an.

Diesmal habe ich mich nicht vertan. Ich habe *wir* anstatt *ihr* gesagt. Aber mir ist nicht entgangen, dass wir zu fünft sind.

Und das heißt, dass mindestens einer von uns nicht nach Hause kommt.

ERGÄNZUNG A

Textnachrichten zwischen
Andrew Ashford und Abigail Ryder

9. Mai 2017, der Tag der Interviews

Ashford   **Abby**

Haben Sie die schriftlichen Aussagen
von Miss Donoghue durchgesehen?

                                                             So gut wie.

Sie hatten mehr als einen Tag Zeit.

                           Sie hat *viel* geschrieben.
                       Ich sehe mir gerade Ihre Notizen an.
-            Die Sache mit Nick Dessen ist wirklich
                                                               verstörend.

             Ich glaube auch, dass angesichts der
             Nachrichten von Jeremy Polks Handy
             etwas mit der Brücke nicht stimmt,
             auf der sie Anthony getroffen hat.

> Ist schon erstaunlich, dass sie nichts
> über die Träume sagt.

Ich würde das »zentral« nennen, nicht
nur »erstaunlich«.

> Jup.

Sie trauen ihr nicht, oder?

> Sie etwa?

Nicht in allem. Aber ich möchte, dass
Sie objektiv bleiben.

> Warum sollte ich nicht objektiv sein?
> Wegen Miranda?

> Sie wissen, dass Sara mehr über sie
> weiß, als sie zugibt.

Das glaube ich auch. Und trotzdem
kennen wir die Gründe nicht.

Sara Donoghue ist das Opfer bei
dieser Sache. Ihr Wohlergehen liegt in
unserer Verantwortung.

> Darum werden wir uns kümmern.

Sie kommt in ein paar Stunden an.

Bitte stellen Sie sicher, dass alles vorbereitet ist.

        Sie sind der Boss.

Ich bin mir nicht sicher, ob ich mit
dieser Einordnung unserer Beziehung
glücklich bin.

    Wenn Ihnen eine Bezeichnung ein-
    fällt, die weniger zwielichtig klingt für
    ein minderjähriges Waisenmädchen
    und einen verstoßenen Professor
    mittleren Alters, die zusammen
    durchs Land reisen und sich in lau-
    fende Strafverfolgungen einmischen,
    dann lassen Sie's mich wissen.

Ich gebe zu, dass es keine besseren
Alternativen zu geben scheint.

    Ich sag den Leuten, ich wäre Ihre
           Praktikantin.

Bitte … nicht.

    Ich könnte erzählen, dass Sie mein
            Dad sind.

Abby.

> Finden Sie denn nicht, dass wir uns
> ähnlich sehen?

Bereiten Sie nur alles vor. Die Spritzen
sind im Handschuhfach.

> Alles klar, Boss.

INTERVIEW

MELANIE WHITTAKER

9. Mai 2017

Abigail Ryder sitzt Mel gegenüber und blättert in einem Notizblock.
ABBY: Tschuldigung. Ich will nur sichergehen, dass ich alles frisch im Gedächtnis habe.
Sie rollt den Kopf hin und her und reibt sich die Schulter.
MEL: Wir sind schon eine ganze Weile hier.
ABBY: Jup. Keine Ahnung, wie viel Zeit wir haben. Darum wollen wir alles in einem Abwasch erledigen. Geht es Ihnen gut?
MEL: Ja, ich bin okay. Na ja, nicht wirklich. Es fühlt sich immer noch die meiste Zeit an, als würde ich den Verstand verlieren.
ABBY: Sie halten sich wirklich gut. Nach dem, was ich gesehen habe, waren Sie echte Rockstars auf der Straße. Die meisten Menschen zerbrechen, wenn übernatürliche Dinge geschehen. So wie ich.
MEL: Ich habe mich schon gefragt, wie Sie …
Sie winkt ab.
ABBY: Ist eine ziemlich lange Geschichte.
MEL: Ich habe nichts vor.

ABBY: Okay, die Kurzfassung. Ashford hat mir das Leben gerettet. Er hat uns das Leben gerettet.

MEL: Uns?

ABBY: Mir und meiner Schwester. Etwas war hinter uns her. Es hat unsere Eltern getötet, aber Professor Ashford hat uns zur Flucht verholfen. Wenigstens eine Zeit lang. Seitdem reise ich mit ihm herum.

MEL: Was ist mit Ihrer Schwester?

ABBY: Sie war auch eine Weile bei uns.

MEL: Wo steckt sie jetzt?

ABBY: Sie haben sie erst vor Kurzem gesehen.

MEL: Habe ich das?

ABBY: Miranda. Sie ist meine Schwester. *War* meine Schwester.

MEL: Ich ... Oh.

Abby nickt und versucht ein Lächeln, doch es verfliegt.

ABBY: Das Ding, das uns gejagt hat ... Es hat uns gefunden. Ich habe versucht, sie zu beschützen, konnte es aber nicht. Nicht einmal Ashford ...

Sie hält inne und blickt einen Moment lang zur Seite, um sich zu fangen.

ABBY: Ich schätze, sie hat sich entschlossen, weiterzumachen, sogar nachdem ...

MEL: Und darum sind Sie hier.

ABBY: Nein. Nur mehr oder weniger.

MEL: Aber Sie wollen sie finden.

ABBY: Natürlich.

MEL: Und was geschieht, wenn Sie es schaffen?

ABBY: Ich habe keinen Schimmer. Aber ich glaube, Sara weiß etwas, das uns helfen kann. Und ich denke auch, dass es der Schlüssel sein wird, um Sara zu helfen.

MEL: Sie glauben, sie braucht Hilfe?

ABBY: Sie etwa nicht?

MEL: Keine Ahnung. Ich war nicht so vertraut mit ihr, wie Becca es war. Wenn sie etwas über Ihre Schwester weiß, warum sagt sie es nicht einfach?

ABBY: Das ist eine weitere Frage, die wir zu beantworten versuchen.

MEL: Schon eine Theorie?

ABBY: Jup.

MEL: Aber Sie verraten sie mir nicht.

ABBY: Nicht bis wir uns sicher sind. Ich glaube, wir haben alles, was wir von Ihnen benötigen.

MEL: Heißt das, ich kann gehen?

ABBY: Noch nicht. Uns ist es lieber, wenn alle bleiben, bis alles geklärt ist.

MEL: Das klingt unheilvoll.

ABBY: Ich schätze, das tut es.

MEL: Hat Ihnen schon mal jemand gesagt, dass Sie an Ihrer Sozialkompetenz arbeiten sollten?

ABBY: Gut möglich.

23

Unten stehen Becca und Anthony in stiller Gemeinschaft zusammen. Becca hat ihren Kopf geneigt, sodass er fast Anthonys berührt, und ihr Mund bewegt sich in einem Flüstern, doch als wir zurückkommen, richtet sie sich auf und räuspert sich. »Wir müssen über das Wasser gelangen«, sagt sie.

»Das behauptet Sara auch«, antwortet Mel. »Aber ich verstehe den Sinn dahinter immer noch nicht.«

»Ich weiß es, weil Lucy es mir gesagt hat«, sagt Becca. Sie zupft an ihren Ärmeln und nestelt an den Säumen. »Ich habe oft von ihr geträumt, bevor ich auf die Straße ging. Aber jetzt kann ich sie hören. Sie versucht zu helfen, weil sie selber Hilfe braucht. Sie ist gefangen, hier auf der Straße. Und sie sagt, dass wir über das Wasser gelangen müssen.«

Mein Mund ist trocken und mein Herz pocht in meiner Brust. *Finde mich.* Wieder klopfe ich mit den Fingern diesen seltsamen Rhythmus auf meinem Bein und ich denke an Flügel aus dunklen Federn. Ich verspüre einen unerklärlichen Schmerz in meiner Brust und das hartnäckige Gefühl, etwas vergessen zu haben.

»Aber wie? Das Wasser gehört mit Sicherheit nicht zur Straße.«

Kyle blickt auf, als könnte er durch die Decke in den Raum über uns starren. Aber da oben ist nichts außer den Büchern – und dem Licht.

»Ich habe eine Idee«, sagen Kyle und ich gleichzeitig.

»Das Licht?«, frage ich.

»Ja.«

»Was ist mit dem Licht?«, fragt Anthony.

Ich hebe eine Schulter. »Dieser Leuchtturm ist bisher das offensichtliche Ziel. Und ein Leuchtturm hat im Grunde nur eine Aufgabe: das Licht während der Nacht leuchten zu lassen. Vielleicht liegt darin der Schlüssel, irgendwie.«

»Es gibt nur einen Weg, das herauszufinden«, sagt Kyle. Er ist schon auf dem Weg zur Treppe, und dieses Mal bin ich es, die hinterherläuft. Er stapft hinauf, ohne sich um den steilen Abgrund neben sich zu scheren. Ich gehe die Sache etwas vorsichtiger an. Kyle ist vielleicht spindeldürr, aber er hat dieselbe Athletik und Beweglichkeit wie Trina. Ich dagegen habe nichts davon.

Die anderen marschieren hinter mir her. Als wir oben ankommen, ist Mel ein wenig aus der Puste. Sie ist genauso allergisch gegen Sport wie ich, und ihr körperlich anstrengendstes Hobby ist es, sich sarkastische Hashtags auszudenken, aber sie beschwert sich nicht. Es dauert ein wenig länger, bis wir die Leiter überwunden haben, doch schließlich drängen wir uns alle auf dem obersten Stockwerk.

Kyle geht zum hinteren Teil des Glaskolbens. Die Laterne in seinem Inneren ist sauber und glänzt. Genau wie alles andere in diesem Raum sieht sie perfekt erhalten für ihre Aufgabe aus. Sogar die fünf

Fingerabdrücke, die ich auf der Glaswand hinterlassen habe, sind verschwunden. Ich frage mich, was geschehen würde, wenn wir hier oben sterben. Würde etwas von uns übrig bleiben? Oder würde *es* uns beseitigen, als hätte es uns nie gegeben?

Ich erzittere und gehe hinüber zu Kyle. Er hat eine Schachtel mit Streichhölzern gefunden. Sie sind von der altmodischen Art: dick und mit bauchigen Köpfen, aber immer noch moderner als die Lampe selbst.

»Jetzt drehen wir das Gas auf, oder?«, sagt Kyle. Ich greife nach dem Knauf an der Seite der Messinglampe und drehe vorsichtig daran. Die Luft in der Glaskuppel darüber beginnt zu schimmern, und ich nehme ein schwaches Zittern wahr. Kyle entzündet ein Streichholz. Es flackert mit einer erschreckend langen Flamme auf. Fast lässt Kyle es fallen. Er räuspert sich. »Ich schätze, wir müssen es hier ...«

Das Gas fängt sofort Feuer. Das war einfach. Die Flamme reckt sich elegant in die Höhe und füllt die Glaskuppel, die sie umfassen soll. Vor dem großen Glaskasten johlt Mel: »Verdammt, das ist vielleicht grell!« Sie taumelt zur Seite und hält sich eine Hand über die Augen.

»Seht nur«, haucht Becca und deutet.

Das Glas fokussiert das Licht nicht zu einem Schein, der hinausströmt, um Schiffe zu warnen, sondern zu einem schmalen Strahl, der sich hinunter auf das Wasser richtet und quer darüber hinwegläuft, so weit das Auge reicht. Er steht in einem Winkel, der das Licht genau dort auftreffen lässt, wo das Ufer auf das Wasser trifft, und es in einem langen Streifen über seine Oberfläche schickt. Das Licht ist goldgelb, aber es färbt das

Wasser in einem Grau, das dem Grau der Straße, des Ufers und der Holzdielen in dem Haus entspricht.

»Das ist es«, sagt Becca. »Dort ist die Straße.«

»Dort ist unser Weg«, sage ich.

»Und dort wird irgendetwas schiefgehen«, sagt Kyle. Er blickt grimmig drein. »Es ist zu einfach. Es ist ein *Rätsel*. Keines der Tore war leicht zu überwinden. Ganz egal, was uns auf dem Wasser erwartet, es wird übel werden.«

»Damit werden wir fertig«, sage ich. »Aber wir müssen jetzt gehen.«

»Warum?«, fragt Anthony.

»Weil es Nacht ist. Das Licht ist jetzt stark genug, aber was, wenn die Sonne aufgeht?«

»Da ist was dran«, räumt er ein.

Wir gehen wieder hinunter. Unten an der Treppe sammeln wir unsere Sachen ein. Becca braucht ein bisschen länger als wir. Sie hat ihre Tasche nicht abgestellt. Wahrscheinlich weil sie klüger als der Rest von uns ist.

Als ich meinen Rucksack aufhebe, kommt er mir verteufelt schwer vor. Ich krame darin herum und nehme den Proviant, die Ersatzklamotten und die Wasserflaschen heraus – all die Sachen, die mir jetzt albern erscheinen. Becca ist ein Jahr lang ohne etwas zu essen ausgekommen, und ich schleppe Proteinriegel für eine ganze Woche mit mir herum. Ich hole Beccas Kamera hervor und halte sie einen Moment lang in meiner Hand, bevor ich zu ihr aufblicke. »Ich habe etwas mitgebracht«, sage ich. »Willst du sie?«

Ihre Augen leuchten auf. Sie greift nach der Kamera, und als ich sie ihr reiche, nimmt sie sie behutsam und fährt mit den Fingerspitzen über ihre Oberfläche, als würde sie ihre Umrisse neu entdecken. »Ich wollte sie nicht mit in den Wald nehmen«, sagt sie. »Darum hatte ich nur meine Kompaktkamera dabei. Und die habe ich irgendwo im Haus verloren.« Sie schaltet die Kamera ein, drückt an den Einstellungen herum, hebt sie hoch und macht einen Schnappschuss von Anthony. Er blickt überrascht auf. Sie lacht. Dann richtet sie das Objektiv auf mich, und ich wende mich ab. Ich habe es noch nie leiden können, wenn man mich fotografiert.

Ich habe es noch nie leiden können – außer wenn Becca mich fotografiert. Ich hasse, wie sich meine Wangen wölben, wenn ich lächle, wie ich immer irgendwie gekrümmt dastehe und wie der hässliche Buckel auf meiner Nase augenscheinlich von jedem Winkel aus eingefangen wird. Beccas Fotos sind die einzigen, auf denen ich aussehe, als würde ich mich selbst im Spiegel betrachten. Und doch wende ich mich ab. In jenem Moment weiß ich nicht genau, warum ich es tue, aber ich schätze, jetzt weiß ich es.

Ich wende mich nicht ab, weil ich mir den Kopf zerbreche, wie ich auf dem Foto aussehen und *mich selbst* betrachten werde. Nein, ich wende mich ab, weil Beccas Fotos von mir – genau wie all ihre anderen Aufnahmen – so aussehen, wie *sie* mich sieht. Aus irgendeinem Grund möchte ich nicht, dass sie mich sieht. Als gäbe es etwas an mir, das nur sie entdecken könnte, etwas, das ich nicht offenbaren möchte. Aber der Gedanke verflüchtigt sich und verschwindet genau wie all die anderen, die ich nicht festhalten kann, in der Dunkelheit.

Ich stehe auf und werfe den Rucksack über meine Schulter. Ohne die Kamera ist er viel leichter. Mit einer kurzen Bewegung drehe ich ihr meine Schulter zu und versperre ihr die Sicht auf mich.

»Gehen wir«, sage ich. Wir trotten hinunter zum Ufer. Ein Boot wippt im Wasser und im Schein des Lichtes auf und nieder. Ein dickes, aufgequollenes Seil knüpft das Boot an einen Metallring, der in einen der Felsen geschlagen ist. Anthony beugt sich hinunter, ergreift es und zieht das Boot weit genug heran, damit wir es vom trockenen Ufer aus besteigen können.

Es ist ein Ruderboot, nicht besonders geräumig, aber groß genug für fünf Leute, die sich nicht daran stören, Schulter an Schulter zu sitzen. Mel und Kyle hocken zusammen im vorderen Teil, Becca und ich belegen die hintere Bank und Anthony setzt sich wie erwartet in die Mitte an die Ruder. Es dauert eine Weile, bis wir das Seil losgemacht und uns abgestoßen haben, und Anthony braucht ein paar Versuche, bis er den richtigen Rhythmus für die Ruder herausgefunden hat. Doch dann schippern wir los, und das Boot gleitet trotz seines augenscheinlichen Alters sanft und schnell dahin. Das Ufer fällt ab, der Lichtpfad leitet uns voran.

»Sagt Bescheid, wenn ich vom Kurs abkomme«, sagt Anthony und konzentriert sich wieder auf den ungewohnten Bewegungsablauf. Ich betrachte seine Schultern, während er rudert, und sehe, wie sich seine Muskeln anspannen und wieder lösen. Es lässt mich eigentümlich kalt.

Ich will, dass wahr wird, was ich zu Mel gesagt habe. Ich will, dass es einen Tag geben wird, auf den wir warten und nach dem wir uns sehnen, an dem all das hier so weit weg ist, dass ich wieder ans Verknalltsein denken mag und daran, wie es ist, geküsst zu werden und das Gefühl von Schmetterlingen im Bauch zu spüren.

Für einen klitzekleinen Augenblick glaube ich fast daran. Und dann sehe ich, wie Anthony große, entsetzte Augen macht, und ich wirble halb stehend herum.

Die Straße verschwindet. Zuerst glaube ich, dass etwas mit dem Leuchtturm nicht stimmt, doch dann bemerke ich, dass auch der Leuchtturm verschwunden ist. Nein, es ist nicht so, dass die Straße verschwindet. Es ist die Finsternis, die kommt.

»Es wird finster«, stößt Anthony als verzweifelte Warnung aus. Kyle und Mel drehen sich um, ihre Hände bereits verschränkt, und bringen das Boot ins Wanken.

Auch Becca wendet sich auf ihrem Platz. Ihr Atem zischt zwischen ihren Zähnen.

Wir sind fünf. Einer zu viel.

Sie blickt Anthony an. Dann mich. Unentschlossen hebt sie ihre Hand, und ich habe keine Ahnung, ob ich will, dass sie ihn oder mich wählt.

Ich werde es nicht erfahren, denn die Finsternis bricht über uns herein, und das Boot macht einen Satz, als wäre es unten von einer unsichtbaren Kraft getroffen worden. Ich werde von meinem Platz geschleudert und krabble blind über den Holzboden des Bootes, doch dann kippt es um und ich schlage hart mit der Schulter gegen seine Seite, kurz bevor ich ins Wasser stürze.

ANLAGE L

Polizeiverhör – Rebecca Donoghue

19. April 2017, der Tag nach dem Verschwinden

Becca kauert auf einem Stuhl und hat die Hände um eine Tasse mit dampfend heißem Inhalt gelegt. Sie trägt ein übergroßes Sweatshirt. Ihr Haar ist feucht. Eine korpulente Polizeibeamtin mit nüchterner Miene sitzt ihr gegenüber.

OFFICER BAUER: Becca, mein Name ist Linda. Ich bin hier, um mit Ihnen über die Vorkommnisse der letzten Nacht zu sprechen.

BECCA: Ich habe Ihnen bereits gesagt, dass ich nichts weiß.

OFFICER BAUER: Wissen Sie, wo Sie das letzte Jahr gewesen sind?

BECCA: Wie schon gesagt: Ich bin mit Zachary Kent durchgebrannt. Er hat mich sitzen lassen, ich bin wieder nach Hause gekommen.

Die Worte klingen eintönig wie ein Kinderreim.

OFFICER BAUER: Und wo steckt Zachary Kent jetzt?

BECCA: Keine Ahnung. Er sprach von Los Angeles.

OFFICER BAUER: Also gut, Becca. Wir werden diesbezüglich Nachforschungen anstellen. Aber die

Sache ist nicht ganz so einfach, wie Sie sie darstellen.

BECCA: Ist sie nicht? Genau das haben doch alle vermutet. Ein Junge hat mir den Kopf verdreht, und ich bin mit ihm davongelaufen. Das ist doch der Grund, warum niemand nach mir gesucht hat, stimmt's?

OFFICER BAUER: Ich habe mir Ihre Akte angesehen, Becca. Ihre Familie war nach Ihrem Verschwinden völlig verzweifelt.

BECCA: Ich weiß. Es tut mir leid.

OFFICER BAUER: Und wir werden uns über das letzte Jahr unterhalten müssen, aber zuallererst müssen wir wissen, was letzte Nacht geschehen ist. Wie gut kennen Sie Officer Chris Mauldin?

BECCA: Ich kenne ihn nicht.

OFFICER BAUER: Seine Stieftochter ist eine gute Freundin von Ihnen, hab ich recht?

Becca zuckt zusammen. Ein Ausdruck von Schmerz und Trauer huscht ihr über das Gesicht, aber nur für einen Augenblick.

BECCA: Trina und ich haben nicht mehr miteinander gesprochen, seit ich weggegangen bin. Keine Ahnung, ob man uns Freundinnen nennen kann. Ich kenne ihren Stiefvater nicht. Habe nie mehr als Hallo zu ihm gesagt.

OFFICER BAUER: Wissen Sie, wo Trina jetzt ist?

BECCA: Nein. Wie schon gesagt. Ich habe sie ein Jahr lang nicht mehr gesehen.

OFFICER BAUER: Officer Mauldin liegt im Krankenhaus, Becca.

BECCA: Oh. Ist er ... Was ist mit ihm?
OFFICER BAUER: Er wurde letzte Nacht übel zusammengeschlagen.
BECCA: Das tut mir leid. Wird er sich erholen?
OFFICER BAUER: Das wissen wir noch nicht.
Becca richtet ihren Blick auf die Tischplatte.
BECCA: Wo ist meine Schwester?
OFFICER BAUER: Ihre Schwester ist bei Ihrer Familie.
BECCA: Geht es ihr gut?
OFFICER BAUER: Sie hat einen Schock erlitten, soweit ich weiß. Genau wie der Rest Ihrer Familie. Nach all dieser Zeit ist es schwer zu verarbeiten, dass Sie plötzlich wieder da sind.
Becca blickt sie neugierig an.
BECCA: Wo haben Sie sie gefunden?
OFFICER BAUER: Gefunden? Der Tag ist gerade erst angebrochen, Becca. Sie war zu Hause. In ihrem Bett.
BECCA: Aber ...
OFFICER BAUER: Becca, bevor Sie Ihre Familie wiedersehen können, müssen wir noch einiges wissen. Uns fehlen eine Menge Puzzleteile, verstehen Sie? Zum Beispiel wo Trina Jeffries ist. Oder warum Sie letzte Nacht draußen im Wald waren. Voller Blut.
BECCA: Fragen Sie Sara.
OFFICER BAUER: Becca ...
BECCA: Ich werde nichts sagen, bis ich meine Schwester gesehen habe.

24

Das Wasser trifft mich laut und kalt. Sofort ist jede Wahrnehmung des Bootes wie abgerissen: das Knarzen des Holzes, die Stimmen, das Scharren und das Platschen der Ruder.

Ein seltsames Gefühl des Friedens überkommt mich. Alles ist gut, stelle ich fest. So kann ich es schaffen. So können sie entkommen. Irgendjemand muss immer sterben. Auf diese Art können die anderen überleben.

13 Schritte – vielleicht sind es 13 Ruderschläge –, die sie einhändig bewältigen müssen. Aber das wird ihnen schon gelingen. Becca wird das Kommando übernehmen. So wie es sein soll.

Ich strample an die Wasseroberfläche und warte. Ich kann nicht sagen, worauf. Ich sollte Angst haben, aber ich schätze, es ist das erste Mal, seit wir die Straße betreten haben, dass ich mich völlig entspannt fühle. Ich habe alles getan, was in meiner Macht steht. Natürlich genügt es nicht. Es gibt nichts, das je genügen würde. Aber es ist alles, was ich zu geben habe.

Und dann streift irgendetwas mein Bein. Und dann spüre ich einen anhaltenden Druck, als würden Finger die Form meines Knöchels erkunden. Ich trete zu und treffe etwas, das schnell nachgibt. Ich spüre, wie ein Dutzend Körper an mir vorbeihuschen, und ich zwinge mich, gleichmäßig zu atmen. Was immer auch geschehen wird, es wird geschehen. Aber meine Instinkte melden sich, und ich kann nicht einfach stillhalten und darauf warten.

Ich schlüpfe aus meinen Schuhen, versuche, die Richtung der Straße abzuschätzen, und lege los. Es ist nicht gerade leicht, bekleidet zu schwimmen, aber das Wasser gibt mir einen sonderbaren Schwung, der etwas von dem Widerstand ausgleicht. Außerdem kommt mir jetzt der jahrelange Schwimmunterricht zugute. Ein paar kräftige Züge führen mich weg von den forschenden Berührungen, und ich halte inne und schnappe nach Luft.

Vor mir höre ich Stimmen, und einen Augenblick lang glaube ich, es sind die anderen. Aber diese Stimmen sind falsch. Ihre *Sprache* ist falsch und klingt wie ein Bach, der über Felsen fließt, und es sind viel zu viele. Ich will nicht in ihre Richtung schwimmen, aber ich bin mir ziemlich sicher, dass die Straße in diese Richtung verläuft. Ich mache ein paar vorsichtige Züge. Wie viele waren es jetzt? Sieben, schätze ich. Noch sechs Stück und … Keine Chance, dass ich es schaffe. Nicht allein. Regeln sind Regeln.

Die Stimmen kommen näher. Jetzt sind sie überall, aber ich kann noch immer nichts und niemanden sehen oder fühlen. Sie flüstern mir ins Ohr und plappern hinter mir. Eine Hand greift meinen Arm. Ich reiße ihn weg. Eine andere packt mein Bein und zieht mich fest nach unten, unter Wasser, und dieses Mal kann ich mich nicht mit einem Tritt befreien.

Mehr Hände, und noch immer die Stimmen, die

gurgeln und lachen und flüstern. Hände packen meine Arme, meine Beine, mein Haar. Finger schieben sich über meine Haut, zwängen sich zwischen meine Lippen und kratzen an meinen Zähnen. Ich versuche, nicht zu schreien, denn ich weiß, dass dann das Wasser in mich hineinströmt.

Ich schlage um mich, doch die Hände packen immer fester zu, bis es wehtut und ihre scharfen Nägel sich in meine Haut graben. Ich schaffe es, einen Arm loszureißen und ihn nach der Oberfläche auszustrecken, doch sie ist zu weit weg. Alles, was ich greife, ist kaltes Wasser. Viel länger kann ich den Atem nicht anhalten. Ich kann mich nicht befreien. Meine Lungen brennen, und in einem Augenblick werde ich keine andere Wahl haben als aufzugeben.

Das Letzte, was ich sehen werde, ist nichts. Nur Finsternis.

Und dann – Licht. Ein sanfter, goldfarbener Schein, der schwach durch das Wasser schimmert. Für einen kurzen Moment zeigt es die Gestalten um mich herum. Sie sehen fast menschlich aus mit ihren verdorrten Gesichtern, weit aufgerissenen Mündern und fauligen Zähnen. Sie haben große, trübe Augen und aufgewölbte Wangen. Ihr aschgraues Haar wabert im Wasser um sie herum. Unterhalb der Brustbeine zerfleddern ihre Körper.

Als das Licht sie trifft, ergreifen sie die Flucht. Sie bewegen sich ruckartig, aber sie entkommen dem Licht, und einen Augenblick später sind sie verschwunden. Ich kämpfe mich zur Wasseroberfläche, doch ich kann nur noch Flecken sehen. Ich greife nach dem Licht.

Eine Hand schießt in das Wasser, greift meinen Arm und zieht mich nach oben. Ein paar Sekunden später werde ich über den Rand eines Bootes gezerrt, das bedenklich schwankt. Ich sinke in den Bauch des Bootes und huste und keuche, während sich unter mir eine Pfütze bildet.

»Ho, immer sachte. Die Luft ist zum Atmen da, nicht das Wasser«, sagt eine leise, tiefe Stimme. Ich blicke auf. Das Licht leuchtet hinter dem Mann, der in der Mitte des Bootes hockt, aber ich kann die Umrisse seiner breiten Schultern und die Silhouette seines Hutes erkennen. Die Krempe ist breit und zerknautscht, als wäre sie gegen seine Stirn gedrückt worden. »Na, dann schaffen wir Sie mal aus der Finsternis, Miss.«

Er packt die Ruder des kleinen Bootes und wendet es mit ein paar routinierten Bewegungen. Die Finsternis liegt wie eine feste Hülle um uns herum, doch die Grenzen, die das Licht bildet, kann sie nicht durchdringen. Ich kämpfe immer noch damit, wieder zu Atem zu kommen, und das erste Wort, das ich zu sprechen versuche, geht in einem stotternden Husten unter.

»Na na, immer sachte«, sagt er. »Halten Sie sich nur fest. In ein paar Minuten sind Sie hier raus.«

»Wer sind Sie?«, schaffe ich zu fragen.

»Na, das ist eine interessante Frage«, sagt er. »Interessant, weil sie kaum noch eine Bedeutung hat. Was ich bin, ist ein Mann auf der Straße, und das ist so ziemlich alles, was seit geraumer Zeit zählt. Sie können mich John nennen, so wie es schon einige getan haben. Aber ich habe keinen Schimmer, ob ich schon so genannt wurde, bevor ich durch das Tor des Lügners trat.«

»Sind Sie ein Reisender?«

»Das war ich«, sagt er. »Doch diese Tage liegen längst hinter mir. Der alte John wird diesen Ort nicht mehr verlassen, aber machen Sie sich deswegen keine Sorgen. Ich habe gelernt, damit zu leben. Und schon sind wir da.«

Wir drängen aus der Finsternis zurück auf den schimmernden Pfad aus Licht. John macht noch einen Schlag, bevor er das Ruder für einen Moment ruhen lässt und hinter sich greift, um die Quelle seines Lichtes zu holen. Als er sich wieder umdreht, hält er eine Hand in seiner. Sie wurde gleich unter dem Gelenk abgetrennt, und ein Stück ihres Knochens ragt aus dem verdorrten Fleisch. In ihren Fingern hält sie eine Kerze, die fast bis ganz nach unten abgebrannt ist. Dicke Klumpen aus Wachs ergießen sich über die Handfläche. Er füllt seine Backen mit Luft, bläst die Kerze aus und wickelt das ganze Ding sorgfältig in ein Tuch, das er aus der Innentasche seiner Jacke zieht. Dann legt er das Bündel in die Holzkiste vor seinen Füßen und klopft auf den Deckel, als wollte er sichergehen, dass er fest verschlossen ist.

»Was …?«, beginne ich, doch dann verstehe ich, dass keine Antwort auf die Frage, die ich stellen will, einen Sinn ergeben würde.

»Es gibt zwei Arten, um auf der Straße zu überleben. Eine davon ist, die Regeln zu befolgen, die andere ist zu lernen, wie man die Regeln brechen kann, dass es gerade noch so in Ordnung ist«, sagt er. »Von dem Kniff ist nicht mehr viel geblieben, und es hat mich einiges gekostet, ihn mir anzueignen, aber da er wenigstens ein

Leben gerettet hat, würde ich sagen, dass er seinen Preis wert war.«

Im Schein des Leuchtturms kann ich ihn ein bisschen besser erkennen. Er ist weiß, trägt einen rostbraunen Bart mit grauen Stellen und hat ein breites, verwittertes Gesicht. Seine Klamotten sind genauso zerknittert wie sein Hut und altmodisch, doch ich kann nicht mit Bestimmtheit sagen, ob sie seit 80 Jahren oder seit 180 Jahren aus der Mode sind. Eines seiner Augenlider hängt herab und die Wange darunter ist von tiefen Narben überzogen.

»Ich bin Sara«, sage ich.

»Oh, das weiß ich doch«, antwortet er. »Und Ihre nächste Frage wird Ihren Freunden gelten, die mittlerweile am Ufer gelandet sein werden – so wie wir schon bald. Wir warten schon eine ganze Weile auf Sie. Es gab Zweifel, ob Sie es schaffen werden.«

»Wir?«

Er antwortet nicht. Das Ufer ist nun in Sichtweite und schimmert grau am Ende des Lichtes. Das Boot der anderen ist dort. Es schaukelt wie betrunken am Rande des Wassers und wird mit jeder brechenden Welle ein Stückchen weiter zurückgeschoben. Von den anderen fehlt jede Spur. Ich fahre mit der Zunge über meine Lippen und schmecke Salz.

»Ihnen geht es gut«, sagt er. »Sie haben das Schlimmste hinter sich. Wenigstens auf diesem Abschnitt.«

Dann höre ich nur noch, wie das Wasser gegen den Rumpf klatscht und, kurz darauf, wie es über den Sand schlurft, als er das Boot bis hinauf an den Strand steuert. Er steigt aus, packt den Bug und zerrt das Boot noch einen Schritt weiter an das Ufer. Dann streckt er mir seine Hand entgegen, um mir Halt zu geben. Ich zittere. Die Kälte schneidet sich durch meine nassen Kleider, und er legt mir seinen Lodenmantel um die Schultern. Ich spüre ein wenig Wärme und stottere ein Dankeschön. Er lächelt nur und beugt sich hinunter in das Boot, um seine Holzkiste zu holen.

Mit der Kiste – und der Hand darin – unter dem Arm läuft er den Strand hinauf und lässt mich zurück, aber ich soll ihm folgen.

Es gibt keinen bestimmten Grund, ihm zu vertrauen, außer der Tatsache, dass er mir gerade das Leben gerettet hat, aber ich habe keine andere Wahl und keine andere Richtung, in die ich gehen könnte, als den letzten Rest des Lichtes, der zum nächsten Abschnitt der Straße führt.

Der Sand des Strandes weicht Gras und Gestrüpp, und darauf folgt, als der Pfad des Lichtes endet, die Straße. John hält inne, betastet seine Seiten und dreht sich zu mir um. »Ah. In der Seitentasche, wenn Sie so freundlich sein wollen«, sagt er und deutet auf den Mantel, der schlaff über meinen Schultern hängt.

Ich krame unbeholfen in dem Mantel herum und finde darin eine Taschenlampe. An der Unterseite ist Klebeband, und ich sehe Initialen – *M. N.* –, die mit einem Edding draufgeschrieben wurden. Ich entschließe mich, nicht darüber nachzudenken, wem sie wohl gehörte. Ich reiche sie John, und er benutzt sie, um unseren Weg zu beleuchten. Wir gehen noch ein paar Hundert Meter und stapfen flache Hügel rauf und runter, was mich wenigstens aufwärmt.

In einiger Entfernung sehe ich ein Licht, das die Straße erhellt. Ein Lagerfeuer. Und die Gestalten darum ...

»Dort sind Ihre Freunde«, sagt John. »Gehen Sie schon. Sie werden sich freuen, Sie wiederzusehen, und diese alten Knochen bewegen sich nicht mehr so schnell wie früher. Und nehmen Sie die Taschenlampe. Ich brauche sie nicht.«

Ich nehme die Taschenlampe ohne ein Wort, denn ich schaffe es nicht, etwas zu sagen. Sie leben. Sie leben alle noch. *Ich* lebe noch – eine Tatsache, die mir langsam bewusst wird, als ich loslaufe und meine nackten Füße auf die Steine unter mir klatschen. Schließlich renne ich, so schnell ich nur kann, und ich hasse jede Sekunde, die es dauert, bis ich sie endlich erreiche.

Mel entdeckt mich als Erste. Sie stößt einen Freudenschrei aus und rennt mir entgegen. Ich bremse ab, doch sie kracht mit voller Wucht in mich hinein und wirft ihre Arme um meine triefend nassen Schultern.

»Sara! O mein Gott, sie hat nicht gelogen. Geht es dir gut? Bist du wirklich du?«

»Ich bin ich«, sage ich, und dann, bevor ich es mir anders überlegen kann, küsse ich sie.

Der Kuss schmeckt nach Meerwasser, und eine feuchte Haarsträhne klebt zwischen unseren Lippen, aber das ist mir egal. Es ist mir auch egal, wer uns zusieht. Nur eines zählt: Mel ist da und erwidert meinen Kuss, und das ist etwas, das die Straße mir nicht nehmen kann.

Als wir uns voneinander lösen, beißt sie sich verlegen auf die Lippe. Mel und schüchtern – das ist neu. »Wie es aussieht, ist das mit dem Warten eine doofe Idee«, sage ich, und sie lacht. Ich blicke an ihr vorbei und sehe Becca. Ihre Wangen sind voller Tränen, die noch keine Chance hatten zu trocknen. Mel folgt meinem Blick und macht einen Schritt zur Seite, um Becca etwas Platz zu geben.

Becca kommt ganz nahe heran. Sie legt mir ihre Hände auf die Wangen und lehnt ihre Stirn gegen meine. »Wage es nicht, das noch einmal zu machen«, flüstert sie. »Du bist meine kleine Schwester. Ich muss doch auf dich aufpassen.«

»Vergiss nicht, ich bin jetzt älter als du«, sage ich. »Und größer.« Ich drücke sie fest an mich, und dieses Mal erwidert sie meine Umarmung sofort und hingebungsvoll.

»Gerade so.« Sie geht einen Schritt zurück und grinst. Auf ihrem Gesicht macht sich ein Ausdruck von Erleichterung breit. Dann räuspert sie sich, so wie sie es immer macht, wenn sie versucht, nicht zu weinen. Mein Blick fällt auf das Feuer, und ich bemerke erst jetzt, dass sie nicht allein waren.

Dort steht ein Mädchen im Licht der Flammen. Sie trägt ein weißes Kleid mit einem blauen Bändchen in der Taille. Ihr Haar ist rotbraun. Es fällt ihr in weiten Locken den Rücken hinunter.

»Das ist …«, beginne ich.

»Lucy«, sagt Becca. »Wir haben sie gefunden.«

»Eigentlich hat sie uns gefunden«, sagt Anthony. Er steht etwas weiter zurück, noch nahe genug am Feuer, dass das Orange der Flammen stärker als das Licht meiner Taschenlampe ist. »Sie und dieser andere Kerl. Ich schätze, wir sind vom Weg abgekommen, und plötzlich waren sie da mit diesem Licht. Er hat einfach unser Boot gepackt und es wieder in die richtige Spur gebracht. Er ist uns die letzten Ruderschläge aus der Finsternis gefolgt, und Lucy hat gefragt, wo du bist. Sie kannte deinen Namen. Sie kannte all unsere Namen. Als wir ihr erzählten, was dir zugestoßen ist, ist sie in unser Boot gehüpft und hat dem Kerl gesagt, dass er nach dir suchen soll.«

Ein Dutzend halb formulierter Fragen liegen mir auf der Zunge, aber keine davon ist so vollständig, dass ich sie stellen kann. Ich starre Lucy an, die so nahe ist, dass sie wahrscheinlich alles hört, was wir sagen, aber doch weit genug entfernt um nicht aufdringlich zu erscheinen. Sie starrt mich auch an. Dann hebt sie ihre Hand und winkt mit den Fingerspitzen.

»Sie sagte, sie wolle warten, bis du hier bist«, sagt Mel. »Aber du bist ja völlig durchnässt. Und ich kann deine Zähne klappern hören. Komm, lass uns ans Feuer gehen.«

Sie legt ihren Arm um meine Schulter. Ich lehne mich ein wenig an sie und greife auf der anderen Seite nach Beccas Hand, die Finger gekrümmt, um ihre zu erwischen. Kyle und Anthony gehen hinter uns her.

Wir erreichen das Feuer, und Lucy weicht zurück, nur ein bisschen, mit kleinen, eleganten Schritten, um uns Platz zu machen. Ich gehe nahe genug an das Feuer, um seine Wärme zu spüren, bevor ich sie anspreche.

»Hi. Ich bin …«

»Sara«, sagt sie und lächelt mit Grübchen in den Wangen. »Und ich bin Lucy, falls du es noch nicht erraten hast.«

John taucht hinter uns auf, stapft an uns vorüber und murmelt Entschuldigungen, während er sich an der Gruppe vorbeischiebt. Er geht an das Ende des Feuers. Dort steht ein Stuhl neben einem Haufen aus Kisten und Taschen, und er stellt die Kiste mit der Hand darin obendrauf.

»Hattest du Schwierigkeiten?«, fragt Lucy ihn.

»O nein«, sagt er und stößt die Luft aus seinen Wangen. »Nur ein paar der Hungrigen, und die Kerze geht zur Neige. Aber das wusstest du schon.«

Er wühlt in einer der Taschen an seiner Seite und holt ein längliches Stück Holz und ein Messer hervor. Dann beginnt er zu schnitzen, und zwar mit einem Maß an Konzentration, das nahelegt, dass er an der folgenden Unterhaltung nicht teilnehmen wird.

»John ist schon sehr lange auf der Straße«, sagt Lucy. »Sogar länger als ich. Ich hätte ihre Prüfungen ohne ihn nicht überlebt, aber er ... Nun, er ist nicht mehr der, der er früher einmal war.« Es sieht nicht so aus, als wäre John wegen dieser Anmerkung beleidigt. Er pfeift vor sich hin und bearbeitet das Holz mit seinem Messer.

»Er ist der Mann, mit dem dich dein Bruder gesehen hat«, sage ich.

Lucy blinzelt mich an. »Mein Bruder?«

»Er ist dir in den Wald gefolgt und er sah, wie du mit einem Mann, der einen Hut mit breiter Krempe trug, auf die Straße gegangen bist«, sage ich. »So stand es in der Zeitung.«

»Ach ja«, sagt sie. »Gut möglich, dass mir irgendwer schon einmal davon erzählt hat. Manchmal fällt es mir schwer, mich an alles zu erinnern. Ich bemühe mich sehr, meine Sinne beisammenzuhalten, aber ich bin nicht davor geschützt so zu werden wie mein lieber John. Schließlich bin ich 80 Jahre alt. Auch unter normalen Umständen würden mir meine Erinnerungen Streiche spielen.« Sie lächelt. »Ich hatte keine Ahnung, dass mein Bruder mir gefolgt war. John hat schon damals den Fährmann gespielt. Er ist ein wirklich guter Mensch. Wenigstens war er es. Er hätte die Straße verlassen können, doch er entschied sich, dortzubleiben und den Menschen auf ihrem Weg zu helfen. Mir hatte er zugerufen, dass ich umkehren soll, doch ich war entschlossen, die Reise anzutreten.«

»Warum?«, frage ich. »Warum bist du, obwohl er dich gewarnt hat, gegangen und …?«

»Sie ruft manche Menschen«, sagt Lucy mit einem Hauch von Wehmut. »Sie ist einsam. Sie ruft solche, von denen sie glaubt, dass sie es bis ans Ende schaffen.«

Ich bekomme eine Gänsehaut. Vielleicht liegt es nur an der Kälte. »Kannst du uns helfen, ans Ende zu gelangen?«, frage ich.

Sie seufzt. »Die Sache ist die: Hier ist das Ende«, sagt sie.

Sieben Tore. Bisher war alles, auf das wir gestoßen sind, in dieser Sache eindeutig. »Aber wir haben erst …« Ich zähle sie in Gedanken durch.

»Fünf«, sagt sie. »Das Tor des Lügners, das Tor des Sünders, das Tor des Blinden, das Tor der vielen Türen, das Tor des Seefahrers. Manchmal tragen sie andere Namen. Manchmal ist ihre Reihenfolge eine andere, und manchmal unterscheiden sie sich in ihren Details, je nachdem, wer der Reisende ist. Aber um hierherzukommen, seid ihr durch fünf Tore gegangen. Ich weiß, es sollte noch zwei weitere geben. Kommt mit.«

Sie dreht sich um und läuft in die Finsternis. John bleibt auf seinem Stuhl sitzen, schnitzt an seinem Holz und pfeift durch die Stoppeln seines Bartes.

Lucy führt uns den einen Hügel hinunter und den nächsten Hügel hinauf. Sie hält inne und deutet nach unten.

Am Fuße des Hügels liegen die Überreste von zerbrochenen Steinen. Die Erde quillt dazwischen hervor und die Straße dahinter ist völlig zerstört. Dichtes Dornengestrüpp wuchert über die Hügel, dann ein dichtes Gewirr aus Bäumen. Der Wald erstreckt sich bis in die finstere Ungewissheit des Horizonts. Hier und dort glaube ich hellere Flecken zwischen den Schatten zu erkennen, weit hinter den Grenzen unserer Taschenlampen, wo kümmerliche Reste der Straße noch bestehen.

Mel stöhnt, als wir verblüfft haltmachen. »Das ist alles?«, sagt sie. »Die Straße hört einfach auf? Wie kommen wir dann von ihr herunter?«

»Ihr müsst die Straße verlassen«, sagt Lucy.

»Aber wenn wir die Straße verlassen, werden wir sterben«, sagt Anthony. Er macht einen weiteren Schritt nach vorn und blickt mit zusammengekniffenen Augen hinunter, als würde er nach einer Lösung Ausschau halten.

»So eindeutig ist die Regel nicht«, sagt Lucy und blickt mich an. »Sara hat die Straße verlassen.«

»Als ich Kyle hinterhergerannt bin«, sage ich. »Woher wusstest du das?«

»Ich habe ein Auge auf euch«, sagt Lucy. »Wann immer es mir möglich ist.«

»Die Bestie hätte dich getötet, wenn Trina nicht dazwischengegangen wäre«, sagt Becca.

»Aber sie hat es getan und die Bestie aufgehalten«, sagt Lucy. »Und es stimmt: Die Worte sind eines der mächtigsten Werkzeuge, die sich auf der Straße finden, aber sie sind keineswegs die einzigen. Die Tore sind vielleicht nicht mehr da, aber es ist noch genug Straße übrig, um ihr zu folgen – wenn ihr die richtige Verbindung zu ihr und zu eurem Ziel habt. Ich gehe davon aus, dass ihr alle Schlüssel habt. Habt ihr sie alle benutzt?«

Ich überlege schnell. Becca muss ihren irgendwann benutzt haben, denn sie nickt. Kyle hat das erste Tor geöffnet, Anthony das Tor nach dem Wasser, Mel das dritte. Bleiben nur noch ich und das Tor am Strand.

»Gut«, sagt Lucy. »Das verbindet euch mit der Straße. Seid vorsichtig und bleibt konzentriert, dann sollte es genügen. Nun ja. Es könnte genügen. Aber uns bleibt keine andere Wahl, als das Risiko einzugehen.«

»Uns?«, sage ich.

Lucy blinzelt mich an. »Liegt es nicht auf der Hand?«, sagt sie. »Ich werde mit euch kommen.«

ANLAGE M

E-Mail von Rebecca Donoghue an Andrew Ashford

29. April 2017 – Zehn Tage vor den Interviews

An: Andrew Ashford
Von: Rebecca Donoghue
Betreff: Hilfe

Meine Schwester hat mir Ihren Namen gegeben. Mein Name ist Rebecca Donoghue. Wir wohnen in Briar Glen, Massachusetts. Etwas ist geschehen. Ich habe keine Zeit für Erklärungen.

Informieren Sie sich über Lucy Gallows. Ich habe Fotos. Ich werde sie dieser E-Mail beifügen. Ich denke, das geht in Ordnung.

Wir brauchen Hilfe. Etwas stimmt nicht. Sara sagt, Sie können uns helfen. Sie sagt, dass Miranda es ihr gesagt hat, aber Miranda ist tot, also kann das eigentlich nicht stimmen.

Ich kann es nicht erklären.
Ich schicke die Fotos mit.
Bitte kommen Sie. Wir brauchen Hilfe.
Bitte.

INTERVIEW

REBECCA DONOGHUE
(Nur Audio)

4. Mai 2017 – Fünf Tage vor den Interviews

Die Hintergrundgeräusche der Aufnahme sind laut – klappernde Teller und klirrendes Besteck, ein Wirrwarr aus Stimmen. Es scheint ein öffentlicher Ort zu sein, womöglich ein Restaurant.

ASHFORD: Miss Donoghue. Rebecca.

BECCA: Becca bitte. Niemand nennt mich Rebecca.

ASHFORD: Also gut, Becca. Macht es Ihnen etwas aus, wenn ich unser Gespräch aufzeichne?

BECCA: Warum? Wollen Sie damit zur Polizei gehen?

ASHFORD: Ich versuche jeden Kontakt mit der Polizei zu vermeiden, wann immer es möglich ist. Ich versichere Ihnen, dass ich alles tun werde, damit diese Aufnahmen und alle anderen Informationen, die ich sammle, nur von mir oder meinen Kollegen in Augenschein genommen werden.

BECCA: Kollegen?

ASHFORD: Eigentlich ist es nur Abigail. Sie werden sie später kennenlernen. Der Punkt ist, dass alles, was Sie uns mitteilen werden, in sicheren Händen ist.

BECCA: Was sonst müssen Sie noch wissen?
ASHFORD: Eine ganze Menge, um ehrlich zu sein. Aber lassen Sie uns zuerst darüber sprechen, warum Sie mir die E-Mail geschickt haben. Meistens suchen die Leute, die mich kontaktieren, nach einer Rückversicherung, nach jemandem, der ihnen sagt, dass das, was sie gesehen haben, der Wirklichkeit entspricht. Dass sie nicht verrückt sind.
BECCA: Ich brauche niemanden, der mir sagt, dass es echt war.
ASHFORD: Nein, Sie sagten, Sie bräuchten Hilfe. Welche Art von Hilfe?
Becca zögert. Im Hintergrund lässt jemand einen Teller fallen und flucht. Dann ändert sich ihr Tonfall. Sie hat eine Entscheidung getroffen und sich entschlossen, tätig zu werden.
BECCA: Mit meiner Schwester stimmt etwas nicht.
ASHFORD: Inwiefern?
BECCA: Sie hat ihr etwas angetan.
ASHFORD: Wer hat Ihrer Schwester etwas angetan?
BECCA: Lucy.
ASHFORD: Lucy Callow? Das Mädchen, das in den 50ern verschwunden ist?
BECCA: Wir hätten ihr nicht vertrauen dürfen. Aber es war die einzige Möglichkeit, nach Hause zu kommen. Und jetzt ist Sara …
Sie atmet tief durch, und ihre Stimme zittert, als würde sie jeden Moment in Tränen ausbrechen.
BECCA: Sie müssen ihr helfen. Bitte. Sie müssen sie retten.
ASHFORD: Miss Donoghue, ich verspreche Ihnen, dass wir alles in unserer Macht Stehende tun werden.

ERGÄNZUNG B

E-Mail von Andrew Ashford an Abigail Ryder

An: Abigail Ryder
Von: Andrew Ashford
Betreff: Briar Glen, Organisatorisches

Abby,
wir benötigen eine abgesicherte Örtlichkeit – mindestens zwei Räume, mit robusten Schlössern –, um die Gespräche zu führen. Schalldicht sollte sie sein, oder wenigstens in einer Gegend liegen, wo wir keine Aufmerksamkeit bei den Nachbarn erregen.
    Bitte behandeln Sie dies wie ein herkömmliches Interview. Wir möchten, dass unsere Gesprächspartner sich wohlfühlen und uns vertrauen. Da die Polizei in diesen Fall verwickelt ist, müssen wir uns besonders vorsichtig verhalten, auch wenn es so aussieht, dass die übliche Folge bereits eingetreten ist und die Angelegenheit unerklärlicherweise von den Behörden übersehen und vergessen wurde. Was uns nur recht sein kann. Es ist ja nicht so, als wären sie in der Lage, unter diesen Umständen zu helfen.

Ich möchte, dass wir alles aufnehmen, wenn möglich, aus verschiedenen Blickwinkeln, während der Gespräche, und ich möchte, dass Sie alle Unterlagen durchsehen, die Miss Donoghue uns zur Verfügung gestellt hat, und Kopien davon anfertigen. Achten Sie auf jede Einzelheit.

Eine von ihnen lügt.

Andrew

25

Und jetzt zu dem, was Lucy uns erzählt.

Sie ist nur mit John so weit gekommen vor all diesen Jahren. Sie hatte es einfacher als die meisten hier, und John verfügte schon über jede Menge Erfahrung. Sie waren so weit gekommen und konnten nicht weiter, denn John wollte die Straße nicht verlassen, doch er werde, so versicherte er ihr, einen anderen einsamen Reisenden hierherführen, damit sie das letzte Stück bis zum Ende gemeinsam wagen könnten. Er hatte anderen den Weg gewiesen, aber nicht gewusst, ob einer von ihnen es zu ihr geschafft hatte.

Sie wartete eine sehr lange Zeit. Jahre vergingen, bevor irgendwer kam, und sie kamen immer zu zweit, und ihr blieb nichts anderes übrig, als sie durchzuwinken. Noch ein paar Jahre später entdeckte John einen anderen einsamen Reisenden, und zusammen versuchten sie die Flucht. Es war ein Reinfall. Die Dinge jenseits der Straße töteten Lucys Begleiter, und sie selbst schaffte es nur knapp zurück.

Sie flehte John an, mit ihr zu gehen, doch er war nicht bereit, seine Tätigkeit, seine Bestimmung aufzugeben. Außerdem war er sich nicht sicher, ob er die Straße überhaupt noch verlassen konnte. Also wartete sie. Und wartete. Womöglich entfernte sie sich deshalb ein wenig von unserer Welt und wurde ein Teil der Straße. Sie lernte, hinter den Verlauf der Biegungen zu blicken und in die, wie sie es nannte, Lücken zwischen den Momenten zu spähen und zu sehen, wer kommt und wer vielleicht Johns Hilfe braucht. Sie lernte, den Reisenden zuzuflüstern, wenigstens ein paar von ihnen, doch es gelang ihr nur selten, ihnen so etwas wie eine echte Orientierung zu geben.

Sie sah, wie die Reisenden starben – die meisten von ihnen. Sie sah, wie sie das Ende der Straße erreichten – ein paar wenige. Aber in 64 Jahren hatte sie niemanden gefunden, der sie mitnehmen konnte.

»Darum haben wir euch geholfen«, sagt sie. »Ich meine, wir hätten euch auf jeden Fall geholfen – und früher –, aber wenn man zurückgeht, wird man noch mehr ein Teil der Straße. Ich habe es erst ein Mal gemacht. Ich sage euch, wenn ich es noch einmal täte, dann würde ich wie John enden und überhaupt nicht mehr wegkommen. Aber der Punkt bleibt bestehen: Ihr seid zu fünft. Wir können zusammen gehen. Zwei und zwei und zwei. Endlich kann ich diesem Ort entkommen. Und ich kann euch den Weg nach Hause zeigen.«

Sie lächelt. Ihre Augen strahlen. Sie sieht noch immer aus, als wäre sie bereit, bei einer Hochzeit zum Altar zu tänzeln. Sie sieht tadellos aus, besonders im Vergleich zu uns mit den Beulen und den blauen Flecken und den zerrissenen Klamotten und den zerzausten Haaren. Vielleicht ist ihr Lächeln ein wenig zu breit. Vielleicht ist ihre Haut ein wenig zu reinlich blass.

»Wie ist es dort? Nach dem Ende der Straße?«, fragt

Mel. Ich stehe am Rand der Gruppe, Becca gleich neben mir, und wir beide schweigen, als würden wir einem Geräusch lauschen, einem Summen in der Luft, das nur wir hören können.

Finde mich. Mehr eine Erinnerung als ein Laut.

»Immer weniger in der Wirklichkeit verankert«, sagt Lucy. »Es ist schwer zu erklären, und jeder erlebt es anders. Die Straße hat eine gewisse Bindekraft. Man kann bis zu einem gewissen Maße darauf vertrauen, dass das, was man sieht, dasselbe ist, was die Person neben einem sieht. Dort draußen ist alles weniger echt. Mehr wie in einem Traum. Es ist verwirrend.«

»Umso glücklicher können wir uns schätzen, eine Führerin zu haben«, sage ich. Lucys Wangen zeigen Grübchen.

»Macht es dir etwas aus, wenn wir einen Moment lang unter uns beratschlagen?«, fragt Anthony.

Lucy schüttelt vergnügt den Kopf. »Natürlich nicht. Nehmt euch Zeit. Ich habe schon so lange gewartet...«, sagt sie und geht ein Stück die Straße hinunter, um uns etwas Raum zu geben.

Anthony senkt seine Stimme. »Können wir ihr vertrauen?«, fragt er.

»Warum denn nicht?«, entgegne ich. Er runzelt die Stirn, als wüsste er nicht, was er antworten soll. Ich blicke ihn düster an.

»Sie hat uns geholfen, überhaupt hierherzukommen«, sagt Becca. »Manchmal war es nur ihr Flüstern, das mich zum Weitermachen bewegt hat.«

»Becca hat recht«, sage ich. »Sie und John haben mich aus dem Wasser gerettet. Das Mindeste, was wir tun können, ist ihr zu helfen, von diesem Ort zu verschwinden.«

»Findest du nicht, dass es ein bisschen schräg ist?«, fragt Mel.

Ich lege die Stirn in Falten. »Was meinst du?«

»Sie hat genau denselben Ausdruck wie Grace benutzt. Zwei und zwei und zwei. Und hat Grace sie nicht auch gehört? Das war es doch, wovon sie am Ende herumgeschrien hat, oder?«

»Es ist nicht Lucys Schuld, dass Grace eine Irre war«, sage ich.

»Warum drängst du uns so?«, fragt Mel. Sie klingt verdutzt, und ich bin mir plötzlich nicht mehr sicher. Aber ich vertraue Lucy. Ich mag sie. Sie hier gefunden zu haben fühlt sich an, als würde man zu einer alten Freundin nach Hause kommen. Und mehr als alles andere will ich ihr helfen.

Becca hilft mir aus der Patsche und antwortet für mich: »Weil es die einzige Möglichkeit ist, dass wir alle hier herauskommen.«

»Wir sind zu fünft«, sagt Kyle. Ich hatte fast vergessen, dass er auch noch da ist, so schweigsam, wie er ist. »Und ich schätze, dass sie uns nicht einfach die Kerze geben würde, ganz egal wie lange sie noch reicht. Aber wir sollten ihr trotzdem nicht vertrauen.«

Ich möchte ihm sagen, dass er unrecht hat. Ich blicke Becca an und bin überrascht, diesen Zorn in ihrem Gesicht zu sehen, einen Zorn, der gegen die anderen gerichtet ist und auch in mir hochkocht. Warum ist sie zornig? Warum bin ich mir so sicher?

Ich kann mich immer noch nicht erinnern.

Wir reden noch eine Weile. Vielleicht streiten wir uns sogar. Schließlich zählt nur das, was wir bereits gesagt haben: Es ist unsere einzige Möglichkeit, hier herauszukommen. Und dann ...

Je stärker ich in meiner Erinnerung wühle, desto schneller scheint sie zu verfliegen. Ich erinnere mich, dass wir uns entschließen, bei Tagesanbruch aufzubrechen. Der Himmel wird bereits grau. Ich blicke von Horizont zu Horizont. Es sind keine Krähen zu sehen, und das bedeutet etwas.

Sie wollen den Rest der Geschichte hören? Nun, hier ist er. Wir verlassen die Straße, in der einen Hand die Hand unseres Partners, in der anderen unsere Schlüssel. Wir gehen zu dem Tor von Ys. Wir gehen durch die Finsternis. Wir verlassen sie wieder und betreten den Wald.

Nun, nicht alle von uns. Aber das wissen Sie ja schon.

Was wissen Sie denn nicht? Wonach suchen Sie in dieser Sache? Wir verließen die Finsternis. Ist das nicht alles, was zählt? Ein paar von uns haben es geschafft.

Sie wollen wissen, wer.

Habe ich recht? Sie wollen wissen, wer es heraus geschafft hat und wer nicht.

Und ich weiß nicht, warum ich das glaube, und ich weiß nicht, warum ich die Antwort nicht kenne.

Mit mir stimmt etwas nicht, oder?

Was ist in der Finsternis geschehen?

<Ende der schriftlichen Aussage.>

INTERVIEW

SARA DONOGHUE

9. Mai 2017

ASHFORD: Was ist in der Finsternis geschehen?
Sara antwortet nicht. Sie lässt die Schultern hängen und sitzt beinahe seitlich auf ihrem Stuhl, als würde sie ihren Körper von ihm abwenden wollen.
ASHFORD: Das haben Sie am Ende Ihrer Aussage geschrieben. »Was ist in der Finsternis geschehen?« Aber Sie waren dort, Sara. Sie waren die Einzige, die die ganze Zeit dort war. Sie sind die Einzige, die es wissen kann.
SARA: Aber ich weiß es nicht. Ich kann mich nicht erinnern.
ASHFORD: Das verstehe ich, Sara.
SARA: Ach ja? *Ich* verstehe es *nicht*. Warum kann ich mich nicht erinnern? Ich erinnere mich nicht, was geschehen ist, und ich erinnere mich nicht an Nick und … Da ist etwas, das ich vergessen habe, und dann wusste ich es wieder, aber jetzt ist es wieder weg. Aber das habe ich Ihnen schon erzählt, oder? Habe ich Ihnen davon erzählt?
Ihre Stimme klingt flehend.

ASHFORD: Sie sprechen von Miranda.
Sie seufzt und schließt die Augen.
SARA: Ja. Miranda. Ich ... Sie hat mir etwas gesagt. Etwas Wichtiges.
Ihre Finger klopfen auf den Tisch.
ASHFORD: Wann haben Sie sich diese Worte auf den Arm geschrieben, Sara?
Sie blickt hinunter auf ihren Arm, schiebt den Ärmel ein paar Zentimeter hinauf und runzelt die Stirn, während sie die Worte auf ihrem Arm betrachtet.
SARA: Ich erinnere mich nicht.
ASHFORD: Wissen Sie noch, warum Sie es taten?
SARA: Ich hab's versucht. Mich zu erinnern, meine ich.
ASHFORD: Aber Sie wissen nicht mehr, an was Sie sich zu erinnern versuchten.
Sara stößt ein hysterisches Lachen aus und kratzt sich mit den Fingern über die Kopfhaut.
ASHFORD: Dafür gibt es keinen Grund, Sara. Ich möchte, dass Sie mich anschauen.
Zögernd hebt sie ihren Blick.
ASHFORD: Sie klopfen diesen Rhythmus. Sie haben ihn vorhin mündlich wiederholt, als Sie sagten, dass Sie mir von Miranda erzählen wollen. Und Sie haben ihn sich auf den Arm geschrieben.
Sara sitzt regungslos da und atmet flach zwischen ihren Zähnen.
ASHFORD: Ich habe mir noch einmal Ihre Aussage angesehen, Sara. Mir ist aufgefallen, was Sie zu Mel im Leuchtturm sagten. »Zähle die Krähen.« Ich denke, ich weiß, was das bedeutet. Was dieser Rhythmus, den Sie immer wieder klopfen, bedeutet.

SARA: Bitte nicht.

ASHFORD: Ich möchte, dass Sie an die Schule denken, Sara. Denken Sie an den Tag, als Sie hinten auf der Treppe saßen, an den Tag, als die Nachrichten kamen. Ich möchte, dass Sie daran denken, was Sie dort gesehen haben.

SARA: Ich habe Vanessa gesehen.

ASHFORD: Davor.

SARA: Bäume. Und ...

ASHFORD: Ja?

SARA: Ich weiß nicht. Eine Krähe.

ASHFORD: Genau. Behalten Sie dieses Bild in Ihrem Kopf, Sara. Und nun möchte ich, dass Sie an Ihren Traum denken. Den Traum, den Sie von Miranda hatten. Was haben Sie am Himmel gesehen?

SARA: Vögel.

ASHFORD: Krähen. Wie viele?

SARA: Fünf.

Ihre Fingerspitzen klopfen die Zahl auf den Tisch.
Ashford nickt ihr ermutigend zu.

ASHFORD: Gut. Und dann ...

SARA: Nach dem Tor. Nach der Finsternis. Dort war die Krähe, die schrie. Und dann ... dann in der Stadt. Die Krähe, die den Mann attackierte.

ASHFORD: Eins und fünf und eins. Eins und vier und drei. Wo waren vier und drei, Sara?

SARA: Da waren so viele nach der Flut der Finsternis. Aber ... Aber dann flogen sie davon und nur vier blieben übrig. Und die Krähen erhoben sich von den Bäumen und dem See – es waren viel zu viele, um sie zu zählen –, doch drei von ihnen warteten am Tor. Da bin ich mir ganz sicher. Am Tor waren drei.

Sie klopft dreimal auf den Tisch, fest und rhythmisch, und blickt Ashford in die Augen.

SARA: Eins und fünf und eins. Eins und vier und drei. Und dann zwei Krähen auf dem Dachvorsprung des Hauses. Und fünf Krähen, als ich losgerannt bin, um Kyle zu retten. Und zwei ... und zwei Krähen ...

ASHFORD: Wo haben Sie zwei Krähen gesehen, Sara? Denken Sie nach. Erinnern Sie sich. Bitte.

SARA: Das Tor vor dem Strand. Nach Jeremy und Trina. Ich lief zu dem Tor, ich setzte mich. Die Sonne ging gerade unter. Ihr Licht schien rötlich über dem Wasser. Ich erinnere mich. Ich dachte, dass es überhaupt nicht wie Blut aussieht. Jeremys Blut war viel dunkler. Und dickflüssiger. Zwei Krähen landeten auf dem Tor. Und dann ... Und dann ...

Ihre Fingerspitzen zucken. Ashford schiebt ihr einen Stift und ein Blatt Papier hinüber.

ASHFORD: Eins und fünf und eins. Eins und vier und drei. Zwei und fünf und zwei. Sie schaffen das, Sara. Erinnern Sie sich.

Sie beginnt zu schreiben.

26

Und dann bin ich nicht allein. Jemand sitzt neben mir, eine Präsenz, die ich mehr spüre als sehe. Ich wende den Kopf gerade genug, um ihren Umriss erkennen zu können, der von dem sterbenden Licht durchdrungen wird wie trübes Wasser von der Sonne. Ich kann die Knochen in ihrer Hand zählen.

»Hallo Sara«, sagt Miranda.

»Du kannst nicht hier sein«, sage ich. Mir gelingt es nicht, den Kopf ganz zu ihr herumzudrehen. Angst macht sich in der tauben Hülle breit, die ich um mich herum errichtet habe. »Du bist verschwunden. In der Finsternis.«

»Es war nicht die Finsternis«, sagt sie. »Es war der Sonnenaufgang. Im Licht ist es schwerer, zu bestehen. Ich bin weniger wahrhaftig.«

Sie streckt ihre Hand aus. Sie verändert sich zu etwas Festerem, doch dann kann man wieder die Knochen und die Muskeln und die Adern unter ihrer Haut schimmern sehen. Sie zieht die Hand zurück.

»Was bist du?«, frage ich mit einem gehauchten Flüstern.

»Tot«, sagt sie und lacht schrill. »Aber ich schätze, das erklärt an einem Ort wie diesem nicht allzu viel.«

»Bist du ... ein Geist?«

»Ja. Ich bin weit weg von hier gestorben.« Jetzt drehe ich mich zu ihr um und blicke sie an. Sie lächelt ein wenig. Ein trauriges Lächeln. »Tut mir leid, dass ich so lange nicht da war. Hier ist es viel schwerer. Nicht nur wegen des Tageslichts. Es ist die Straße. Ich gehöre hier nicht her, und sie weiß es. Es ist leichter, sich bei Nacht vor ihr zu verstecken. Ich schätze aber, dass ich eine Weile in Sicherheit sein werde. Und wir müssen uns unterhalten.«

»Warum?«, frage ich. »Warum bist du hier? Und warum … Wieso hilfst du uns? Oder …?«

»Ich bin gestorben – bin umgebracht worden – und wieder aufgewacht«, sagt sie. »Ich hatte keine Ahnung, wo ich war oder was ich tun sollte. Aber dann habe ich die Straße gefunden. Oder sie hat mich gefunden. Sie sammelt Dinge ein. Verloren gegangene Dinge. So wie mich.«

»So wie die Kreaturen in dem Haus?«, frage ich.

»Ja, ein bisschen wie sie. Aber ich bin nicht so verloren, wie sie es sind. Wenigstens noch nicht. Vielleicht bleibt es so. Vielleicht nicht. Der Punkt ist folgender: Ein paar Tage nach meinem Tod habe ich deine Schwester gefunden.«

»Becca. Sie hat nichts davon erzählt.«

»Ich habe mich nicht gezeigt. Ich wusste damals nicht, wie man sich vor der Straße versteckt, und für jemanden – für *etwas* – wie mich, nun ja, wenn man ihre Aufmerksamkeit auf sich zieht … Sobald die Straße dich bemerkt, wirst du ein Teil von ihr. Du kannst ihr nicht mehr entkommen. Und so habe ich nur zugesehen. Manchmal hat Becca zu sich selbst gesprochen. Und auch zu dir. Ich wusste, dass du eines Tages auftauchen würdest, denn du bist ihre Schwester und das tun Schwestern nun einmal. Ich habe dir das Notizbuch gebracht.« Ich runzle die Stirn und denke an Isaac. *Sie hat dir eine Karte dagelassen.* Ich dachte, er meinte Becca. Er muss die beiden verwechselt haben. Wahrscheinlich hatte die Straße seinen Verstand schon so verwirrt, dass er nicht mehr zwischen dem lebenden und dem toten Mädchen unterscheiden konnte. Miranda fährt fort: »Ich habe geholfen, so gut es ging. Ohne dass die Straße mich bemerkt. Ohne dass *sie* mich bemerkt.«

»Ohne dass Becca dich bemerkt?«, frage ich verdutzt.

Sie schüttelt den Kopf. »Denk nach, Sara. Du bist ihr schon so nahe. Das hier ist vielleicht deine letzte Chance, dich zu erinnern.«

»Erinnern? Ich ...« Ich wende mich ab. Da ist etwas, das mir durch den Kopf spukt, ganz weit hinten. Womöglich ein Traum, den ich einmal hatte. Die Erinnerung einer Stimme flüstert mir ins Ohr. *Finde mich.* Nicht Becca. »Lucy«, sage ich. »Bin ich gar nicht wegen Becca hergekommen?«

»Natürlich bist du das«, sagt sie. »Du hättest dich durch hundert Welten gekämpft, um deine Schwester zu finden. Sie hat diese Liebe ausgenutzt, Sara, aber die Liebe war echt.«

»Ich habe von Lucy geträumt«, sage ich. »Ich habe gehört, wie sie nach mir gerufen hat. Sie wollte, dass ich sie finde. Ich höre sie immer noch. Aber ich ...« Ich erzittere. *Finde mich*, flüstert eine leise Stimme, und ich spüre das Gefühl von Fingerspitzen, die mir über die Handrücken streichen. »Warum kann ich mich nicht erinnern?«

»Orte wie dieser haben eine sonderbare Auswirkung auf das Erinnerungsvermögen. Sie machen es formbar. Hier gibt es Dinge, die das ausnutzen, so wie die Echos, die euch Nick genommen haben.« Der Name sagt mir nichts, und ich vergesse ihn sofort wieder. »Diese Dinge sind hungrig, verbittert, aber wenigstens sind ihre Beweggründe leicht zu durchschauen. Aber was sie macht, ist vielschichtiger.«

»Was ist es?«

»Sie verändert deine Erinnerungen, aber sie … sie öffnet dich auch«, sagt Miranda, »und macht dich verwundbar. Sie braucht dich, verstehst du? Um von hier wegzukommen. Sie ist gierig nach einem Leben, und sie wird sich deines nehmen, wenn sie es kann.«

»Meines nehmen? Was …? Wie …?«

»Hör zu, ich werde es dir so einfach wie möglich erklären«, sagt Miranda. »Seit du diese Träume hast, verformt sie deine Erinnerungen und deinen Verstand, denn wenn du erst einmal weißt, was sie ist und was sie will, wirst du versuchen, sie aufzuhalten. Sie wird jede Erinnerung verbergen, die du gegen sie verwenden könntest. Auch diese hier, denn ich habe dir gesagt, was sie vorhat. Wenn du dich nicht erinnern kannst, dann kannst du sie auch nicht bekämpfen.«

»Dann hilf mir«, sage ich verzweifelt. Ich spüre, wie sich die Finger der Angst um meine Kehle legen. Ich weiß, dass Miranda recht hat.

»Viel Zeit bleibt uns nicht. Die Straße ist mir auf der Spur«, sagt Miranda. »Und sobald du das Wasser überquert hast, werde ich dir nicht folgen können.«

»Wie halten wir sie auf?«

Es ist die einzige Frage, die wichtig zu sein scheint.

»Ich weiß es nicht«, sagt Miranda betrübt. »Ich weiß nicht einmal, ob du es überhaupt kannst. Aber wenn du dich erinnerst, dann hast du eine Chance. Ich kann dir deine Erinnerungen nicht zurückgeben, aber ich kann dir helfen, eine Art Karte anzulegen, die dich an diesen Punkt zurückführen wird. Und wenn du dich hieran erinnerst und daran, was sie ist und was sie tut, dann findest du vielleicht den Rest der Erinnerungen, die sie vor dir versteckt hält. Dann findest du die Wahrheit.«

»Eine Karte?«

»Ein Trick«, sagt sie. »Gedankengänge, die so unbedeutend erscheinen, dass sie nicht auf die Idee kommt, sie auszulöschen. Wenn es dir gelingt, diese Gedanken auf unsere Unterhaltung zurückzuführen, dann wird es womöglich reichen, um sie dir ins Gedächtnis zurückzurufen.«

»Was zum Beispiel?«, frage ich.

»Etwas Kleines, aber Handfestes. Ein Muster, das du nicht vergisst«, sagt Miranda. »Es kann alles Mögliche sein. Eine Farbe. Ein Satz, den du unterwegs aufgeschnappt hast. Ganz egal, was. Hauptsache du erinnerst dich daran. Es darf nur nichts sein, das sie zerstören möchte.«

Ich hebe meinen Blick zu dem Tor und den beiden Krähen, die darauf hocken. Sie waren die ganze Zeit da. Eine saß in dem Baum, als ich an jenem Tag in der Schule mit Vanessa sprach. Andere sind mir auf der Straße begegnet, entweder allein oder in Gruppen.

Miranda folgt meinem Blick. Ich brauche nichts zu sagen. Es ist, als würde sie wissen, was ich denke. Sie nickt. »Zähle die Krähen, Sara. All die Krähen, die du entlang des Weges gesehen hast. Erinnere dich an sie. Folge ihnen zurück bis zu diesem Augenblick und erinnere dich an mich.«

Sie erhebt sich. Das Licht schneidet durch sie hindurch. Hinter uns erklingen Stimmen. Sie kommen vom Gipfel des Hügels. Die anderen werden bald hier sein.

»Sara? Ich habe auch eine Schwester. Finde sie, wenn du kannst. Sie arbeitet für einen Mann namens Andrew Ashford. Sie können dir helfen. Sag Abby … Sag ihr, dass es mir leidtut. Sag ihr, sie soll nicht mehr nach mir suchen.«

Und dann ist Miranda verschwunden.

Eine der Krähen auf dem Tor krächzt und schlägt mit den Flügeln. »Zwei«, flüstere ich und klopfe mir bedächtig mit dem Finger auf den Oberschenkel.

INTERVIEW

SARA DONOGHUE

9. Mai 2017

Sara starrt auf das Blatt Papier, das sie beschrieben hat. Langsam legt sie den Stift weg. Und dann beginnt sie, das Blatt Papier zu zerreißen.
ASHFORD: Sara, nein ...
Er greift nach dem Papier. Sie schlägt seine Hand beiseite.
SARA: Nein! Fassen Sie es nicht an. Das dürfen Sie nicht ...
Sie ringen um das Blatt Papier. Er gewinnt und entreißt es ihr. Sie kreischt.
SARA: Nichts davon ist wahr! Ich habe gelogen. Ich habe Sie belogen. Nichts ist passiert. Ich saß ganz allein da – bis sie gekommen sind, um mich zu finden. Es ist nicht wahr.
Mit jedem Wort verflacht die Wut und Verzweiflung in ihrer Stimme. Sie legt ihre Hände auf den Tisch und blickt Ashford ruhig an. Er überfliegt das Papier und blickt immer wieder zwischen den Worten und dem Mädchen hin und her.
SARA: Es ist Unfug.
ASHFORD: Ach, wirklich.

SARA: Keine Ahnung, warum ich es geschrieben habe. Nichts davon ist passiert.
Ashford schweigt.
SARA: Sie glauben mir nicht.
ASHFORD: Ich glaube, dass Sie mir die Wahrheit sagen, wenigstens so, wie Sie sie sehen. Gewisse Erinnerungen sind nur schwer zu fassen. Aber ich denke, dass diese hier wichtig ist. Ich möchte, dass Sie an die Krähen denken, Sara. Ich möchte, dass Sie sie zählen. Sie sind wie Brotkrumen, die Sie zu Ihren verloren gegangenen Erinnerungen führen. Miranda hat Ihnen ein Werkzeug an die Hand gegeben. Denken Sie so lange daran, wie es geht. Ich bin gleich zurück.
SARA: Wohin gehen Sie?
ASHFORD: Ich denke, es ist an der Zeit, dass Sie mit Ihrer Schwester reden.

FÜNFTER TEIL

DIE WAHRHEIT

ANLAGE N

Gesprächsausschnitte aus dem Jahre 1963

»Ich habe nie aufgehört, darauf zu warten, dass sie nach Hause kommt. Als ob nichts gewesen wäre. Das würde zu ihr passen. Sie war solch ein kleiner Schelm. Darum haben wir auch so lange geglaubt, dass sie uns nur einen Streich spielen will, weil ihre Schwester die ganze Aufmerksamkeit bekam.«

Irene Callow, Mutter von Lucy Callow

»Sie war ein richtiges Miststück. Ist es schon immer gewesen. Sie ist in den Wald verschwunden, weil sie es nicht ertragen konnte, einmal nicht im Mittelpunkt zu stehen.«

William Callow, Bruder von Lucy Callow
(unveröffentlicht)

»Das Mädchen ist tot. Keine Geistergeschichte ändert etwas an der Tatsache, dass sie in den Wald gegangen und umgekommen ist.

Wenn Sie mich fragen ... Ihr Bruder war's. Dieses bescheuerte Märchen über die Straße, die verschwindet. Er hatte etwas zu verbergen. Und er war sauer, dass sie einfach weggerannt ist. Das habe ich schon immer vermutet. Aber was sollten wir machen, ohne eine Leiche?«

> Jack Brechin, Mass. State Police
> (unveröffentlicht)

*Notiz von Mark Watts, Reporter beim
Briar Glen Beacon, an seinen Chefredakteur:**

Ich arbeite schon viel zu lange an dieser Story. Ich träume schon von ihr. Ich übergebe Ihnen alles, was ich habe, zusammen mit dem Rest meiner Unterlagen. Wenn Sie noch mehr brauchen, dann suchen Sie sich jemand anderes, um es fertig zu schreiben.

¿Wollen Sie wissen, wohin Lucy gegangen ist?

---

* Örtliche Unterlagen deuten darauf hin, dass Mark Watts Briar Glen nach der Veröffentlichung des Interviews verlassen hat. Es war nicht möglich, eine Nachsendeanschrift zu ermitteln.

INTERVIEW

SARA DONOGHUE

9. Mai 2017

Die Tür öffnet sich langsam. Rebecca Donoghue tritt ein, Andrew Ashford folgt ihr. Ein blauer Fleck sprenkelt Rebeccas Wange, ihr linkes Auge ist leicht geschwollen. Bandagen bedecken ihre Arme in unregelmäßigen Abständen. Sara sitzt ruhig da und starrt hinunter auf ihre Hände, die zusammengefaltet auf dem Tisch liegen. Abigail Ryder betritt als Letzte den Raum. Ashford nickt ihr zu, und sie stellt sich in eine Ecke und führt ihre Hand an die Spritze in ihrer Tasche.

BECCA: Hallo Sara.

Sara murmelt etwas, blickt aber nicht auf.

BECCA: Dr. Ashford sagte, dass du vielleicht bereit bist zu reden. Über das, was geschehen ist.

SARA: Über *was*, was geschehen ist?

BECCA: Er sagt, dass du dich selbst erinnern musst.

Sara stößt ein Geräusch aus, eine Mischung aus einem Stöhnen und einem Winseln, wie ein Tier, das starke Schmerzen hat.

SARA: Ich will aber nicht.

BECCA: Sara, du brauchst Hilfe.

SARA: Ich brauche keine Hilfe. Mir geht es gut. Abgesehen davon, dass ich hier eingesperrt bin.
BECCA: Dir geht's nicht gut. Schon seit wir die Straße verlassen haben, geht es dir schlecht. Und das weißt du auch. Und du warst es doch … Du hast mir gesagt, dass ich sie anrufen soll. Du hast mich angefleht.
SARA: Sie lügt.
Sie blickt Ashford an. Ihre Augen sind finster und funkeln mit großer Intensität.
SARA: Verstehen Sie es denn nicht? Das, was wir von der Straße geholt haben … das war nicht sie. Und jetzt versucht sie, Sie zu verwirren. Sie manipuliert meine Erinnerungen. Sie lässt mich an Dinge denken, die es gar nicht gibt.
BECCA: Das ist nicht wahr.
ASHFORD: So bringt es nichts, Sara. Wir wollen nur die Wahrheit hören. Wir wollen nur wissen, was geschah, als Sie die Straße verließen.
SARA: Sie hat sich gegen uns gestellt.
ASHFORD: Lucy?
SARA: Nein, *sie*.
Sie deutet auf Becca und stößt ein ersticktes Lachen aus.
SARA: Aber Sie glauben mir nicht. Sie glauben, dass ich es bin, mit der etwas nicht stimmt. Dabei hat sie mir das angetan. Sie ist ja nicht einmal Becca. Verstehen Sie denn nicht?
Becca drückt sich eine Hand auf den Mund und wendet ihren Blick ab, als würde sie es nicht ertragen können, ihre Schwester in diesem Zustand zu sehen.
ASHFORD: Wenn das wirklich stimmt, dann sollten Sie uns erst recht erzählen, was geschehen ist, Sara.

Becca geht um den Tisch und zieht einen Stuhl zu sich herüber. Sie setzt sich neben ihre Schwester und legt ihre Hand auf Saras.
BECCA: Alles wird gut, Sara. Aber wir müssen darüber reden, was passiert ist.
Sara seufzt und lehnt ihren Kopf an Beccas Schulter.
SARA: Ich bin so müde.
BECCA: Ich weiß.
Sara berührt vorsichtig eine von Beccas Bandagen.
SARA: Habe ich das getan?
BECCA: Es war nicht deine Schuld.
SARA: Aber es stimmt, oder? Ich habe dir wehgetan.
BECCA: Du hast mich gerettet, Sara. Du hast so sehr gekämpft, nur um mich zu finden. Aber nun musst du noch ein bisschen länger kämpfen. Denk an die Krähen, Sara. Denk an die Krähen und schreib es auf.
SARA: Bleibst du bei mir?
BECCA: Ich gehe nirgends hin.
In der Ecke lehnt sich Abby an die Wand und behält alles im Auge. Saras Finger klopfen den bekannten Rhythmus. Ashford schiebt ihr einen Stift und ein Blatt Papier herüber. Sie nimmt den Stift, fängt aber noch nicht an zu schreiben.
BECCA: Wir machten uns bereit, die Straße zu verlassen.
SARA: Das ist richtig. Lucy sagte, sie kennt den Weg.
BECCA: Mel und Kyle bildeten ein Pärchen. Und dann stritten wir uns darüber, wer mit wem gehen soll. Du sagtest, dass Anthony und ich zusammenbleiben sollen, aber ich wollte mit dir gehen.

> Aber das wollte ich nicht laut aussprechen, damit Anthony sich nicht verletzt fühlt und ...

SARA: Und dann hat Lucy eine Wahl getroffen.
BECCA: Lucy hat dich gewählt.
Sara sieht Becca mit stetem Blick an.
SARA: Bist du dir wirklich sicher, Rebecca? Du weißt nicht mehr, was in der Finsternis geschehen ist, stimmt's? Ich muss mich gar nicht selbst erinnern. Ich muss mich für *dich* erinnern. Du hast es versucht und kannst es nicht.
BECCA: Sara ...
SARA: Vielleicht bin nicht ich das Problem.
BECCA: Glaubst du das wirklich?
SARA: Keine Ahnung. Du denn?
Becca wendet den Blick ab. Sara seufzt.
SARA: Es tut mir leid. Ich werde versuchen, mich zu erinnern. Wir waren also am Ende der Straße ...
Sie beginnt zu schreiben.

27

»Ich werde mit Sara gehen«, sagt Lucy.

Das beendet unseren Streit, bevor er überhaupt begonnen hat. Niemand von uns möchte klare Ansagen machen, denn dann wären wir gezwungen zuzugeben, dass es Unstimmigkeiten gibt.

Wir stehen am zerfallenen Ende der Straße. Das erste Tageslicht sickert über den Horizont. Es fällt auf Lucys Haut und gleitet darüber hinweg, so wie es sein sollte, und die Spannung, die ich in meiner Brust verspürt habe, ohne es zu merken, löst sich. Ich kann nicht genau sagen, warum, aber es hat etwas mit dem Sonnenaufgang zu tun – und mit Knochen.

»Bist du sicher?«, frage ich. »Becca hat viel mehr Erfahrung.«

»Noch ein Grund mehr, unser Wissen unter uns aufzuteilen«, sagt Lucy. Sie blickt hinüber zu Kyle und Mel, die sich ohne Diskussion oder Widerspruch zusammengetan haben. »Es ist unwahrscheinlich, dass wir als Gruppe beisammenbleiben können, sobald wir die Straße verlassen haben. Ich werde mich bemühen, euch alle im Auge zu behalten, aber wir müssen uns darauf einstellen, dass wir als Paare allein sein werden.«

»Wie finden wir dann den Weg? Wie bleiben wir am Leben?«, fragt Mel.

»Ihr müsst immer euer Ziel fest im Blick haben«, sagt Lucy. »Die Tore von Ys. Tut alles, um diesen Namen im Gedächtnis zu behalten. Es gibt immer noch ein paar Überreste der Straße. Versucht, ihnen zu folgen. Sie werden für jeden von uns anders aussehen, aber die Regeln gelten immer noch. Bleibt dort, wo der Weg sein sollte, und ihr seid sicher. Na ja, sicher*er*.«

»Das klingt unmöglich«, sagt Mel.

»Aber das ist es nicht. Andere sind der Straße entkommen«, entgegnet Becca. Ich nicke zustimmend.

»Es gibt noch ein Tor vor den Toren von Ys«, sagt Lucy. »Es ist zerstört, aber gut zu erkennen. Wenn ihr es erreicht, bleibt dort. Da ist es sicher, und wir können uns wiederfinden. Danach kommt die Finsternis. Das letzte Stück, bevor wir die Tore von Ys erreichen.«

»Und dann?«, frage ich.

Lucy zögert. »So weit bin ich noch nie gekommen«, sagt sie. »Ich habe meine Partner verloren. Ich konnte nicht durch die Finsternis hindurch. Aber ich denke, wenn wir es bis zum letzten Tor schaffen, wenn wir Ys erreichen ... dann können wir einfach gehen.«

»Ein Kinderspiel«, sagt Mel trocken.

»Aber nichts, worauf wir uns irgendwie vorbereiten könnten«, sagt Becca. »Was bedeutet, dass wir es einfach wagen sollten, bevor wir es uns anders überlegen.«

»Ganz meine Meinung«, sagt Anthony. »Wir können es schaffen. Und ob es finster wird oder nicht, lasst niemals die Hand eures Partners los. Wir überleben nur, wenn wir zusammenbleiben.«

»Nicht loslassen«, wiederhole ich.

Lucy nickt, lächelt mich ermutigend an und streckt

ihre Hand nach meiner aus. Ich zögere für den Bruchteil einer Sekunde, bevor ich sie nehme.

Ich höre kaum das Klicken von Beccas Kamera.

Das Licht wird stärker. Lucy strahlt förmlich darin. Ihre Venen bilden ein blaues Astwerk unter ihrer milchweißen Haut. Ihre Hand ist warm und fühlt sich sehr lebendig an, und trotzdem richten sich meine Nackenhaare auf. Ich werfe Becca einen unsicheren Blick zu. Doch sie ist damit beschäftigt, ihre Kamera wieder zu verstauen und mit Anthony zu flüstern. Ich bin mir nicht sicher, wer von ihnen zugibt, besorgt zu sein, und wer die Ermunterung ausspricht.

»Lasst uns beginnen«, sagt Lucy verlegen. Sie zieht sich eine Stofftasche über die Schulter und zeigt mir ihre Wangengrübchen. Dann winkt sie John zum Abschied zu und macht einen ersten tänzelnden Schritt. Ich folge ihr, wenn auch weniger anmutig. Wir finden unseren Weg über die letzten verbliebenen Steine der Straße. Ich versuche zu erkennen, in welcher Form sie sich durch die Bäume schlängelt, sehe aber nur vereinzelte Bruchstücke.

»Wir werden es schaffen«, sagt Lucy mit einer Überzeugung, die mich neidisch macht. »Ich bin den Weg schon einmal gegangen.«

»Aber ihr habt es nicht beide geschafft«, erinnere ich sie.

»Du bist viel stärker, als er es war«, sagt Lucy. »Und du hast bessere Freunde.« Sie erklärt mir nicht, was das heißen soll. Stattdessen macht sie einen Schritt von den Steinen herunter. Ich folge ihr.

Die Welt zerreißt. Es gibt keinen anderen Weg, es zu beschreiben. Farben trennen sich voneinander. Materie gestaltet sich um, stürzt ins Chaos und findet eine neue Ordnung. Wir stehen in einem Wald, in einer Wüste und in der Mitte eines Platzes in der Innenstadt, wo Menschen an uns vorüberhuschen, während sie ihre grauen Augen auf den Boden richten. Ich gerate ins Taumeln, doch Lucy durchschreitet fest entschlossen eine Welt und betritt die nächste.

Die Luft um uns herum surrt und flüstert.

Wohin geht ihr?
     Wohin bringt sie dich?
 Ich kenne dich.
      Ich kenne sie.
  Die Tore sind offen.
    Das Meer strömt herein
Korallen und Knochen
      Wo bist du?
 Wer bist du?

Das Flüstern wächst zu einem Wald, und wir stehen zwischen den Bäumen. Es ist ein uralter Wald. Die Stämme sind so dick, dass nicht einmal drei Männer ihre Arme um sie legen könnten. Das Kronendach ist so dicht, dass nur einzelne Lichtsprenkel den Weg durch das zitternde Laub zu uns herunter finden. Wir stehen auf einem Fleck Straße, der aus sieben nebeneinanderliegenden Steinen besteht. Ich schnaufe. Lucy grinst. Ihre Wangen erröten und ihre Augen strahlen.

»Siehst du?«, sagt sie. »So schlimm ist es nicht.«

Ich spüre noch immer, wie sich die Wirklichkeit in meinem Inneren verschiebt.

»Keine Zeit zu verschwenden«, sagt sie.

»Warte ...«, beginne ich, doch sie hat unsere kleine Insel bereits verlassen und tritt ... in ein Meer. Das Wasser schließt sich über uns, tief und düster und voller Echos. Walgesang und Heulen. Ich höre meinen Namen und drehe mich um. Ich öffne den Mund, ohne nachzudenken, um zu atmen. Wasser strömt herein, doch es erstickt mich nicht. Ein Mann steht, nein, treibt neben mir. Er starrt geradeaus. Ein Stück Stoff umwickelt ihn wie ein Leichentuch. Sein Mund ist weit aufgerissen, seine Miene voller Trauer.

Wir sind nichts weiter als Korallen und Knochen, seit sie das Wasser hereingelassen hat. Aber sie verstehen die Sage nicht. Sie behaupten, dass Dahut, töricht und verliebt, wie sie war, die Tore für ihren Liebhaber öffnete und die Flut sich hineinschleichen konnte. Doch ihr Liebhaber war kein Mann aus Fleisch und Blut und Knochen. Er war viel älter und größer als jeder Mann. Er sang ihr von Zerstörung, und sie ließ ihn hinein, damit er jeden Teil von ihr bedeckte. Damit er jeden Teil von uns verschlang. Verstehst du?

Dann ein Lachen. Wir gehen weiter. Einen Schritt oder zehn – ich weiß es nicht. Es sollte uns unmöglich sein zu gehen, so wie das dunkle Wasser uns umgibt, doch wir gehen. Und nun geht eine Frau neben mir.

Wir sind nichts weiter als Korallen und Knochen, seit sie das Wasser hereingelassen hat. Aber sie verstehen die Sage nicht. Sie sagen, es war ein Unfall. Sie sagen, sie habe vergessen, das Tor vor der Flut zu verschließen, aber so war es nicht. Dahut öffnete die Tore für eine Macht, die viel älter und grausamer ist, als wir es verstehen können, und empfing sie mit offenen Armen. Aber die weisen Männer von Ys riefen nach dem Meer und ertränkten ganz Ys, nur um sie aufzuhalten. Verstehst du?

Nein, möchte ich ihr sagen, aber sie ist schon wieder weg, und nun geht ein Kind neben mir her. Unsere Füße taumeln über Schlamm und Stein.

Wir sind nichts weiter als Korallen und Knochen, seit sie das Wasser hereingelassen hat. Aber sie verstehen die Sage nicht. Sie öffnete die Tore, aber sie ertrank, bevor sie ihren Liebhaber hereinlassen konnte, und die Tore wurden wieder geschlossen. Und doch besteht sie fort. So wie die Straße fortbesteht. Sie zieht sie an, die Reisenden, singt Lieder für sie, damit sie nach Ys kommen und damit sie entfliehen kann, um ihren Liebhaber zu finden. Das Meer kann ihn nicht für immer ertränken. Die Straße kann sie nicht für immer zurückhalten. Verstehst du?

Ich schnappe nach Luft, und wir sind wieder auf festem Boden. Noch ein Haufen Steine, ein Rest der Straße.

»Was hast du gesehen?«, fragt Lucy und neigt ihren Kopf. »Was hast du gehört?«

»Ich bin mir nicht sicher«, sage ich. »Wir waren im Wasser, und dort waren Menschen. Ich glaube, sie haben von Ys gesprochen.«

»Einmal kam ein Gelehrter die Straße hinunter«, sagt Lucy. »Er sagte, die Stadt Ys sei ein französischer Mythos. Er sagte, es gebe ein paar Gemeinsamkeiten mit den Dingen, die er über Ys auf der Straße gehört habe, doch es gebe auch Unterschiede, und er konnte sich nie entscheiden, ob es irgendeine Geschichte war, die die Straße ihm offenbarte, oder ob es die Wahrheit hinter den Trugbildern der Straße war.«

Die Geschichte verrutscht und verschiebt sich in meinem Kopf. Dahut, diese Frau, versuchte, etwas Uraltes und Schreckliches in die Stadt zu lassen. Es gelang ihr nicht, doch die Stadt wurde zerstört, was die Straße erschuf. Das, so glaube ich wenigstens, erklärt mir Lucy, so wie Becca es mir schon zuvor erklärt hatte.

Ich erinnere mich, dass die Straße nach einigen Menschen ruft. Becca hörte Lucy rufen. Was hat Lucy gehört? Was war es, das sie zur Straße lockte? Ys? Dahut? »Was glaubst du?«, frage ich.

»Ich denke, es ist echt«, sagt Lucy. »Ich denke, es gab eine Stadt namens Ys und eine Frau namens Dahut, die sie ertränkt hat. Und was das andere angeht … Nun, ich weiß nicht, ob es diese uralte Macht gab oder einen anderen Grund, warum Dahut die Stadt geflutet hat. Aber ich denke, dass es keine Rolle spielt. Du vielleicht? Es ist egal, *warum* wir hier sind, nur dass wir es sind und dass wir entkommen möchten.«

Dies ist einer von vielen Momenten, in denen ich daran denken muss, wie jung sie ist – kaum mehr als 15 Jahre. Und doch ist sie seit Jahrzehnten hier. Ein ganzes Leben lang. Das muss einen Menschen verändern, oder? Aber sie lächelt und zeigt mir ihre Grübchen, und dann blickt sie über ihre Schulter und der Moment vergeht.

»Sieh nur«, sagt sie.

Ich blicke mich um. Hinter uns ist kein Wasser mehr, sondern ein abfallender Hügel und an seinem Fuß goldfarbene Weizenfelder, die sich in alle Richtungen ergießen. In einer Lücke zwischen den wogenden Getreidestängeln sehe ich Mel und Kyle. Sie rennen,

Hand in Hand, und mit jedem Schritt klatscht Mels Rucksack gegen ihren Rücken.

»Sie laufen vor irgendetwas davon«, sage ich. Ich kann Mels Gesicht nicht erkennen, aber ich kann mir die Angst vorstellen, die sich darin abzeichnet. Ich will zu ihnen laufen, doch Lucy hält mich zurück. »Wir müssen ihnen helfen«, protestiere ich.

»Ihnen wird schon nichts geschehen«, sagt sie. »Und wenn doch, gibt es nichts, was wir für sie tun können. Wir müssen zum Tor. Wir sind schon fast da.«

Sie macht einen Schritt von den Steinen herunter. Wir sind ...

In einem Wald. Ich kenne den Wald und ich kenne ihn nicht. Es ist der Wald von Briar Glen, nur viel jünger, die Bäume sind kleiner und das Licht ist heller. Eine Stimme ruft.

Lucy. Lucy, wo bist du?

Lucy, ich wollte das nicht.

Verdammt noch mal, Lucy.

Lucys Hand erzittert in meiner. Ihre Augen sind groß. Plötzlich sieht sie aus, als hätten sich Schichten von ihr gelöst. Jahrzehnte. Sie ist ein Kind, das schlotternd neben mir steht.

»Wir müssen jetzt gehen«, sagt sie. »Wir müssen weg von hier. Er kommt.«

»Wer kommt?«, frage ich, aber ihre Hand ist mir schon entglitten. Sie rennt los und verschwindet zwischen den Bäumen.

Ich sehe sie. Oder ist sie dort drüben? Lucy und ein Echo von Lucy. Lucy und die Erinnerung an Lucy. Ein Kind und ... was immer aus ihr geworden ist.

Und beide rennen.
Ich renne hinterher.
Lucy!
Diese Stimme. Sie donnert durch die Bäume, unvorstellbar tief und laut. Schritte grollen über den Boden, und ich denke an die Bestie, doch als ich mich umdrehe, sehe ich nur einen jungen Mann in einem Oberhemd, die Ärmel aufgekrempelt, die Haare zerzaust. Er sieht aus wie sie.

Lucy, komm zurück, du dummes Kind!
Sie ist neben mir, aber sie ist es nicht wirklich. Sie ist die falsche Lucy, das Echo, die Erinnerung, das Kind, so dünn wie Seidenpapier.

»Wir müssen gehen«, sagt sie zu mir. »Er wird uns schnappen.« Sie streckt mir die Hand entgegen, aber ich zucke zurück. Echokind. Nicht echt. Nicht richtig. *Er kommt.* Jeder Schritt bringt ihn zwei Meter näher, der Boden unter uns bewegt sich, um uns zusammenzubringen, und bevor ich etwas machen kann, packt er sie.

Er fasst sie bei den Schultern und hievt sie hoch und drückt ihren Rücken gegen einen Baumstamm, auf einen hervorstehenden abgebrochenen Ast. Er drückt immer fester, und das Holz gleitet blutlos durch ihre Mitte. Sie schreit und schlägt um sich, doch er lässt nicht locker.

Dann hört sie auf zu schreien. Sie hängt schlaff da. Er macht einen Schritt zurück, als würde er nachsehen, ob ein Bild gerade an der Wand hängt. Und dann dreht er sich zu mir um.

Sie ist solch ein Balg. Verstehst du?

»Sara.« Mein Name, durch zusammengepresste Zähne gehaucht. Lucy – die echte Lucy – hockt weiter vorn hinter einem Baumstamm. Ihr ganzer Körper zittert, und ihre Augen sind mit Angst erfüllt. »Sara, hier entlang. Schnell.« Sie winkt mich zu sich herüber.

Ich husche an dem Mann vorbei. Er schnappt nach mir, doch sein Griff erwischt nur meine Schulter und gleitet von ihr ab. Lucy streckt ihre Hand nach mir aus, und ich sehe, dass jeder Muskel ihres Körpers angespannt ist und verzweifelt darauf wartet zu fliehen.

Ich nehme ihre Hand, und zusammen hasten wir durch den Wald. Die Bäume neigen sich und klappen auf uns herunter wie eine Falle, die sich in Zeitlupe schließt. Irgendwo zwischen ihnen sehen wir ein blasses Stück der Straße, eine Hoffnung auf Rettung oder so etwas in der Art – aber es ist noch so weit weg. Wir werden es nicht erreichen. Er wird uns einholen. Es sei denn ...

Ys. Wir müssen nach Ys, denke ich, so wie ich es schon so oft gedacht habe, aber dieses Mal korrigiere ich den Gedanken. *Konzentriere dich auf mich*, denke ich. *Nicht auf Lucy. Auf mich.*

Ich richte den Gedanken auf ... Eigentlich weiß ich nicht so recht, worauf. Die Straße, schätze ich. Und ich spüre, wie sich mir etwas zuwendet, das hungrig ist. Es ist ein einziger Mund, feucht und voller Zähne. Der Wald verschwindet unversehens, genau wie die stampfenden Schritte.

Wir taumeln und werden langsamer. Wir sind nicht länger im Wald, sondern in einem Park. Ich kenne ihn.

»Es tut mir leid«, sagt Lucy. »Die alte Angst existiert noch immer in dem Körper. Ich dachte, ich hätte sie hinter mir gelassen, aber ich fürchte, sie besitzt noch immer Macht über mich.«

Ich höre nicht zu. Meine Augen fixieren den Pfad, der vor uns liegt. Er führt zu einer Brücke, hinter der die Steine der Straße liegen. Doch zwischen uns und unserem Ziel, auf der Brücke, stehen ein Mädchen und ein Junge.

Ich. Und Anthony.

»Ach, dann ist das alles meine Schuld?«, fragt mein anderes Ich und stiert ihn zornig an.

»Wir alle haben Becca geliebt«, sagt er.

So ist es abgelaufen. An jenem Abend auf der Brücke. Das ist die Unterhaltung, die wir geführt haben.

»Ist auch egal«, flüstert mein anderes Ich. »Es spielt jetzt keine Rolle mehr.«

»Nein, das tut es nicht«, sagt Anthony. »Was immer auch passiert ist, ich bin jetzt für dich da. Keine Ahnung, ob es ein Scherz oder eine Falle ist oder ob sich dort draußen in dem Wald wirklich etwas versteckt hält, aber ich werde dich nicht allein gehen lassen.«

»Was ist mit den anderen?«

»Sie werden kommen, wenn du sie darum bittest«, sagt er.

Mein anderes Ich schüttelt den Kopf. »Das werden sie nicht. Vor allem nicht, wenn sie wissen ...«

»Es ist nicht nötig, sie zu belügen, damit sie deine Freunde sind.«

»Versprichst du es? Wir haben seit Monaten nicht miteinander gesprochen, Anthony.«

Er wendet den Blick ab.

»Trina würde kommen.«

»Wenn ich sie darum bitte? Vielleicht. Aber wenn *du* sie bittest, wenn du ihnen sagst, dass du dich um mich sorgst, dass ich bestimmt allein gehen würde, dass ich eure Hilfe brauche ...«

»Du willst also, dass ich sie belüge. Sara, so muss es nicht sein.«

»Doch, das muss es. Nur so kann ich sicher sein, dass sie kommen werden. Wenn Becca wirklich noch lebt, dann sollten wir alle dort sein und versuchen, sie zu finden. Ich habe recht. Mit allem. Und das weißt du.«

Er schweigt eine ganze Weile. »Sara. Hast du die SMS verschickt?«

Mein anderes Ich antwortet nicht. Es macht ein Foto von dem dunklen Wasser und betrachtet das Display mit einem Stirnrunzeln.

Anthony seufzt. »Ich kapiere einfach nicht, warum du glaubst, dass keiner von uns mit dir gehen würde. Du musst nur fragen.«

»Echt jetzt?«, fragt mein anderes Ich und greift nach seinem Handy. »Mal sehen.«

Ihre Stimme wird leiser. Lucy zieht mich weiter, und mit jedem Schritt in Richtung Brücke verklingt sie immer mehr, bis sie – genau wie alles andere – zu Nebel wird, ein Nebel, der um uns heraufzieht und sich wie Ranken kalt und feucht um unsere Füße legt. Und dann erheben sich die Rippen des Tores aus dem Nebel, dunkel und so stark verbogen, dass ihre Spitzen fast den Boden berühren. Lucy hält inne. Sie blickt mich von der Seite an.

»Davor läufst du weg?«, fragt sie.

»Es ist meine Schuld«, sage ich und blicke zurück in den gestaltlosen Nebel, während meine Hände schlaff an meinen Seiten herunterhängen und ich darauf warte, dass die Illusion – die Erinnerung? – sich noch einmal zeigt. »Es ist alles meine Schuld.«

INTERVIEW

SARA DONOGHUE

9. Mai 2017

BECCA: Ist es wirklich so passiert?
Ihre Stimme ist leise, sanft, aber verletzt.
SARA: Ich weiß es nicht. Ich erinnere mich, dass ich es auf der Straße gesehen habe. Und daran habe ich mich zuvor nicht erinnert. Aber ich dachte, ich würde mich erinnern, wie es wirklich war, aber das stimmt nicht. Ich habe Anthony nicht gesagt, dass er die anderen holen soll. Ich habe ihm gesagt, dass er nicht kommen muss. Ich habe ihm gesagt, dass keiner von ihnen kommen muss.
Ashford räuspert sich.
ASHFORD: Sara, wir hatten Einsicht in Jeremy Polks Handy. Dort waren einige Textnachrichten, die er und Anthony ausgetauscht haben.
SARA: Und?
ASHFORD: Sie sind nicht eindeutig, aber ... Warten Sie, ich habe einen Ausdruck.
Er braucht einen Moment, um die betreffende Seite in seinen Unterlagen zu finden und sie Sara zu reichen. Sie legt die Stirn in Falten, während sie liest.

ANLAGE O

*Textnachrichten zwischen Jeremy Polk und
Anthony Beck*

Jeremy **Anthony**

18/04/17
Wie ist es gelaufen? Warum wollte sie
dich auf der Brücke treffen?

> Es ist kompliziert.

Kompliziert, weil ich recht hatte
und sie spinnt?

> Kompliziert, weil ich in den Wald
> gehen werde.

Mit ihr?

> Jup. Und mit jedem, der kommen
> wird. Es würde mich freuen, wenn du
> auch dabei wärst.

Kein Problem.

>Echt? Ich dachte,
>ich müsste dich überreden.

Keine Bange. Wenn sie ausflippt und
mit 'ner Schere auf dich einsticht,
dann will ich dabei sein und es filmen.

>Das ist nicht lustig.

Ich meine es ernst. Das Mädchen
tickt nicht mehr richtig.

>Sie hat ihre Schwester verloren.
>Zeig mal ein bisschen Nachsicht.

Genau das mache ich doch.
Und? Hat sie die SMS verschickt?

>Nein.

Meinst du mit Nein, dass sie es nicht
getan hat oder dass du nicht glauben
willst, dass sie es getan hat?

>Ich meine, hör auf mich zu fragen.

>Du weißt, dass du ein
>Arsch bist, oder?

Jup.

> Schon mal daran gedacht,
> kein Arsch zu sein?

Ich spare mir mein spirituelles
Wachstum fürs College auf.
Ignorier mich einfach, okay? Ich weiß,
sie ist deine Freundin und sie hat eine
Menge durchgemacht.

Ich stehe zu dir, egal was passiert.

> Ich wusste, dass du das
> sagen würdest.
>
> Du bist ein guter Freund, Jeremy.
>
> Aber echt jetzt. Hör auf,
> so ein Arsch zu sein.

Wir haben noch unser ganzes Leben
vor uns. Irgendwann werde ich schon
dazu kommen.

INTERVIEW

SARA DONOGHUE

9. Mai 2017

SARA: Das beweist gar nichts.
ASHFORD: Er schreibt, dass Sie um das Treffen im Park gebeten haben.
SARA: Habe ich das?
BECCA: Sara. Ich denke, was du auf der Straße gesehen hast, entspricht der Wahrheit.
SARA: Dann hat Lucys Bruder sie auf einen Ast gespießt?
BECCA: Vielleicht nicht im wörtlichen Sinne. Aber es gibt einen Grund, warum du das gesehen hast.
SARA: Ich habe mich schuldig gefühlt. Vielleicht hat die Straße mir das gezeigt, damit ich mich noch schuldiger fühle. Ich lüge nicht. Ich erinnere mich nicht, dass es so passiert ist ... dass ich ihn gebeten habe, die anderen zum Mitkommen zu überreden.
Sie greift nach Beccas Hand und blickt sie flehend an.
BECCA: Ich glaube dir, Sara. Ich glaube dir wirklich. Aber du vergisst bestimmte Dinge.
SARA: Aber warum? Warum kann ich mich nicht daran erinnern, was wirklich geschehen ist? Was stimmt denn nicht mit mir?

Sie wendet sich Ashford zu. Ihre Stimme ist rau und fordernd. Abby richtet sich in der Ecke auf, bereit einzuschreiten, aber Sara bleibt auf ihrem Stuhl sitzen.

ASHFORD: Die Schuldgefühle, die Sie empfinden, weil Ihre Freunde gestorben sind, machen es Ihnen schwer, über jene Nacht nachzudenken. Sie machen sich Vorwürfe. Ihr Verstand schaltet wie von selbst ab, und so ist es leichter, diese Erinnerung in den Tiefen Ihres Gehirns versteckt zu halten. Und es ist einfacher, daneben auch andere Dinge zu verstecken. Das Ganze soll Sie davon abhalten, Ihre falschen und fehlerhaften Erinnerungen infrage zu stellen. Ich bin überzeugt, dass diese Erinnerung der Schlüssel ist und Sie erkennen lässt, was Lucy Ihnen antut ... und was sie Sie vergessen lassen will.

SARA: Sie meinen, was in der Finsternis passiert ist.

ASHFORD: Das ist ein Teil davon, ja.

SARA: Und was ist der andere Teil?

ASHFORD: Eins nach dem anderen.

SARA: Sie wiederholen sich.

ASHFORD: Ich mache es nicht aus Herzlosigkeit. Sie müssen diese Aufgabe allein bewältigen, Sara. Wir können es nicht für Sie tun. Und Sie möchten es schaffen, habe ich recht? Sie wollen die Wahrheit erkennen und wieder heil werden.

Saras Fingernägel kratzen über die Oberfläche des Tisches. Sie senkt den Kopf seitlich, ihre Augen sind halb geschlossen.

SARA: Manchmal schon ... Manchmal ... Manchmal möchte ich ...

Becca nimmt ihre Hand.
BECCA: Bleib bei uns, Sara. Zähle die Krähen. Folge dem Pfad, den Miranda dir geebnet hat. Erinnere dich.
SARA: Ich will dir nicht schon wieder wehtun.
BECCA: Das wirst du nicht.
SARA: Nein. Du solltest gehen. Ich will dir nicht wehtun. Bitte. Das ist es nicht wert. Ich …
ABBY: Ich werde schon aufpassen, dass Sie niemanden verletzen.
ASHFORD: Abby.
Sara blickt Abby unbewegt an.
SARA: Versprochen?
ABBY: Sie wollen Ihre Schwester beschützen, stimmt's? Das ist Ihnen am wichtigsten. Und das ist ein Grund, warum Sie nicht aus sich herauskommen. Sie fürchten sich davor, was passieren könnte, wenn Sie bestimmte Türen öffnen. Das verstehe ich. Und ja, ich verspreche es. Wenn ich glaube, dass Sie ihr wehtun werden, halte ich Sie auf.
SARA: Sind Sie sicher, dass Sie es können?
ABBY: Ja, ganz sicher.
Sara nickt.
SARA: Gut. Okay. Dann können wir es noch einmal versuchen.
ASHFORD: Ganz bestimmt? Ich möchte Sie zu nichts drängen.
Sara runzelt leicht die Stirn.
SARA: Nein. Ich denke, wir müssen es tun. Und zwar schon bald. Ich … Ich fürchte, dass uns die Zeit davonläuft. Sie läuft *mir* davon.

Sara zieht die Augenbrauen zusammen. Ihre nächsten Worte sind nur ein Flüstern.
SARA: Verstehen Sie?

28

Es dauert nicht lange, bis die anderen uns eingeholt haben. Keine Ahnung, ob ich bereits vergesse, was ich auf der Brücke gesehen habe. Sogar jetzt, während ich mich daran erinnere, was ich vergessen habe, kann ich mich nicht daran erinnern, *wann* ich es vergessen habe. Ist das nicht seltsam?

Mel und Kyle finden uns zuerst, und ich gerate in Panik, denn Becca und Anthony hätten vor ihnen hier sein sollen. Doch es dauert keine Minute, bis sie aus dem Nebel hasten und ganz in unserer Nähe ankommen. Ihre Mienen sind genauso leidgeprüft wie die der anderen.

»Das war vielleicht ein Trip!«, sagt Mel, was die Sache gehörig herunterspielt. Sie zeigt ihre Zähne, doch es ist kein Lächeln. Ich möchte sie fragen, was sie gesehen haben, und ich erkenne dieselbe Frage in ihren Gesichtern, aber keiner stellt sie laut. Eine Beichte würde andere Beichten mit sich bringen, und das würde, so glaube ich, niemand von uns ertragen können.

»Das ist es also«, sagt Anthony. »Das letzte Tor.«

»Nicht das letzte«, sagt Lucy. »Eines kommt noch.«

Das Tor, das zu Ys führt. Und von dort auf den Weg nach Hause.

Wir klettern über das kaputte Tor und helfen einander hinüber. Auf der anderen Seite führt die Straße hinaus in den Nebel wie ein versunkener Bootssteg. Keiner von uns rührt sich.

»Wir sind so weit gekommen«, sage ich. »Wir können es schaffen.« Ich nehme zuerst Beccas Hand, dann Mels. Mels fasst Kyles Hand ganz fest, und Anthony nimmt ihre andere. Dann schließen Becca und Anthony den Kreis. Lucy macht einen Schritt zurück, um uns diesen Augenblick zu geben. Genau so haben wir uns bei den Händen gehalten, bevor wir auf die Straße gegangen sind. Ein Kreis, nur aus uns, und so viele sind nicht mehr dabei.

»Ihr seid meinetwegen hier«, sagt Becca. »Ihr alle. Ich weiß nicht, wie ich all das, was ihr durchmachen musstet, was ihr verloren habt, jemals wiedergutmachen kann.«

»Wir haben es *für* dich getan. Nicht *wegen* dir«, sagt Anthony. »Fühle dich nicht schuldig. Fühle dich …«

»Geliebt«, sage ich leise. »Wir sind hier, wir alle, aus Liebe. Zu dir. Zueinander. Sogar zu Jeremy, auch wenn ich bezweifle, dass er das gern hören würde.«

»Ein viel zu harter Kerl für solch ein rührseliges Zeug«, sagt Mel mit einem leicht schiefen Lächeln, und wir kichern. »Sara hat recht. Wir sind aus Liebe hier. Wegen all dem, das wir dafür bereitwillig aufgegeben haben. Vor allem Trina. Sie hat dich mehr als alles andere in der Welt geliebt, Kyle, und sie würde das, was sie getan hat, noch tausendmal tun, wenn sie wüsste, dass es dich nach Hause bringt. Und darum werden wir dich jetzt nach Hause bringen.«

»Ich hoffe, ich bin es wert.«

»Ich hoffe auch, dass ich es wert bin«, sagt Becca. Sie werfen sich einen Blick zu, der zuerst voller Schmerz und dann von einer Art Frieden erfüllt ist.

»Wir kommen alle nach Hause«, sagt Anthony. »Jeder von uns. Damit wird es zu Ende gehen.«

»Jeder von uns«, wiederholen wir.

Der Kreis löst sich. Anthony hält noch immer Beccas Hand, und Mel bleibt noch einen Moment in meiner Nähe. Wir kennen die richtigen Gepflogenheiten noch nicht, die kleinen Dinge, um uns gegenseitig Mut zuzusprechen, nicht als Freunde – oder *nur* als Freunde –, sondern was immer es auch ist, das aus uns wird. Wir müssen uns mit einem unbeholfenen Lächeln begnügen, mit einem Blick, der eine Sekunde länger dauert, als er es gestern noch getan hätte, und einer kurzen Berührung unserer Hände.

Dann tritt Lucy wieder an mich heran und nimmt mit einem süßen Lächeln noch einmal meine Hand.

»Jetzt ist es nicht mehr weit«, sagt sie. »Schon bald wird alles vorüber sein.«

»Sollen wir vorangehen?«, frage ich.

»Das machen wir«, sagt Kyle. »Ich meine, wenn's okay ist. Ich will es nur noch hinter mich bringen.« Er wendet seinen Blick von mir ab.

Wortlos sehen wir zu, wie Mel und Kyle in den Nebel laufen und zu Schatten werden, bevor sie darin verschwinden.

»Bereit?«, fragt Lucy mich.

»Bereit«, lüge ich, und dann folgen wir ihnen.

Die Straße ist hier in einem überraschend guten

Zustand. Zwar berühren sich nur wenige ihrer Steine, aber die Ränder sind eindeutig genug und zeichnen sich in halbwegs regulären Abständen auf dem Boden ab. Der Nebel macht uns blind, was ich fast als Wohltat empfinde. Ich möchte gar nicht sehen, was um uns herum los ist.

Wegen des Nebels entdecken wir die Finsternis erst, als wir schon fast in ihr stehen. Wir nehmen sie kaum zur Kenntnis, außer dass wir unsere Hände noch fester halten.

»Fast geschafft«, sagt Lucy zu mir oder vielleicht auch zu sich selbst. Wir lassen die Grenze zur Finsternis hinter uns und treten in diesen sonderbar widerhallenden Bereich.

Ich zähle die Schritte. Eins, zwei, drei, vier. Das Verlangen ist da – *lassloslassloslasslos* –, aber ich beiße auf die Zähne, und Lucys Griff lässt nicht locker.

Und dann gerät sie ins Straucheln. Sie atmet schwer, und ihre Hand hält meine mit erschreckender Verzweiflung immer fester.

»Lucy? Geht es dir gut?«, flüstere ich.

»Warte kurz«, sagt sie. »Hier ... Halte meinen Arm.«

Sie schiebt ihre Hand durch meine und führt meine Finger bis zu ihrem Oberarm hinauf, sodass ich sie fassen kann, ihre Hände aber frei bleiben. Ich höre, wie sie in ihrer Tasche wühlt, und dann ... Licht. Ich blinzle gegen die plötzliche Helle an. Sie hält die abgetrennte Hand mit der Kerze. Viel ist davon nicht mehr übrig, aber sie stellt sie zu unseren Füßen ab. Wir befinden uns noch immer zwischen den verstreuten Steinen. Weiches Gras wächst um sie herum.

»Was ist los?«, frage ich und sehe dann, dass sie blutet. Zuerst verdeckt ihr Haar es noch, doch das Blut läuft an ihrem Hals herab, sammelt sich über ihrem Schlüsselbein und tränkt ihr Kleid. Ihre Augen sind glasig. Sie taumelt. »Was ist passiert? O mein Gott. Was ... Was soll ich nur tun?«, frage ich.

Sie schält die Lippen von ihren Zähnen. »Was passiert ist? Lucys Bruder ist ein Schwein. Das ist passiert«, sagt sie. »Und es gibt nichts, das du tun kannst. Außer wenn du 65 Jahre in der Zeit zurückkreisen und ihn davon abhalten kannst, ihr einen Stein in den Schädel zu schlagen.« *Lucy. Ihr* Schädel. Ich blinzle verdutzt, aber mir fehlt die Zeit, darüber nachzudenken.

Das Blut strömt immer schneller und dicker. Sie schwankt. Ihre Knie geben nach. Ich greife instinktiv nach ihr, aber ich kann nicht mehr tun, als sie sanft zu Boden zu lassen. Sie keucht.

»Was soll ich tun?«, frage ich noch einmal.

»Ist schon gut«, sagt sie mit schwacher Stimme. »Ich wusste, dass es geschehen würde. Darum musste ich beim letzten Mal umkehren. Lucy lag bereits im Sterben, als sie die Straße betrat. So nah am Ende holt es sie einfach wieder ein. Das ist alles.«

»Was soll das heißen, Lucy lag im Sterben?«, frage ich. »Du bist Lucy. Was ...?«

»Darum konnte ich sie nicht benutzen, um wegzukommen«, sagt sie. »Aber du und deine Schwester ... Ihr seid beide sehr empfänglich. Es hat mich keine große Mühe gekostet, euch mich hören zu lassen. Bei Lucy war es genauso. Schade, das mit dem Sterben.« Etwas bewegt sich hinter ihren Augen, und ich begreife, dass ich unrecht hatte. Lucy ist nicht Jahrzehnte älter, als sie aussieht.

Diese Augen zeigen die Last von Jahrhunderten.

»Du bist Dahut«, flüstere ich.

Sie grinst. »Und du bist mein Weg aus diesem Gefängnis«, sagt sie und greift nach mir. Bevor ich zurückweichen kann, packt sie meine Hand. Etwas strömt aus ihr, etwas, so kalt wie das Meer, und in mich hinein.

Und
    ich
        erlösche.

VIDEOBEWEIS

Aus der Kamera von Becca Donoghue

Aufgenommen am 19. April 2017, 0:49 Uhr

BECCA: Etwas stimmt nicht.
ANTHONY: Nimm einfach weiter auf.
Zuerst zeigt die Kamera nur Dunkelheit. Dann, in der Ferne, ein Licht mit einer sonderbar trüben Oberfläche und eine kniende Gestalt dahinter.
BECCA: Warum soll ich das aufnehmen? Wir sollten einfach hinübergehen.
ANTHONY: Ich will davon eine Aufnahme. Ich traue Lucy nicht. Und die Kamera ist viel besser als die von meinem Handy.
BECCA: Dann nimm du sie.
Sie reicht ihm die Kamera und zerrt ihn weiter. Der Abstand zwischen der Kamera und dem Licht scheint zu schrumpfen, schneller als er es sollte, und dann stehen sie schon in dem Lichtkegel. Sara hockt neben der flackernden Kerze. Lucy liegt in einer Blutlache daneben.
BECCA: O mein Gott.
Sie eilt hinüber und kniet sich neben Lucy. Sie sucht nach der Quelle des Blutes und versucht, sie mit ihren Händen zu schließen.

BECCA: Was ist passiert? Sara? *Sara!*
Sara reißt den Kopf hoch und fokussiert ihren Blick.
SARA: Keine Ahnung. Sie ist einfach umgekippt.
BECCA: Wo kommt das ganze Blut her?
SARA: Keine Ahnung.
Sie steht auf und hebt die abgetrennte Hand vom Boden. Das Kerzenwachs sammelt sich in der hohlen Handfläche und verteilt sich in ihren Falten. Ein einziger Tropfen löst sich von der Flüssigkeit und fällt zu Boden.
SARA: Wir müssen weiter. Die Kerze hält nicht mehr lange.
BECCA: Lassen wir sie einfach zurück?
SARA: Uns bleibt keine andere Wahl.
Becca erhebt sich. Sie blickt hinunter auf ihre Hände, legt die Stirn in Falten und wischt ihre Finger an ihrem T-Shirt ab.
BECCA: Hört ihr das?
ANTHONY: Was denn?
BECCA: Nichts. Es … Es ist sehr leise.
Sie sieht beunruhigt aus.
ANTHONY: Lasst uns nur von hier verschwinden.
Er gibt Becca die Kamera zurück.

<Ende der Aufnahme.>

29

Es gibt Dinge, die ich nicht erzählen sollte.
Es gibt Dinge, an die ich mich nicht erinnere.
Es gibt Dinge, die ich nicht weiß.
Das eine von dem anderen zu unterscheiden, ist viel schwerer, als man sich vorstellen kann. Keine Ahnung, ob ich es richtig gemacht habe. Ich weiß nicht so recht, welche Dinge Sie wissen sollten und welche der Dinge, die ich gesagt habe, der Wahrheit entsprechen.
Denn nicht alles, was Ihnen erzählt wurde, kann wahr sein, oder?
Aber das hier stimmt:
Ich weiß nicht, wie lange ich ohne Bewusstsein bin, in diesen Momenten, nachdem Dahut mich ergriffen hat. Als ich wieder zu mir komme, erwache ich in einer Finsternis. Doch es ist nicht die Finsternis der Straße. Es ist ein Labyrinth. Es ist ein Haus. Es ist ein Käfig. Ich renne, ich jage jemandem hinterher.
Lucy, denke ich, aber der Name ist glitschig wie ein Traum. *Dahut*, rufe ich und erhalte ein Lachen als Antwort.
Das Haus zersetzt sich und fügt sich wieder zusammen, aber nicht von selbst. Eine Kraft steckt dahinter, ein böswilliger Architekt mit sorgfältiger Hand. Türen verschwinden hinter Wänden. Flure erscheinen, wo

keine sein sollten – falsche Pfade, um meinen Verstand zu täuschen.

Ich weiß nicht, wie lange ich an diesem Ort bin, und spüre, wie mein tiefstes Inneres brutal umgeformt wird. Und dann erwache ich in einer Finsternis. Dieses Mal ist es die Finsternis der Straße, und in der Finsternis höre ich ein Geräusch.

Das Geräusch von Wellen.

»Beweg dich nicht«, flüstert Becca. Ihre suchenden Finger finden meinen Arm. Sie atmet im Gleichtakt mit Anthony, und ich weiß, dass auch sie sich gefunden haben.

»Was ist passiert?«, frage ich.

»Das Licht ist erloschen«, sagt Anthony. »Gerade eben. Hast du es nicht …? Aber schaut, ich glaube, wir sind da.«

Überall um uns herum scheint Licht. Es ist nicht das Licht der Kerze, sondern ein grünlicher Schein, der in schmalen Streifen von einer gewaltigen Höhe bis hinunter auf den Boden fällt. Ich hebe den Kopf, immer noch ein wenig verloren und stutzig. Mein Verstand springt von einer Sache zur nächsten, ist aber nicht in der Lage, die Verbindung zwischen ihnen zu erfassen.

Becca macht ein schnalzendes Geräusch hinter ihren Zähnen und sieht erschrocken und fragend zu, wie das Licht stärker wird.

Wir stehen auf einer gepflasterten Straße. Um uns herum erheben sich Gebäude zu Türmen und Kuppeln und Minaretten – ein prachtvolles Durcheinander von architektonischen Stilarten. Ihre Seiten sind von Fransen und Falten und Rinnsalen aus verschiedenfarbigen

Korallen überwuchert. Das Licht, das von oben herabscheint, sieht aus, als fiele es durch die Oberfläche eines riesigen Gewässers. Ich kann sogar ein paar sich kräuselnde Wellen erkennen, aber wir ertrinken nicht, genauso wenig wie zu der Zeit, als ich mit Lucy durch den formlosen Raum gelaufen bin. Dort war es wie in einem Traum, aber das hier hat die Substanz von Haut und Steinen. Es ist greifbar und eher echt als unwahr.

Die abgetrennte Hand liegt zu meinen Füßen. Die Kerze ist heruntergebrannt. Mehr als eine Wachspfütze und ein verrußter Fleck, der einmal der Docht war, ist nicht übrig geblieben.

»Was ist das?«, fragt Anthony. Er und Becca berühren sich kaum noch. Nur die letzten beiden Finger seiner Hand liegen lose um ihre. Doch sie fasst mich fest am Arm.

»Ys«, sage ich mit einer Gewissheit, die sich wie Eisen um meinen Brustkorb schließt. »Das ist Ys.«

»Da sind sie ja«, sagt eine Stimme, und ich drehe mich um. Einen Moment lang erscheint mir das Mädchen wie eine Fremde und das Lächeln auf ihrem Gesicht unerklärlich. Und dann erkenne ich sie. Es ist Mel. Erleichterung und Zuneigung überkommen mich, ohne dass sie mich wirklich erreichen. Es ist, als würde eine Scheibe aus Glas sie zurückhalten. Kyle ist bei ihr, und zusammen laufen sie die Pflasterstraße zu uns herunter. Mel erreicht mich und nimmt meine Hand. Ich sollte mehr empfinden, dessen bin ich mir sicher, aber stattdessen konzentriere ich mich auf die kühle, trockene Beschaffenheit ihrer Handfläche. »Ihr habt es geschafft. Wo ist Lucy?«, fragt sie.

»Ihr ist etwas zugestoßen«, sagt Anthony. »Sie ist tot.«
Mel schluckt, nickt aber nur. Lucy war eine Fremde, und wir haben all unsere Trauer bereits verbraucht. »Aber wir haben es geschafft«, sagt sie. »Das ist Ys, stimmt's?«

Irgendwo hinter uns, zwischen dem Wirrwarr aus Gebäuden, ertönt ein tiefes, widerhallendes Geräusch.

Ich löse mich von Mels Hand und bewege mich darauf zu. Ihre Finger gleiten ohne Widerstand von meinem Arm, und einen Moment später höre ich die Schritte der anderen hinter mir.

Alles, was aus Holz gemacht war, ist verrottet, doch die Steine stehen noch. Die Gebäude sind leer. Wir gehen nicht hinein, um es zu überprüfen, aber sie umgibt eine Einsamkeit, eine hohle Art, mit der sie auf uns herunterblicken, die keinen anderen Schluss zulässt. Und es wird noch deutlicher, als wir um eine Ecke gehen und sie finden.

Die Gruppe steht vor den Toren von Ys. Die Frauen tragen lange Kleider, die den Farben der Korallen entsprechen, und juwelenbesetzte Nadeln schmücken die üppig wuchernden Haare auf ihren Köpfen. Die Männer tragen Gamaschen und Tuniken, die von Gürteln zusammengehalten werden. Einige von ihnen tragen Laternen, doch die meisten stehen mit leeren Händen da. Sie gehören genauso wenig wie die Gebäude einer bestimmten Zeit oder einem bestimmten Land an. Sie sind die Summe aus Hunderten Vorstellungen und nicht ganz echt oder im Einklang miteinander.

Die Tore sind massiv. Sie sind höher als zehn Männer und nicht aus Schmiedeeisen, sondern aus massivem

Stein, in den Wellenmuster eingraviert sind. Jedes Gesicht in der Menge blickt das Tor an. Jedes Gesicht – auch das eines blonden Mädchens mit scharfen Gesichtszügen und einem schlanken, muskulösen Körper.

»Trina?«, sage ich, aber als ich an sie herantrete, scheint sich die Menge zu verschieben, ohne dass sie sich bewegt, und sie ist verschwunden. Ich halte inne. Ich verspüre einen Schmerz in meiner Brust.

Ein Knall donnert durch die Luft, die Tore erzittern, als wären sie von einem Schlag getroffen worden. Die Menschenmenge erstarrt vor Schrecken und die Atemzüge von eintausend Kehlen machen ein zischendes, schleppendes Geräusch. Die Anspannung löst sich nur langsam.

»Das ... Das ist das Tor?«, fragt Anthony. Wir stehen noch ein ganzes Stück hinter dem Menschenhaufen. Noch scheint uns niemand bemerkt zu haben. Vielleicht ist es ihnen auch egal, dass wir dort sind. »Das ist das Tor, das wir öffnen sollen?«

»Ich finde nicht, dass wir es öffnen sollten«, sagt Becca.

»Aber das ist der Weg, der nach Hause führt, oder?«, frage ich und mache einen Schritt vorwärts. »Er führt durch das letzte Tor.« Ich möchte es öffnen. Ich muss es öffnen. Irgendwer dahinter wartet nur darauf, dass ich es öffne.

»Nein«, sagt Becca und hält mich am Handgelenk fest. »Das ist nicht der Weg nach Hause. Kannst du es nicht spüren? Was immer auch dahinter wartet, es ist ...«

»Hungrig«, beendet Mel den Satz mit einem Schaudern.

»Ys ist für ihn untergegangen«, sagt Becca. Ihre Augen sind unscharf, und ihr Körper schwankt leicht hin und her. »Ys, die Versunkene. Ys, die Ertrinkende. Ys, längst verloren. Wir bewegen uns zwischen ihren Gebeinen. Wir sprechen zu ihren Erinnerungen. Ys ist das Ende der Straße. Und das Ende der Straße ist Ys.«

»Becca?«, sagt Anthony, doch sie scheint ihn nicht zu hören oder uns zu sehen. Sie taumelt vorwärts.

»Ich kann es hören. Nun, da es still ist, höre ich sie alle. Die Ertrunkenen«, sagt sie. »Sie halten Wache, damit es geschlossen bleibt. Das Tor. Um ihn fernzuhalten. Dahuts Liebhaber. Dahuts Herrn und Meister. Sie lockt uns hierher, und wir füttern die Straße. Wir ernähren sie, indem wir sie bereisen. Indem wir sterben. Wir halten die Straße am Leben, damit *sie* am Leben bleibt. Und eines Tages wird sie entkommen. Eines Tages wird sie ihn erwecken und das Tor öffnen, und wir werden die ganze Welt fluten müssen, um ihn aufzuhalten.«

Die anderen treten beunruhigt von einem Fuß auf den anderen. Ich greife nach Beccas Hand und versuche, sie zu beruhigen. »Stopp. Hör nicht hin«, sage ich mit einer Dringlichkeit, die mich selbst überrascht. »Alles, was wir wissen, sagt uns, dass wir durch das letzte Tor treten müssen. Nur so kommen wir nach Hause.« Sie blickt mich mit halb blinden Augen an. Wieder ertönt der Knall. Etwas klopft an das Tor. Etwas will hinein.

»Die alte Geschichte von der Straße«, sage ich. »Darin heißt es, dass man um etwas bitten kann, wenn man ihr Ende erreicht. Ein Wunsch. Was, wenn das hinter dem Tor auf uns wartet? Was, wenn wir sie …«

»Zurückbringen können?«, fragt Kyle. »Trina? Jeremy? Vanessa?« Er schüttelt den Kopf. »Auf keinen Fall. Becca hat recht. Das ist nicht unser Heimweg.«

»Aber was dann?«, will ich wissen.

Becca dreht sich um. Sie hebt die Hand und deutet. Dort ist sie, die Finsternis. Sie wartet. »Das ist der Weg nach Hause.«

»Oder es ist nur eine weitere Falle«, sage ich.

Aber die anderen, das merke ich, hören auf sie. Mel tritt an mich heran. »Ich denke, sie hat recht, Sara. Sie ist schon viel länger auf dieser Straße als wir. Sie ist es, die Lucy hören konnte. Ich denke, wir sollten auf sie hören.«

»Es geht nicht«, sage ich und werfe einen Blick zurück auf Anthony und Becca. Wir können nicht durch die Finsternis gehen. Wir sind nur zu fünft.«

»Wir haben keine andere Wahl«, sagt Anthony.

»Wir werden es nicht alle schaffen. Noch ein Wunder wird nicht geschehen«, sage ich. »Die Kerze ist abgebrannt. Niemand wird kommen, um uns zu retten. Wenn wir durch das Tor gehen ...«

»Das Tor ist nicht da, um uns einzusperren«, sagt Anthony. »Hörst du das Geräusch denn nicht? Es sperrt etwas *aus*.«

Das Meer kann ihn nicht für immer ertränken. Meine Lippen sind trocken und schmecken nach Salz.

»Wir werden es schaffen«, sagt Becca. »Wir werden einen Weg finden.«

Anthony schüttelt den Kopf. »Sara hat recht. Einfache Mathematik. Gerade und ungerade Zahlen. Wir dürfen die Regeln nicht brechen, nicht so spät im Spiel.

Wenn es nur vier von uns schaffen, ist es immer noch besser, als wenn es keiner von uns schafft.«

»Das lasse ich nicht gelten«, sagt Becca. »Wir werden einen Weg finden. Ich bin seit einem Jahr an diesem Ort, und trotzdem habt ihr mich gefunden. Wisst ihr eigentlich, wie unwahrscheinlich das war? Wir ...«

Die Panik in ihrer Stimme lässt etwas in mir zerbrechen. Das letzte bisschen Hoffnung erlischt – oder vielleicht erwacht auch nur der letzte Rest an Trotz, wenigstens einen Moment lang.

Wir können das Tor nicht öffnen. Was immer auch dahinter liegt ... Ich spüre seine Macht wie eine Hitze oder einen Frost, und es tut jetzt schon weh. Ich muss nicht wissen, was es ist, um zu wissen, dass ich nicht dafür verantwortlich sein möchte, es entfesselt zu haben. Wenn es stimmt, was die Straße mir zugeflüstert hat, dann wurde diese ganze Stadt überschwemmt, um *es* daran zu hindern, hineinzugelangen. Und jeder Reisende, der vorübergezogen ist, hat sich für die Ungewissheit der Finsternis entschieden.

Und auch wir werden uns dafür entscheiden.

»Also gut«, sage ich. »Mel, du nimmst Kyle. Verschwindet von hier.«

»Aber ...« Mel blickt zwischen uns dreien hin und her. Doch sie weiß, was zu tun ist – Kyle muss überleben, mehr als wir anderen. Sie will uns nicht zurücklassen, aber sterben will sie auch nicht. Wer würde das schon wollen?

Noch einmal tritt sie an mich heran. Ihr Kuss ist flüchtig und keusch, und ich wünsche mir, dass er für immer andauert. »Ich sehe dich auf der anderen Seite«, sagt sie, als gäbe sie ein Versprechen ab, dass ich zu halten habe.

»Geht. Und bleibt nicht stehen, bevor ihr zu Hause seid«, sage ich. »Wartet nicht im Wald. Bring nur Kyle in Sicherheit. Wir werden uns später wiederfinden.«

Sie nickt zögernd. »Seid vorsichtig«, sagt sie und blickt hinüber zur wartenden Finsternis. »Es hat viel mehr Spaß gemacht, als wir noch Kinder waren. Als alles nur ein Spiel war.«

»Nur 13 Schritte«, erinnere ich sie.

»Oder in meinem Fall sieben. Dann kam Tommy Jessop angerannt und hat uns mit Luftschlangenspray eingesprüht«, sagt Mel. Sie versucht ein Lächeln, doch es misslingt ihr.

»Ihr werdet es schaffen«, verspreche ich ihr. Sie nickt – und dann gehen sie.

Wir sehen zu, wie sie auf die Finsternis zulaufen, Hand in Hand. Mel blickt sich noch einmal um. Kyle nicht.

Und dann verschwinden sie in der Finsternis.

»Becca«, sage ich und blicke Anthony an. »Gibst du uns eine Minute?«, frage ich ihn.

Er zögert. Dann nickt er und macht ein paar Schritte zur Seite, weit genug, damit er uns nicht hören kann, wenn wir flüstern. Ich ziehe Becca an mich heran und lege meine Hände in ihre. Meine Stirn berührt ihre. Sie zittert. Die Bewegung durchfährt mich wie ein Echo.

»Eine von uns muss hierbleiben«, sage ich.

»Du willst bleiben, oder?«, sagt sie mit einem Zorn, der ihre Worte beschneidet.

Die Antwort darauf bleibt mir im Hals stecken.

Ich sollte bleiben. Oder nicht? Ich will, dass meine Freunde leben. Meine Schwester. Mein bester Freund. Wie könnte ich einen von ihnen zurücklassen? Nein. Ich sollte es sein. Und doch hat sich etwas verändert, und das lässt mich erschauern. Ich kämpfe dagegen an, auch wenn ich nicht so recht weiß, dass ich kämpfe, dass ich versuche, mich selbst wieder in Ordnung zu bringen. »Du musst gehen«, sage ich. »Du weißt, dass du es musst. Ansonsten ist all dies umsonst gewesen.«

»Das lasse ich nicht gelten.«

»Ich weiß, dass du es nicht hören willst. Aber du weißt, dass es stimmt.«

»Dann musst du mit mir kommen.«

Ich will protestieren. Sie werden nicht meinetwegen sterben. Anthony und Becca sollten gehen, aber ich kann es nicht aussprechen.

»Ich habe mich bereits entschieden«, fährt Becca fort. »Im Boot, als du gestürzt bist ... Ich habe nach dir gegriffen. Ich wähle dich.«

Noch immer sage ich nichts. Stattdessen drücke ich ihre Hände und schließe die Augen. In diesem Augenblick durchläuft uns etwas, eine Macht, die ich nicht beschreiben kann, und der Schmerz in meiner Brust lässt nach.

Anthony räuspert sich. Wir blicken in derselben Bewegung auf. Er steckt gerade sein Handy in seine Tasche.

»Ich schätze, es ist offensichtlich, was passieren muss«, sagt er. »Ich bleibe.«

Schuldgefühle durchschneiden mich wie ein Messer, aber er fährt fort, bevor ich etwas sagen kann.

»Wir müssen nicht ... Natürlich werdet ihr euch gegenseitig wählen. So sollte es sein. Ich finde auch, dass es die richtige Entscheidung ist. Und ich möchte es euch ersparen, sie zu treffen. Ich bleibe freiwillig.« Sein Gesicht zeigt ein Lächeln. »Und außerdem, wenn ich eine Weile bleibe, dann wird vielleicht ein anderer Trottel ...« Er kann den Satz nicht beenden. Ihm fehlt die Hoffnung oder der Glaube, es auszusprechen.

»Das ist nicht fair«, sagt Becca. Sie läuft mit drei schnellen Schritten zu ihm hinüber und wirft sich in seine Arme. Er drückt sie fest an sich, und ich wende mich ab und gehe ein paar Meter, um ihnen diesen letzten gemeinsamen Moment zu gönnen.

Es dauert ein bisschen, bevor ich Schritte hinter mir höre und Anthony mir auf die Schulter tippt. Ich drehe mich um. Becca steht wie ein Häufchen Elend da und starrt leer in die Ferne.

»Du solltest nicht bleiben müssen«, sage ich.

»Hey. Ich kann nicht zulassen, dass Jeremy als Held dasteht und mir die ganze Show stiehlt«, sagt Anthony. »Ganz egal, wo wir einmal enden, er würde es mir immer wieder aufs Brot schmieren.« Er reibt sich mit der Hand über den Hinterkopf. »Hör zu, Sara. Ich weiß, dass es zwischen uns gerade nicht gut läuft.«

»Glaubst du, das ist wichtig?«, frage ich.

»Es ist wichtig«, sagt er. »Vielleicht wollen wir uns das nicht eingestehen, doch es stimmt. Wir reden nicht mehr miteinander. Wir sind nicht mehr die Freunde, die wir einmal waren. Ich war nicht für dich da, und du, seien wir ehrlich, warst ein ziemlicher Arsch.«

»Ein riesengroßer Arsch«, sage ich. Er lächelt.

»Ich will nicht, dass du es mit dir herumschleppst, wenn du gehst. Stell dir einfach vor, wir hätten genug Zeit gehabt, um uns auszusprechen und wieder Freunde zu sein. Beste Freunde, so wie früher. Versprochen?«

Tränen verwischen mir die Sicht. Ich halte sie nicht zurück. Er nimmt mich in den Arm, und ich kann mich nicht erinnern, wann er das zum letzten Mal gemacht hat.

»Sei stark. Bring Becca nach Hause. Und blicke niemals zurück«, flüstert er. Dann löst er sich von mir. Auch ihm laufen Tränen über die Wangen, und auf seiner Miene macht sich eine Angst breit, die er nicht zeigen will. Als er von mir ablässt, schiebt er sein Handy in meine Tasche.

Und dann bleibt uns nichts anderes, als Abschied zu nehmen.

Wir kommen durch die Finsternis. Zählen die Schritte im Einklang. Unsere Hände sind eng verschränkt gegen das Verlangen loszulassen. Wir kommen durch die Finsternis und lassen Anthony zurück, und ein neu geschriebener Teil meiner Seele triumphiert.

Ich schätze, ich begreife jetzt, was als Nächstes geschehen ist. Wenigstens besser als damals. Zu jener Zeit dachte ich nicht einmal darüber nach, was ich tat. Es war reiner Instinkt, unbewusstes Handeln, ohne zu überlegen. Wir treten aus der Finsternis. Meine Hand ist noch immer ganz feucht von Lucys Blut. Es ist dasselbe Blut, das an Beccas T-Shirt und an ihren Händen klebt – und den einsamen Streifen unterhalb ihrer Kehle bildet, wo sie sich spontan die Hand abgewischt hat. Wir taumeln hinaus, und unsere Hände lösen sich voneinander. Die Straße verschwindet bereits hinter uns, und als Becca blinzelt, vom Sonnenlicht geblendet, verschwinde ich auch. Ich stehle mich davon.

Ich höre Stimmen im Wald. Es ist die Polizei, die nach Trina sucht. Ich hoffe, dass sie Becca finden wird. Ich weiß nicht mehr, wie ich nach Hause komme, aber das Nächste, an das ich mich bewusst erinnere, ist, dass ich in dem Badezimmer stehe, das Becca und ich uns unser Leben lang geteilt haben, und dass ich mir den Schmutz von den Füßen und das Blut von den Händen wasche. Dann krieche ich unter meine Bettdecke und liege wach im frühen Licht des Morgens.

Es dauert nicht lange, bis die Polizei da ist. Ich höre meine Mutter unten, ihre Stimme klingt schrill und ungläubig. Als sie nach oben kommt, um mich zu holen, stelle ich mich halb schlafend und stutzig, so als würde ich nicht begreifen, was sie mir sagt.

Becca lebt noch. Sie ist wieder da. Aber es gibt ein Problem. Und sie wollen wissen, ob ich Trina Jeffries und ihren Bruder gesehen habe.

Nach den anderen fragen sie mich noch nicht. Es ist, als würde die Straße sie vergessen machen. Sie fragen nie nach ihnen als Gruppe. Niemand scheint zu bemerken, dass sie alle in derselben Nacht verschwunden sind. Letzte Nacht. Wir haben nicht einen einzigen Sonnenaufgang verpasst, ganz egal wie viel Zeit auf der Straße vergangen ist.

Schließlich einigen sie sich darauf, dass Trina Jeffries nach dem Angriff auf ihren Stiefvater davongelaufen ist. Kyle kommt nach Hause. Er erzählt ihnen, was Chris ihm angetan hat. Das spielt für Trina keine Rolle mehr. Sie suchen nach einem Mädchen, das sich in Luft aufgelöst hat.

Und Becca ... Endlich kommt Becca nach Hause. Sie finden keinen Grund, ihr aus dem Blut einen Vorwurf zu machen, und wenn sie sich fragen, was aus den anderen verschwundenen Teenagern geworden ist, dann fragen sie nicht lange.

Ich sitze in meinem Zimmer, als sie zurückkehrt. Dad ist zu Hause. Er tut so, als wäre er nie gegangen, doch das hält nicht lange an. Becca verspricht, dass sie den Weg nach oben findet, und so kommt sie allein. Ich höre jedem ihrer Schritte zu. Sie klopft an meine Tür und öffnet sie.

Wir haben uns bereits auf dem Polizeirevier gesehen, aber dort konnten wir nicht darüber sprechen, was geschehen ist. Sie sieht mich mit leerem Blick an.

»Wohin bist du gegangen?«, fragt sie.

Ich warte auf diese Frage, schon seit ich sie im Wald zurückgelassen habe, doch ich kann sie ihr nicht beantworten. »Ich weiß es nicht«, sage ich. »Ich erinnere mich nicht.« Ich möchte ihr sagen, dass mit mir etwas nicht stimmt, doch ich sage es nicht. Ich möchte ihr sagen, dass ich mich verändert habe, dass ich verändert worden bin, doch auch das sage ich nicht. »Mel ist gut nach Hause gekommen. Kyle auch.«

»Gut«, sagt sie mit greifbarer Erleichterung. Sie kommt zu mir herüber und setzt sich neben mich. »Ich erinnere mich nicht mehr, was passiert ist, nachdem Anthony und ich in die Finsternis gegangen sind.«

»Ach, nein?«, sage ich überrascht. Vielleicht auch nicht überrascht. »Mir fehlt auch so einiges.«

»Was ist mit Lucy und Anthony geschehen?«

»Ich …« Ich kenne die Antwort und ich kenne sie nicht. Wir sind alle in die Finsternis gegangen. Becca und ich haben sie wieder verlassen. Das ist alles, was ich weiß.

Meine Finger klopfen einen sonderbaren Rhythmus auf der Bettdecke. Becca nimmt meine Hand.

»Wichtig ist, dass wir in Sicherheit sind«, sagt sie mit Nachdruck.

»Wir sind in Sicherheit«, stimme ich zu. Natürlich habe ich unrecht. Genau wie sie.

Wir sind alles andere als in Sicherheit.

INTERVIEW

SARA DONOGHUE

9. Mai 2017

Sara lässt den Kopf hängen. Ihre Hände liegen in ihrem Schoß, die Handflächen zeigen nach oben. Sie sehen aus wie die Flügel eines verletzten Vogels, verbogen, schlaff.
ASHFORD: Das ist es also. Das ist es, woran Sie sich erinnern.
SARA: Sie scheinen enttäuscht zu sein.
ASHFORD: Ich hatte gehofft …
SARA: Mir ist aber so einiges klar geworden.
ASHFORD: Ach ja?
SARA: Können Geister von Menschen Besitz ergreifen?
Sie neigt den Kopf zur Seite. Becca sitzt angespannt neben ihr.
ASHFORD: Meiner Erfahrung nach? Ja.
SARA: Die Straße rief nach Menschen. Aber es war nicht die Straße selbst. Es war Dahut. Sie brauchte jemanden, der ihr Behältnis sein konnte, um sie von der Straße zu bringen. Sie glaubte, sie hätte eines in Lucy gefunden. Doch Lucy lag bereits im Sterben. Ihr Bruder hatte sie im Wald angegriffen, noch bevor sie auf die Straße trat, und so konnte

sie sie nicht verlassen. Aber ein unschuldiges Mädchen wie Lucy ... Viele wollten sie retten. Die Leute kamen, wenn Dahut mit Lucys Stimme nach ihnen rief. Es war gar nicht Lucy, die nach Becca rief. Es war Dahut, mit Lucys Stimme. Mit ihrem Gesicht. Und ich ... ich glaube, ich habe sie auch gehört.

ASHFORD: Ich denke, Sie haben recht.

SARA: Becca und ich konnten entkommen. Aber wir waren nicht allein, oder? Alles, was mit meiner Erinnerung nicht stimmt, all die Dinge, die ich in meinem Kopf habe, die aber gar nicht geschehen sind, die Dinge die geschehen sind, an die ich mich aber nicht erinnere ... Könnte sie mir das angetan haben?

ASHFORD: Schon möglich.

SARA: Ich verstehe.

Es klopft an der Tür. Abby öffnet sie, nickt und lässt Mel herein.

SARA: Ihr seid also alle hier. Nur Kyle nicht.

ASHFORD: Wir konnten ihn wegen seiner rechtlichen Lage nicht dazuholen. Wir dachten, es wäre besser, die Situation für ihn nicht noch schlimmer zu machen.

SARA: Das heißt, Sie haben es nicht an seinem Anwalt vorbei geschafft.

ASHFORD: Auch das.

MEL: Sara. Wir sind alle hier, um dir zu helfen.

SARA: Weil ich mich wie eine Irre aufgeführt habe.

Sie zeichnet mit ihrem Finger eine Spirale auf die Tischplatte.

ASHFORD: Sollte Lucy – oder Dahut – Sie benutzen, dann bleibt uns nicht viel Zeit. Je stärker ihr Zugriff auf Sie wird, desto unwahrscheinlicher wird es, dass wir sie entfernen können. Sie werden sich selbst verlieren, Stück für Stück, und sie wird alles sein, was übrig bleibt. Sie benutzt Ihre Schuldgefühle, um sich zu verstecken, Sara. Sie benutzt Ihre toten Freunde.
SARA: ... benutzt sie.
ASHFORD: Ihre Schuldgefühle. Ihren Schmerz. Sie versteckt sich hinter solchen Erinnerungen, die Sie nur liebend gern vergessen würden. Ich glaube nicht, dass sie Sie kontrolliert. Jedenfalls nicht direkt. Vielleicht hat sie einen Einfluss auf Sie. Aber es ist Sara Donoghue, mit der wir sprechen.
Sara lacht verbittert.
SARA: Oh, sind Sie sicher?
ASHFORD: Wir können Ihnen helfen, Sara. Und nun wird es viel, viel einfacher sein, sie zu beseitigen, weil Sie die verborgenen Erinnerungen selbst gefunden haben. Jetzt kann sie sich nicht mehr so leicht vor uns verstecken, und wir können sie entfernen, ohne dass ...
SARA: Ohne was?
ASHFORD: Der ganze Vorgang kann Schäden verursachen. Aber nun ist das Risiko nicht mehr so groß.
SARA: Ist es gefährlich?
ASHFORD: Ja. Es bestehen durchaus gewisse Gefahren. Ich werde Sie deshalb nicht belügen. Aber es ist unsere einzige Chance. So lange, wie Sie schon

besessen sind, dürfte uns nicht mehr viel Zeit bleiben, bis sie sich so tief verwurzelt hat, dass wir sie nicht mehr loswerden können.

SARA: Ich fühle mich, als würde ich seit Wochen den Verstand verlieren. Ich ... Habe ich Becca deswegen angegriffen?

ASHFORD: Becca wollte ihnen helfen. Der Geist würde sich nach Kräften dagegen wehren.

BECCA: Aber ich habe dir Hilfe gesucht. Sie werden dir helfen, Sara. Alles wird gut.

Sie drückt Saras Hand und lächelt ihr ermutigend zu. Mel hält sich im Hintergrund. Sie kreuzt die Arme und runzelt die Stirn. Abby blickt sie mit erhobenen Augenbrauen an. Mel lehnt sich zu ihr hinüber und flüstert etwas. Dann schlüpfen beide junge Frauen aus der Tür und verlassen den Raum. Ashford blickt ihnen kurz mit verdutzter Miene hinterher, bevor er sich wieder Sara zuwendet.

ASHFORD: Es wird nicht einfach werden, Sara, aber Ihre Schwester und Mel sind hier, um Ihre echten Erinnerungen zurückzubringen. Ihr wahres Ich. Mit ihrer Hilfe können wir den bösartigen Geist vertreiben.

SARA: Und dann werden meine Erinnerungen und alles andere wieder ... so sein wie vorher?

ASHFORD: Das kann ich Ihnen nicht versprechen. Aber Sie werden wieder Sie selbst sein. Sie werden eine Zukunft haben.

BECCA: Du hast mich gebeten, an sie heranzutreten, Sara. Du wusstest, dass du Hilfe brauchst. Lass sie dir helfen.

SARA: Okay. Dann machen wir es.
ASHFORD: Das freut mich wirklich, Sara. Wenn Sie kooperieren, wird es viel einfacher werden. Wenn Sie mich jetzt bitte entschuldigen würden. Wir müssen Vorbereitungen treffen. Becca?
BECCA: Ich werde bei ihr bleiben.
ASHFORD: Sind Sie sicher, dass …?
BECCA: Ich bleibe. Ich habe keine Angst vor meiner Schwester.
Sie legt ihre Hand vereinnahmend auf Saras Schulter. Sara kauert über dem Tisch. Ashford zögert, doch dann nickt er.
ASHFORD: Also gut. Ich bin bald zurück.

ERGÄNZUNG C

Textnachrichten zwischen Abigail Ryder und Andrew Ashford

Ashford **Abby**

Wo sind Sie hin?

                                    Etwas überprüfen.

Präzision, Abigail.

            Mel sagte, dass sie etwas stört, Andrew. Anthonys Handy, um *präzise* zu sein.

Was ist damit?

            Sara sagte, dass Anthony es ihr gegeben habe. Aber wir haben es nicht.

Soweit ich weiß, hat es auch sonst niemand. Ich habe mir den Polizeibericht angesehen. Darin heißt es, er

> habe es mitgenommen, als er
> »ausgerissen« ist.

> Ehrlich, ich weiß ja, dass diese Sachen
> Gehirne zum Schmelzen bringen,
> aber wie kommt man nur darauf, dass
> fünf Teenager in derselben Nacht
> »ausreißen« und es keinen
> Zusammenhang gibt?

Es ist ein Überlebensmechanismus.
Ein ziemlich pfiffiger, den unsere
Spezies entwickelt hat.
Es ist besser, solche Dinge zu ignorieren, als ein Teil von ihnen zu werden.

> Sicher. Aber der Punkt ist, dass wir ins
> Haus der Donoghues gehen und versuchen werden, das Handy zu finden.
> Mel sagt, sie wisse, wo Sara Sachen
> versteckt, die Becca nicht finden soll.

Warum würde sie nicht wollen, dass
Becca das Handy findet?

> Fangen Sie mit dem Entgeistern nicht
> ohne mich an.

Ich möchte Sie daran erinnern,
dass Eile geboten ist.

VIDEOBEWEIS

Aufgenommen von Abigail Ryder

Aufgenommen am 9. Mai 2017, 21:16 Uhr

Die Kamera schwenkt durch ein unscheinbares Schlafzimmer. Ein paar Kunstdrucke schmücken die Wände: eine Frau mit einem Vogelkäfig anstelle eines Brustkorbs; ein manipuliertes Foto eines Mädchens, das über einem Weizenfeld aus dem Himmel fällt; das Gemälde eines Mädchens, das einen Stern vom Nachthimmel pflückt. An einer Wand steht ein Schreibtisch, an einer anderen ein Doppelbett mit grauen, zerknüllten Laken. Melanie Whittaker tritt in das Bild und geht durch das Zimmer zu einem Wandschrank.

MEL: Wenn sie es versteckt hat, dann dort drinnen.

ABBY: Könnten Sie bitte vorn anfangen und erklären, was wir hier machen? Für die offiziellen Unterlagen?

MEL: Offiziell?

ABBY: Na ja. Halb offiziell. Ashford ist ein Pedant.

Mel dreht sich zur Kamera um.

MEL: Okay. Also, wir befinden uns in Sara Donoghues Zimmer. Sara und Becca standen sich schon immer sehr nahe, aber selbst gute Schwestern möchten hin und wieder etwas geheim halten, und deshalb hat Sara manchmal Sachen versteckt, damit Becca sie nicht findet. Ich weiß, wo, weil ich ein schlechter Einfluss bin und meistens der Grund war, wenn sie etwas zu verstecken hatte. Also.

Sie wendet sich wieder dem Wandschrank zu und öffnet ihn. Dann hockt sie sich hin. Sie sucht mit den Fingern die vordere Seite des Fußbodens ab.

MEL: Jup. Dieses Stück vom Teppich lässt sich ablösen und das Stück Holz darunter anheben, und dann ist dort eine kleine Lücke und ...

Mel holt ein Handy aus der Lücke hervor und wischt den Staub davon ab.

MEL: Scheiße. Da ist es.

ABBY: Können Sie bestätigen, dass es das Handy von Anthony Beck ist?

MEL: Ich denke, schon. Aber der Akku ist alle.

ABBY: Wir werden es aufladen und nachsehen, warum es versteckt wurde.

INTERVIEW

SARA DONOGHUE

9. Mai 2017

Die Tür öffnet sich. Ashford tritt ein. Er macht ein ernstes Gesicht. Becca und Sara sitzen Seite an Seite. Becca hat ihren Arm um ihre Schwester gelegt und flüstert ihr zu. Ihre Miene zeigt Erschöpfung, aber auch den festen Willen, ihrer Schwester beizustehen.

ASHFORD: Sara, wir haben unsere Vorbereitungen abgeschlossen. Sie müssen jetzt mit uns kommen.

Sara atmet tief und zitternd durch.

SARA: Sie sagten, es gibt Risiken?

ASHFORD: Das stimmt.

SARA: Was könnte passieren?

ASHFORD: Ich werde nicht drum herumreden. Es ist möglich, dass Sie den Vorgang nicht überleben werden, Sara. Und wenn Sie es tun, könnte nicht nur Ihr Erinnerungsvermögen, sondern auch Ihre Persönlichkeit beschädigt werden. Und dabei geht es nur darum, den Geist zu isolieren. Ihn loszuwerden ist um einiges schwieriger. Aber ich verfüge über eine jahrelange Erfahrung mit solchen Dingen, und Abigail hat ein bemerkenswertes

Talent für Geisteraustreibungen. Miranda hat Sie nicht grundlos an uns verwiesen. Sie wusste, dass wir Ihnen helfen können.

SARA: Okay.

ASHFORD: Sicher? Ich möchte es nicht gegen Ihren Willen tun …

SARA: Es ist besser als …

ASHFORD: Ich verstehe.

BECCA: Alles wird gut. Du wirst es schon schaffen, Sara. Und ich werde an deiner Seite sein.

Sie stehen gemeinsam auf.

ASHFORD: Ehrlich gesagt, Becca, wäre es mir lieber, wenn ich Ihre Schwester zuerst allein unterbringe, bevor Sie dazukommen. Dadurch wird es leichter … Ich schätze, sie zu »kalibrieren« beschreibt es am besten. Sie und Mel werden zu uns stoßen, sobald Sara genügend vorbereitet ist und wir eine gewisse Vorstellung von den Kräften haben, die uns erwarten.

BECCA: Ich … Okay. Ich habe keine Ahnung, was das alles bedeutet, aber okay.

ASHFORD: Warten Sie hier. Abby wird Sie in ein paar Minuten zu uns holen.

Er gibt Sara ein Zeichen, und sie geht lammfromm zu ihm hinüber. Er legt seine Hand auf ihre Schulter und führt sie aus dem Raum. Die Tür schließt sich hinter ihnen, und Becca setzt sich wieder auf ihren Stuhl.

Mehrere Minuten vergehen. Schließlich steht Becca auf, die Stirn in Falten gelegt, und geht zur Tür. Sie drückt die Klinke. Abgeschlossen.

Langsam dreht sie sich um und blickt direkt in die Kamera, die in der Ecke des Raumes steht. Ihr Mund

verzieht sich zu einem kleinen, durchtriebenen Lächeln. Sie spricht leise.
BECCA: Ich schätze, ich habe etwas übersehen, oder?

VIDEOBEWEIS

Aus dem Handy von Anthony Beck

Aufgenommen am 19. April 2017, 0:49 Uhr

Die Kuppeln und Türme von Ys erheben sich. Korallen verdecken die Präzision ihrer Architektur mit tumorösen, rot-blauen Geschwülsten. Sara und Becca, die Finger verschränkt, unterhalten sich leise, aber eindringlich.
ANTHONY: Keine Ahnung, warum ich das hier aufnehme, aber … Ich weiß es nicht. Irgendetwas stimmt nicht.
Seine Stimme ist so gedämpft, dass das Mikrofon sie beinahe nicht erfasst.
ANTHONY: Als wir Sara in der Finsternis fanden … Irgendetwas stimmte nicht. Und es stimmt immer noch nicht.
Plötzlich reißt sich Sara von Becca los. Sie sinkt auf die Knie, schlägt sich die Hände vor das Gesicht. Ein Geräusch zwischen einem Schrei und einem Schluchzen ist hinter ihren Lippen gefangen.
ANTHONY: Was ist los?
Anthony rennt zu ihnen hinüber und schiebt das Handy in seine Tasche. Das Bild ist halb verdeckt, doch der Ton ist laut und deutlich.

BECCA: Ich weiß es nicht. Wir haben uns nur unterhalten, und dann ...
SARA: Nein nein nein sie ist hier drin sie ertränkt mich ich kriege sie nicht heraus.
Sara blickt zwischen ihren gespreizten Fingern auf. Ihre Augen sind rot unterlaufen und voller Verzweiflung.
SARA: Ihr müsst mich zurücklassen. Verschwindet. Rennt. Sofort!
ANTHONY: Was? Nein. Wovon sprichst du?
BECCA: Sie ist es.
Anthony blickt sie verdutzt an. Becca macht einen Schritt zurück und legt sich schützend die Arme vor die Brust.
BECCA: Lucy. Es ist Lucy. Ich höre sie. In Saras Stimme. Ich weiß nicht, wie, aber sie ist es.
SARA: Nicht Lucy.
Ihre Stimme ist anders. Immer noch angespannt, aber ruhiger. Sie legt ihre Hände in ihren Schoß und atmet tief durch.
SARA: Aber fast. Ich habe falsch gewählt.
ANTHONY: Ist Sara ... Ist es wie bei Vanessa?
SARA: Nein, Anthony, nicht wie bei Vanessa. Sie wurde ausgelöscht und durch einen schlechten Abklatsch ersetzt. Ich bin nur in Saras Haut geschlüpft, aber sie bekämpft mich stärker, als ich es ihr zugetraut hätte. Und du wirst nicht damit aufhören, stimmt's?
Ihre Augen verschwimmen leicht, während Dahut die letzten Worte an Sara richtet. Dann finden sie ihren Fokus wieder, und Sara springt auf ihre Füße. Sie ist außer sich.
SARA: Verschwinde aus mir! Sie will entkommen. Sie will von Neuem beginnen. Sie wird einen Weg

finden, dieses Ding auf die Welt loszulassen. Wenn ihr mich zurücklasst, kann sie nicht ...
Ihre Stimme versagt abrupt. Ihr ganzer Körper erzittert und kommt dann zur Ruhe. Sie atmet schwer durch zusammengebissene Zähne.
SARA: Du wirst nicht aufhören zu kämpfen, solange du mich in dir spürst, stimmt's? Also gut. Es wird einfacher sein, deine Erinnerungen zu verschleiern und mir einen verträglicheren Wirt zu suchen.
Sie tritt an Becca heran.
ANTHONY: Was tust du da?
Er macht einen Schritt, um sich zwischen die beiden zu stellen.
SARA: Ist schon gut. Stimmt's, Becca? Komm her.
Becca, den Mund leicht geöffnet, aber stumm, tritt vor, bevor Anthony sie aufhalten kann. Sie nimmt Saras Hand. Die Geste ist feinfühlig, wie von zwei Tänzern, die zueinanderkommen, wenn die Musik beginnt.
Die Luft neben den Mädchen beginnt zu flimmern. Eine Gestalt erscheint. Ein Mädchen. Lucy Callow. Ihr Kleid ist weiß und rein. Ihr Haar weht in einem Wind, der sonst nichts erfasst. Und dann ist sie nicht mehr Lucy, sondern eine Frau mit spitzen, hohen Wangenknochen und einer anmutigen Körperhaltung. Ihr Haar ist mit Edelsteinen geschmückt. Dann ist sie wieder Lucy, unschuldig und zerbrechlich.
So schnell, wie es erschienen ist, verschwindet das Mädchen wieder.
Anthony packt beide Schwestern und zerrt sie auseinander. Sie wehren sich nicht. Der Winkel der Handykamera in seiner Tasche zeigt ein fast unkenntliches Bild,

während er, verängstigt und verwirrt, die Namen der Mädchen sagt.
BECCA: Anthony. Es gibt keinen Grund, in Panik zu geraten. Das ist doch, was du wolltest. Sie werden beide leben. Wenigstens noch eine Weile. Du bleibst hier. Eigentlich ändert sich nichts.
Sie tritt nahe an ihn heran, aber nur ein kleiner Teil ihres Oberkörpers ist zu sehen.
ANTHONY: Lass sie einfach gehen.
BECCA: Nein.
Das Video fängt das Schimmern eines Messers in ihrer Hand ein. Es ist das Messer, das Becca benutzte, um die Wände der endlosen Flure zu markieren. Seine Klinge ist nicht lang, aber scharf und funkelnd. Anthony bleibt nicht einmal mehr Zeit zu reagieren, geschweige denn sich zu verteidigen. Ihr Arm stößt dreimal zu und rammt das Messer irgendwo unter seine Rippen. Der schlechte Blickwinkel der Kamera lässt die genaue Stelle nicht erkennen. Er taumelt rückwärts.
Der Blickwinkel ändert sich abrupt, als wäre er auf seine Knie gesunken, und dann fällt das Handy und landet klappernd auf dem Boden. Die Kamera zeigt nach oben und filmt Anthony von unten. Er keucht und ringt nach Luft.
SARA: Nein. Nein ...
Sie wankt auf ihn zu und sinkt vor ihm zu Boden. Sie legt ihre Hände auf seine, um das Blut zu stoppen.
BECCA: Ist schon gut. Vielleicht stirbt er nicht einmal daran. Aber es sollte genügen, damit er sich nicht noch mehr einmischt, als er es schon getan hat. Und du wirst dich nicht daran erinnern. Ein

Schorf wird sich über den Erinnerungen bilden.
Nichts davon wird bleiben. Alles wird gut.
Sara legt ihre Arme um Anthonys Hals. Sie drückt ihn fest an sich. Sie zittert deutlich, auch wenn der Winkel der Kamera kaum mehr als ein kleines Stück ihrer Seite zeigt. Anthonys Stimme ist ein Flüstern.*

ANTHONY: Mein Handy. Nimm mein Handy. Zeige es ihr nicht. Erinnere dich daran, dass ich dir mein Handy gegeben habe.

Das Handy macht ein scharrendes Geräusch, als Anthony es unbeholfen aufhebt und in Saras Tasche schiebt, ohne dass Becca/Dahut es sieht.

ANTHONY: Erinnere dich.

SARA: Das werde ich. Versprochen.

Einen Augenblick lang tastet Anthony noch umher, bis er die Schaltfläche, die die Aufnahme anhält, gefunden hat. Das Video endet.

---

* Der Ton der Originalaufnahme ist undeutlich, doch Ashford hat einen Spezialisten beauftragt, ihren Inhalt erkennbar zu machen.

ANLAGE P

Zeugenaussage bezüglich des tätlichen Angriffs im Briar Glen City Park

30. April 2017

FRANK MICHAELSON: Die beiden Mädchen unterhielten sich, ein weißes und ein asiatisches Mädchen. Zuerst dachte ich, ich würde das asiatische Mädchen kennen, bin mir aber nicht mehr sicher. Vielleicht hatte ich sie in den Nachrichten gesehen oder so. Sie liefen nebeneinanderher und redeten, und dann fing das weiße Mädchen an zu schreien und stürzte sich auf das andere Mädchen. Richtig heftig.
OFFICER BAUER: Konnten Sie hören, was sie sagte?
MICHAELSON: Ich glaube, sie sagte: »Verschwinde. Verschwinde von hier.«
OFFICER BAUER: Sind Sie sicher, dass sie »von hier« sagte?
MICHAELSON: Was sonst hätte sie sagen sollen?
OFFICER BAUER: Einer der anderen Zeugen glaubt, dass sie »aus ihr« sagte.
MICHAELSON: »Verschwinde aus ihr«? Das ergibt doch gar keinen Sinn.
OFFICER BAUER: Vielen Dank, Mr. Michaelson.

ANLAGE Q

*Textnachrichten zwischen Sara Donoghue und
Becca Donoghue (gelöscht)*

Wiedergehergestellt aus den Telefonaufzeichnungen

Sara   **Becca**

27/04/17
Hörst du sie immer noch?

                                              Wen meinst du?

Du weißt, wen. Lucy.

                          Keine Ahnung, wovon du redest.

Ich habe immer noch Träume,
aber ich kann nicht sagen, ob es
Erinnerungen sind oder etwas
ganz anderes.

                    Sara, du musst aufhören, darüber
                                  nachzudenken.

Es ist vorbei.

Aber was, wenn nicht? Etwas ist
geschehen. In der Finsternis.

Wir haben es überlebt.
Das allein zählt. Vergiss den Rest.

Ich muss mich erinnern. Ich muss
mich an etwas erinnern. Etwas wegen
Dahut.

Es ist besser, wenn du es nicht tust.

Dieser Name, von dem ich dir erzählt
habe? Ashford? Ich habe nach ihm
gesucht.

Sara, du hast selbst gesagt,
dass du nicht weißt, woher
du diesen Namen kennst.

Wahrscheinlich ist es nichts.

Doch, das ist es. Er ist ein Professor.
Oder war ein Professor.
Viel finde ich nicht online, aber
ich glaube, dass er paranormale
Forschungen betreibt.

Vielleicht kann er helfen.

                              Es gibt nichts zu helfen.
               Wahrscheinlich ist er nur ein Spinner.

Ich brauche Hilfe.

                                          Tust du nicht.

Ich will ihn anrufen, aber ich kann
nicht. Ich versuche es immer wieder.

                    Vielleicht hast du ihn nicht angerufen,
                      weil du weißt, dass du es nicht musst.

Bitte, Becca. Ich brauche deine Hilfe.

                           Ich werde diese fixe Idee von
                              dir nicht unterstützen.

ANLAGE R

*Textnachrichten zwischen Sara Donoghue und
Melanie Whittaker*

Sara   **Mel**

28/04/17
Mel, ich brauche deine Hilfe.

> Klar doch.

Da ist jemand. Dieser Mann.
Becca weiß Bescheid.

Sie muss ihn anrufen.

Bitte.

Bitte sag ihr, dass sie ihn anrufen
muss. Mit mir stimmt etwas nicht
und er kann mir helfen.

> Du hast mich gerade erst
> zusammengestaucht, weil mit dir
> angeblich alles in Ordnung ist.

Ich kann nicht denken

Ich kann mich nicht erinnern

Es kommt und es geht

Bitte

Bitte

Mel, die Straße

30/04/17
Herr im Himmel, es tut mir leid.
Ich glaube, ich war ein
bisschen betrunken.

                        Seit wann trinkst du denn?

Was glaubst du, seit wann?

Aber mir geht's gut.

Ehrlich. Keine Ahnung warum ich so
ausgeflippt bin.

Mit mir ist alles in Ordnung. Von
diesem schrecklichen Trauma einmal
abgesehen.

Das hätten wir also gemeinsam.

Ich werde Becca anrufen.

Ich werde ihr sagen, dass sie diesen Typen kontaktieren soll.

Das musst du nicht.

Doch ich denke das muss ich.

Denn wenn das hier so ist wie deine letzte »besoffene« SMS, dann wirst du dich morgen nicht mehr an diese Unterhaltung erinnern – und es wird immer offensichtlicher, dass mit dir etwas ganz und gar nicht stimmt. Du brauchst Hilfe. Ich sorge dafür, dass du sie bekommst.

Keine Bange, Sara.
Wir passen auf dich auf.

ANLAGE S

*E-Mails aus dem Entwürfe-Ordner von
Rebecca Donoghue*

An: Sara Donoghue
Von: Rebecca Donoghue
Betreff: (leer)

Hilfe ich

An: Sara Donoghue
Von: Rebecca Donoghue
Betreff: (leer)

ich brauche hilfe ich

An: Sara Donoghue
Von: Rebecca Donoghue
Betreff: weg

Sie ist weg. Aber nicht ganz. Nur für ein paar
Minuten vielleicht. Ich spüre schon, wie sie wieder
versucht, die Kontrolle zu übernehmen. Es ist

An: Sara Donoghue
Von: Rebecca Donoghue
Betreff: wach

Lucy hat mir etwas angetan, aber sie ist gar nicht Lucy und ich wache ständig auf und es ist ein neuer Tag und ich bin an einem anderen Ort und ich verstehe nicht, was geschehen ist.

An: Sara Donoghue
Von: Rebecca Donoghue
Betreff: pass auf

Vor einem Augenblick war ich mit dir zusammen und habe versucht dir zu sagen, dass etwas nicht stimmt, aber ich fürchte, dass sie auch dich manipuliert hat. Sie hat mir so lange zugeflüstert, und dann war es, als würde sie einfach in mich hineinschlüpfen und von mir Besitz ergreifen, aber ich schätze, dass sie dich nicht kontrollieren konnte, und deswegen hat sie es gelassen. Deswegen hat sie mich gewählt. Ich schätze, sie musste etwas machen, damit du dich nicht mehr erinnern kannst. Aber du musst dich erinnern.

Was ist mit Anthony geschehen? Was habe ich getan?

An: Sara Donoghue
Von: Rebecca Donoghue
Betreff: Mel

Mel hat angerufen und ich habe nicht kapiert, wovon sie redet. Aber ich habe diesem Mann eine E-Mail geschickt. Ashford? Ich sagte ihm, dass ich Hilfe brauche, aber ich weiß nicht, ob er mich verstanden hat. Ich habe ihm einen Haufen Fotos geschickt. Das war einfacher, als es aufzuschreiben. Sie waren schon auf dem Computer. Ich hoffe, er

An: Sara Donoghue
Von: Rebecca Donoghue
Betreff: (leer)

Ich habe noch keine einzige E-Mail verschickt, warum kann ich sie nicht senden, ich schaffe es nicht einmal, die Maus zu klicken und

An: Sara Donoghue
Von: Rebecca Donoghue
Betreff: (leer)

Ich wache immer seltener auf

An: Sara Donoghue
Von: Rebecca Donoghue
Betreff: (leer)

Ich liebe dich.

An: Sara Donoghue
Von: Rebecca Donoghue
Betreff: mach's gut

[kein Nachrichtentext]

ANLAGE T

*Transkription eines Telefonats mit
Rebecca Donoghue*

1. Mai 2017

BECCA: Hallo?
ASHFORD: Hallo. Spreche ich mit Rebecca Donoghue?
BECCA: Ja, wer ist da bitte?
ASHFORD: Mein Name ist Ashford. Andrew Ashford. Sie haben mir eine E-Mail geschickt wegen eines Vorfalls, in den Sie verwickelt waren.
BECCA: Ich ... Es tut mir leid, aber das war nur ein Streich. Tut mir leid, dass ich Ihre Zeit verschwendet habe.
ASHFORD: Ich weiß, dass es Ihnen gerade nicht leichtfällt, jemandem zu vertrauen, Rebecca, aber ich möchte Ihnen versichern, dass ich Ihnen glaube.
BECCA: Ach, wirklich?
ASHFORD: Sie sagten, Sie benötigen Hilfe. Ihre Nachricht war leider nicht sehr verständlich ...
BECCA: Ich brauche Ihre Hilfe nicht. Echt nicht. Sparen Sie sich die Mühe.
ASHFORD: Miss Donoghue, kennen Sie eine junge Frau namens Miranda Ryder?

BECCA: Nein, kenne ich nicht.
ASHFORD: Ihrer E-Mail war ein Foto von ihr beigefügt.
BECCA: Tatsächlich?
ASHFORD: Miss Donoghue, wie ich bereits sagte: Ich glaube Ihnen. Und ich bin überzeugt, dass ich Ihnen helfen kann. Meine Assistentin und ich sind bereits auf dem Weg nach Briar Glen.
[Stille]
Miss Donoghue?
BECCA: Es geht nicht um mich. Es betrifft Sara, meine Schwester. Mit ihr stimmt etwas nicht. Mit ihr stimmt etwas ganz und gar nicht.
ASHFORD: Erzählen Sie mir mehr.

LETZTES INTERVIEW

SARA DONOGHUE

9. Mai 2017

ASHFORD: Ich verstehe, wie aufwühlend es für Sie sein muss.

SARA: Sie liegen falsch.

ASHFORD: Sie haben den Beweis mit eigenen Augen gesehen. Sie haben das Video gesehen.

SARA: Nein. Mit Becca ist alles in Ordnung. Ich bin es. Ich bin diejenige, die …

ASHFORD: Das dachten wir alle, Sara. Becca ist überzeugend. Ihre Geschichte ist stimmig. Von vorn bis hinten. Sie hat nur diese eine Erinnerungslücke, und ich glaube, das ist nur ein Vorwand, um Sie davon abzuhalten, weiter nachzufragen. Sogar eine falsche Geschichte kann einem Gedächtnis auf die Sprünge helfen. Sara, der Einfluss, den Dahuts Geist auf Sie hatte, war nur vorübergehend. Mehr als ein paar grobe Manipulationen waren ihr nicht möglich. Sie hat einfach ein paar Ihrer Erinnerungen in ein Loch geschoben und neue ziemlich schludrig darüber errichtet. Sie hatte ein ganzes Jahr, um Becca zuzuflüstern. Und dann ist sie einfach durch die Tür getreten, die sie für sich selbst hinterlassen hatte.

SARA: Nein. Ich bin diejenige. Ich spüre es. Mit mir ... stimmt etwas nicht.

ASHFORD: Was Sie spüren, Sara, sind Schuldgefühle. Weil Sie überlebten. Und weil Sie es waren, die die SMS an Ihre Mitschüler schickte, habe ich recht?

SARA: Ich dachte, nur so würden sie mit mir kommen. Sie mussten es für echt halten. Sie sind meinetwegen gestorben.

ASHFORD: Aber Sie haben Ihre Schwester gerettet. Und sie braucht noch immer Ihre Hilfe. Wir können sie noch immer befreien. Aber Sie müssen stark sein. Und unnachgiebig.

SARA: Ich ...

ASHFORD: Anthonys letzte Handlung war es, sicherzustellen, dass Sie dieses Video haben, Sara. Seine letzte Handlung, um sie beide zu retten, auch wenn Sie es nicht gleich verstanden haben. Und Sie versteckten das Handy, weil ein Teil von Ihnen die Wahrheit kannte.

SARA: Sie war Dahut, seit wir aus der Finsternis kamen.

ASHFORD: Es sieht ganz danach aus.

SARA: Dann habe ich Becca überhaupt nicht gerettet.

ASHFORD: Noch nicht. Aber Sie haben immer noch die Chance, es zu tun.

SARA: Was soll ich machen?

ASHFORD: Ich werde es Ihnen zeigen. Keine Sorge, wir werden die ganze Zeit an Ihrer Seite sein.

SARA: »Was immer dort wandelte, wandelte allein.«

ASHFORD: Wie bitte?

SARA: Ach, nichts. Es ist aus einem Buch.
Sie steht auf.
SARA: Ich bin bereit.

VIDEOBEWEIS

Donoghue-Exorzismus

Aufgenommen von Andrew Ashford

10. Mai 2017, 0:34 Uhr

Das Video ist lückenhaft. Häufig wird das Bild schwarz und der Ton so stark verzerrt, dass ein Erfassen unmöglich ist.
Ein Mann spricht mit einer ruhigen, deutlichen Stimme. Die Sprache scheint Aramäisch* zu sein. Das Bild flackert und zeigt: Becca Donoghue. Sie hastet am Rande eines Kreidekreises entlang, der von sonderbaren Symbolen (möglicherweise eine Art Schriftzug) umgeben ist. Andrew Ashford steht nördlich des Kreises. Er ist es, der den Singsang skandiert. Melanie Whittaker steht im Osten, Abigail Ryder im Westen und Sara Donoghue, den Rücken gerade und die Augen auf ihre Schwester gerichtet, im Süden.
Das Bild wird schwarz. Ein Geräusch wie rauschender

---

* Eine Übersetzung war bisher nicht möglich, aber wir haben bereits Experten eingeschaltet.

Wind überlagert alles andere, gefolgt von einem elektronischen Quietschen und dann einer Kakofonie aus anderen Geräuschen, die nicht voneinander zu unterscheiden sind.*

Das nächste verständliche Geräusch ist der Schrei einer Frau.

Wenige Sekunden später zeigt sich kurz ein Bild: Melanie Whittaker steht an einer Wand, als wäre sie dagegengeschleudert worden. Ashford hat ein paar Schritte zurück gemacht. Abigail Ryder steht noch auf ihrem Posten. Ihre Hände bewegen sich in sonderbaren, mathematisch präzisen Anordnungen.

Sara Donoghue steht wie angewurzelt da. Ihre Schwester steht am Rande des Kreidekreises, nur wenige Zentimeter vor ihr, und fletscht die Zähne. Ihre Pupillen füllen ihre Iris vollständig aus.

Das Bild erlischt. Hin und wieder sind bruchstückhafte Schreie zu hören, einzelne isolierte Silben, die keinen Zusammenhang aufweisen.

ASHFORD: Es funktioniert nicht. Wir müssen abbrechen.

ABBY: Nein. Wir brechen noch nicht ab. Ich muss nur …

Der Ton setzt aus. Ein paar Sekunden später setzen der Ton und das Bild wieder ein. Nur Sara steht noch direkt am Kreis. Die anderen sind zurückgewichen. Becca Donoghue stampft am inneren Rand des Kreises auf und ab. Sie leckt sich die Lippen und bewegt den Kopf wie eine Schlange.

---

* Ashford hat diesen Audioteil für weitere Untersuchungen markiert. Leider war es uns nicht möglich, an Kopien zu gelangen.

BECCA: Sie sind deinetwegen tot. Sie alle. Und du erinnerst dich nicht einmal mehr an den armen Nick. Vanessa? Du warst ihr keine Freundin. Du hast nicht einmal bemerkt, dass sie weg war, als du dich noch an sie erinnern konntest. Und es hat dir gar nichts ausgemacht, sie zu töten ... nur um Trina zu retten. Die perfekte Trina, die dann trotzdem draufgegangen ist – um *dich* zu retten. War es das wert? Du weißt, das war es nicht.

Sara Donoghue weicht nicht von der Stelle. Sie streckt ihre Hand aus, über die Kreidegrenze hinaus.

ABBY: Nein ...

SARA: Ich habe dich schon einmal gefunden, Becca. Ich werde dich immer finden.

Becca zuckt vor der Hand zurück.

BECCA: Sie ist schon weg. All das hier ist zwecklos. Du hast versagt. Du hast sie alle reingelegt. Der mutige Jeremy. Anthony, so treu ergeben, dass er ein ganzes Jahr lang seine Gefühle für Becca vor dir verheimlichte, nur damit er dein kleines, zerbrechliches Ego nicht verletzt. Er wusste, dass du es nicht ertragen kannst, wenn du nicht im Mittelpunkt stehst. Mel, die krank vor Liebe war und sich zu sehr fürchtete, dir davon zu erzählen. Aber es hat dir gefallen, davon zu erfahren, nicht wahr? Endlich warst du wieder der leuchtende Stern.

Sara lacht, laut und traurig.

SARA: Du verstehst sie überhaupt nicht. Du verstehst *uns* überhaupt nicht. Ich wollte so hell strahlen wie sie, denn sie war der schönste Stern im ganzen Universum. Meine Schwester. Der hellste Stern.

Sara macht einen Schritt nach vorn. Sie steht nun direkt vor dem Kreis.
ABBY: Tritt nicht in den Kreis, Sara!
SARA: Ist schon gut.
Sara Donoghue macht noch einen Schritt und übertritt die Grenze aus Kreide. Ihre Hand ist noch immer ausgestreckt.
Abby macht einen Satz, doch Ashford packt sie bei der Schulter und hält sie zurück.
ASHFORD: Warte.
Saras Hand steht in der Luft.
SARA: Becca. Es ist Zeit, aus der Finsternis zu treten.
Langsam streckt ihre Schwester eine Hand aus.
Das Bild setzt aus. Es kommt nicht wieder.

ZUSÄTZLICHE UNTERLAGEN

Dies ist das Ende der Inhalte der Ashford-Akte #74. Jedoch konnten wir zusätzliches Material ausfindig machen, das für Sie von Interesse sein könnte. Sie finden es beigefügt, ohne Aufpreis.

Zu Ihrer Ausgangsfrage: Wir sind überzeugt, dass Abigail Ryder während der Ereignisse in Briar Glen unverletzt blieb, und wir konnten bestätigen, dass Miranda Ryder verstorben ist. Wir werden uns weiterhin bemühen, den derzeitigen Aufenthaltsort von Abigail Ryder zu lokalisieren.

Versuchen Sie nicht, mit uns in Kontakt zu treten. Keine der bisherigen Methoden dafür wird noch funktionieren, nachdem Sie diese Nachricht erhalten haben.

ERGÄNZUNG D

»Wieder ich: ein Selbstporträt« (Fotografie)

17. September 2017

Veröffentlicht in einem Fotografie-Forum von lostgirl151

Becca Donoghue sitzt im Schneidersitz auf einem weißen Laken, ihr Körper ist nach vorn gerichtet, ihr Gesicht im Profil, als würde sie nach links blicken. Ihr Haar fällt um ihr Gesicht, ihre Miene ist ausdruckslos. Die Fotografie ist schwarz-weiß, durchaus kunstvoll und ausdrucksstark, aber im Wesentlichen unscheinbar. Einzig das fesselnde und auffallend ansehnliche Motiv hebt es von ähnlichen Aufnahmen ab – bis man den Ankleidespiegel am Rande des Fotos bemerkt.

Darin erkennt man Beccas Gestalt – eine fast perfekte Reproduktion der Szene, bis auf den kaum wahrnehmbaren Schatten einer zweiten Gestalt, die neben ihr sitzt. Fast glaubt man, darin die Gesichtszüge eines Mädchens zu sehen und eine erhobene Hand, die nach Becca greift, sie aber nicht ganz berührt. In dem Spiegelbild sieht Beccas abgewendeter Blick wie eine Zurückweisung, vielleicht sogar wie Trotz aus. In der Art und Weise, wie die Schattengestalt nach Becca greift, liegt ein gewisses Maß an Verzweiflung: Becca bleibt außerhalb ihrer Reichweite.

Kommentare unterhalb des Eintrags loben die feine, surreale Komposition und fragen nach den verwendeten Techniken, die diesen Effekt erzielen. lostgirl151 hat noch nie geantwortet. Dies ist ihr einziger Eintrag in dem Forum. Der Benutzername zeigt bei einer allgemeinen Suche keine weiteren Treffer.

ERGÄNZUNG E

Instagram-Post von Melanie Whittaker

7. August 2017

Melanie Whittakers Instagram-Profil wird nur selten aktualisiert. Die Fotografien darin zeigen meistens Kaffee, Bücher und Hunde. Hinzu kommt eine Handvoll Selfies.

In einem Set aus drei Selfies, augenscheinlich schnell hintereinander aufgenommen, sitzen Melanie Whittaker und Sara Donoghue an einem Tisch auf der Terrasse eines Cafés. Saras Haare sind nun kürzer und reichen ihr knapp über das Kinn. Obwohl es offensichtlich ein warmer Tag ist, trägt sie lange Ärmel.

Ihr Gesichtsausdruck in der ersten Aufnahme ist melancholisch und abgelenkt, während Mel in die Kamera grinst. Bei der zweiten Aufnahme scheint sie begriffen zu haben, dass Mel Fotos macht. Sie blickt sichtlich überrascht über den Tisch. In der dritten Aufnahme ziert ein kleines Lächeln ihre Lippen. Sie blickt Mel an.

Der Eintrag ist mit folgenden Hashtags versehen:
#seitdreipunktzweiwochen
#diesachelaeuft
#gothstylefaulenzen

ERGÄNZUNG F

Video, eingestellt von einem anonymen User

Akrou & Bone-Videospiel – Fan-Forum
»Verrückte Welt« – Unterforum

Betreff: Kennt jemand diesen Jungen?

Ein eingebetteter Videoclip zeigt Kyle Jeffries, der an einem Picknicktisch im Park sitzt. Es ist spät am Abend, und der Park ist leer. Kyle scheint nicht zu wissen, dass er gefilmt wird. Er spricht leise vor sich hin. Die Worte sind unverständlich, aber der Rhythmus ist langsam und bedächtig.
Der Wind dreht sich. Ein paar Wortfetzen erreichen die Kamera und ihr Mikrofon: »… öffne die Hand … krümmt sich darunter …«
Die Luft vor ihm flackert, verzerrt und wölbt sich. Etwas, so scheint es, fügt sich zusammen. Fast hat es die Form einer Person. Vielleicht ist es auch nur eine optische Täuschung.
Kyle streckt seine Hand aus. Rauch steigt in kaum sichtbaren Spiralen daraus empor. Er windet sich hinauf zu der Gestalt, als würde er von einem Luftzug angezogen werden, und die Gestalt verdichtet sich ein kleines bisschen mehr …

Und dann gerät der Rhythmus von Kyles Worten ins Stocken, und die Gestalt – oder die optische Täuschung – verschwindet. Kyle senkt die Hand. Offensichtlich erschöpft sackt er ein wenig in sich zusammen.
Das Video endet.

ERGÄNZUNG G

Aufnahme einer Überwachungskamera

Tankstelle, Point Brook, Pennsylvania

Eine Standardansicht einer Tankstelle bei Nacht. Ein Wagen stoppt an der Zapfsäule. Andrew Ashford steigt aus dem Fahrersitz, Abigail Ryder aus der Beifahrerseite. Sie sagt etwas zu Ashford und salutiert ihm ironisch. Sie läuft hinüber zum Laden der Tankstelle und verschwindet darin.

Ashford füllt Benzin in den Tank. Eine junge Frau betritt das Bild von der anderen Seite des Wagens. Ashford scheint ihre Gegenwart zu spüren und blickt auf. Es ist schwer, die junge Frau zu identifizieren, da sie mit dem Rücken zur Kamera steht, aber sie hat eine augenscheinliche Ähnlichkeit mit Miranda Ryder.

Ashford spricht sie an. Sie scheint ihm zu antworten. Er wirft einen Blick über seine Schulter zum Laden. Dann nickt er.

Die junge Frau stellt etwas auf dem Kofferraum des Wagens ab. Und dann macht sie einen Schritt zurück. Die Schatten am Rand des Bildes sind tief, und die Qualität der Aufnahme ist dürftig. Es ist unmöglich festzustellen, ob sie verschwindet, bevor sie den Bildrand erreicht, doch es liegt nahe, dass sie einfach aus dem Bildausschnitt tritt.

Ashford hebt das kleine Objekt auf, das die junge Frau ihm dagelassen hat, und steckt es in seine Tasche.

Abigail Ryder kehrt aus dem Laden zurück. Sie wirft ihm eine Flasche Wasser zu. Es scheint, als wollte er ihr etwas sagen.

Doch er tut es nicht.

Er beendet den Tankvorgang. Sie fahren davon.

http://katemarshallbooks.com/

Kate Alice Marshall begann schon mit dem Schreiben, als sie gerade erst einen Stift halten konnte. Seither hat sie nie damit aufgehört.

Kate lebt mit ihrem Mann, einem Baby, dem Hund Vonnegut und einer Katze im Nordwesten Amerikas. Im Sommer fährt sie gerne mit dem Kajak durch die Meeresbuchten und zeltet am Strand.

I Am Still Alive (dt. *Ich lebe noch*) erschien 2018 und wurde sofort in mehrere Sprachen übersetzt. 2019 folgte der unheimliche Roman *Rules of Vanishing* (dt. *Der Geist von Lucy Gallows*).

Universal Pictures plant *I Am Still Alive* mit Ben Affleck zu verfilmen.

Infos, Leseproben & eBooks:
www.Festa-Verlag.de

An manchen Tagen scheint es, als wolle die Wildnis sie zerstören, aber Jess ist stärker als sie es sich je vorgestellt hat.

Nachdem ihre Mutter bei einem Autounfall gestorben ist, reist die 16-jährige Jess in die einsamen Wälder Kanadas, um für ein Jahr bei ihrem Vater, an den sie sich kaum erinnert, zu leben. Eines Tages stürmen mehrere bewaffnete Männer die Holzhütte. Jess beobachtet aus einem Versteck, wie ihr Vater verhört und ohne Mitleid erschossen wird. Dann verbrennen die Mörder die Hütte und fliegen mit einem kleinen Flugzeug davon.

Nun ist Jess der Wildnis schutzlos ausgeliefert. Und der eisige Winter naht. Sie und Bo, der Hund ihres Vaters, brauchen Nahrung, Wärme und eine Zuflucht. Jeder Fehler kann tödlich sein. Aber noch lebt Jess …

Nancy Werlin: »Eine echte Heldin (und ihr Hund) sorgen für eine originelle, spannende und überraschende Überlebensgeschichte.«

Infos, Leseprobe & eBook: www.Festa-Verlag.de